한국 근대 소설의 탐구

류종렬 柳宗烈

현재 부산외국어대학교 한국어문학부 교수로 재직하고 있다. 한국문학회 회장을 역임하였고, 이주홍 문학상을 수상하였다.

저서로 『이주홍과 근대 문학』『가족사 · 연대기 소설 연구』『이주홍 소설 전집』 전5권(엮음)『이주홍의 일제 강점기 문학 연구』(편저)『한국문학에 있어서의 집 그리고 가족의 문제』(공저)『1930년대 문학의 재조명과 문학의 경계 넘기』(공저)『한국고전문학 강의』(공저)『지역 · 주체 · 소수자 담론과 욕망 표상』(공저) 등이 있다.

한국 근대 소설의 탐구

인쇄 · 2014년 12월 5일 | 발행 · 2014년 12월 12일

지은이 · 류종렬
펴낸이 · 한봉숙
펴낸곳 · 푸른사상
주간 · 맹문재 | 편집 · 김선도 | 교정 · 김수란

등록 · 1999년 7월 8일 제2-2876호
주소 · 서울시 중구 충무로 29(초동) 아시아미디어타워 502호
대표전화 · 02) 2268-8706(7) | 팩시밀리 · 02) 2268-8708
이메일 · prun21c@hanmail.net
홈페이지 · http://www.prun21c.com

ⓒ 류종렬, 2014

ISBN 979-11-308-0308-1 93810

값 30,000원

☞ 저자와의 합의에 의해 인지는 생략합니다.
이 도서의 전부 또는 일부 내용을 재사용하려면 사전에 저작권자와 푸른사상사의 서면에 의한 동의를 받아야 합니다.

이 도서의 국립중앙도서관 출판예정도서목록(CIP)은 서지정보유통지원시스템 홈페이지(http://seoji.nl.go.kr)와 국가자료공동목록시스템(http://www.nl.go.kr/kolisnet)에서 이용하실 수 있습니다. (CIP제어번호 : CIP2014034406)

푸른사상 학술총서 26

한국 근대 소설의 탐구

류종렬

*South Korea, explores
the modern novel*

머리말

필자가 부산외국어대학교 한국어문학부에서 근무한 지 30년이 넘었다. 1984년 젊은 시절 대학에 들어와서 우암골을 오르내리던 때가 엊그제 같은데, 세월은 참으로 빠르게 흘러 어느덧 이순의 나이를 넘기고 말았다. 학과의 이름도 국어국문학과에서, 외국어로서의 한국어교육 전공을 넣은 한국어문학부로 바뀌었고, 내년부터는 다문화교육전공이 신설되면서 한국어문화학부로 이름이 또 바뀌게 된다. 국어국문학의 영역이 점차 축소되기에 개인적으로 씁쓸한 일이지만 시대의 흐름을 거스를 수는 없는 것 같다.

올해 초 우리 대학도 우암동에서 금정산 자락의 남산동으로 옮겼다. 초창기부터 추진해 온 숙원 사업이 마침내 해결되어 참으로 기쁘다. 금정산의 풍광과 잘 어울리는 아름다운 건물과 연구실은 나에게 새로운 즐거움을 주고 있다.

이제 삶의 한 굽이를 지나게 되었다. 일찍이 두보는 「곡강(曲江)」이란 시에서 "인생칠십고래희(人生七十古來稀)"라고 하였다. 인생에서 칠십은 예로부터 드문 것이라는 말이다. 이것은 물론 두보가 인생을 즐기며 살자는 뜻으로 인생에 대해 달관한 모습을 보여준 시이다. 요즈음은 우리나라 사람들의 수명이 길어져서 큰 병이 없으면 80세까지는 무난하다지만, 필자가 그렇게 오래 살지는 모르겠다. 60세가 지나자 삶이 다소 씁

쓸쓸해지고 뭔가 허전한 마음이 자꾸 든다. 학문뿐만 아니라 일상에서도 의욕이 줄어들고 삶의 무의미함을 많이 느낀다. 마음의 수양이 부족한 때문인지 모르겠다. 차츰 퇴임 시기가 다가오니 나름으로 노년의 삶에 대한 준비도 해야겠고, 새로운 출발을 위한 무언가도 해야겠다.

그동안 단행본을 출간하고 남아 있던 묵은 원고들을 정리하면서 내 학문의 흔적들이 고스란히 베일을 벗는 듯하여 심한 부끄러움을 느꼈다. 그동안 쓸데없는 일들에 매달리어 학자의 본연인 학문 연구를 소홀히 한 것에 자책감마저 들었다. 그럼에도 지난 시절 내 학문의 흔적들을 정리하고 싶은 마음에 용기를 내어 이 책을 펴내게 되었다.

이 책은 크게 세 부분으로 나뉘어 있다. 제1부는 개화기(근대 계몽기) 소설과 문학론에 관한 논문이며, 제2부는 근·현대 소설 중 김동리, 채만식의 소설과 노년 소설에 관한 논문이다. 제3부는 근대 소설의 교육에 관한 논문인데, 이 논문들은 주로 우리 대학의 교육대학원 평가를 위해 쓴 것들이다. 원래는 제4부를 넣어 지금까지 쓴 평론들도 정리하고 싶었는데, 책의 체재상 제외할 수밖에 없었다.

이 책에 수록된 논문들은 이른 시기에 쓴 것도 있고, 근래에 쓴 것들도 있다. 그래서 치기 어린 설익은 논문들도 있고, 필요에 따라 억지로 쓴 논문들도 있다. 최근에 쓴 논문들은 싣지 않았다. 필자가 15년 가까

머리말

이 관심을 기울인 이주홍 문학에 관한 몇몇 논문들과, 최근 새롭게 관심을 가지고 있는 외국어로서의 한국 문학 교육에 관한 논문들은 제외하였다.

퇴임 전까지는 새로운 연구 영역보다는 이 두 영역에 매진하기로 다짐해 본다. 이주홍에 관해서는 그의 일제 말기 문학을 정리하고 싶고, 외국어로서의 한국 문학 교육에 대해서는 강의할 만한 교재라도 한 권 펴내고 싶다. 특히 후자를 염두에 두는 건, 우리 대학의 학부와 대학원에 외국어로서의 한국어교육 전공이 개설되어 있는데 한국 문학 교육론을 위한 마땅한 교재가 없어 어려운 점이 한둘이 아니기 때문이다.

이 자리를 빌려, 오랜 기간 동안 함께 지내 온 우리 학과의 김상돈, 박경수, 우형식, 최경환, 송향근, 권오경, 정명숙, 배도용, 조위수 교수님들께 감사드린다. 내가 큰 과오 없이 무탈하게 지낸 것은 우리 학과의 교수님들 덕분이라고 생각한다. 특히 김상돈, 박경수 교수와는 학과의 초창기부터 어려울 때나 즐거울 때나, 형과 아우로, 친구로 함께 생활해 왔기에 각별한 정을 느끼게 된다. 그들이 항상 건강하고 밝은 미소를 지니기를 기원한다.

우리 학과의 동료 교수들은 여느 학과들과 달리, 교수들이 지닌 개성적 성격에도 불구하고, 학과를 위해 서로 이해하고 양보하며 잘 화합해 왔다. 앞으로도 이런 좋은 학과 분위기가 계속 이어지고, 모두 건강하고

한국 근대 소설의 탐구

학문적으로 큰 성취가 이루어지길 바란다.

그리고, 작년에 함께 갑(甲)을 맞은 강릉원주대학교의 최병우, 아주대학교의 송현호, 중국 연변대학교의 김호웅 교수에게도 고마운 마음을 전한다. 나이 들어 학회에서 만나 인간적 정과 함께 학문적 담론을 나누었다. 앞으로도 계속 만나 함께 좋은 이야기를 주고받고 싶다. 또한 나의 삶의 한 축인 한풀난회 회원들, 외대차회 회원들, 문화를 사랑하는 모임의 회원들에게도 감사의 인사를 드린다. 그들은 가정생활과 대학생활을 제외한 영역에서 또 다른 삶의 활력과 즐거움을 나에게 안겨주었다. 앞으로 남은 인생에서도 좋은 동반자가 되었으면 좋겠다.

그리고 오랜 원고들을 정리해준 대학원의 손지혜 양에게도 고마움을 전한다. 아울러 출판계의 어려운 여건에도 불구하고 흔쾌히 이 책을 출간해 주시는 한봉숙 사장님과 원고를 깔끔하게 편집해 주신 김선도 대리에게도 고마움을 표한다.

끝으로, 언제나 내 곁에서 삶의 힘이 되어 준 아내 다온(茶溫) 김순자와 은결, 은솔이에게 크나큰 감사와 진실한 사랑의 마음을 전한다.

2014년 가을 맑은 날 금정산 자락의 연구실에서
수관(壽關) 류종렬 쓰다.

7

차례

제2부

차례

제3부

한국 근대 소설의 탐구

고등학교 문학 교육에 있어 '보편성과 고유성'의 문제
— 전후 소설을 중심으로

제1부

근대 계몽기 소설

Ⅰ. 명칭과 개념

근대 계몽기 소설은 흔히 말하는 개화기 소설을 뜻한다.

한국 문학사에서 근대 계몽기란 보통 19세기 후반부터 1910년대까지를 이르는 시기로, 조선 봉건 사회가 근대적인 사회로 나아가기 위한 혼돈과 변혁의 시기다. 이 시기는 대내적으로는 중세 봉건 사회를 해체하기 위한 반봉건 운동과 대외적으로는 일본과 서구의 침략을 막기 위한 반제국주의 반외세 운동으로서의 애국 계몽운동이 시대정신으로 확산되었다. 그러나 이러한 과정 속에서 수구와 개화, 보수와 진보의 대립 갈등을 겪었고, 외세의 위협 속에서 민족과 국가를 지키지 못한 채 혼란을 거듭했으며, 1910년에는 경술국치를 당했다.

근대 계몽기라는 명칭은 개화기, 계몽기, 개항기, 신문학기, 한말기, 개화 계몽기, 애국 계몽기, 고종·순종기, 대한제국기, 근대 이행기, 근대 전환기 등으로 다양하게 불리고 있다. 또한 명칭에 따라 그것이 드러내는 시기도 달리 설정되기도 한다. 이러한 여러 가지 명칭은 이 시기의 특성을 하나의 명칭으로 드러내기 어렵다는 점을 증명하지만, 그 자체로서는 이 시기의 특징적이고 문제적인 성격을 드러낸다고 볼 수 있다.

문학사의 구분을 위해 어떤 시대에 대한 명칭을 부여하는 것은 중요하다. 모든 명칭이 나름의 장단점을 지니고 있지만, 필자가 여러 명칭 중에서 근대 계몽기란 명칭을 사용하는 의미는 다음과 같다. '개화기'라는 명칭은 일본에서 먼저 사용되어, 우리나라에서도 일찍부터 사용되었고 현재도 널리 통용되고 있다. 그러나 이 명칭은 이 시기 시대정신의 일면의 특징만을 강조하고 있는 듯하고, 개화 이전의 시기가 야만이나 무지몽매의 시기로 여겨질 수 있다. '계몽기'란 명칭도 이와 비슷하다. '개항기'란 1876년 개항을 통해 한국의 문호 개방이 이루어짐을 강조하는 듯한 뉘앙스를 드러낸다. '신문학기'란 명칭 자체가 새로운 문학의 시기란 뜻으로, 1905년 이후 나타난 신소설만을 뜻하는 제한된 의미로 쓰이거나, 해방 이전의 근대 문학 전부를 가리키는 것으로 여겨질 수 있다. 또한 '개화 계몽기'는 개화기란 시대적 순서 개념과 계몽주의란 문학적 특징을 통합한 명칭인데, 앞의 '개화기'나 '계몽기'보다는 좀 더 구체적일 수 있으나, 이 역시 위와 같이 개화와 계몽 같은 이 시기의 일면적인 특징만을 보여 준다는 점에서 부적절하다. '애국 계몽기'는 애국과 계몽이라는 이 시기의 중요 담론을 드러내고 있지만, 그 시기가 매우 한정(1905~1910년)되어 있다는 점과 이 시기 작품의 일부가 드러내는 친일적 성격을 포괄할 수 없다. '한말기'나 '고종·순종기'와 '대한제국기'는 명칭 자체가 왕조나 역사적 시대만을 강조하고 있으며, 시기적으로도 다소 한정되어 있다. '근대 이행기'나 '근대 전환기'는 중세에서 근대로 진행되는 근대화 과정을 중시하는 듯하지만, 이행기나 전환기란 명칭의 모호성이 문제될 수 있다.

그러나 '근대 계몽기'란 중세에서 근대로의 발전 과정을 포착하면서 이 시대의 특징적인 중심 담론인 근대와 계몽 담론을 포괄할 수 있기에 이 명칭을 사용한다. 아울러 이 명칭은 한국 문학사에서 근대 소설의 기원이나 기점, 근대 소설 양식 형성의 문제를 함축적으로 드러내기 때문이기도 하다.[1] 또한 근대 계몽기라는 명칭은 '개화기'처럼 시기의 협소함을 벗어날 수 있다. 즉 애국 계몽기가 드러내는 1905년부터 1910년까지라는 짧은 기간에서 벗어날 수 있다.[2] 한 시기의 문학이란 짧은 기간에 나타났다 소멸하는 것이 아니라 적어도 몇십 년의 기간이 필요하기 때문이다.

그러므로 이 글에서는 근대 계몽기 소설의 개념을 1860년대에서 1910년까지 발표되거나 출판되어 널리 읽혀진 소설로, 근대 · 계몽 담론이 담겨 있는 소설로 사용한다. 하한 시기를 1910년까지 잡은 것은, 1910년대 소설은 한일합방으로 인해 소설 세계가 변화하고 본격적인 근대 소설의 출발기에 해당된다고 여겼기 때문이다. 일반적으로 이광수의 장편소설 『무정』(1917)을 근대 소설의 출발로 잡지만, 1910년대 초부터 발표된 단

---

1) 근대 소설의 기점 문제는 일찍부터 연구자들의 관심사였고, 지금까지도 그 논의가 계속되고 있다. 근대 계몽기 또는 근대 소설의 기점 문제는 '18세기 후기설(영 · 정조 시대), 1860년대설, 1976년 개항기부터, 1884년 갑신정변으로부터, 1894년 갑오경장, 동학농민봉기, 1945년 광복' 등으로 나뉠 수 있다. 그런데 하한 시기도 1910년까지나 1910년대 후반까지로 크게 양분되고 있다. 김중하, 『개화기 소설 연구』, 국학자료원, 2005, 73~77쪽 참조.

2) 근대 계몽기라는 명칭에 대해서는 고미숙, 「근대 계몽기, 그 생성과 변이의 공간에 대한 몇 가지 단상」, 『민족문학사 연구』 제14호(민족문학사연구, 1999. 6.), 105~131쪽 참조.

편소설들은 근대 소설의 모습을 충분히 보여 준다고 생각된다.

그런데 근대 계몽기 소설과 신소설과의 관계를 언급해야 한다. 초기의 연구자들은 근대 계몽기 소설(개화기 소설)은 곧 신소설이라는 관점을 취하였지만, 1970년 이후의 연구를 통해 근대 계몽기 소설에는 신소설과는 다른 단형 서사문학, 역사·전기소설, 토론체 소설 등 다양한 서사 장르가 혼재되어 있음이 밝혀졌다. 그러므로 신소설은 근대 계몽기 소설의 하위 장르의 하나이면서 이 시기를 대표하면서 근대 소설로 발전하는 과정의 소설이다.

근대 계몽기 소설의 자료는 다음과 같다. 『한국 신소설 전집』 전 10권(을유문화사, 1968), 『한국 개화기 문학 총서 I—신소설·번안(역) 소설』 전 10권(아세아문화사, 1978), 『한국 개화기 문학 총서 II—역사·전기소설』 전 10권(아세아문화사, 1979), 『신소설 전집』 전 21권(계명출판사, 1987), 김영민·구장률·이유미 편, 『근대 계몽기 단형 서사문학 자료 전집』 상, 하(소명출판, 2003), 권영민·김종욱·배경열 편, 『한국 신소설 선집』 01~07(서울대학교 출판부, 2003), 단재신채호전집편찬위원회, 『단재 신채호 전집』 제4권, 제7권(독립기념관 한국독립운동사연구소, 2007).

II. 근대 계몽기 소설 양식 또는 유형

근대 계몽기 소설은 화제·문체·구성 등 형식과 내용의 여러 면에서 그 이전의 고소설과 다른 장르의 변화를 보이고 있다. 이런 변화에서 근대 계몽기 소설은 한 역사적 장르로서의 의의를 가진다. 물론 이것은 근대 계몽기 소설이 고소설의 완전한 반대 장르가 된다는 것을 의미하지 않는다. 근대 계몽기 소설은 '과도기적' 소설 형태라는 명칭이 부여될 만큼 고소설의 요소들(대개 부정적 평가를 받는)이 잔존해 있다. 이런 신·구의 요소들만 공존하는 것이 아니라 다른 장르의 요소들도 공존해 있다. 비록 '소설'이란 명칭을 달고 있더라도 근대 계몽기 소설 작품 중 소설이란 서사 장르의 범주에 넣기 곤란한 작품들이 많은 것은 이 때문이다. 그러므로 근대 계몽기 소설은 장르 비평의 관점에서 보면 매우 까다로운 많은 문제점을 안고 있다.[3]

초기의 안확이나 김태준은 근대 계몽기 소설을 역사소설과 신소설로 양분한다.[4] 그들이 말한 역사소설에는 서양의 역사적 인물의 업적을 다룬 중국과 일본의 정치소설을 번역·번안한 작품과 신채호의 역사·전기소설이 포함되어 있다.

임화 역시 근대 계몽기 소설을 정치소설과 신소설로 양분하고 있다. 안확·김태준의 역사소설이란 명칭을 정치소설로 바꾼 것이다. 그는 이 정치소설을 신문에 연재된 '장회 소설'과 외국의 역사와 영웅 전기를 번역·번안한 것과 신채호의 창작 역사·전기소설 등 여러 유형으로 분류한다.[5]

김윤식은 근대 계몽기 산문을 논설 양식, 번안·번역 양식, 근대 계몽기 창작 소설, 연설의 산문화로 4분한다.[6]

---

3) 김준오, 『한국 현대 장르 비평론』, 문학과지성사, 1990, 115쪽.
4) 안확, 『조선문학사』, 한일서점, 1922, 124~125쪽; 김태준, 『조선소설사』, 학예사, 1939, 234~247쪽 참조.
5) 임규찬·한진일 편, 『임화 신문학사』, 한길사, 1993, 9~311쪽 참조.
6) 김윤식, 『근대 문학 양식 논고』, 아세아문화사, 1980, 192~202쪽.

이재선은 근대 계몽기 소설을 경험적 서사체, 허구적 서사체, 희화우의적(戲畵寓意的) 서사체 등 세 가지로 나눈다. 경험적 서사체를 달리 역사적 서사체라고도 하면서 선행 연구의 역사소설 또는 정치소설에 해당하는 작품들을 '역사 전기 문학'이라고 명명한다. 허구적 서사체는 허구적 재현이며 경험주의의 구속으로부터 자유롭고자 하는 형태로서 신소설이 여기에 속한다. 희화우의적 서사체는 비판적인 욕설과 해학과 풍자를 바탕으로 한 것으로, 「소경과 안즘방이 문답」 「거부오해」의 무서명 소설과 안국선의 「금수회의록」 등이 여기에 속한다.[7]

송민호는 근대 계몽기 소설을, 구소설투가 완연한 형태(개화기 소설 초기 양상), 구소설투와 신소설투가 혼효된 형태—전환 과정의 과도적 형태(전환 과정의 개화기 소설(1)), 신소설적 정립이 완전히 이루어진 신소설, 정치류 소설, 역사 · 전기류 소설 등 다섯 유형으로 나누었다. 다만 정치류 소설은 구소설과 신소설적 요소가 혼효되어 나타나므로 '전환 과정의 개화기 소설(2)'로 설정하여 따로 다루었다.[8]

조동일은 근대 계몽기 산문을 교술과 서사로 양분하고, 교술 양식을 역사 · 전기 문학, 몽유록계 산문, 동물 우화 형식의 토론문, 시사 토론문 등으로 세분하고, 서사 양식의 소설로는 한문 소설, 신문 · 잡지 국문 소설, 신소설, 방황하는 세대의 소설(1910년대 소설) 등을 들고 있다.[9]

윤명구는 근대 계몽기 소설을 구소설적 서사 장르와 신소설 장르로

7)   이재선, 「개화기 서사문학의 세 유형」, 『우촌 강복수 박사 회갑기념논문집』, 형설출판사, 1976.
8)   송민호, 『한국 개화기 소설의 사적 연구』, 일지사, 1975. 및 송민호 · 김춘섭, 『개화기 문학론』, 한국방송통신대학교, 1991, 1∼158쪽 참조.
9)   조동일, 『한국문학통사』 4권, 지식산업사, 1986, 300∼327쪽.

양분하고, 구소설적 서사 장르를 다시 한문 소설, 몽유록계 소설, 전기 소설, 신소설 중 논설적인 토론 위주의 작품군으로 나눈다. 그러므로 전체적으로는 네 유형이면서 실제로는 다섯 유형이다. 이런 애매한 분류를 이후에 바꾸어 신소설 중 토론 위주의 작품군을 토론체 소설로 별도로 선정하여 다섯 유형으로 나누었다.[10]

김중하는 근대 계몽기 소설은 전적 소설(전기소설), 토론체 소설, 회장체 또는 공안체 소설, 단형 소설 등으로 나누었다.[11]

권영민은 개화기 서사 양식을 경험적 서사와 허구적 서사로 나누고, 다시 경험적 서사를 문학적인 것과 비문학적인 것으로 나누었다. 그리하여 근대 계몽기 소설을 영웅 전기, 풍자와 우화, 신소설 등으로 크게 삼분하였다. 여기서 풍자와 우화는 양식적 측면에서 사용된다.[12]

조남현은 신소설을 제외한 근대 계몽기 소설 양식의 변이태를 정치 소설, 우화소설, 몽유록계 소설, 토론 소설, 단막 희극 형태, 대화체 소설 등으로 정리하였는데, 이들 작품이 대개 계몽적인 형태에 경사되고 있고, 낭만적인 형태에의 의존도가 가장 약하며, 모방적인 것과 역사적인 것이 서로 맞물려 있다고 하였다.[13]

김교봉·설성경은 근대전환기 소설의 갈래를, 경험 중심형 서사로서 역사 전기체 소설과, 허구 중심형 서사로서 일반 서사체(결말 집중 형식) 소설과 특수 서사체(중간 경로 형식) 소설로 분류하면서, 다시 특수

---

10) 윤명구, 「개화기 서사문학 장르」, 『신문학과 시대 의식』, 새문사, 1981, Ⅱ-29~43쪽, 윤명구, 『개화기 소설의 이해』, 인하대학교 출판부, 1986, 30~55쪽.

11) 김중하, 앞의 책, 59~61쪽.

12) 권영민, 『서사 양식과 담론의 근대성』, 서울대학교 출판부, 1999, 113~228쪽 참조.

13) 조남현, 「개화기 소설양식의 변이 양상」, 이용남 외, 『한국 개화기 소설 연구』, 태학사, 2000, 27~58쪽.

서사체 소설은 토론체와 몽유체 소설로, 일반 서사체 소설은 행복 결말체와 불행 결말체 소설로 나누었다. 일반 서사체 소설은 신소설을 의미한다.[14]

김재용 · 이상경 · 오성호 · 하정일은 역사 · 전기소설, 시사 토론 소설, 신소설 등 세 유형으로 나누고, 신소설은 급진개화파의 반봉건 의식과 친일적 경향(이인직), 온건개화파의 반봉건 의식과 개량주의(이해조), 반외세 · 반봉건의 통일적 인식을 드러내는 신소설로 다시 나누었다.[15]

김영민은 한국 근대 소설사를 다음과 같이 나누었다. 근대적 서사 양식의 출발로 '서사적 논설', 근대 서사 양식의 소설사적 전환의 '논설적 서사', 근대적 소설 양식의 새로운 유행으로 '역사 · 전기소설', 근대 소설의 정착으로 '신소설', '역사 · 전기소설'의 새 단계로 '신채호의 소설들'을, 근대 소설의 완성1에 '1910년대 단편소설'을, 근대 소설의 완성2에 '이광수의 장편소설 무정'을 들고 있다. 이처럼 그는 양식사의 선조적 발전론에 의거하여 서사적 논설, 논설적 서사, 역사 · 전기소설, 신소설, 근대 소설 등으로 나누었다. 그리고 신소설을 서사 중심 신소설과 논설 중심 신소설로 나누었다.[16]

이 글에서는 소설로 보기에는 곤란한 단형 서사(소설)를 제외하고, 역사 · 전기소설, 토론체 소설, 신소설 등 세 양식만을 살펴보기로 한다.

---

14) 김교봉 · 설성경, 『근대 전환기 소설 연구』, 국학자료원, 1991, 참조.
15) 김재용 · 이상경 · 오성호 · 하정일, 『한국근대민족문학사』, 한길사, 1993, 71~108쪽 참조.
16) 김영민, 『한국 근대 소설사』, 솔, 1997. 및 『한국 근대 소설의 형성과정』, 소명출판, 2005.

Ⅲ. 역사·전기소설

근대 계몽기 소설 중 우리나라나 외국을 막론하고 과거의 역사적 인물이나 영웅의 전기나 일대기를 형상화한 작품이 역사·전기소설이다. 역사·전기소설은 계몽성과 민족의식이 강하게 드러나는데, 이들 작품들은 애국 계몽 운동이 활발히 전개된 1905년 무렵부터 주로 발표되기 시작하였다.

근대 계몽기 역사·전기소설은 전대의 한문 소설 또는 전의 양식과 군담소설의 영향에다, 당대의 외국 역사·전기류의 번역과 번안, 그리고 신문, 잡지와 회보 등에 실린 단형의 인물 기사 등에 의해 형성되었다.[17]

우리나라에 역사·전기류 번역물이 소개되기 시작한 것은 1890년대 중반부터이다. 그리고 인물 기사란『독립신문』『그리스도신문』 등 근대 계몽기의 여러 신문에 실렸던 인물의 일대기 혹은 중요 행적을 정리한 기사를 말한다. 이들 인물 기사는 '인물고'란 명칭으로『서우학회월보』『서북학회월보』 등 잡지에도 지속적으로 실렸다. 인물 기사의 구체적 예로는 1899년 8월 11일『독립신문』에 실린 「모기장군의 사적」이나, 1901년 4월 이후『그리스도신문』에 실린 「리홍장과 장지동 사적」 「알푸레드 님군」 「을지문덕」 「원천석」 「길재」 등을 들 수 있다. 잡지에 실린 작품의 예로는 1907년『서우학회월보』에 실린 「을지문덕전」 「양만춘전」 「김유신전」 「온달전」 「강감찬」 「김부식」 등과『대한자강회월보』에 실린 「민충정공영환전」 등을 들 수 있다. 근대 계몽기의 신문과 잡지가 이렇게 인

---

17) 김중하, 「개화기 소설 연구(1)」, 앞의 책, 9~52쪽 참조.

물에 대한 일화 혹은 일대기를 기획 연재한 것은 민족의식을 고취하려는 데 그 목적이 있었다.

역사·전기소설에는 작자 미상의 「의태리국 아마치전」(1905), 신채호의 「을지문덕」(1908) 「이순신전」(1908) 「최도통전」(1919), 장지연의 「애국부인전」(1907), 박은식의 「천개소문전」(1911) 등 그 수가 매우 많다.

역사·전기소설이나 역사·전기류의 작가와 번역자는 한말의 지식인 계층이었다. 그들은 한문을 통해 교양을 쌓았기에 그들의 주된 문자는 한문이었지만, 한글을 존중하였고 한글 사용 의지를 지니고 있었다.

그러나 역사·전기소설은 번역·번안 소설이건 창작 소설이건 1910년 한일합방과 함께 모두 사라진다.[18] 신문이나 잡지에 새롭게 연재 발표되지 못하는 것은 물론이고, 이미 출간된 단행본조차 판매 금지 처분을 받아 회수당한 것이다. 역사·전기소설의 창작자들은 작품을 통해 국권을 지켜내려는 의도를 보여 주었으나 국권 지키기에 실패함으로써 그 양식 자체가 소멸되고 마는 운명을 맞을 수밖에 없었다. 그런 점에서 역사·전기소설은 근대 계몽기의 특수한 역사가 만들어내고 또 소멸시킨 문학 양식이었다고 할 수 있다. 그만큼 당대의 사회적·역사적 상황과 밀접하게 관련된 문학 양식이었던 것이다.[19] 그러나 문학사적 측면에서는 후대의 근대적인 역사소설의 출현을 가능케 한 과도적인 문학으

---

18) 그러나 러시아와 미국 등 해외에 거주한 한인들에 의해 발간된 『권업신문』과 『신한민보』 등의 신문에는 적지 않은 역사·전기소설이 실려 있다. 『권업신문』은 러시아 한인들로 구성된 권업회에서 1912년 4월 22일 창간한 신문이며, 『신한민보』는 국민회 북미지방총회에서 『공립신보』를 개제하여 1909년 2월부터 발간한 신문이다. 송명진, 「역사·전기소설과 디아스포라—『권업신문』 소재 역사·전기소설을 중심으로」, 『비교한국학』 제19권 3호, 국제비교한국학회, 2011, 201쪽.

19) 김영민, 「근대 계몽기의 서사문학」, 민족문학사연구소 엮음, 『새민족문학사 강좌』 02, 창비, 2009, 79~81쪽. 및 『한국근대소설사』, 95~107쪽 참조.

로써의 위치를 지닌다고 볼 수 있다.[20]

「의태리국 아마치전」은『대한매일신보』1905년 12월 14일부터 21일까지 연재된, 작가가 밝혀지지 않은 순 한글의 역사·전기소설이다. 줄거리를 간단히 요약하면 다음과 같다. "아마치는 이태리 내수도의 한 가난한 집에 태어났다. 어려서부터 뜻이 높고 기운이 활발하여 병법과 검술을 하여 천하를 주유하였다. 이태리를 통일하여 정치를 개명하고자 하는 꿈을 가지고 있었다. 선농화 땅에 백성이 군사를 일으키자 이를 도와주다가 잡혀 사형을 당하게 되었다. 달아나 남아메리카에 갔다. 우류우위 나라에 난리가 남에 도와주다. 오태리국이 이태리를 침략하므로 군사를 일으켰다가 실패하고 성을 지키다 단신 달아나다. 남미주에 갔다가 다시 이태리에 돌아와 국토를 통일하다. 불국과 오국이 계속 이태리를 능모함으로 다시 싸움을 하다가 잡혔으나 풀려나다. 불국에서 벼슬을 주고자 했으나 이를 마다하고 고향에 돌아와 은거 종신하다."

이와 같이 「의태리국 아마치전」은 이태리 독립 영웅 아마치(마찌니)의 일생을 다루고 있다. 마찌니는 가리발디, 가부르와 함께 근대 이탈리아의 통일을 완성한 공로자로 높이 추앙받고 있는 인물이다. 특히 마찌니는 청년이탈리아당을 결성하여 오스트리아의 압정에 신음하는 조국의 민족 해방과 국토 통일을 위한 무력행사를 주장하여 민중 봉기를 꾀하였으나 큰 성과를 보지 못했던 인물이다. 그는 정치적으로는 크게 성공하지 못했지만, 행동적 혁명 운동가였다.[21] 이러한 마찌니라는 영웅

---

20) 강영주,『한국 역사소설의 재인식』, 창작과비평사, 1991, 22~46쪽.

21) 김중하,「「의태리국 아마치전」 연구」, 앞의 책, 201~222쪽 참조. 줄거리는 김중하, 앞의 책. 25쪽을 옮긴 것임. 이 작품에 대해, 김중하는 독립적인 작품이 아니고 1905년 11월 24일과 25일『대한매일신보』잡보에 실린 「권고대한인사(勸告大韓人士)」라는 기사를 저본으로 하여 번역하면서 첨삭한 것이라 하였다. 또한 '아마치'는 '마찌니'의 오기

의 일대기를 통해 당대 조선의 현실도 이와 같으며, 이를 타개하기 위해 영웅적 인물이 나오기를 기대하며 창작된 작품이다.

장지연의 「애국부인전」은 1907년 광학서포에서 발간된 순 한글 작품이다. 이 작품은 영국과 대적하다 목숨을 잃은 불란서의 약안(잔다르크)의 일대기를 그리고 있다. 이 작품의 여주인공인 애국부인 약안(잔다르크)은 불란서 아리안 성의 지방 농가에서 태어났다. 그녀는 영국의 침공으로 조국 불란서가 위기에 처하자 여자의 몸으로 대원수가 되어 군사를 이끌고 무공을 세운다. 그러나 그녀는 영국군의 계략에 속아 잡혀 죽게 된다. 작품의 중간에 우리나라 고구려나 고려의 양만춘, 을지문덕, 강감찬 등의 충의 영웅이 불란서에는 누가 있는가 하며 화자는 은근히 양국을 비교하여 기술하고 있다. 이 작품의 주제는 끝 부분에 잘 나타나 있다.

마침내 강한 영국을 물리치고 나라를 중흥하여 민권을 크게 발분하고 지금 지구상 제 일등에 가는 강국이 되었으니 그 공이 다 약안의 공이라 오륙백년을 전래하면서 법국 사람이 남녀 없이 약안의 거룩한 공업을 기념하며 흠앙하는 것이 어찌 그렇지 아니하리요.
슬프다 우리 나라도 약안 같은 영웅호걸과 애국충의의 여자가 혹 있는가.[22]

이처럼 「애국부인전」은 「의태리국 아마치전」과 같이 누란의 위기에 처한 당대의 어려움을 타개하기 위한 영웅호걸과 애국 충의의 인물을

에 의해 생겨난 이름일 뿐 새로운 허구적 인물은 아니라고 하였다.
22) 장지연, 『애국부인전』, 광학서포, 1907, 39쪽.

갈망하고 있는 것이다.

신채호는 『을지문덕』(광학서포. 1908. 5.), 「수군 제일 위인 이순신(水軍第一 偉人 李舜臣)」(『대한매일신보』, 1908. 5. 2.~5. 18.), 「동국거걸 최도통(東國巨傑 崔都統)」(『대한매일신보』, 1909. 12. 5.~1910. 5. 27.) 등의 역사 · 전기소설을 발표하였다. 신채호의 작품들은 앞의 두 작품과는 달리 모두 국한문 혼용체로 발표되었는데, 모두가 고대로부터 근세에 이르기까지 수, 명, 왜국 등의 외세의 침입에서 나라를 구한 을지문덕, 최영, 이순신 등 민족사의 3대 영웅을 소설화하였다. 그런데 그의 작품 『을지문덕』과 「이순신」은 김윤창과 패서생에 의해 순 한글본 『을지문덕』 (광학서포, 1908. 7.)과 「수군 제일 거룩한 인물 리순신전」(『대한매일신보』, 1908. 6. 11.~10. 24.)으로, 그리고 「최도통」은 「동국에 제일영걸 최도통전」(『대한매일신보』, 1910. 3. 6.~5. 26.)으로 번역 발표되기도 하였다.

신채호의 작품들은 외국의 영웅이나 위인과는 달리 한국의 위인, 영웅들을 직접 다루고 있다.

신채호가 저술하고 김윤창이 한글로 번역한 『을지문덕』은 권두에 저자의 범례가 있고, 서론, 본론 15장, 결론으로 구성되어 있다. 서론과 결론을 포함한 17장의 차례를 살펴보면 다음과 같다. 「서론」 「제일장 을지문덕 이전에 한국과 지나의 관계」 「제이장 을지문덕 시대에 고구려와 수나라의 형세」 「제삼장 을지문덕 시대에 열국의 형세」 「제사장 을지문덕의 굳센 정신」 「제오장 을지문덕의 웅도 대략」 「제육장 을지문덕의 외교」 「제칠장 을지문덕의 무비」 「제팔장 을지문덕의 수단 밑에 적국」 「제구장 수나라의 형세와 을지문덕」 「제십장 용같이 변화하고 범같이 용맹한 을지문덕」 「제십일장 살수 풍운의 을지문덕」 「제십이장 성공후 을지문덕」 「제십삼장 옛날 사기 지은 사람의 좁게 본 을지문덕」 「제십사장 을지문덕의 인격」 「제십오장 무시무종의 을지문덕」 「결론」.

신채호는 이 작품의 결론 부분에서 다음과 같이 말한다.

> 지금은 일폭 금수강산이 파쇄가 되어 단군 이후에 사천년을 전래하던 중심기지까지 남에게 사양하여 우리 집 형제들은 발을 디딜 곳이 없으니, 어느 겨를에 압록강 서편을 생각이나 하여 보리오. 슬프다. 이십세기 새 대한의 을지문덕의 탄생이 어찌 그리 더디뇨. …(중략)… 슬프다. 만일 다른 나라의 진보되는 것으로 미루어 볼진대 중고시대 그렇게 강한하던 민족이니 지금 당하여 세력이 마땅히 세계에 으뜸이 될 것이 어늘 무슨 연고로 그 타락한 경황이 이 지경에 이르렀느뇨. 내 이제야 알괘라. 그 나라 인민의 용맹하고 나약함과 넉넉함과 용렬함은 전혀 그 나라의 먼저 깨달은 한 두 영웅이 고동하고 권장함을 따라서 진퇴하는 바로다.[23]

이처럼 참담한 위기의 시대를 구원할 구국의 민족 영웅을 대망하는 영웅대망론을 드러내고 있다. 신채호의 「을지문덕」이나 「이순신전」은 「의태리국 아마치전」 「애국부인전」과 마찬가지로 위기의 시대에 과거의 역사적 인물들의 행적을 통해서 새로운 영웅호걸과 애국 충의의 인물을 갈망한 것이다. 이후 신채호는 1910년대 이후에는 「꿈하늘」(1916)이나 「용과 용의 대격전」(1928) 같은 특이한 형태의 소설을 쓰게 된다.

---

23) 「을지문덕」, 단재신채호전집편찬위원회, 『단재 신채호 전집』 제4권, 독립기념관 한국독립운동사연구소, 2007, 148~149쪽.

Ⅳ. 토론체 소설

근대 계몽기에서 두 인물이나 동물 또는 여러 인물이 모여 대화나 문답, 연설 같은 각종 담화 방식을 통해 당대의 현실적 문제를 토론하면서, 국권 회복, 자주 독립, 문명 개화 등을 직설적으로 드러내는 토론체 소설이 많이 나타난다.

이러한 토론체 소설은 전래의 재담식 설화에서 전승되었고(「산지고고 탱석고(山之高高 撑石故)」라는 설화와 개화기 『독립신문』에 실린 「속담」), 한문 소설과 전래 서사문학의 영향을 받았다(박지원의 「호질」과 박두세의 「요로원야화기」). 그리고 당대의 민족적 위기 의식을 극복하고자 한, 독립협회나 만민공동회, 대한자강회, 기호흥학회 등 여러 단체에서 개최하는 정치 집회나 대중 연설회 등에서, 또는 여러 신문, 잡지, 회보 등의 기사나 논설 등에서 영향을 받은 바가 크다 할 것이다.[24]

토론체 소설에는 『대한매일신보』에 연재된 「소경과 안즘방이 문답」 (1905) 「거부오해」(1906)와 『대한민보』에 실린 백치생의 「절영신화」 (1909), 안국선의 「금수회의록」(1908), 김필수의 「경세종」(1908), 굉소생의 「병인간친회록」(1909), 이해조의 「자유종」(1910), 작가 미상의 「천중가절」(1913) 등이 있다. 이들 작품들은 1905년 이후에 주로 발표되었다.

토론체 소설을 연설체와 토론체로 나누기도 하지만 여기서는 토론체로 묶어서 살펴보기로 한다.

「소경과 안즘방이 문답」은 작자가 밝혀져 있지 않은데, 1905년 11월 17일부터 12월 13일까지 『대한매일신보』 잡보란에 연재되었다. 「소경과

---

24) 김중하, 「개화기의 토론체 소설 연구」, 앞의 책, 111~133쪽 참조.

안즘방이 문답」은 점을 치는 장님과 망건을 만드는 앉은뱅이가 만나 개화의 물결 속에서 생활의 어려움을 토론하는 스토리이다. 장님은 계몽으로 인해 점을 치는 손님이 적어지고, 앉은뱅이는 단발령으로 남자들이 머리를 깎아 망건이 팔리지 않게 되어서 수입이 줄어들게 되었다고 하면서, 잘못된 개화 풍속도를 비판한다.

작가는 조정의 부패 관료에 의해 자행되는 매관매직과 악정, 그리고 외세의 횡포와 침략에 대한 위협 때문에 올바른 방향으로 나아가지 못하는 개화 풍속을 비판하는데, 비판의 주체가 장님과 앉은뱅이라는 점에서 더욱 풍자적이다. 말하자면 두 눈을 뜨고도 당대 현실을 제대로 파악하지 못하고, 사지가 멀쩡하면서 올바르게 행동하지 못하는 당대의 정부 관료나 개화 주체들을 비판하고 있는 것이다.

안국선의『금수회의록』은 1908년 2월 황성서적업조합에서 간행되었는데 1909년 금서 처분을 받았다.『금수회의록』은 '나(인간)'라는 일인칭 관찰자가 꿈속에 금수회의소에 들어가 동물들이 연단에 올라가 연설한 내용을 관찰 기록한 것이다. 동물들의 인간에 대한 비판은 모두 연설의 형식을 통해 이루어지고 있는데, 등장하는 동물은 까마귀, 여우, 개구리, 벌, 게, 파리, 호랑이, 원앙새 등이다. 이들은 각기 반포지효(反哺之孝), 호가호위(狐假虎威), 정와어해(井蛙語海), 구밀복검(口蜜腹劍), 무장공자(無腸公子), 영영지극(營營之極), 가정맹어호(苛政猛於虎), 쌍거쌍래(雙去雙來)라는 주제의 연설을 통하여 인간을 풍자 비판하고 있다. 모든 연설은 각기 동물들이 지닌 습성을 통해 추상적인 내용을 구체적이고 직접적으로 전달한다.

이 작품에서 동물을 통해 드러내는 현실 비판 의식은 주로 기독교적인 세계관에 바탕을 두고 있지만, 한편으로는 전통적인 유교적 가치관과도 상통하고 있다. 작가는 봉건적인 조선 사회가 붕괴되기 시작하면서 인간의 윤리 도덕마저 무너져 버린 것을 개탄한 나머지 기독교적 인간관에 바탕을 두고 현실을 비판하고 있지만, 그 내용의 대부분은 전통적인 도덕관과 윤리 의식의 회복을 강조한 것들이다. 반포지효에서의 부모의 대한 효도, 무장공자에서의 지조와 절개, 영영지극에서의 형제 동포 간의 우애, 쌍거쌍래에서의 부부 화목 등은 모두 혁신적인 이념이라기보다는 과거에서부터 존속되어 왔던 전통적인 가치관이다. 작가는 인간 생활의 도표로서 유용한 이러한 가치관을 다시 복구해야 한다고 주장하였던 것이다.[25]

이해조의 『자유종』은 1910년 7월 30일 광학서포에서 발행되었는데, 1913년 금서 처분을 받았다. 이해조 자신이 '토론 소설'이라고 명기하고 있다.

『자유종』은 이매경 여사의 생일날 축하차 참석한 신설헌, 홍국란, 강금운 등이 1908년 음력 1월 16일 밤새 시국에 대해 토론한 내용이다. 네 명의 부인 중 신설헌이 사회자의 역할을 맡아 토론회를 진행한다. 네 명의 부인들은 동서고금의 해박한 지식을 동원하여 당대 현실 문제를 토론한다. 그들이 주장한 내용들은 여성들의 권리 회복, 자주 정신 고취를 위한 신학문 교육, 사회제도의 개선과 민중 계몽 등이 대부분이다. 토론의 마무리 부분에서 이들 네 사람들이 자신들의 꿈을 실제 꿈 이야기를 통해 진술한다. 신설헌과 강금운은 대한제국의 자주독립을 꿈꾸었고, 이매경은 대한제국의 문명개화를 꿈꾸었고, 홍국란은 대한제국의 안녕 평화를 꿈꾸었다고 말한다. 『금수회의록』과 비슷하게 꿈이라는 허구적

---

25) 권영민, 앞의 책, 194쪽.

장치를 통해 작가가 꿈꾸는 조선의 미래의 모습을 보여준다고 하겠다.

이처럼 이해조는 『자유종』을 통해 여권 신장과 여자 교육의 필요성 제시, 반상 차별의 철폐, 지역 차별 철폐, 서얼 차별 폐지 등 봉건제도의 타파를 주장한다. 이 중에서 가장 중요한 것은 신교육과 학문의 보급, 그리고 여성의 권리와 역할의 문제다. 작품의 서두에서 제시된 여자로 태어나 남자의 압제를 받아 자유를 빼앗기면 이 역시 사람의 권리를 스스로 버리는 일이 된다는 화자의 진술은 여권 존중 사상과 직결되는 것이다.

토론체 소설이 비록 사건의 전개도 없이 대화 또는 토론, 문답을 주로 하는 특징 때문에 소설 양식으로서의 허점을 드러내고 있다 하더라도 서사 구조를 가졌으며, 인물 설정이 허구성에 바탕하고 있어 일단은 소설 양식으로 인정할 수 있다는 것과, 장식적 반복 수법에 탄력과 다양성을 주기 위해 일부 작품에는 단가 또는 장탄가류가 삽입되어 있다는 특징을 발견할 수 있다.[26]

V. 신소설

신소설이란 말은 고소설 혹은 구소설과는 다른 새로운 형식의 소설이란 의미로 쓰였으며, 이인직이 1906년 신문 『만세보』에 소설 「혈의 누」를 연재하면서 '신소설'이란 명칭을 붙인 데서 유래한다. 이 신소설에 대해 '낡은 양식에 새 정신을 담은 과도기적인 것'이라고 규정하기도 하지

---

26) 김중하, 「개화기의 토론체 소설 연구」, 앞의 책, 111~133쪽 참조.

만, 근대 계몽기의 소설로서 신소설은 조선 후기의 한글 소설의 형식을 계승·발전시키면서 반봉건 문명개화라고 하는 새로운 시대의 과제에 부응하는 새로운 양식으로, 당대 현실에 대한 사실적 반영으로서 내용이나 형식에 있어 구소설보다 훨씬 진보한 리얼리즘적 소설 양식이다.

신소설은 중세 봉건 사회제도의 혼란과 부패상, 봉건적 가족제도의 모순에 대한 비판, 자주독립과 문명 개화로의 지향 등 근대 개화사상을 고취하며, 고진감래식의 구소설의 틀을 벗어나 당대의 인물과 사건에 기초하여 민중의 일상 언어를 구사하는 등 새로운 특징들을 보여 준다.

물론 신소설은 이처럼 근대 소설적 특징을 가지면서도 여전히 구소설의 잔재를 가지고 있는 점도 간과할 수 없다. 인물 설정과 갈등의 해결에서 선악의 대립이 신구의 대립으로 대치되었을 뿐 내적 필연성 없이 권선징악의 낡은 틀이 유지되고 있으며, 언어 사용에서도 아직 완전한 언문일치에까지 이르지 못하였다. 그리고 신소설이 내세우는 반봉건 문명개화의 사상도 봉건 체제의 파괴와 진정한 민족국가의 수립이라는 데에는 전혀 미치지 못하고, 대개는 풍속 개량과 서구적인 근대 문물제도의 수입 차원에 머물렀다.

이런 한계 때문에 1910년의 한일합방으로 신소설식의 자주독립과 문명개화의 사상이 친일로 귀결되고 더 이상 진보성을 가질 수 없게 되었을 때, 문명개화의 진보적 측면은 일상생활 속에서 그것을 구체적으로 실현하는 인물을 추구하면서 부르주아 계몽 소설로 발전하지만 신소설 자체는 구소설보다 훨씬 더 비속화된 구소설로 퇴행된다.[27]

최초의 신소설은 이인직이 『만세보』에 1906년 7월 22일부터 10월 10

---

27) 김재용·이상경·오성호·하정일, 앞의 책, 86~87쪽.

일까지 연재한 「혈(血)의 누(涙)」로 알려져 있다. 그런데, 권영민은 최초의 신소설을 1906년 1월 23일부터 2월 18일까지 일본인 신문 『대한일보』에 발표된 「일념홍(一捻紅)」이라고 하였다. 이 작품의 작가는 일학산인(一鶴散人)이라고 표기되어 있고, 한문투의 국한문 혼용체에 회장체 형식의 16장으로 되어 있다. 이는 이인직의 「혈의 누」가 『만세보』에 연재되기 시작한 때보다 6개월 정도 앞선 시기에 해당한다. 권영민은 「일념홍」의 서사 구조가 영웅소설의 서사 구조를 계승하면서도 근대 계몽기 소설의 성립 과정을 보여준다는 점과 작가의 서명이 최초로 된 작품이라는 점을 강조한다. 또, 일상적인 개인의 삶을 중심으로 이야기를 전개하는 신소설의 중요한 특징을 지니고 있다고 하였다.[28]

이에 대해 일찍이 김중하는 「일념홍」은 전대 소설의 계승적 성격과 다음에 올 신소설의 성격을 동시에 지니고 있는 것으로, 중간 단계 또는 과도기적 특성을 지니고 있다고 하였다. 전대 소설의 계승적 성격으로, 주인공의 출생 설화가 개입되어 있다는 점, 주인공이 영웅적 전형을 띠고 있다는 점, 인물 설정에서 전형성을 띠고 있다는 점, 평면적 인물로 악인과 선인의 구별이 뚜렷하다는 점, 스토리 전개가 전대 소설의 방법 즉 시간적 진행에 주로 의존한다는 점, 한주국종(漢主國從)으로 회장체 소설 형식을 따랐다는 점 등을 들고 있다. 또한 신소설적 성격으로 개화 사상을 고취하고 있고, 계몽적 활동을 주인공이 벌이고 있고, 등장인물이 초인적 능력을 갖지 않았고, 서술적 역전의 기법이 사용되었다는 점

---

28) 『대한일보』 연재본은 일부가 낙질되어 있었는데, 권영민이 미국 버클리대학 도서관에서 「일념홍」의 필사본을 발견하여 소설 전문이 알려졌다. 필사본 「일념홍」은 『문학사상』 297호(1997년 7월)에 현대어 역문과 함께 수록되어 있고, 권영민의 앞의 책에도 실려 있다. 권영민, 「신소설 「일념홍」의 정체」, 『문학사상』 296호, 1997. 6. 132~189쪽.

이다. 그러나 이 작품은 일본 공사를 선하고 의로운 인물로 설정하고 있으며, 이들의 도움으로 개화하도록 했다는 점, 악인을 한국 정부 관료로 했다는 점, 남자 주인공 이정이 러일전쟁에서 전공을 세워 포상받았다는 점 등 친일적인 성격이 다분하다는 점도 밝혔다.[29]

그런데 설성경은 최초의 신소설은 토소자(吐笑子)란 필명의 작가가 쓴 「엿장사」(1898)임을 주장하였다. 이 작품은 『한문잡록』이란 단편소설집에 실려 있는데, 이 책은 1907년에 러시아 학자인 N. Podstavin에게 우리 소설을 소개하기 위해 어떤 우리나라 사람이 묶어 만든 단편소설집이다. 설성경은 『한문잡록』 수록 작품들이 1898년 『한성신보』에 실린 신문 연재소설임을 근거로 「엿장사」가 최초의 신소설임을 주장하였다. 이 작품은 근대 계몽기를 배경으로 하였고, 고소설 투나 토론체 형식과 확연히 구분되는 구어체의 순 국문으로 표기되었을 뿐만 아니라, 친일적 성격이 배제되고, 사실적인 기법을 비롯한 강력한 극적 반전과 풍자

---

29) 김중하, 「개화기 소설 「일념홍」 연구」, 앞의 책, 223~248쪽 참조. 이 논문은 『문리대 논문집』 제14집 인문 사회과학 편(부산대학교, 1975)에 실렸다. 참고로 김중하가 정리한 「일념홍」의 스토리를 간단히 제시한다. ① 일념홍의 기이한 출생—애춘원 일총자 목단의 정령. ② 일념홍의 미색. ③ 일념홍 2세에 양온이 죽음. ④ 한온의 자비심에 의해 양육. ⑤ 일념홍 16세에 준비지란으로 한온이 죽음. ⑥ 산승 완운이 일념홍을 삼백 금에 교방에 팔아 기생이 됨. ⑦ 운허노인(금사)을 만나 금조를 배움. ⑧ 이정을 만나 정을 나눔. ⑨ 모대관이 일념홍의 미색을 탐해 호노를 보내 납치하려 하나 이정의 가노가 이를 퇴치함. ⑩ 다시 모대관이 무고하여 이정이 경무청에 잡혀감. ⑪ 모대관이 일념홍을 납치하려 하나 술객이 엽객인 주한일공사의 도움을 청해 이를 모면함. ⑫ 주한일공사가 일념홍에게 일본 여학교 유학을 알선함. ⑬ 이정도 주한일공사의 도움으로 풀려나 일본 유학 감. ⑭ 이정은 노일전쟁에 종군하여 크게 전공을 세워 특서훈 욱일장을 받고 귀국하며, 일념홍은 다시 영국에 유학했다가 백림, 파리, 화성돈을 거쳐 귀국함. ⑮ 모대관은 노일전쟁 때 배일사상을 품고 노국의 첩자 짓을 했을 뿐 아니라 일진회원을 죽였고, 이정을 무고한 죄가 드러나 사형을 당함. ⑯ 일념홍과 이정은 여러 가지 사회사업과 활동을 함. ⑰ 일념홍과 이정은 정부 당국으로부터 포상을 받고 전국 유람을 하다. 금강산 비로봉에 올랐다가 이정이 도승 원월의 후신임을 발견함 (233~234쪽).

성까지도 강하게 지니는 등 새로운 서사 형식을 갖추고 있으며, 작가의 필명이 밝혀져 있음을 중시하였다. 또한, 『한문잡록』의 「엿장사」는 문집 자체에서도 '신제소설(新制小說)'로 규정했고, 문집 서문에서도 '근대 한국문학에 있는 풍자 작품의 모범의 것'이라고 하였기에, 당시에도 신문학의 범주에 넣고 있었음을 강조했다.[30]

신소설의 대표적인 작가는 이인직과 이해조이다.

이인직은 대한제국 정부의 관비 유학생으로 1900년 일본에 가 동경 정치학교에서 3년간 수학하고, 러일전쟁 때에는 일본 육군성 한어 통역관으로 종군했다. 1906년 일진회 기관지 『국민신보』 주필을 지냈고, 다시 『만세보』 주필로 자리를 옮겼다. 1907년에는 『대한신문』 사장에 취임하였으며, 이완용의 비서 노릇도 하였다. 그의 작품으로는 『혈의 누』(상편, 1906) 『귀의 성』(상하편, 1906~1907) 『은세계』(1908) 『치악산』(상편, 1908) 『빈선랑의 일미인』(1912) 『모란봉』(1913) 등이 있다.

『혈의 누』는 최초로 신소설이란 명칭으로 발표된 작품으로 신소설의 대표작으로 알려져 있다. 1906년 7월 22일부터 10월 10일까지 『만세보』 23~88호에 연재된 작품인데, 이후 일부 개작되어 광학서포에서 1907년과 1908년에 단행본으로 출판되었다. 「혈의 누」의 속편으로 1907년 5월 17일부터 6월 1일까지 『제국신문』에 연재된 「혈의 누」 하편과 1913년 2월 5일부터 6월 3일까지 『매일신보』에 연재된 「모란봉」이 있다. 「혈의 누」 하편은 옥련모의 미국 방문기이고, 「모란봉」은 옥련의 귀국 이야기이다. 1912년 12월에는 동양서원에서 「혈의 누」 상편을 『모란봉』이란 이

---

30) 설성경, 「최초의 신소설에 대한 새로운 접근」, 『문학과 의식』 27호, 문학과 의식사, 1995, 227~239쪽; 설성경, 『신소설 연구』, 새문사, 2005, 25~95쪽 참조.

름으로 개제한 정정본이 출간되기도 하였다.

『혈의 누』는 청일전쟁으로 평양에 살던 가족과 헤어지고 혼자 남은 여주인공 옥련이 일본인 군의관 이노우에를 만나 그의 도움으로 일본으로 가서 어렵게 공부하던 중, 구완서라는 청년을 만나 함께 다시 미국으로 유학 가고 거기서 일찍 유학을 간 아버지 김관일을 만난다는 스토리다. 서두는 다음과 같다.

> 일청전쟁의 총소리는 평양 일경이 떠나가는 듯하더니, 그 총소리가 그치매 사람의 자취는 끊어지고 산과 들에 비린 티끌뿐이라.
> 평양성 외 모란봉에 떨어지는 저녁볕은 뉘엿뉘엿 넘어가는데, 저 햇빛을 붙들어 매고 싶은 마음에 붙들어 매지는 못하고 숨이 턱에 닿은 듯이 갈팡질팡하는 한 부인이 나이 삼십이 될락말락하고, 얼굴은 분을 따고 넣은 듯이 흰 얼굴이나 인정 없이 내리쪼이는 가을볕에 얼굴이 익어서 선 앵두빛이 되고, 걸음걸이는 허둥지둥하는데[31]

이렇게 시작되는 「혈의 누」는 청일전쟁으로 고아 아닌 고아가 된 여주인공 김옥련이 일본과 미국에서의 해외 유학을 통해 근대 문명을 받아들인 개화 여성으로 성장하여 간다는 여성 성장담이라 할 수 있다.

이 작품에는 봉건제도와 탐관오리의 폭정에 대한 비판, 자주독립의식의 각성과 신학문의 섭취를 통한 정치 사회 제도의 개혁과 남녀평등 사상의 고취, 그 밖에 자유 결혼, 조혼 폐지, 재가 허용 등이 담겨 있다. 옥련과 따로 해외 유학을 떠나게 되는 옥련의 부 김관일은 청일전쟁의 참

---

31) 이인직, 『혈의 누』, 광학서포, 1907. 권영민·김종욱·배경열 편, 『한국신소설선집』 01, 서울대학교 출판부, 2003, 1쪽 재인용.

상을 직접 겪고 가족과 헤어진 후 혼자 집에 와서 다음과 같이 말한다.

> 평안도 백성은 염라대왕이 둘이라. 하나는 황천에 있고 하나는 평양 선화당에 앉았는 감사이라. 황천에 있는 염라대왕은 나이 많고 병들어서 세상이 귀치않게 된 사람을 잡아가거니와, 평양 선화당에 있는 감사는 몸 성하고 재물 있는 사람은 낱낱이 잡아가니, 인간 염라대왕으로 집집에 터주까지 겸한 겸관이 되었는지, 고사를 잘 지내면 탈이 없고 못 지내면 왼 집안에 동토가 나서 다 죽을 지경이라. 제 손으로 벌어놓은 제 재물을 마음 놓고 먹지 못하고 천생 타고난 제 목숨을 남에게 매어놓고 있는 우리 나라 백성들을 불쌍하다 하겠거든, 더구나 남의 나라 사람이 와서 싸움을 하느니, 그러한 서슬에 우리가 폐가하고 사람 죽는 것이 다 우리가 강하지 못한 탓이라.
>
> 오냐, 죽은 사람은 하릴없다. 살아 있는 사람들이나 이후에 이러한 일을 또 당하지 아니하게 하는 것이 제일이다. 제 정신 제가 차려서 우리나라도 남의 나라와 같이 밝은 세상 되고 강한 나라 되어 백성 된 우리들이 목숨도 보존하고 재물도 보전하고, 각도 선화당과 각도 동헌 위에 아귀 귀신 같은 산 염라대왕과 산 터주도 못 오게 하고 범 같고 곰 같은 타국 사람들이 우리나라에 와서 감히 싸움할 생각도 아니하도록 한 후이라야 사람도 사람인 듯싶고 살아도 산 듯싶고, 재물 있어도 제 재물인 듯하리로다.[32]

그러나 이 작품에는 우리나라에서 벌어지는 청일전쟁의 책임이 청나라에 있다고 하여 청나라와 정부 관료인 민영준만 비난한다든지, 옥련 모친의 구원자가 일본 군인이며, 옥련의 구원자가 일본 군의관이고, 일본이 호의적인 이웃이며 일본과 친교를 해야 한다는 등 친일적인 성격

---

32) 권영민 · 김종욱 · 배경열 편, 앞의 책, 8~9쪽.

이 드러나고 있다. 다시 말하면 일본 역시 제국주의 외세의 한 축임을 애써 외면하고, 근대화의 한 모델로만 여기는 등 자주독립 의식이 다소 희석되고 있다. 이러한 「혈의 누」의 친일적인 담론은 「은세계」에 이르러서는 반봉건주의 문명개화 의식만 남고 반제국주의 반외세 의식은 없어지며 한일합방을 옹호하는 완전한 친일적 담론으로 바뀌게 된다.

그런데 이 작품은 서두에서 청일전쟁의 와중에 딸의 이름을 부르며 허둥거리는 최씨 부인의 모습을 통해 구소설과는 다른 생동감과 참신성을 보여주고 있으며, 구성상 서술의 역전이 이루어져 있고, 등장인물도 선악의 이분법에서 어느 정도 벗어나 생동감 있는 인물로 형상화되어 있는 등 발전된 서사의 모습을 보이고 있다. 그러나 우연성을 남발한다든지 구소설에서 등장하는 초인적인 구원자가 일본인(외국인)이나 문명개화인으로 바뀌어 등장한다는 점에서 구소설적 요소들을 답습하는 한계도 그대로 지니고 있다고 하겠다.

이해조는 조선 시대 명문가의 자손으로 태어나 19세에 초시에 합격하였으나 벼슬길에 나아가지 않고, 당대의 개화 지식인으로서 1907년 『제국신문』의 기자로 활동하는 등 언론에 종사하면서 활발한 소설 창작 활동을 하였다. 작품으로는 『고목화』(1907)『빈상설』(1908)『원앙도』(1908)『구마검』(1908)『홍도화』(상편, 1908)『만월대』(1908)『쌍옥적』(1908)『모란병』(1909)『현미경』(1909)『박정화』(1910)『화의 혈』(1911)『소양정』(1912)『탄금대』(1912) 등의 신소설과, 『화성돈전』(1908)『철세계』(1908) 등의 번역이 있다. 그 밖에 판소리 〈춘향가〉〈심청가〉〈흥부가〉 등을 〈옥중화〉〈강상련〉〈연의 각〉 등으로 개작하기도 하였다. 신소설 작가 중 가장 많은 작품을 남겼으며, 신소설의 대중적인 기반을 확대하는 데 많은 기여를 하였다.

『빈상설』은 1908년 광학서포에서 단행본으로 발간되었는데, 북촌의 개명한 양반 이 승지의 딸 난옥이 기생첩인 평양집의 간계로 수구파인 서 판서 아들인 남편 서정길에게 쫓겨나지만 쌍둥이 남동생 승학의 도움으로 구출되고, 평양집은 처벌받게 되며, 귀양 간 이 승지가 풀려나 가족이 활기를 찾게 되고, 서정길은 상해로 유학 간다는 스토리이다. 가정 내 처첩 간의 갈등을 중심으로 한 가정소설류에 속하지만, 가부장적인 일부다처제를 비판하고 봉건 양반층의 부패상을 폭로하면서 봉건적 신분제도의 모순을 타파하는 등 문명개화를 주장하였다.

그런데 이인직과 이해조의 소설들이 대개 장편인 데 비해 그 밖에 대부분 작자의 이름이 알려지지 않은 중 · 단편 분량의 신소설들이 있다. 이들은, 이인직과 이해조의 소설이 기본적으로는 권선징악적인 구성으로 문명개화 의식을 드러내는 것과는 달리, 봉건제도에 대한 풍자, 활빈당이나 의병 활동에 대한 묘사, 개화 정치 운동을 한 사람들이 현실에서 직면한 비극 등 다양한 제재와 수법으로 반외세 · 반봉건의 주제를 형상화했다.[33] 이러한 소설로는 다음과 같은 작품들이 있다.

장응진(백악춘사)의 「다정다한」(『태극학보』 6~7호, 1907. 1.~2.)은 국한문혼용체 단편소설로서, 근대 초기 신법 기술을 배우려다 그 허황됨을 깨닫고 개화 지식인으로 변모하는 삼성(三醒)선생의 행적을 다루고 있다. 그는 경무국장으로 임명되나 민중의 편에 서서 소신껏 일을 하며, 개화 계몽운동에도 참여하다가 좌천되고 면직까지 당하게 된다. 이후 구속되었으나 옥중에서 예수교를 믿게 되고, 무죄 방면되어 사회사업과 전도 사업에 열중하게 되었다는 작품이다.

---

33) 김재용 · 이상경 · 오성호 · 하정일, 앞의 책, 102~108쪽.

반아의 「몽조」(『황성신문』, 1907. 8. 12.~9. 17.)는 한대흥이란 개화주의자가 구국을 위한 활동을 하다가 사형을 당한 후 남은 가족이 겪는 고생을 서술한 작품이다. 작품의 결구는 갖은 고통을 겪던 정 부인이 예수교를 믿고서 새로이 희망을 가지는 것으로 끝난다.

육정수의 『송뢰금』(상권, 박문서관, 1908)은 러일전쟁 당시 원산항을 배경으로 근대 초기 상업자본의 운명과, 몰락 농민들의 하와이 노동 이민의 참상을 사실적으로 보여준 작품이다. 신소설 일반의 가정소설류를 벗어나 정치·경제적인 문제를 반외세·반봉건의 관점에서 어느 정도 총체적으로 형상했다는 점에서 다른 신소설들과는 구별되는 특징을 가진다.

『만인산』(백학산인, 『대한민보』, 1909. 7. 13.~8. 18. 연재, 1912년 동양서원에서 간행)은 당대 사회의 봉건 관료들의 학정과 부패상을 매관매직의 행위를 중심으로 풍자적으로 형상하여 반봉건 사상을 고취한 뛰어난 작품이다. 역시 『대한민보』에 연재된 일우생의 『오갱월(五更月)』(1909. 11. 25.~12. 28.)은 의병과 일본 헌병 사이에 끼여 수난당하는 민중의 참상을 그린 작품이다.

「소금강」(빙허자, 『대한민보』, 1910. 1. 5.~3. 6.)은 개화사상을 지닌 주인공이 개화사상의 한계를 깨닫고 민중적 입장으로 접근하면서 활빈당에 가담하고, 그 활빈당이 나아가 의병 운동, 국외의 독립군 운동으로 발전해 나가는 과정을 보여 주는 독특한 소설이다.

VI. 연구의 전망과 과제

근대 계몽기는 앞에서도 말한 것처럼 상황과 의식의 변화에 상응하여 문학의 변화가 일어난 시기다. 통시적으로는 신·구의 요소가 공존하고 공시적으로는 다른 장르적 요소들이 공존하는 장르 혼합의 양상을 지니고 있는 점, 그리고 무엇보다 일부 신소설 작품을 제외하고 당대의 소명 의식에 압도되어 근대 계몽기 문학이 시가든 소설이든 주제 문학의 극단을 보이고 있어 문학과 비문학의 경계선이 모호해진 점 등으로 근대 계몽기 문학은 문제적 문학이며 그만큼 장르 비평적 접근을 어렵게 하고 있다. 근대 계몽기 문학의 변화는 이런 관점에서 더욱 천착되어야 할 것이다.

근대 계몽기 서사문학 연구는 앞에서 살펴본 것처럼 그 다양한 양식만큼이나 다방면으로 이루어져왔으나, 최근의 연구는 근대 계몽기 단형 서사(소설)에 집중되어 있는 듯하다. 그동안 연구의 논의 대상에서 다소 소외되어 있던 신문 수록 단형 서사의 발굴과 이에 대한 정리 작업은 새로운 연구 경향으로 자리 잡고 있다. 또한 이와도 연관되는 것이지만, 근대 계몽기 서사문학과 전대 문학과의 연관성에 대한 연구도 활발하게 이루어지고 있다. 특히 전대 문학 양식인 전(傳), 설(說), 기(記), 전기(傳奇) 등을 어떻게 수용하고 변화시켜 근대적 의미의 '소설'로 발전하게 되었는가에 관한 연구가 진행되고 있다. 아울러 1910년대와 1920년대의 후기 신소설 연구와 구활자본 고소설에 대한 연구도 활발하다. 그러나 앞으로의 근대 계몽기 서사문학(소설) 연구는 공시적으로는 이들 다양한 양식들의 융합 양상이 파악되어야 하며, 통시적으로는 전근대 서사,

근대 계몽기 서사(소설), 근대 소설의 연속성에 대해 총체적으로 검토되어야 한다.

그리고 근대 계몽기 소설과 1910년대 소설과의 연관성도 살펴볼 필요가 있다. 근대 계몽기의 범주를 넓게 설정할 때 1910년대도 이에 포함될 수 있기 때문이다. 1910년대 소설 연구는 근대 장편소설인 이광수의 『무정』(1917)에 관한 연구와, 이와는 달리 1910년대 근대 단편소설에 관한 연구로 크게 대별될 수 있는데, 이에 대한 연구 성과도 어느 정도 축적되어 있다. 1910년대 신지식층 작가의 단편소설은 통속화된 후기 신소설과는 달리 또 다른 시대의 변화를 새롭게 반영하는 소설로서 계몽성을 지니고 있지만 그 방식이 간접화되어 있으며 사실주의 문학에 가까운 특성을 지니고 있다. 아울러 현실적인 삶의 조건들의 결핍감에서 오는 인간의 내면 심리 묘사가 나타나기도 하였다. 앞으로 이들에 대한 연구도 새롭게 이루어져야 할 것이다.

(2013)

개화기 『경향신문』에 실린 '쇼셜(小說)' 연구

Ⅰ. 머리말

개화기의 문학에 대한 연구는 선학들에 의해 어느 정도 단계에 오른 감이 없지 않다.

개화기 소설의 경우, 특히 신문 소설 또는 신문 연재소설에 대한 연구는 조연현, 이재선, 송민호, 김중하 등에 의하여 새롭게 전개되어왔다.[1]

본고는 개화기 신문 소설 연구[2]의 일환으로 1906년 천주교회에서 발

---

1) 조연현, 『한국 신문학고』, 문화당, 1966; 이재선, 『한국 개화기 소설 연구』, 일조각, 1972; 이재선, 『한말의 신문 소설』, 춘추문고, 한국일보사, 1975; 송민호, 『한국 개화기 소설의 사적 연구』, 일지사, 1975; 김중하, 「개화기 신문 소설 '거부오해' 소고」, 『수련어문론집』 제3집, 부산여자대학교 국어교육과, 1975; 김중하, 「개화기 소설 「일념홍」 연구」, 『문리대 논문집』 14집, 부산대학교, 1975; 김중하, 「개화기 신문 소설 '의틱리국 아마치젼' 연구」, 『한국문학논총』 제1집, 한국문학회, 1978; 김중하, 「개화기 소설 연구(Ⅰ)」, 『문리대 논문집』 17집, 부산대학교, 1981.

2) 개화기의 신문과 연재소설과의 일반적 관계를 지금까지의 연구는 다음과 같이 밝혀 놓고 있다.
   ① 개화기의 신문은 국민을 계몽하고 새로운 지식과 신문학의 보급을 담당하는 것 이외에도 소설의 연재라는 면에서 신문학과 불가분의 관계에 있다.

행한 『경향신문』에 실린 '쇼셜(小說)'에 대해 살펴보고자 한다. 『경향신문』에 '쇼셜(小說)'이란 명칭으로 발표된 것이 60여 편에 이르는데, 아직까지 조연현의 간단한 언급[3]을 제외하고는 전혀 연구가 되지 않고 버려져 있는 상태이다. 그런데 조연현의 언급도 분명한 논지나 자료를 제시하기보다는 개화기 신문에 실린 소설에 대한 일반적인 설명에 그치고 있으며 또한 재고되어야 할 문제점도 다소 있다.

따라서 본고는 이 소설들의 전반적인 성격과 내용을 개괄적으로 살펴보고, 이들이 지니고 있는 몇 가지 문제점들을 제기하는 범위에서 논의를 전개하고자 한다.

또한 이들 중에서 「히외고학(海外苦學)」과 「파션밀사(破船密事)」 두 작품을 새로 찾아 개화기 소설[4]에 첨가시키고자 한다. 이 두 작품은 지금

---

② 개화기의 신문 소설은 신문사의 사시(社是)와 직접적으로 연결되어 있다.

③ 소설은 무서명의 경우가 대부분인데, 이는 소설이 일반 기사와 마찬가지로 신문 기사의 한 종류였고, 또한 신문사의 기자들이 집필한 것이거나 옛날의, 혹은 외국에서 전래된 것을 옮겨 적은 것이기 때문이다.

3) 조연현은 「개화기문학형성과정고」라는 논문에서 개화기의 신문에 '쇼셜'이라는 표지 하에 발표된 것의 성격을 총괄해서 다음의 8가지를 말하고 있는데, 『경향신문』의 것도 이에 포함시켜 논의를 전개하고 있다(앞의 책, 54~55쪽).

① 국내외의 전설, 고금의 고담, 각종의 우화, 야담 등 각종 각양의 것이 포괄되어 있다.

② 문장이 반율문적인 설화체이다.

③ 수사나 표현적 기교는 거의 무시된 진행적인 줄거리 중심의 이야기다.

④ 주제의 성질이 권선징악적이거나 그렇지 않으면 인격 수련에 관한 것이다.

⑤ 창작이 아니고 전래의 또는 외래의 이야기를 적당히 요약한 것이다. 이 때문에 이 때의 소설에는 작자의 서명이 없다.

⑥ 새로운 근대적 감각이나 사상이 조금도 뚜렷하게 나타나 있지 않다.

⑦ 고대 소설의 본격적인 착상이나 구성에 비해 볼 때 너무나 단편적인 안이하고 빈약한 착상과 구성으로 되어 있다.

⑧ 분량이 8백 자 내외의 것으로부터 주로 2만 자 내지 3만 자 내외로 되어 있다.

4) 김중하는 '개화기의 소설'과 '개화기 소설'을 구별하여 사용하는 것이 타당하다고 했다. '개화기 소설'은 개화기에 발간된 고소설의 일부도 포함한다고 하였다. 아울러 신소설도 개화기 소설의 발전 양상으로 볼 것이 아니라 동시대의 양식으로 처리하여 개

까지 알려지지 않았던 것으로, 필자가 처음으로 확인한 것이다. 구체적인 작품 분석을 통해 이들이 지닌 개화기 소설로서의 성격을 밝힌다.

II. 『경향신문』에 실린 '쇼셜(小說)'의 성격

II. 1. 『경향신문』은 천주교회에서 애국 계몽 운동의 일환으로 발행했던 한글로 된 주간신문으로, 프랑스인 신부 안세화(安世華: Demange)가 편집 겸 발행인으로 1906년(광무 10년) 10월 19일 창간되었다.[5] 이 신문은 1910년 12월 31일 강제 폐간되기까지 220호를 내었고, 해방 후 1946년 10월 다시 복간 1호를 내었다.

처음 창간될 당시에는 타블로이드판 4면에 국판 8면의 보감(寶鑑)[6]을 포함하여 12면으로 간행되었는데, 53호부터는 오늘날의 신문 크기와 비슷하게 바뀌었다.

안세화 신부가 전국 신부에게 보낸 공문에 의하면, "건전한 가르침의 전파자가 되어 올바른 생각을 일으켜주고 진리의 원수들이 출판물(친일지-필자)을 통하여 퍼뜨리는 거짓 지식을 바로잡아 주며, 필요하면 참

화기 소설에 포함시켜 다루고자 한다. 본고도 개화기 소설이나 신소설의 개념을 이와 같이 사용한다. 김중하, 「개화기의 소설 연구의 몇 가설」, 『한국문학논총』 제5집, 한국문학회, 1982 참조.

5) 이해창, 『한국 신문사 연구』, 성문각, 1977, 62~66쪽. 조광, 「『경향신문』의 창간 경위와 그 의의」, 『경향신문』 영인본(한국교회사연구소, 1978) 해설. 이하 『경향신문』의 성격은 주로 이를 참고하였으며, 구체적 내용은 이들을 참고할 것.

6) 신문에는 종교적인 색채가 희박하여(이는 안세화 신부의 공문에도 잘 나타나 있다), 신자를 위해서 교리, 교회 소식, 주요한 법률 해석 등은 보감을 통해 전달한다.

된 가르침을 변호하는 것"⁷⁾이 신문 발간의 목적으로 되어 있다.

창간 논설에서, 그 발간 취지를 ① 대한과 타국 소문을 드러냄, ② 관계 있는 소문의 대소를 판단함, ③ 요긴한 지식을 나타냄, ④ 모든 사람이 알아 듣기 쉬운 신문을 만듦 등의 네 가지로 요약하고 있다. 신문의 구체적인 내용을 살펴보면, 소문이나 지식을 알림으로써 백성들을 널리 개화시키고 아울러 일제의 침략적 근성과 만행을 깨우쳐 주는 애국 계몽운동의 자강적 성격을 띠고 있음을 알 수 있다.

'어두은 곳에 문을 여는' 것을 개화라 하고, 참 개화와 거짓 개화를 분별하여야 하며, 또한 참 개화가 우리 나라에 요긴하다고 하였다.

> 춤 기화는 사름을 온젼케 ᄒ 는 일이니 본듸 사름의 사 는 거시 몸만 삶 분 아니라 공부 홈 으로 요긴 혼 학문을 비호고 졔 ᄆ 음을 다 ᄉ 려 의대로 힝 ᄒ 고 ᄉ 업에 힘을 써서 몸을 잘 살게 홈 이라.⁸⁾

이는 개화의 참된 본질을 말한 것으로, 참 개화는 거짓 개화처럼 외적이고 형식적인 것이 아니라 인격 개발을 통한 자강 운동의 실현에 있음을 알 수 있다. 그리고 위의 세 가지가 온전하지 못하면 참 개화를 하지 못하고 타국의 침입을 받아 견디지 못하게 된다. 그러므로 참 개화를 통해 '온나라 회복됨을 니ᄅ 키기도 하고 여러 타국간에 맛서'⁹⁾ 자주독립

---

7) 조광, 앞의 글.

8) 「춤 기화와 거줏 기화의 분별」, 62호(1907. 12. 20.) 논설.

9) 「춤 기화가 우리나라헤 십분 요긴 홈」, 63호(1907. 12. 31.) 논설.
  일본에 대한 저항적인 성격은 신문기사 전체에 나타나 있다. 임의로 예를 들어본다. "보은군 샹 졀리에 잇 는 머슴이 의병에 드럿다가 일인 ᄒ 나흘 잡아 의병소에 가셔 죽인지라 십일월이 십구일 아ᄎ 에 일병이 드러와 그 동리를 에워 ᄊ 고 총을 노하 남녀로소 합 십삼인을 죽이고 닐곱 사름 는 즁샹 ᄒ 엿다 ᄒ 고……(이하 생략)"(62호, 1907. 12. 20.).

을 지향해야 한다는 주장을 하고 있다.

Ⅱ. 2. 『경향신문』에 수록된 서사 양식의 글은 '쇼셜(小說)'과 '고담(高談)'이다. '쇼셜'이 56편, '고담'이 3편으로 총 59편인데, '쇼셜' 중 2편이 '고담'의 명칭을 같이 사용하고 있다. 이들의 장르적 성격도 뚜렷이 구분되지 않고, 또한 명칭에 대한 집필자의 장르적 인식도 분명하지 않으므로 본고에서는 같이 다루고자 한다.

『경향신문』의 소설은 개화기의 다른 신문들에 비해 많은 양이 거의 회를 거르지 않고 수록되어 있다. 이는 소설이 신문 기사 중에서 개화 계몽 의식을 전달하는 주요한 기능을 담당하고 있음을 잘 보여 주는 것이다. 그리고 다른 신문들이 대부분 국한문혼용체임에 비해 모두 한글로 표기되었기 때문에 일반 대중의 많은 독자층을 가졌을 것으로 생각된다.

또한 이들 소설 전부가 개화기 소설의 일반적 특징인 작가가 밝혀져 있지 않은 무서명(無書名) 소설로, 집필자는 신문사의 기자이거나 천주교회에 소속된 사람으로 추측된다.

내용은 대개 제목에서도 잘 드러나 있는데, 주로 교훈적인 성격을 띠고 있다. 이들을 개괄적으로 살펴보면 다음과 같다.

첫째, 동물우화적인 것으로, 교훈적이고 다소 풍자적인 성격을 띠고 있다. 이들은 대개 매우 짧은 서사물로서 이솝 우화나 전래 동화의 형식을 취하고 있다. 「경소의 불긴」 「미얌이와 기얌이라」 「법은 멀고 주먹은 갓갑지」 「드람쥐와 호랑이」 「게와 원슝이」 등이 이에 속한다.

둘째 가족 관계 중에서 결혼 축첩의 문제를 다루는 내용으로 「이인ᄉ 외를 엇어」 「곤쟝 맛고 벼슬 떠러졋ᄂᆡ」 「녀즁군ᄌ」 「쟝관의 놀음끗헤 큰 젹션이 싱겨」 「금의환향」 「용밍흔 쟝ᄉ 김쟝군」 「쟝흔 일」 「어리셕은 쟈의 락」 「묘흔 계교」 「악흔 셔모」 등이 있다.

셋째, 올바른 삶, 악행에 대한 징벌과 선행에 대한 보답, 지혜와 용기에 대한 찬양 등을 내용으로 한다. 「저물이 근심거리」「밋은 나무에 곰이 퓌다」「님금의 ᄆᆞᆷ을 용케 돌님」「쇠가 무거우냐 새깃이 무거우냐」「동젼 서푼에 쇼주가 흔통」「친구 심방ᄒᆞ다가 둘을 일헛네」「어려운 숑ᄉᆞ를 결안홈」「지간만흔 도적놈」「ᄆᆞᆷ을 곳게 가질 일」「분수에 넘ᄂᆞᆫ 일을 말나」 등의 많은 작품들이 이런 내용을 담고 있다.

넷째, 개화기의 애국 계몽 운동의 주요한 목표인 배워야 된다는 내용으로, 「무식ᄒᆞ면 그러치」「모로ᄂᆞᆫ 것이 곳 소경」「희외고학」 등이 있다.

그 밖에 양반에 대한 비판과 풍자, 그리고 부분적으로 일병과 의병에 대한 이야기[10] 등이 있으며, 천주교적 색채를 띠는 것은 「악ᄒᆞᆫ 셔모」[11] 한 편뿐이다.

『경향신문』이 수록된 가사(歌辭)[12]가 거의 자주독립과 애국사상을 담

---

10) 「꿩과 톡기의 깃분슈작」(81호, 1908. 5. 1.)에서 꿩과 토끼가 의병과 일병이 싸우는 덕에 사냥군의 총이 모두 압수당하여 자신들은 평화로이 살 수 있게 되었으니 이들을 위하여 비를 세우자고 의논한다. 즉 일본 병정과 한국 의병을 동시에 찬양한다. 이는 아이러니의 수법에 의한 전쟁 비판에 해당되지만, 양자를 동일시하는 것은 다소 문제점을 내포하고 있다.

11) 이 작품(1910. 11. 25.)의 첨언에서, "죄를지은사룸은싱젼이나ᄉᆞ후를물론ᄒᆞ고평안히 살수없ᄂᆞᆫ것은텬쥬의명ᄒᆞ신일이고로다"라고 하였다.

12) 『경향신문』에 실린 가사에 대한 연구는 김학동의 간단한 언급과 하성래, 심재근 등의 천주교 가사 연구의 일환으로 다소 행해졌다. 심재근은 『경향신문』의 가사를 천주교 가사 중 후기 가사에 속하고, 소재의 자유스런 선택으로 내용의 다양화를 이룬 시기의 가사라고 했다. 그러나 이러한 논지는 작품의 내용에 의한 것이 아니고, 단지 천주교회에서 발행한 신문에 실린 것이라 하여 천주교 가사로 다룬 것으로, 잘못된 것이라 생각된다. 더욱이 『경향신문』이 종교적 색채가 희박하다는 점도 고려되지 않았다. 성가류 몇 편을 제외하면 종교적 색채는 거의 없다. 천주교 가사 연구에서 오숙영, 하성래의 경우도 마찬가지로 비판될 수 있다. 이러한 점에서 김학동의 연구가 일단 선구적인 업적으로 평가될 수 있다. 김학동, 『한국 개화기 시가연구』, 시문학사, 1981, 67~70쪽, 356~361쪽; 심재근, 「천주교 가사 연구」, 『국어국문학 연구』 제8집, 원광대학교 국어국문학과, 1982.

고 있음에 비해,[13] 소설에서는 이러한 성격이 그리 드러나지 않음은 달리 장르적인 고찰이 있어야 하겠지만, 독자의 흥미를 유발시키기 위한 공리적 측면이 중시되었던 것으로 볼 수 있겠다.

그리고 소설들은 대부분 단형 서사체로서, 주로 전래의 우화, 일화, 민담 및 야담계 한문 단편, 외래의 우화, 일화가 번역·수록된 것이다(「파션밀사」와 「히외고학」은 단형서사체가 아닌 개화기 소설이다. 이들은 다음 장에서 구체적으로 다루어질 것이다).

여기서 특히 주목할 것은 재래의 야담계 한문 단편이 『경향신문』에 번역·수록된 점과, 당시의 다른 회보에 실린 글이 제목을 달리하여 『경향신문』에도 실린 현상이다.[14]

---

13) 김학동은 가사의 중심적인 내용을 ① 애국 사상이나 권학 정신, ② 신교육과 서양의 선진 문명개화 사상, ③ 농민의 인정과 관과의 화해, ④ 운동가, ⑤ 성탄과 성모 찬양 ⑥ 실국의 극한적 상황과 친일 내각의 망국적인 작태 규탄 등의 여섯 가지로 나누었다. 그리고 전체로 보아 신교육으로 서양의 과학 문명을 배워 부국강병을 이룩하여 국위를 선양해야 한다는 애국 사상을 형상화하고 있고, 일제의 침략 정책에 대한 저항성이 표출되어 있다고 했다(위의 책, 69~70쪽).

14) 필자가 조사한 바에 의하면, 조선 후기 야담집에 실린 한문단편이 번역·수록된 것은 다음과 같다. 편의를 위해 이우성·임형택 편역인 『이조한문단편집』상·중·하(일조각, 1992, 1990, 1990)에 수록된 것은 그 페이지를 밝혀 놓았다.

제목	호수	출전	원제목	이조한문단편집
녀중군ᄌᆞ	129~130	동패낙송 권하		중, 婚閨 (247~251쪽)
		동야휘집 권6	綵轎據廊責貴子	
장관의 놀음 쓸에 큰적션이 생겨	131~132	동패낙송		중, 官員戱 (247~251쪽)
		청구야담 권1	作善事繡衣繫紅繩	
		동야휘집 권5	五女嫁因太守戱	
금의환향	133	계서야담 권3		
우ᄂᆞᆫ 눈물은 죄악을 씻ᄂᆞᆫ다	137~139	동패낙송 권상, 기관(奇觀)		하, 頑强 (112~117쪽)
		동양휘집 권5	勇弁神權譬悖民	
적은 나라에는 리인이나 명장이 없나	144~145	청구야담 권1	老翁犯提督騎牛	하, 騎牛翁 (84~86쪽)

전자는, 개화기의 신문에 실린 소설의 대부분을, 지금까지 막연히 전래의 이야기라고 해 온 것에 대한 실증적인 방증의 자료가 된다. 또한 이로써 조선 후기의 야담계 한문 단편이 개화기의 단형 서사 양식에 많은 영향을 주고, 전승 발전되었을 가능성을 추측할 수 있다.[15] 물론 이러한 점은 『경향신문』의 소설뿐만 아니라 개화기의 소설을 전체적으로 고찰하여 그 장르적 성격[16]을 살펴보면 밝혀지리라 생각되지만, 방대한 작업이므로 본고는 문제만 제기하는 범위에서 그치기로 한다.

후자는 『서북학회월보』의 「狡猾흔猿猩」(滑稽生, 1909. 10.)이 『경향신문』에는 「게와 원숭이」로 실려 있다는 사실에서 찾아볼 수 있다.[17] 이러한 현상은 개화기의 다른 신문이나 회보 등에도 많이 있을 것으로 생각

제목	호수	출전	원제목	이조한문단편집
규중호걸	149~151	동패집		중, 鄭起龍 (98~102쪽)
적선지가에 필유여경	152~153	동패낙송 권상		상, 順興萬石君 (23~28쪽)
		동야휘집	富翁達理賦科儒	
도량넓은 처녀	160~162	동패낙송 권상		상, 鹽(43~49쪽)

15) 이강옥은 조선 후기 야담집 소재 서사체의 장르를 ① 전설, ② 민담, ③ 소담, ④ 사대부 일화 및 야사, ⑤ 평민 일화 및 평민 단편소설, ⑥ 야담계 일화 및 야담계 소설로 나누고 있는데, 이는 개화기 단형 서사체의 하위 장르의 분류에도 적용될 수 있을 것이다(이강옥, 「조선 후기 야담집 소개 서사체의 장르 규정과 서술 시각 유형 설정 시고」, 『한국학보』 29집, 1982. 가을, 117~145쪽 참조).

16) 김중하는 개화기 소설을 ① 전적인 것, ② 토론체, ③ 회장체, ④ 개화기 단형 소설 등의 네 가지로 나누는데, 이는 소설의 형식 및 패턴에 따른 양식적 분류로 주목된다. 특히 개화기 회보, 회지나 신문에 실린, 그 길이가 짧은 서사 구조물을 '개화기 단형 소설'이라 하고 그것의 문화적 배경과 구조적 특징을 분석하였는데, 이 역시 개화기 단형 서사체의 양식적 분류에 중요한 모티브를 제공해 준다(김중하, 앞의 논문, 1978, 1979, 1981 참조).

17) 『서북학회월보』의 것은 국한문혼용체이고 그 뒤에 첨언이 붙어 있는 점이 다르다. 이 첨언은 우화를 저의의 실현이란 목적으로 단정짓는 일을 담당하고 있다(김중하, 「개화기 단형 소설 연구」, 16~17쪽 참조).

된다. 왜냐하면 개화기의 작품들이 주로 개화·계몽 사상을 전달하는 수단으로 쓰여진 것이므로, 이와 같은 목적에 알맞은 것이면 무엇이라도 실을 수 있기 때문이다.

그 밖에도, 이 소설들이 즉 이와 같은 단형 서사체들이 근대적 단편소설의 형성에도 어느 정도 기여하지 않았을까 여겨지지만, 이는 개화기와 그 전후대의 문학에 대한 면밀한 검토가 이루어져야만 밝혀질 수 있을 것이다.

Ⅲ.「히외고학(海外苦學)」과「파션밀사(破船密事)」의 분석

Ⅲ. 1.「히외고학(海外苦學)」은 180호(1910. 3. 25.)에서 210호(1910. 10. 21.)까지 28회 연재된 연고지 약 130매 분량[18]의 소설이다. 개화기의 일본 유학생을 주인공으로 개화 의식을 드러내고 있는 작품으로, 개화기 소설에 마땅히 포함되어야 한다.

스토리의 전개를 주인공을 중심으로 간추리면 다음과 같다.

1. 김관영이 부친의 죽음으로 형편이 어려워 소학교 졸업 후 일본의 중학교에 가려고 대관들에게 구걸한 돈으로 장사를 하여 돈을 모음.
2. 몰래 집을 떠나 인천항에서 일본 배로 밀항, 일본인 함장의 도움으로 일본 문사에 도착.
3. 우다의 도움으로 그 집에 기거하면서 야학을 하나 그 집 딸의 모함으로 쫓겨나 기숙관에 있으면서 중학을 졸업.

---

18) 원고지는 200자이며, 매수는 줄글로 되어 있는 것을 띄어쓰기하여 계산한 것임.

4. 친한 일본인 벗에게 소개를 받아 동경으로 가서, 벗의 친구 집 일을 도우며 야학을 함.

5. 옛 함장의 주선으로 중촌 소장 집의 서생으로 들어가 대학을 다님.

6. 휴가 중 귀향길에 우다의 집에 들름. 그의 딸과 결혼하라는 우다의 말에 집을 다녀온 후 대답하기로 함.

7. 집으로 돌아와 누이가 시집간 것을 기뻐하고, 우다의 딸과의 결혼 문제를 어머니와 의논, 결혼하기로 결정함.

8. 동경으로 돌아와 대학을 마치고 결혼하여 귀국, 예전에 일본 갈 때 대관들에게 받은 은혜를 갚음.

이것은 주 플롯에 해당된다. 부 플롯은 누이동생 옥선의 결혼을 중심으로 한 고향 집의 이야기이다. 즉 어머니는 관영이 몰래 일본으로 건너가자, 그의 동생(관영의 외삼촌)과 함께 딸 옥선의 결혼 문제와 앞으로의 일을 걱정하면서 지낸다. 그러다 옥선을 이 진사의 손자와 결혼시키고 사돈집의 도움으로 잘 살다가 관영이 돌아옴에 기뻐한다는 줄거리다.

간단히 말하면 이 소설은 관영이 집을 떠나 다시 집으로 돌아오는 과정 속에서, 관영의 '해외고학'과 옥선의 결혼 문제를 순차적으로 다루고 있다.

그런데 130매의 단편임에도 불구하고, 구성을 살펴보면 장편소설적 구성을 취하고 있음을 알 수 있다. 즉 인생의 한 단면을 예리하게 제시하는 것이 아니고 '해외고학'이라는 긴 여정 속에서 여러 고난을 겪고 성공하여 귀향하는 장편적 구성을 취하고 있다. 또한 사건의 전개가 우연의 수법에 의존하고, 아울러 인물이 겪는 내적 갈등이 전혀 없다. 특히 주인공 김관영의 성격이 분명하게 나타나지 않는다. 김관영은 전혀 인간적 갈등이 없는, 즉 문명한 학식을 배워 고향에 돌아가겠다는 목표

외에는 전혀 다른 생각이 없는 인물이다.

이 소설의 주제는 고난을 이겨 문명한 학식을 배우고 개화하자는 것이다. 전체 줄거리에서도 잘 드러나지만 다음의 작가 개입에 의한 논평은 이를 분명히 보여준다.

> 장ᄒ도다관영의결심이여놀랍도다관영의인내심이여 …(중략)… 지금공부를ᄒᄂ청년들의ᄶ와관영의공부ᄒ던대를비ᄒ면지금시ᄃᄂ관영의공부ᄒ던시ᄃ보다몃ᄇᄇ나열닌시ᄃ인고로범ᄇᄉ가관영의공부ᄒ대보다몃ᄇᄇ나쉬운지라그런즉지금시ᄃ청년들이관영의굿셋ᄆ음과견ᄃᄂ힘을반만가져도죡히목뎍을달ᄒ여나라희큰ᄉ업을홀만ᄒ지목이되겠도다[19]

지금 공부하는 청년은 관영이 공부하던 이전보다 훨씬 쉽기 때문에 더욱 목적을 이루기 쉽다는 것으로, 결국 시련을 이기고 열심히 공부하여 개화하자는 내용이다.

이 소설은 개화기 소설 중 신소설류에 가까운데, 일반적인 신소설의 성격과 같은 점들은 다음과 같다.

첫째, 신소설에 흔히 보이는 완고 : 개화의 대립적 성격이 드러난다.[20]

> 학교라ᄒ며너를갈며욕ᄒᄂ소위량반님네일병비각ᄒ며말도ᄭ어내지못ᄒ게ᄒᄂ지라.[21]

---

19) 「히외고학」, 『경향신문』191호, 1910. 6. 10.
20) 구체적인 내용은 이재선, 『한국현대소설사』, 홍성사, 1978, 61~126쪽 참조할 것.
21) 「히외고학」, 『경향신문』180호(1910.3.25.).

이는 김관영이 소학교를 졸업 후 일본의 중학교에 가기 위해 대관들에게 돈을 구하러 가는 과정의 서술이다. 완고한 양반에게는 아예 말도 꺼내지 못하고 쫓겨나는 것을 통해 구체적이지는 않지만 완고와 개화의 대립을 다소 엿볼 수 있다. 그러나 완고한 이전 시대와 개화한 지금 시대의 구분은 명확하게 드러나 있지는 않다.

둘째, 김관영이 공부하는 도중에 도움을 받는 사람이 모두 일본인이라는 점이다. 물론 일본 가기 전에 도움을 준 대관들이 있지만, 직접 일본에 가서 고학으로 공부를 마칠 때까지 일본인 함장, 우다 여관의 주인 우다, 문사의 일본인 벗, 중촌 소장 등 일본인의 도움을 받는다.

신소설에는 외국인들이 많이 등장하며 특히 일본인들이 가장 많이 등장하고 있다. 일본인의 경우는 공사와 군의관에서부터 상인, 선원, 기생에 이르기까지 모든 신분이나 계층을 불문하고 선의의 원리에 의해서 활동한다.[22] 이 소설 역시 일본인들은 선한 인물로 선의의 원리에 의해 지배된다. 그렇다고 하여 이 소설을 친일적인 성격을 띤 것이라 할 수는 없다.[23] 왜냐하면 앞의 『경향신문』의 성격에서도 살펴본 바와 같이, 친일적인 성격은 없을 뿐 아니라 일본인의 도움을 받는 것은 사건 전개상의 구성적 측면 때문이다. 즉 일본으로 유학을 가서 고학으로 공부하기 위해서는 일본으로 가는 배를 타야 하며, 그곳에서 일본인들의 도움을 받아야 함은 당연한 일이다. 여기서 우다의 딸과 결혼하는 것이 문제 된다. 그러나 이것은 주인공이 도움을 받은 사람에 대한 은혜 갚음에 해당

---

22) 이재선, 앞의 책(1978), 81쪽.

23) 신소설에 대해 위와 같은 이유로 일반적으로 친일적 소설이라고 하지만 이것은 상당히 신중히 다루어져야 하는 문제다. 이들을 친일적이라 한다면 조선 시대의 소설들은 거의 친중국적 소설이라고 해야 한다는 모순이 생길 수도 있다. 필자는 이러한 점이 작품의 구조를 면밀히 분석한 뒤에 이루어져야 된다고 생각한다.

된다고 보는 것이 타당할 것이다. 특히 어머니에게 우다의 딸과의 결혼 문제를 이야기하면서, 관영은 그 딸이 결혼하지 않으면 죽는다는 점과 은혜 갚음의 문제를 말하고 결혼 상대자가 누구이든 관계하지 않는다고 말한다. 즉 우다의 딸이 죽지 않아야 된다는 것은 결국 그녀와 결혼함으로써 은인의 딸을 죽이지 않아야 된다는 것이므로 은혜 갚음의 문제다. 또한 일본으로 가는 배 속에서 일을 거든다든지, 여관이나 점포에서의 일과 심부름, 중촌 소장의 서사 일 등 도움에 대한 대가를 분명히 치른다. 그리고 공부를 마치고 고향에 돌아와서 그에게 도움을 주었던 대관들 집에 일일이 인사하러 가는 것에도 은혜 갚음은 드러난다. 그러나 도움을 주는 자는 납득할 만한 동기가 없이 후원자가 되는 점[24]은 신소설과 마찬가지다. 물론 일반적으로 신소설에는 도움에 대한 보상도 없이 후원자가 되지만 보수에 해당되는 일이나 심부름을 시키는 경우가 다르다고 할 수 있다.

셋째, 결혼관을 살펴보자.

> 옥슌)어머니닜긔져저의혼쳐를구ᄒ시거든어머님ᄉ각에만합당ᄒ다고 허락지마시고제의견도구ᄒ여보시옵쇼셔 …(중략)… 사름이이셰샹에나셔부모의게은혜닙기를태산보다놉고바다보다깁흔은혜를닙으나ᄌ식의계계집이나셔방을엇어맛기ᄂ것은부부가셔로빅년긔약을밋ᄂ것인고로 속담에빅년친구라하나친굿분아니라두몸이ᄒᆫ몸이되ᄂ것인듸만일부모가잘못ᄒ여부부간에사나희가계집의ᄆᆞ음에불합ᄒ든지계집이사나희ᄆᆞ음에밋지아니ᄒ면빅년친구는고샤ᄒ고빅년원슈를맛게ᄒᄂ것인고로ᄌ식의계원망을듯ᄂ것이오니엇지두렵고삼가홀일이아니오릿가어머님은

---

24) 서종택, 『한국 근대 소설의 구조』, 시문학사, 1982, 42쪽. 신소설에는 공통적으로 도움을 주는 자는 납득할 만한 동기나 보상도 없이 후원자가 된다고 하였다.

깁히싱각ᄒᆞᄋᆞᆸ셔제말ᄉᆞᆷ을조곰이라도방ᄌᆞᄒᆞ다마ᄋᆞᆸ쇼셔[25)]

옥순은 지금까지 부모가 정해 준 사람과 무조건 결혼해야 한다는 관념에서 벗어나 자신의 견해가 중요하다는 점을 주장한다. 다음에 옥순은 어머니, 삼촌과 달리 남편을 구하는 기준을 당자, 가품, 재산의 순서로 정하고 있다.[26)] 이는 개화기에 있어서 인물에 대한 인간관의 변화를 잘 드러내는 것이다.[27)] 즉 개성에 대한 자각과 자아의식이 옥순의 결혼관을 통해 나타나는 것이다. 그러나 신소설에 흔히 나오는, 유학을 간다든지, 또한 자유연애나 신식 결혼관 등은 나타나지 않는다. 또한 여성의 사회적 책임에 대한 것도 드러나지 않지만 고등교육을 받지 못한 여성이 이렇게 주장한다는 것은 상당히 진보된 결혼관이라 할 수 있다.

이에 비하면 관영의 결혼관은 전혀 자아의식이 결여된 것이다. 물론 관영 자신의 결혼에 대한 뜻이 분명히 드러나 있지도 않지만, 단지 우다에 대한 은혜 갚음의 문제를 제외하고는 여자는 누구라도 상관없다는 견해를 펴고 있다.

넷째, 작품의 서두가 전대소설과는 이질적으로 현실적인 경험 공간에 다소 의존하고 있다.

십여년전에경셩북부ᄌᆞ하동사던사ᄅᆞᆷᄒᆞ나히있스니……[28)]

25) 「희외고학」, 『경향신문』 188호(1910.5.20.).

26) 「희외고학」, 『경향신문』 192호(1910.6.17.).

27) 김중하, 앞의 논문, 243~246쪽 참조.

28) 「희외고학」, 『경향신문』 180호(1910.3.25.).

이러한 서두는 "옛날……" "숙종대왕 즉위초에……" 등에서보다는 현실적인 경험 공간에 의존하고 있지만, 「혈의 누」의 "일청전쟁의 총소리는 평양일경이 듯하더니" 등의 발단 부위의 공시적 시점과는 다소 뒤떨어지고 있다.[29]

다섯째, 소설이 전반적으로 서술자가 작품 속에 개입하던 주관적 서술에서 거의 객관적 서술로 옮겨졌고, 또한 문체에 있어서도 신소설에서 흔히 나타나고 있는 속담이 보인다. 속담은 앞의 옥순이 결혼관을 말하는 부분에 나타나 있는 것으로, 부부는 백년친구일 뿐 아니라 두 몸이 한 몸이 되는 것이라 했다. 이는 일상 언어에서 널리 사용되는 것으로 조선 시대의 윤리적 사고에서는 도저히 생길 수 없는 근대적인 사고방식이다.[30]

이상과 같은 점들을 통해 볼 때, 「히외고학」은 마땅히 신소설류의 개화기 소설로 다루어져야 한다.

Ⅲ. 2. 「파션밀사(破船密事)」는 90호(1908. 7. 3.)에서 116호(1909. 1. 1.)까지 27회 연재된 약 160매 분량의 미완성 소설이다. 미완이라 완전한 스토리를 알 수 없지만 연재 부분만으로 살펴보기로 한다.

주인공은 이무근(李無根)인데, 그가 노인이 되어 손자들에게 20년 전의 이야기를 해준다는 것이 이 소설의 도입 액자로 서술되어 있다. 다음의 내부 이야기는 그가 어렵게 자라 도미하여 그림 공부를 하다가 미국인 빈돈이 자금을 대어 동업하기로 하는 것에서 시작된다. 처음에 그는

---

29) 이재선, 앞의 책(1978), 195~196쪽.

30) 신소설에 있어서 속담은 김창진, 「신소설의 비유고」, 『신문학과 시대 인식』, 새문사, 1981과 이재선, 앞의 책(1978), 118~119쪽 참조할 것.

도사바 술집에서 비복선의 부함장 라다마와 만나 외국 이야기를 듣고 외국을 동경하며 또 그곳에서 파선하여 살아남은 사람 4명을 만나 그림을 그리는데 이튿날 그들이 신문에 난 것을 알게 된다. 파선된 배는 유물환인데 이 배가 경매되자 여기서 사건은 본격적으로 전개된다. 빈돈이 비싼 값으로 배를 사게 되고 이로 인하여 결국 망하게 되는데, 이때 이무근이 미국인 양부의 유산을 물려받아 그 빚을 갚아 준다. 이무근은 어느 정도 유물환이 파선된 사건의 내막을 짐작하고 그 비밀을 캐내려고 한다. 결국 파선의 부함장인 노리수를 만나 고봉선의 선원이 본래의 유물환의 선장과 선원들을 죽였다는 사건의 전모를 알게 되는 것으로 소설은 연재가 중단된다.

간단히 말하면, 내부 이야기는 유물환이 파선된 경위와 거기에 관련된 사람들을 추적하는 추리소설적인 성격을 띠고 있다. 그러나 전체적으로 종잡을 수 없이 공간의 이동과 비약이 심하며 무엇을 드러내고자 하는지를 헤아릴 수 없다. 물론 미완인 이유도 있겠지만, 주제가 무엇인지 짐작할 수 없다. 단지 엿볼 수 있는 것은 개화기의 해외 지향적인 성격이다. 공간적 배경이 미국의 상항, 미웨도 하와이, 영국, 프랑스 등으로 계속 이동하는 것이라든지, 내부 이야기의 앞부분에 나오는 외국에 대한 동경 등에서 잘 드러난다. 그리고 미국인 빈돈의 도움을 받고 또한 양부인 미국인의 유산을 물려받는 것을 통해서 신소설적 특성을 어느 정도 가지고 있음을 알 수 있다.

그런데 이 소설은 창작 여부가 문제가 된다. 등장인물이 한국인이고 내부 이야기는 자신이 겪은 과거의 이야기라고 본다면 창작이라고 할 수 있다. 그러나 이 소설은 창작인지 번역 혹은 번안인지가 분명하지 않다. 오히려 번역이나 번안으로 보는 것이 타당할 것 같다. 공간적 배경

이 외국이고 이무근을 제외하면 등장인물 모두가 외국인이며, 사건조차
도 개화기의 시대적 성격을 반영하는 사건이 아닌 파선인 유물환에 얽
힌 것으로 미루어 보아 외국 작품의 번역이나 번안으로 여겨진다. 다시
말하면, 먼저 이무근이 늙어서 20년 전의 이야기를 손자에게 들려준다
는 도입 액자 부분과 내부 이야기에서 어려서 도미하여 그림 공부한다
는 부분을 빼고 이무근을 다른 나라 사람으로 바꾸어놓는다면 외국의
추리소설로밖에는 달리 생각할 수 없다. 그런데 제2회 연재 부분의 작
가 개입에 의한 논평은 다소 문제점을 지니고 있다.

> 지금곳ᄒ면우리나라동포오륙쳔명이나라히망ᄒ고회복홀힘이없
> 서춤아눈으로볼수없ᄂ중에본국을리별ᄒ고샹항에이거ᄒ야쟝ᄉᄒ며먹
> 고농ᄉ도짓고각쇡학문도공부ᄒ여문명혼나라헤유명혼사름으로우니라
> 에이쳔만동포지인을근졀히싱각ᄒ야회국홀ᄎ로일본졍부의압졔힝악을
> 긔직ᄒ야련하만국에신문공포ᄒ니젼시틱와달나셔새로난텬디와다름이
> 없고어ᄂ곳에로가든지샹항읍닉에ᄒ시동안이라도대한국사름을반갑게
> 아니맛날수업ᄂ지라[31]

이는 이무근이 미국에 건너가 상항에 거주하면서 동포를 만날 수 없
음을 안타깝게 생각하는 부분으로, 당시의 이민 간 사람이나 유학생의
신문학에의 열망과 조국애를 엿볼 수 있다. 또한 일제의 침략적 행각을
어느 정도 비판하고자 하는 의도도 드러나 있음을 알 수 있다. 그러나
이러한 것은 외국 작품을 번역 또는 번안하여 연재하면서 당대의 시대
적 성격을 어느 정도 반영하고 독자에게 스토리가 새로운 것으로 느껴

---

31) 「파션밀사」, 91호(1908. 7. 10.).

지게 하고자 하는 점과 일본 제국주의의 침략 근성에 대한 비판을 하고
자 하는 신문사의 의도에서 삽입된 것이라 보는 것이 타당할 것이다.

　이로 미루어 보아 「파션밀사」는 개화기 소설 중에서 번역 · 번안 소설
류에 넣는 것이 타당할 것으로 여겨지는 소설이다.

Ⅳ. 맺음말

　지금까지 개화기 『경향신문』(1906)에 실린 '쇼셜(小說)'에 대해 살펴보
고, 또한 「히외고학(海外苦學)」과 「파션밀사(破船密事)」 두 편을 발굴하여
개화기 소설에 첨가시키고 그 내용을 분석하였다.

　『경향신문』은 천주교회의 애국 계몽 운동의 일환으로 발행되었고, 공
정한 보도와 지식의 보급을 사명으로 하면서 자강적 개화관을 주장하였
지만, 종교적인 색채는 희박하다.

　『경향신문』의 소설은 59편으로 개화기의 여느 신문들에 비해 많은 양
이 회를 거르지 않고 수록되어 있으며, 대부분 단형 서사물로서 전래의
우화, 일화, 민담, 야담계 한문 단편 및 외래의 우화, 일화 등이다.

　이들은 모두 한글로 표기되어 일반 대중의 많은 독자층을 확보하였
을 것이며, 모두가 무서명으로 필자는 신문사의 기자이거나 천주교회에
소속된 사람일 것이다.

　전체적인 내용은 대부분 교훈적인 것으로, 시대를 살아가는 지혜와
용기, 결혼과 축첩의 문제, 악행의 징벌과 선행에 보답하는 올바른 삶의
문제, 권학, 양반 비판과 풍자 등으로 크게 나눌 수 있다.

　그리고 새로이 찾아 소개한 「히외고학」과 「파션밀사」는 지금까지 미

처 알려지지 않았던 것으로 개화기 소설에 첨가되어야 한다.

「히외고학」은 개화기 일본 유학생을 소재로 한 신소설류의 개화기 소설로 약 130매의 단편소설이다. 이 소설은 주인공 김관영이 고학으로 대학을 졸업, 일본 여자와 결혼하여 고향으로 돌아온다는 주 플롯에, 누이 옥순의 결혼을 중심으로 한 고향 집의 스토리가 부 플롯으로 되어 있고, 순차적 구성을 취하고 있다. 주제는 시련을 이기고 열심히 공부하여 개화하자는 것이나, 주인공이 고학하는 과정에서 일본인의 도움을 많이 받고 일본 여자와 결혼하는 것으로 친일적인 성격을 띤 것이라고 할 수 없다. 이는 소설 구성상 은혜 갚음의 문제로 보아야 한다. 그 밖에 옥순의 결혼관, 완고와 개화의 대립, 전대 소설의 회상적 시점에서의 탈피, 속담의 사용이라든지 전체적으로 객관적 시점으로 바뀜을 통해 완전한 개화기 소설로 다루어져야 한다.

「파션밀사」는 미완이지만, 파선인 유물환에 얽힌 비밀을 캐는 추리소설적인 것으로, 외국 작품의 번역·번안인 듯하다. 이 소설에는 뚜렷한 주제가 없으며, 단지 개화기의 해외 지향적 사고를 엿볼 수 있을 뿐이다.

그 밖에 남은 문제들로, 각 작품에 대한 구체적인 검토와 이들의 장르적 성격, 또한 전·후대 문학과의 관련성 등이 있는데, 이는 다음의 연구 과제로 남겨 두고자 한다.

(1983)

1910년대 전반기 문학론의 성격과 그 의미

I. 머리말

한국 문학사에서 근대적인 문학의 형식을 최초로 보여준 것은 신소설 작가였지만, 근대적 문학 형식을 본격적으로 표방한 것은 그 후 이광수, 최두선, 안확 등에 이르러서였다.[1] 그러나 이들에 대한 문학론의 연구는 미진한 상태로 남아 있다. 1910년 이후 제기되기 시작한 문학론에 대한 논의를 살펴보면 김윤식,[2] 김열규,[3] 신동욱,[4] 조진기[5] 등이 있고, 본격 논의로 이선영[6]의 경우를 들 수 있다. 그러나 김윤식, 김열규,

---

1) 박철희 · 김시태, 『문학의 이론과 방법』, 이우출판사, 1984.
2) 김윤식, 「초창기의 문학론과 비평의 양상」, 『근대한국문학연구』, 일지사, 1973.
3) 김열규, 「이광수 문학론의 전개」, 『한국근대문학연구』, 서강대학교 인문과학연구소, 1979.
4) 신동욱, 「고전문학의 비판과 근대문학의 성격 제시」, 『한국현대비평사』, 한국일보사, 1975.
5) 조진기, 「초창기 문학 이론과 작품과의 거리」, 『한국현대소설연구』, 학문사, 1984.
6) 이선영, 「1910년대의 한국문학 비평론」, 『현상과 인식』 제5권 4~5호, 1981~1982.

신동욱, 조진기의 경우는 이광수 한 사람에게 논의의 초점이 놓여 있어 총체적 파악이 결여되고 있고, 이선영의 경우는 상당한 깊이와 폭을 가지는 연구이기는 하지만, 1910년에서 1919년까지라는 작위적인 연대 설정이 무단정치기라는 역사주의에 입각해 있고 실제 작품과 무관하게 논의되고 있다.

본고는 1910년대 전반으로 그 폭을 좁히고, 이를 이 시기와 겹쳐 있는 개화기 신소설과 관련시켜 고찰해 보고자 한다. 고찰의 대상은 이광수의 「문학의 가치」, 최두선의 「문학의 의의에 대하여」, 안확의 「조선의 문학」 그리고 『매일신보』 논설에 실린 문학론으로 한정한다.

이러한 작업이 당시의 문학작품과는 어떤 면에서 상당한 거리를 가질 수도 있겠지만, 당시의 문학이 지향해야 할 하나의 당위적 성격을 지닌다는 측면에서는 당시 문학의 성격과 내용을 탐색해 내는 데 상당한 시사점을 제공할 수 있으리라 기대한다.

문학에 있어서 이론이란 어떻게 보면 불필요한 것으로 치부해 버릴 수도 있지만, 이와는 달리 문학이 문학일 수 있는 것은 많은 문학이 일정한 이론적 토대 위에서 창작된다는 점을 무시할 수 없기 때문이다.

Ⅱ. 1910년대 전반 문학론의 현황과 성격

1. 이광수의 경우

이광수는 「문학의 가치」 글머리에서 다른 어느 곳에서도 문학의 가치에 대한 논의를 본 적이 없다고 지적하면서, 자신의 천학비재를 무릅

쓰고 문학의 정의 및 가치를 논한다고 밝히고 있다. 그가 사용하고 있는 문학이란 낱말의 유래는 심히 요원하여 그 확실한 출처와 시대를 밝혀 내기는 힘들다고 전제하고, 문학을 다음과 같이 정의하고 있다.

> 여하튼 그 의의는 본래 일반 학문이러니 인지가 점진하여 학문이 점점 복잡히 됨에 문학도 차차 독립이 되어 그 의의가 명료이 되어 시가, 소설 등 정(情)의 분자를 포함한 문장을 문학이라 칭하게 지(至)하여시며 (이상은 동양) 영어에(Literature) 문학이라는 자도 또한 전자와 약동(畧同)한 역사를 유한 자이라[7]

문학을 정이 포함된 문장으로, 이러한 문학의 개념은 동서양이 거의 동일하다고 보았다. 그리고 동양은 기후와 토지가 좋지 못하여 생활에 급급함으로써 지와 의만 중히 여기고 정은 가볍게 여겨 왔기에 문학의 발달이 늦어졌다고 본다. 그러나 이에 비해 구라파는 문학의 발달이 빨라 오늘에 이르렀다고 설명한다.

> 원래 문학은 자못 정적 만족 즉 유희로 생겨나실지며 또 다년간 여차히 알아와서나 점점 차(此)가 진보발전함에 급(及)하여는 이성이 첨가하여 오인의 사상과 이성을 지배하는 주권자가 되며 인생문제 해결의 담임자가 된지라. ……고로 금일 소위 문학은 석일(昔日) 유희적 문학과는 전혀 이(異)하느니 석일(昔日) 시가 소설은 다못 소한견민(銷閑遣悶)의 오락적 문자에 불과하며 또 그 작자도 여등(如拏)한 목적에 불외

---

7) 이광수, 「문학의 가치」, 『대한흥학보』 제11호, 1910. 3. 권영민 편, 『한국현대문학비평사(자료 I)』, 단국대학교 출판부, 1981, 9쪽. 이하 인용은 이 책에서 하며, 가능한 현재 철자로 고쳤음.

(不外)하여시나 금일의 시가 소설은 결코 불연하여 인생과 우주의 진리를 단발(斷發)하며 인생의 행로를 연구하며 인생의 정적(즉 심리상) 상태급(狀態及) 변천을 공구하며 또 그 작가도 가장 심중한 태도와 정밀한 관찰과 심원한 상상으로 심현을 관주(灌注)하나니 석일(昔日)의 문학과 금일의 문학을 혼동치 못할지로다. 연(然)하거늘 아한동포(我閑同胞) 대다수는 차(此)를 혼동하여 문학이라 하면 곧 일개 오락으로 사유하니 참 개탄할 바로다.[8]

이상의 인용에서 특기할 만한 사실은 문학을 오늘의 문학과 옛날의 문학으로 나누어 문학의 역사적 변천과 함께 그 문학의 가치를 논하고 있다는 점이다. 또한 당시의 사람들은 문학을 한갓 오락으로 파악하고 있다는 사실의 지적이다.

오늘의 문학과 옛날의 문학의 차이점은 옛날의 문학은 정(情) 중심의 문학이었다고 하면, 오늘의 문학은 정(情)뿐만 아니라 이성이 부가되어 사상과 이성이 지배하는 인생 문제 해결의 담임자 구실을 한다는 것이다. 즉 정(情) 중심에서 벗어나기 시작했다는 점이다.

그런데 앞서 문학을 정(情)이 포함된 문장으로 정의한 내용과 관련시켜 본다고 하면, 오늘의 문학을 정(情)에 이성이 포함된 것으로 파악하고 있다는 점을 문학의 개념 파악에 대한 논리의 발전 혹은 심화로 보아야 할 것인지 혹은 논리의 부조화로 단정해야 하는지 하는 문제를 드러내고 있다.

그리고 이광수는 일반대중은 이러한 문학의 내용 변천에 아직까지 이해의 도가 미치지 못하고 있다고 본다. 그래서 이러한 오늘의 문학을

---

8)   권영민 편, 앞의 책, 10쪽.

당시 현상과 관계지어 논하고 있다. 또한 서양의 경우 오늘의 문명은 그 기원을 생각해 보면, 문예부흥에서 찾아지게 되므로 이에 비교해서 우리도 문명의 부흥을 위해서는 문학이 필요하다고 역설한다.

> 대저 누억(累億)의 재(財)가 창름(倉廩)에 일(溢)하며 백만의 병이 국내에 나열하며 군함 총포 검극이 예리무쌍하단들 그 국민의 이상이 불확하며 사상이 탁열하면 하용(何用)이 유(有)하리요. 연즉 일국의 흥망성쇠와 부강빈약은 전(全)히 그 국민의 이상과 사상 여하에 재(在)하나니 그 이상과 사상을 지배하는 자 학교교육에 유(有)하다 할지나 학교에서는 자못 지(智)나 학(學)할지요 그 외는 부득(不得)하리라 하노라 연즉 하오 왈(曰), 문학이니라.[9]

이렇게 이광수는 문학이 인간의 정(情)을 만족시키고, 지, 정, 의가 조화되고 진선미가 균형 있게 발달된 인생을 만드는 데 중요한 기능이 있지만, 이것 외에도 인생과 사회에 대한 막중한 기능이 있다고 보았다. 즉 문학이란 인간의 사상과 이상을 지배하는 주권자로서 인생 문제 해결의 담임자가 될 뿐만 아니라 일국의 흥망성쇠와 부강빈약을 좌우한다고 주장한다. 이러한 춘원의 문학에 대한 이해는 호라티우스의 즐겁고도 유익함에 가까운 효용론적 문학관이라고 할 수 있다.[10]

이렇게 이광수가 그의 「문학의 가치」에서 주로 논하고 있는 내용을 살펴보면, 첫째 문학은 정(情)에 이성이 포함된 문장이라는 점, 둘째 문학을 단순한 오락으로 간주할 수 없다는 점. 셋째 일국의 흥망성쇠와 부

---

9) 권영민 편, 앞의 책, 10쪽.
10) 송명희, 「이광수의 문학비평연구」, 고려대학교 대학원 박사학위논문, 1985, 66쪽.

강빈약은 그 국민의 이상과 사상 여하에 달려 있는데, 이 이상과 사상을 지배하는 자는 학교교육에 의하는바 학교교육은 주로 지식의 습득이요 그 외는 문학이 담당할 수밖에 없다고 본 점이다.

이렇게 이광수는 문학을 통한 개인 혹은 사회의 개조를 시사함으로써 문학의 효용성을 우선적으로 파악하고 있다. 이러한 춘원의 효용론은 1916년 『매일신보』에 발표된 「문학이란 하오」란 글에서도 잘 나타난다.[11] 그러므로 그의 문학에 대한 효용론적 입장은 이미 「문학의 가치」란 글에서 발단되고 있는 것이다. 그래서 그의 이러한 문학관은 이후 그의 작품에서 미몽성이란 또 다른 이름을 달고 나타날 수밖에 없었던 것이다.[12] 다음 최두선의 경우를 살펴보자.

2. 최두선의 경우

최두선은 「문학의 의의에 대하여」에서 우선 문학이란 무엇인가라는 질문을 던지고 있다. 그리고 이 질문에 대해서 적절하고 간명한 해답을 얻는다는 것은 어려운 것임을 전제하고, 우선 당시까지 제기된 동서양의 문학에 대한 정의를 일단 개관하고 있다.

> 문학이란 의의에 관하여도 시대와 인(人)을 따라서 그 실이 불일(不
> 一)하고 또 동시대에서라도 해석을 따라서 광협의 차가 유(有)하니 지

---

11) 「문학이란 하오」란 글의 효용론적 성격은 이선영의 「1910년대의 한국문학 비평론」에서 잘 분석되고 있다.

12) 이 문제에 대해서는 조진기의 「초창기 문학 이론과 작품과의 거리」에서도 잘 밝혀지고 있다. 특히 춘원의 문학론을 외적 형식론과 내적 형식론으로 양분하고, 내적 형식에 있어서는 공리적 모럴리스트로서 문학의 실효론을 강조하고 있음을 지적한다. 조진기, 앞의 책, 51쪽.

나(支那)로 논하여도 고대에는 문학을 문(文) 혹은 저작물과 혼동하며 혹은 도덕적 의미를 이용하려 하였고 태서로 논하여도 오인(吾人)이 얼른 생각하기에는 자고로 문학에 대하여 의의가 일정한 듯하나 그러나 사실은 그러하지 못하여 혹은 문헌학으로 해석하며 혹은 문헌학으로 적의(摘意)하며 혹은 서적으로 혼동하며 장구한 년간에 허다논의가 층출(層出)하였더라.[13]

이러한 문학에 대한 정의 중 가장 광범위한 정의를 내리고 있는 매슈 아널드(Matthew Arnold)의 정의—오인(吾人)이 서적으로부터 얻는 모든 지식은 문학이라—를 소개하고, 이 정의가 갖는 맹점을 지적하고 있다. 이러한 문제점을 극복하기 위해서는 그는 형식론을 끌어 온다. 즉 일반적으로 문학이라고 하면 떠올리게 되는 시가나 소설의 체계를 갖춘 것이 문학이라는 입장이다. 그러나 최두선은 이러한 시가나 소설의 형식을 갖추지 않았다고 해도 지나고세(支那古世)의 『고문진보』나 사마천의 『사기』 같은 것은 지나 문학사에서 제외시킬 수 없으며, 칼라일(Carlyle)의 『불국혁명사』의 가치를 영국 문학사에서 무시할 수 없다는 점에서, 형식적 특성인 외형적 체제만으로는 문학을 정의할 수 없다고 본다. 그래서 다시 제기된 것이 문학의 내용적인 측면에서 본 정의—문학은 공상 혹은 이상을 묘사한 것이오—이다. 그러나 최두선은 공상과 이상이 아닌 현실 자체를 관찰하여 정확히 묘사한 글도 충분히 문학성을 가진다는 면에서는 불완전한 정의라 본다. 이렇게 앞서 제시한 문학에 대한 세 가지 정의가 갖는 문제점을 지적하고, 자신이 제시한 문학의 정의는 다음과 같다.

---

13) 권영민 편, 앞의 책, 20쪽.

그러면 이 밖에 문학이 문학 되는 이유가 유(有)할지니 얼른 말하면 문학에는 문학의 생명이 있을지오, 더욱 그 생명은 그 문학이 가치가 있으면 있을수록 그 생명이 더욱더욱 장구할지니 그 문학을 산출할 인(人)은 유한한 수명을 유하나 산출된 바의 문학 그것은 천백 년이라도 그 생명을 본전할지로다.[14]

　　이상의 내용에서 확인되는 사실은, 문학의 정의를 문학작품 자체에서 찾아보려는 입장이 아니고, 문학작품을 감상하는 독자와의 관련 속에서 문학을 정의하려고 함이다. 즉 작품이 독자에게 생명감을 심어 줄 수 있느냐 없느냐 하는 기준에 의해서 문학의 정의를 내리려고 한다. 그런데 이 생명감을 느끼고 느끼지 못한다는 사실은 심리적 활동에서 빚어지는 현상이기 때문에 최두선은 인간 심리 상태의 고찰을 통해서 나름의 문학 정의에 도달하고자 한다. 즉 인간의 심리 상태를 일반적으로 지, 정, 의로 삼분해서 논의하기도 하나, 혹자에 따라서는 지와 정의(情意)로 이분화하여 논하고 있다는 데 합의하여, 이 중 인간의 생명과 관련이 있는 정의적인 측면에다 둔다. 그래서 문학도 역시 생명을 느낄 수 있는 것은 단순히 지적인 상태만 만족시켜 주는 데서는 곤란하고 오히려 정의적인 측면에서 생명감을 느낄 수 있다고 본다. 그러므로 어떠한 글을 보고 생명이 있음을 감독함은 그것이 정의의 경험에 감촉한 후에야 가능하다고 본다. 생명감을 느낄 수 있는 것은 그 글 가운데 정의적인 요소가 있기 때문이라 판단한다. 그리하여 최두선은 문학을 정의하기를 "문학은 그 가운데 정의를 넣는 것이니라. 이것이 물론 완전한 정의는 아니나 그럼으로 문학은 반드시 정의만 유(有)하다 함이 아니오 정

---

14)　권영민 편, 앞의 책, 21쪽.

의가 그 중요 부분이라 해석함이 가하리로다."[15]라고 밝히고 있다.

이광수와 마찬가지로 최두선도 문학의 정의를 글 가운데서 정의적 요소가 함축된 것으로 파악하여 정의의 부분을 매우 강조하고 있다. 이는 문학이 단순히 지식을 전달하는 지식 정보 전달의 기능보다는 인간의 감정에 호소하여 그 감정을 움직이는 힘을 가지고 있다는 문학관에 기초해 있음을 말한다. 즉 문학작품 자체의 구성이나 형식을 통한 문학의 정의보다는 그 작품을 읽는 독자와의 관련하에서 문학에 대한 정의를 탐색해 보고자 한다. 이는 바로 작품이 독자에게 어떻게 작용하느냐 하는 문학이 갖는 효용론적 측면에서 문학을 정의함이다.

이선영은 최두선의 문학론을 일종의 쾌락주의적 감정론의 양상을 띠고 있는 글로 본다. 그의 논지에 따르면, 이 글은 문학을 정의하면서, 문학의 요소로서 정에 의를 추가한 것으로 보고 있지만, 의에 특별히 독립된 기능을 부여하여 그것을 강조하고 있지 않을 뿐만 아니라 정의는 주로 지의 대립 개념인 정의 뜻으로 사용하고 있다고 보았다. 그래서 그는 이러한 쾌락주의적 감정론은 문학작품이란 그 자체로서 가치 있는 것이며 해롭지 않은 쾌락을 지니고 있다고 생각하는 유미주의적 견해와도 연결되는 것으로 보아 유미주의적 문학론으로 분류하고 있다.[16]

그러나 인간의 감정에 쾌감을 준다는 것만으로 쾌락주의적 감정론으로 귀속시키고 또 쾌락주의적 감정론을 유미주의에 연계시키는 데는 논리의 비약이 따르는 것 같다. 오히려 작품이 독자에게 어떻게 작용하느냐 하는 점에 관심을 두었다는 측면과 문학이 갖는 쾌락적인 측면과 교훈을 함께 인식하고 있다는 점에서는 공리주의적 입장이 강하게 드러난

---

15) 권영민 편, 앞의 책, 22쪽.
16) 이선영, 앞의 논문, 123쪽.

다. 그러므로 이런 면에서 에이브럼스(M.H. Abrams)가 분류한 문학론
의 관점에 대비시켜 보면,[17] 효용론적 입장으로 분류하는 것이 타당하
리라고 본다. 이선영은 1910년대 문학론을 세분화해서 유미주의적 문학
론으로까지 심화 확대시켜 살피고 있으나, 필자의 경우는 에이브럼스가
분류한 문학론(모방론, 효용론, 존재론, 표현론)의 입장에서의 분류이기
때문에 시각의 차이라고도 할 수 있을 것이다.

다음은 안확의 경우를 살핀다.

3. 안확의 경우

안확은 「조선의 문학」에서 여섯 부분으로 나누어 문학을 논하고 있
다. 첫째가 「문학은 하오」, 둘째 「문학의 기원」, 셋째 「문학의 발달(1)」,
넷째 「문학의 발달(2)」, 다섯째 「한문학과 조선 민족성」, 여섯째 「금일
문학가의 책임」 등이다. 그런데 그의 문학론의 성격을 파악할 수 있는
글은 첫째 부분이다. 이 부분을 중심으로 그의 입장을 살펴보고자 한다.

안확은 문학은 그 범위가 광범위하고 그 종류가 복잡하여 능히 간명
한 정의를 내리기가 힘들지만, 표면상으로는 미감상(美感想)을 문자로
표현하는 것이라고 말하고 문학이 갖는 공효(功效)를 다음과 같이 밝히
고 있다.

> 문학의 공효로 말할진대 일면으로 관(觀)하면 오락의 요(料)와 소한
> (逍閑)의 구(具)가 될 뿐이나, 연(然)이나 타면으로 보면 또한 인의 사
> 상을 활동시키며 이상을 진흥시키는 기계니라. 개오인(蓋吾人)이 생존

---

17) M.H. Abrams, *The mirror and the lamp*, Oxford university press, 1953, 6~7쪽.

경쟁 간에 입하여 기복잡(其複雜)히 사용하는 심사를 고결케 하고 심원
케 하고 이상의 경(境)에 유(遊)치 않이키 불가하니 시(是)가 문학의 종
극적 목적이라.[18]

안확은 문학이 갖는 공리적 측면에 대해서, 문학은 사람의 사상을 활
동시키며 이상을 진흥시키는 기계라고 본다. 그리고 궁극적 목적을 모
든 사람들이 생활하면서 복잡하게 사용하는 심사를 고결하게 하고 심원
하게 하여 결국은 이상의 경에 처하는 데 두고 있다. 그래서 그는 문학
을 우선 한 개인의 인격을 좌우할 수 있는 매개물로 보고 있다.

그러나 그는 여기에 그치지 않고 개인이 모여 이루는 사회에 대해서
도 문학의 효과는 동일하다고 본다. 즉 "일국민의 문명을 고(考)함에는
정치의 변천보다는 문학의 소장(消長)을 찰(察)함에 대(大)하며, 또한 정
치를 부흥코자 할진대 먼저 인민의 이상을 부흥하여야 기공(其功)을 가
득(可得)하나니라"[19]고 함으로, 정치의 부흥을 위해서는 우선 문학을 통
한 한 개인의 내적 정신 상태로부터 부흥시켜야 한다고 보았다. 이는 문
학이 갖는 공리적 성격 즉 효용론적 관점에 기인한다고 본다.

다음은 1910년대 전반『매일신보』에 발표된 사설에 나타난 문학론의
성격을 살펴보자.

4. 『매일신보』 논설의 경우

『매일신보』의 논설에 나타난 글 중 우리의 주목을 끄는 것은 「시가와
풍화」「문학 사상의 쇠퇴」「시학의 쇠퇴」 등이다. 먼저 「시가와 풍화」를

---

18) 권영민 편, 앞의 책, 25쪽.
19) 권영민 편, 앞의 책, 26쪽.

살핀다.

> 시가(詩歌)가 오인의 풍화에 관계가 심대하여 오인의 성정(性情)도 가히 도주(陶鑄)하며 오인의 문견(聞見)도 가히 증장(增長)하며 오인의 습상(習尙)도 가히 취사(取舍)할지라…… 금일에 아민족(我民族)이 수천년 전수하던 정채(精彩)를 보수치 못하고 반(反)히 조속(粗俗)에 자함(自陷)하니 어찌 가괴(可愧)한 자가 안이리오.[20]

당시의 사람들이 문학을 통해 인격 도야를 실현하지 못하고 있기 때문에 점점 조야해 가고 있다고 본다. 그래서 문학이 갖는 인격 도야라는 기능을 활성화함으로써 인격을 순화시켜 가야 한다고 역설한다. 이러한 논설이 필요했던 것은 당시의 사람들이 문학에 대한 관심이나 이해가 쇠퇴해짐에서 온 현상이라는 것을 다음 논설에서 확인할 수 있다.

> 조선인은 타지의 서적을 구람치 않을 뿐만 아니라 자기가(自己家)에 기백 년 전수하던 현철유묵을 진환(塵寰)에 매치(埋置)하며 심한 자는 차다기분청동(此多幾分靑銅)에 매각하여 휴지성에 퇴적(堆積)하며 서사(書肆)로 영업(營業)하는 자는 그 신간한 서적을 견하며 언문소설 약간 종에 불과하고 문학상에 유익할 만한 자는 기이불고(棄而不顧)하니 약 십 년 이십 년을 우과(又過)하면 문학의 소지(掃地)는 귀무(龜莁)를 부대(不待)할지라. 오호라 문학 사상의 쇠퇴가 어찌 약시(若是)히 심(甚)하뇨. 행(幸)히 유지 청년 제군은 차(此)에 심감(深鑑)하여 신과학에 착력할지라도 구국문학(舊國文學) 사상을 회복하여 제2세의 문명을 단휘(丹

---

20) 『매일신보』 학예면 영인본, 삼문사, 1985, 1911년 6월 21일자 논설.

輝)할지어다.[21]

지나간 시기에 비해서 문학이 쇠퇴하고 있음을 절박하게 호소하고 있다. 곧 이어 나온 「시학의 쇠퇴」를 살펴보자.

> 시의 성질이 정치의 의미가 무(無)하니 정치계에 무관이요, 법률의 의미가 무하니 법률계의 무관이요, 경제의 의미가 무하니 경제계에 무관이라, 한(寒)하여도 가의(可衣)치 못하며 기(飢)하여도 가식(可食)치 못하니 수(誰)가 차를 욕학(欲學)하리오. 연(然)한즉 시는 무용의 학이라. 도(徒)히 한만(汗漫)한 산수풍월충어조수(山水風月虫魚鳥獸)에게 정을 기(寄)하여 혹 우수 혹 애원 혹 희열 혹 요양(搖揚)하여 천태만상(千態萬象)이 일호(一毫)의 실공이 무하니 차는 인민이 불학할 뿐 아니오 즉재상자(卽在上者)가 금할지다. 연(然)하나 자고성인(自古聖人)이 필시(必詩)로 존상(尊尙)하여 향사(享祀)에 용(用)하며 예빈(禮賓)에 용(用)하여 유일무이(唯一無二)의 학으로 장려(獎勵)하니 기고(其故)는 하(何)에 재(在)하뇨 오호―라 오인이 의식에만 영영(嶺營)하면 조속(粗俗)을 미면(未免)할지며 우(又) 정치가 여하히 융(隆)하고 법률리 여하히 명(明)하고 경제가 여하히 족(足)할지라도 시학(詩學)리 무하면 문명의 형용을 득(得)키 난(難)할지라… 만근문운(挽近文運)이 부색(否塞)하여 범타학문(凡他學問)이 소지무고(掃地無拷)일새 우(尤)히 시학의 쇠퇴가 심(甚)한지라…… 시는 인의 성정(性情)을 모사(模寫)할 뿐 아니라 교제상에 가결(可缺)치 못할 재료(材料)라. 고로 동서열국(東西列國)에 각(各)히 기국(基國)의 시가 고유(固有)하며 현금 내지인(內地人)으로 언(言)할지라도 중등 이상은 필시학(必詩學)을 호상(好尙)하여 가편기귀(佳篇奇句)가 월월간포(月月刊布)하되 아조선(我朝鮮)은

---

21) 『매일신보』 학예면 영인본, 1911년 7월 7일자 논설. 「문학사상의 쇠퇴」.

○○무문(無紋)하니 조선의 문명을 회복코저 할진대 시학을 장려함이 역일조(亦一助)의 노(路)라 위(謂)할지라. 행히 청년계에 입(立)하여 학문에 유지(有志)한 자는 각종신학(各種新學)을 종업(從業)할지라도 가극(暇隙)을 이용하여 무용의 유희에 홀방(勿放)하고 필시학에 유심(留心)하여 당세의 규운(奎運)을 만회할 뿐 아니라 제군자기도 조속(粗俗)한 야태(野態)를 면할지어다.[22]

이렇게 시학이 가진 인간 도야의 기능을 중시해서 조야(粗野)를 면하기 위해서는 시학의 융성이 필요함을 역설하고 있다. 이러한 바람은 시가 가진 인간 정신의 순화라는 관점에서 문학의 효용성을 강하게 인식하고 있는 것이다. 또한 전통적으로 문학에 대한 이해는 인간 정신의 순화라는 교화론적인 측면이 도도히 이어져 오고 있음을 논설은 지적하고 있다. 그러나 당시에 와서는 문학에 대한 이러한 이해가 사라져 가고 있음을 논설은 지적하고 있다. 논설의 내용이 다분히 회고적이고 과거지향적인 성격을 내비치기는 하지만, 문학을 효용론적인 측면에서 파악하고 있다는 점만은 확인할 수 있다.

지금까지 이광수, 최두선, 안확, 『매일신보』 논설에 나타난 문학론들을 통해서 그 문학론의 성격을 파악해 보았다. 그런데 이들이 파악하고 있는 문학에 대한 정의, 기능, 본질 등은 공통적으로 효용론적인 관점에 서 있다. 그래서 문학이 갖는 오락적 기능이나 쾌락적인 기능보다는 교훈적인 측면 즉 공리성을 더 비중 있게 생각하고 있음을 확인할 수 있다. 이에 이러한 효용론의 성격을 우리의 전통적 문학관과 관련시켜 살펴보고자 한다.

---

22) 『매일신보』 학예면 영인본, 1911년 8월 12일자 논설.

Ⅲ. 1910년대 전반 효용론과 전통적 문학관과의 맥락

1910년대 전반에 나타난 문학의 효용론적 입장을 좀 더 폭넓게 조명하기 위해서는 통시적인 측면에서의 고찰이 필요하다. 이 작업의 하나가 전시대 문학인 1910년대 이전의 전통 문학관과의 접맥을 살피는 것이다. 이 전통 문학관이란 넓게 보면 동양문화권 속에서의 문학관이라 할 수 있겠고, 좁게 보면 신문학 이전의 한국문학 속에서의 문학에 대한 이해라 할 수 있다. 이러한 문학에 대한 이해의 흐름을 접할 수 있는 대상은 동양 문화권 속에서 절대적 영향을 미쳐 온 『시경』이다. 『시경』은 단순히 유가의 경전으로서 간주되어 온 것뿐만 아니라 문학이 갖는 기능, 본질을 이해하는 하나의 전범으로서도 그 역할을 감당해 왔기 때문이다. 그래서 조선 후기의 시경론을 통해서 그 당시의 문학관을 파악해 보는 것이 1910년대 전반의 문학관을 이해하는 데 상당한 도움을 줄 수 있으리라 기대한다. 이에 김흥규의 『조선 후기의 시 경론과 시 의식』을 중심으로 당시의 『시경』에 대한 이해를 고찰해 보고자 한다.

김흥규의 논지는 『시경』을 상이풍화하(上以風化下)의 효용을 위주로 이해하는 교화론적 관점과 하이풍자상(下以風刺上)의 풍자 풍간(風諫)을 위주로 이해하는 간서론적(諫書論的) 관점으로서, 이 두 가지 가능성은 시언지(詩言志)의 표현론적 이해와 함께 후대의 시경론사에서 현저한 이견의 흐름으로 현실화되었다고 본다.

주희에 이르러 시서(詩序)와 모정지설(毛鄭之說)은 통렬하게 비판 부인되었으며, 종래의 시경론에서 많은 작품이 사회정치적 비판의 의의를 지닌 자시(刺詩)로 해석되었던 점을 회의하고, 그중 상당수를 음인자작(淫人自作)의 음시로 규정하는 등 용의주도한 교화론적 해석 체계를 수립하였다고 분석한다. 즉 『시경』은 선악의 두 극단을 채택함으로써 사람들로 하여금 존심양성(存心養性)하여 성정지정(性情之正)에 도달하게 하기 위한 교화의 표본으로 규정한다.

이러한 논지는 그 근본 성격에서 인륜적 사회 신분적 질서의 항구성과 분(分)을 강조하는 중세적 이념에 일치하며 인간의 삶과 시의 관계에 관하여는 유심론적, 내면주의적 전망을 가지고 있는 것으로 보았다.[23]

이러한 주희의 시경론이 고려 말 조선 초에 우리에게 이입된 후 16세기의 주자학의 심화 시대를 거쳐 17세기의 삼엄한 사상적 금압기에 들어서면서 불가침의 권위를 가진 정통 해석으로 존중되었다고 파악한다.

그러나 주희의 시경론은 이후 부분적이기는 하나 이설이 제기되고 절대적 권위에 대한 회의가 나타나기 시작하였다고 본다. 그 구체적인 인물로 17세기 후반의 윤휴(1617~1680), 박세당(1629~1703), 김만중(1637~1692) 등을 들고 있다.[24]

이러한 흐름은 계속되어 18세기 동안에는 전혀 다른 방향에서 『시경』을 이해, 원용하는 움직임이 발달하였다고 본다. 이러한 형태는 왜항인(倭港人)들의 한시, 시정(市井)의 삶을 노래한 작품 등 왜항시가라고 칭하는 문학 조류인데, 여기서는 교화론적 『시경』 이해와 깊은 의존 관계를 보이면서, 한편으로는 이를 넘어서는 경험적 욕구와 그 이론화를 확인할 수 있다고 판별한다. 그리고 이러한 흐름은 18세기 말 박지원, 이

---

23) 김흥규, 『조선 후기의 시 경론과 시 의식』, 고려대 민족문화연구소, 1982, 30쪽.
24) 김흥규, 앞의 책, 124쪽.

옥 등에 의해 교화론을 청산하려는 선까지 나아갔다[25]고 판단한다. 특히 정약용(1762~1836)에 와서는 하이풍자상(下以風刺上)의 풍간론을 근간으로 하여 『시경』 전반의 문제를 재해석하였다고 본다. 그래서 정약용의 『시경』 이해는 철저하게 유가적 효용론의 범주에 들면서도 존심양성(存心養性)을 강조하는 내면주의적, 유심론적 지향과는 상이하다고 판단된다.

이렇게 조선 후기까지의 시경론의 전개 과정을 정리하여, 김흥규는 조선 후기 시경론의 특징을 그때까지 불가침의 이념적 틀로서 존중되어 온 교화론적 존심양성론적 시경론의 범주에서 벗어나 새로운 시적 이상의 형성을 추구한 역사적 흐름의 일부분으로 파악하고 있다.[26]

이러한 시경론에 대한 이해의 내용을 1910년대 전반에 나타난 문학론과 관련시켜 볼 때, 시경론의 교화론적 성격이 1910년대 전반 문학론에서도 역력히 이어져 내려오고 있음을 알 수 있다. 즉 1910년대 전반에 나타난 문학의 효용론적 측면은 교화론적 시경론의 전통과 거리가 멀지 않다고 본다. 이는 1910년대 전반 『매일신보』에 제기된 「시학의 쇠퇴」 「문학 사상의 쇠퇴」 등에서 논하고 있는, 전통적인 교화론적 『시경』의 쇠퇴를 말하고 있음에서도 확인할 수 있다. 쇠퇴란 영향력의 약화를 의미하기도 하지만 그때까지도 시경의 교화론적 문학관이 남겨져 있었음을 의미하기도 하는 것이다. 그러므로 1910년대 전반에 나타나는 효용론적 문학론에서 전통적인 문학론의 하나인 『시경』의 교화론적 문학론의 영향을 생각하지 않을 수 없다.

---

25) 김흥규, 앞의 책, 191쪽.
26) 김흥규, 앞의 책, 242쪽.

다음으로 1910년대 전반의 문학론을 좀 더 천착해 보기 위해서는 당시의 문학적 상황과 결부시켜 논해 보는 것이 필요하다고 본다. 이는 1910년대 전반은 개화기 문학과 겹쳐 있는 시기이기 때문에 당시 개화기 문학이 갖는 성격과 관련지어 고찰함으로써 1910년대 전반 효용론의 성격을 분명하게 밝힐 수 있으리라 여겨지기 때문이다.

Ⅳ. 개화기 문학의 성격과 1910년대 전반 효용론

개화기 문학의 시기를 어떻게 잡을 것인가 하는 근본적인 문제가 있기는 하지만, 본고에서의 중심 과제와는 거리가 있기에 이 문제는 논외로 하고자 한다.

범박하게 개화기 문학을 19세기 말에서 20세기 초에 해당하는 시기의 문학으로 잡는다[27]고 하면 1910년대 전반의 문학론과 개화기 문학의 성격과는 깊은 상관성을 가진다고 생각한다. 왜냐하면 1910년대 전반과 개화기가 서로 겹쳐 있는 시기이기 때문이다. 그래서 당시 개화기의 문학은 1910년대 전반 문학론과 불가분의 관계에 있을 수밖에 없다고 추론할 수 있다. 본고에서는 개화기 문학 중 주로 신소설에 대한 논의로 한정해 보고자 한다. 그러면 먼저 신소설의 등장 시기부터 살펴보기로 하자.

---

[27] 김중하, 「〈개화기의 소설〉 연구의 몇 가설」, 『한국문학논총』 5집, 한국문학회, 1982, 236쪽. 여기에서 김중하는 개화기를 1860년대에서 1910년대까지로 잡고 있다.

권영민은 신소설의 등장 시기를 다음과 같이 잡고 있다.

> 조선에 대한 식민지 지배를 규정한 보호 조약(1905년)의 체결은 일
> 제가 약탈의 체계를 갖출 수 있도록 한 결정적인 사건이었으며, 개화운
> 동은 결국 한일합방이라는 비극적 상황 속에서 그 실질적인 쇠퇴를 맞
> 이하게 된 것이다. 이 무렵에 몇몇 작가들에 의해서 신소설이 등장하게
> 되었다. 이인직의 「혈의 누」(1906)을 전후하여 이광수의 「무정」(1917)
> 이 발표되기까지의 신소설의 시대라 할 수 있다.[28]

이러한 시기에 쏟아져 나온 신소설의 성격을 조동일은 다음과 같이
정리하고 있다.

> 신소설은 표면적 주제와 이면적 주제가 어긋나는 소설이다. 표면적
> 주제에서는 개화사상을 역설하지만, 이면적 주제에서는 결과적으로 보
> 여주는 것은 이와는 다른 전래적인 가치관이다.[29]

그래서 신소설은 개화사상을 역설하는 교술적 소설이면서 흥미 본위
의 통속소설이라는 이중의 부담을 지닐 수밖에 없다고 본다. 즉 개화사
상이 표면적 주제를 이루고 흥미로운 사건 구조에서 이면적 주제가 구
현되었다고 보았다. 조동일의 표면적 이면적 주제로의 파악과 함께 윤
명구는 개화기 서사문학 장르를 구소설적 장르와 신소설적 장르로 나누
어 생각하고 있다.

---

28) 권영민, 「개화기의 소설관과 신소설의 변모 양상」, 『한국 근대문학과 시대정신』, 문예
    출판사, 1983, 245쪽.
29) 조동일, 「소설사의 전체적 전개에서 본 신소설」, 『신문학과 시대인식』, 새문사, 1981,
    49쪽.

구소설 장르는 한문 소설, 몽유록계 소설, 전기소설 그리고 신소설 중에서 논설적인 토론 위주의 작품군이 그것이다. 이 서사 장르들은 장르의 개조 의지보다는 작가의 강렬한 주체 의식에 경도된 것을 특징으로 잡을 수 있다.

여기에 비해 신소설 장르는 장르의 개조를 통해 새로운 시대 감각에 부응하는 변화를 보였으며 한글 표기의 시문체(時文體)로 독자층을 확보하는 데 기여하였다. 그래서 상업성을 본질로 하는 신문, 출판사에 의하여 오락 기능을 신장시키면서 계속적으로 다산될 수 있었다.

이러한 개화기 서사 장르의 두 분류는 각기 상반된 시대정신의 소산이라 할 수 있다. 즉 보수와 개화, 저항과 긍정, 자보와 추종, 민족주의와 근대화 의지 등의 한국 개화의 양면성을 각각 달리 수용한 서사문학 장르라 할 수 있겠다.[30]

이러한 양면적 성격을 지닌 신소설을 권영민은 「신소설의 문학사적 성격」에서 다음과 같이 논하고 있다.

첫째, 신소설의 신문 연재를 통해 소설 문학의 유례없던 대중화가 이루어졌고, 신문에 연재가 끝난 작품들은 대부분 다시 단행본으로 간행됨으로써 본격적인 의미에서 소설이 하나의 상품으로 등장하게 된 점.

둘째, 소설 문체로서 국문체의 전통 확립.

셋째, 초기의 신소설에서 볼 수 있었던 사회 계몽, 민중 교화 등의 사회적 기능을 중요시하던 공리적인 소설관이 점차 변질되어 문학의 본질적인 속성에 대한 인식이 이루어짐으로써 근대적인 문학 의식에 훨씬 접근하게 되었다는 점[31]

---

30) 윤명구, 「개화기 서사문학 장르」, 『신문학과 시대의식』, 42~43쪽.
31) 권영민, 「신소설의 문학사적 성격」, 앞의 책, 255쪽.

여기에서 의미를 갖는 부분은 신소설 초기의 소설관이다. 즉 신소설 초기의 소설관은 주로 문학의 공리성에 놓여 있다는 사실이다. 이러한 신소설의 공리성은 신소설 작가가 말한 자신의 문학론을 통해서도 확인할 수 있다. 이해조는 「화의 혈」 후기에서 다음과 같이 말하고 있다.

> 긔쟈왈 쇼셜이라 ᄒᆞ는 것은 미양 빙공챠영(憑空捉影)으로 인졍에 맛도록 편즙ᄒᆞ야 풍속을 교졍ᄒᆞ고 샤회를 경셩ᄒᆞ는 것이 뎨일 목젹인즁 그와 방불ᄒᆞᆫ 사ᄅᆞᆷ과 방불ᄒᆞᆫ 사실이 잇고 보면 애독ᄒᆞ시는 렬위부인 신ᄉᆞ의 진진ᄒᆞᆫ ᄌᆞ미가 일층더 싱길 것이오 그 사ᄅᆞᆷ이 회기ᄒᆞ고 그 ᄉᆞ실을 경계ᄒᆞ는 됴흔 영향도 업지 아니 ᄒᆞᆯ지라[32]

이렇게 이해조가 소설의 기능 또는 목적을 영향과 재미라는 두 가지 측면에서 파악하고 있다는 사실은 당시의 문학관을 읽어 낼 수 있다는 점에서 특기할 만하다. 소설의 영향을 풍속을 교정하고 사회를 경성하는 것으로 인식하고 있다는 것은 소설이 갖는 사회적 효용성에서 주로 교화적 측면을 강조한 것으로 본다.[33] 그런데 신소설의 영향에 대한 이러한 견해는 신소설에 앞서 등장한 사서류, 전기물, 번역 소설 등에서 찾아볼 수 있었던 점과는 상당한 차이를 보인다. 문학작품으로서의 예술성 여부를 문제 삼기 이전에 국가의 독립과 자주라는 현실적인 문제에 깊은 관심을 보여 주었던 사서류나 전기물 등은 사회 계몽 수단으로서 그 시대적 사명이 중요시될 수밖에 없었던 것들이었다. 그러나 일제침략과 함께 개화운동이 실질적으로 퇴조하게 되자 자주독립, 민중 교화 등의 강렬한

---

32) 이해조의 「화의 혈」(보급서관, 1912) 후기.
33) 권영민, 「개화기의 소설관과 신소설의 변모 양상」, 앞의 책, 250쪽.

시대 의식은 점차 소극적인 계몽 위주로 그 성격이 변질되었다. 그래서 이해조가 고작해야 풍속의 교정과 사회에 대한 경성에 머무르게 된 점은 이러한 시대적 상황과 긴밀히 관련된 것이라[34]고 본다.

그래서 안확은 『조선문학사』(1922)에서 1910년대 문학을 신구 대립의 시기로 규정함으로써, 신채호의 역사소설과 이인직의 신소설로 대표되는 1900년대 문학과 구분하고 있다. 안확은 이때에 한학과 한시, 구소설이 신소설과 함께 크게 일어났다고 지적하고 있다. 그러면 1910년대에 이렇게 한학과 한시 등이 일시 융성하게 된 소지는 어디 있는가. 이 문제는 1911년 『매일신보』의 논설을 통해서 확인한 것처럼 시학의 쇠퇴를 개탄하고 전통적 문학을 회복하자고 역설함으로써 고전문학의 일시 부흥이 있었던 것으로 해석할 수 있다.

여하튼 개화기 문학 중 신소설에 나타는 문학의 성격들이 교화론적 입장에 서 있다는 것은 1910년대 전반의 문학론이 효용론적 관점에 서 있다는 점과 일맥상통하기에 그 당시의 문학론을 이해하는 데 도움이 될 수 있다고 본다.

V. 맺음말

지금까지 1910년대 전반에 나타난 문학에 대한 정의 혹은 기능 등을 통해서 그 당시의 문학론의 성격을 파악해 보았다. 이광수, 최두선, 안확 그리고 『매일신보』 논설 등에 나타난 문학론의 성격은 문학을 효용론

---

34) 권영민, 앞의 책, 250쪽.

적 입장에서 주로 이해하고 있음을 확인했다. 그리고 이러한 문학에 대한 입장은 그 당시 바로 형성된 것이 아니라 전통적인 문학론의 영향을 또한 배제할 수 없다고 보아 조선 후기의 시경론과 관련시켜 보기도 했다. 그 결과 1910년대 전반에 나타난 효용론은 동양 문화권 혹은 한문 문화권 속에 속해 있는 문학들이 공통적으로 가지는 시경론에 대한 문학적 이해인 문학의 교훈설과 궤를 같이하고 있다는 사실을 추론할 수 있었다.

그리고 1910년대 전반의 효용론의 성격을 좀더 천착하기 위해서는 1910년대 전반과 겹쳐 있는 개화기의 문학 중 신소설과 관련시켜 보기도 했다. 신소설의 성격에서도 문학을 교화론적 입장에서 이해하고 있었음을 확인할 수 있었다. 1910년대 전반의 문학론을 지금의 문학론에 비추어 보면 격세지감을 갖기도 하지만 효용론적 성격을 띤 문학론이 존재했다는 것은 고무적인 현상이라고 본다. 왜냐하면 문학의 이론이 없는 시대는 실험의 배경이 되는 전통에 대한 이해가 없기 때문에 창조하는 의미에서 침체된 시기일 수도 있기 때문이다.[35] 그러므로 1910년대 전반의 문학 이론이 불완전하고 엉성한 것이기는 하지만 다음 세대의 문학에 대한 이해와 문학을 위해서는 하나의 극복 대상이 된 것만은 사실이다. 이런 측면에서 1910년대 전반에 나타는 효용론은 우리 문학사에서 나름의 의의를 갖는다고 볼 수 있다.

(1986)

---

[35] 에드워드 데이븐 포오트, 「왜 문학 이론이 필요한가」, P. 헤르나디 편, 최상규 역, 『문학이란 무엇인가』, 창학사, 1983, 72쪽.

제2부

김동리 소설의 개작
― 「무녀도」 「산화」 「바위」를 중심으로

Ⅰ. 서론

김동리는 '책을 낼 때마다 구두점 하나라도 고쳐야' 할 정도로 작품에 대한 끈질긴 집념을 보여주는 작가다. 그래서 그는 「무녀도」 「산화」 「바위」 「산제」 「두꺼비」 등 많은 작품을 개작해 왔고 앞으로도 계속 개작할 것이라고 말한다.

작가가 개작을 하는 것은 다음의 세 가지 경우로 생각할 수 있다.

첫째, 시대적 사회적 현실로 인해 타의적으로 변질된 경우인데, 이때는 현실의 제약이 완화되거나 없어질 때 다시 고치게 된다. 염상섭의 「만세전」의 경우가 특히 한국의 일제 치하 검열로 인해 원작이 세 번이나 개명 혹은 개작되었다.[1]

---

1) 이재선, 『한국문학의 해석』, 새문사, 1981, 103~120쪽 참조.

둘째, 시대적 현실적 제약보다는 역사를 바라보는 인식의 관점이 바뀔 때 개작을 행한다. 최인훈의 「광장」의 경우 원작이 네 번 개작되었는데, 이는 한국 근대사를 바라보는 인식의 차이 때문이다.[2]

셋째, 작가 자신의 개인적인 이유로, 작품의 완벽을 기하려는 성격적인 자의적 완벽주의를 생각할 수 있다. 여기에 김동리가 해당된다고 볼 수 있다. 김동리는 "작가는 신이 아니기 때문에 완벽한 작품을 쓸 수 없다. 그러므로 한번 발표된 작품이라도 생명이 있는 날까지 계속적으로 완벽을 향해 노력해야 할 줄 안다."[3]라고 말했다.

그러나 개작의 문제는 문학사적인 입장에서 상당히 문제가 된다. 김윤식은 이 점을 예술을 보는 두 가지 시각으로, 즉 작품이 발표되었을 순간 그것으로 완결되었다고 보는 것(생의 결정 상태)과 발전·수정·개량할 수 있다는 입장의 예술의 진보 개념을 승인하는 것(생의 잠정적 상태)으로 나누어, 전자의 입장에서 개작에 대해 비판적 견해를 취한다.[4] 이것은 개작에 대한 원론적인 문제로 다음 기회로 미룬다.

개작을 유형별로 살펴보면 다음과 같다.

    ㄱ. 전면적인 개작 …… 「무녀도」「산제」

    ㄴ. 부분적인 개작 …… 「산화」「바위」「두꺼비」

    ㄷ. 제목 변경 …… 「불화」「정원」「산제」

    ㄹ. 장편으로 개작 …… 『을화』

---

2) 권봉영, 「개작된 작품의 주제 변천 연구」, 『어문교육논집』 제2집, 부산대학교 국어교육과, 1977, 173~189쪽 참조.
3) 김동리, 「전체와 부분이 전도된 개작」, 『월간 독서생활』, 1976. 1. 293쪽.
4) 김윤식, 「원작과 개작의 거리」, 『월간 독서생활』, 1976. 1. 302~304쪽.

전면적인 개작은 인물이나 작품의 성격이 상당히 달라지는 것이며, 부분적인 개작은 전체의 스토리와 인물의 성격이 완전히 변하는 것이 아니라 어느 정도 보완적인 것을 말한다.

물론 이 밖에도 「황토기」의 도입 액자 부분이나 다른 작품에도 조금씩 손질한 부분이 있지만, 여기서는 제외한다.

본고에서는 「무녀도」「산화」「바위」를 중심으로 개작의 양상을 살펴보기로 한다.

Ⅱ. 본론

1. 「무녀도」

「무녀도」는 1936년 5월 『중앙』에 발표된 원작(a), 1947년 제1창작집 『무녀도』의 개작 1(a′), 1953년 『무녀도』 재판의 개작, 1963년 제5창작집 『등신불』의 개작 2(a″) 등의 4편이 있다.[5]

a와 a′는 스토리와 단락 구성이 상당히 변하였으며, 1953년 재판의 「무녀도」는 ㄱ장이 약간 바뀌었을 뿐 a′와 완전히 동일하다.[6] a″는 a′와 스

---

5) 일반적으로 우리가 전집류에서 볼 수 있는 것은 a″의 「무녀도」다. 이것이 완성본이 되는 셈이다. 그리고 『을화』(1978)는 개작이라기보다는 신작 또는 다른 작품으로 생각될 수 있으므로 여기서는 일단 제외한다.

6) a′와 재판(1953)을 간단히 비교하면, 같은 판본에 작가가 의도적으로 삭제한 부분이 ㄱ단락에서 조금 보이는데, 먼저 서두의 "무녀도는 검으스레한 묵화의 일종이었다." 가 "무녀도는 검으스레한 물먹으로 그려졌다."로 바뀌고 무녀도의 그림 묘사가 삭제된다. 또 a′에는 "무녀도와 함께 내가 할아버지로부터 전해들은 이야기는 다음과 같다."가 내부 이야기가 시작되는 ㄴ단락 첫머리에 있으나, 재판에는 ㄱ단락 끝으로 옮

토리가 거의 비슷하나 ㄱ장과 ㅅ장이 다소 바뀌었다. 작품의 분량도 a가 약 90매, a′가 150매 정도로 늘어났고, a″는 a′보다 약간 늘어나 152매 정도 된다.

먼저 a와 a′·a″의 플롯의 전개를 간단히 대비하고, 단락에 따라 개작된 부분을 중심으로 살펴본다.

단락/작품	a	a′ · a″
ㄱ	무녀도에 얽힌 이야기	무녀도에 얽힌 이야기
ㄴ	모화 집의 묘사, 모화의 성격과 그 일화, 모화 굿의 유명함	모화 집의 묘사, 모화와 낭이의 성격과 생활상, 낭이 출생의 무격 설화 및 모화의 신관
ㄷ	낭이의 인물 소개와 출생의 무격 설화, 성격 묘사 및 모화에 대한 반응	욱이(예수교인)의 귀환과 인물 소개와 행동, 모화 사이의 갈등 시작
ㄹ	욱이와 낭이의 근친상간 암시, 욱이의 퇴옥과 인물 및 성격 소개, 낭이의 그림 이야기	욱이의 가출과 현 목사와 박 장로에게 교회 건립 부탁 편지 및 귀가, 낭이와 욱이의 근친상간, 모화와 욱이의 갈등 고조와 욱이의 모화의 칼에 의한 상처
ㅁ	모화의 신관	모화의 욱이 병 간호와 굿에 대한 무관심, 예수교의 교세 확장과 모화의 응수
ㅂ	예수교의 전파와 부흥 목사의 이적, 모화의 예수교에 대한 저주·비웃음 및 이해	욱이의 병 악화와 모화의 슬퍼함, 현 목사의 방문과 욱이의 교세 확장 공로 치하, 욱이의 죽음

___

겨지면서 "할아버지는 이이야기를 손님과 더불어 가끔 하였다."로 바뀐다. 이것은 도입 액자와 내부 이야기를 분명히 구분하면서 내부 이야기에 더욱 사실감을 부여하기 위한 것이라고 생각한다. 그밖에 ㄱ단락의 "경주 읍에서 두어 마장……"에서 '두어'가 삭제된 것 밖에 바뀐 곳이 없다.

단락/작품	a	a′ · a″
ㅅ	낭이의 임신에 대한 모화의 이적 예언 실패와 사람들의 반응, 낭이가 아버지 따라 떠남, 모화의 마지막 굿과 죽음, 욱이의 행방 모름	모화의 마지막 굿과 죽음, 낭이의 아버지 따라 떠남

ㄱ단락, 즉 도입 액자의 첫머리에서 a의 "무녀도는 슬픈 그림이었다." 가 a′에는 "무녀도는 검으스레한 묵화의 일종이었다."로 바뀌는데, 이는 추상적인 서술이 구체적으로 드러나 사실성이 부여되는 것이다. 그리고 뒤이어 무녀도의 그림 묘사가 첨가됨으로써 a′에는 두 번 그림 묘사가 나온다. 또 a에는 우리집의 파방을 "민족주의요, 사회주의요, 하시고 만주에서 상해로 침이 마르게 돌아다니시는 통에 가산이 모두 은행으로 넘어가 버리고 이어 아버지의 옥사와 함께 완전히 탁방나 버린 것"이라고 구체적으로 설명하나, a′에는 "아버지 때"라고 간단히 처리하는데, 이는 일제시대의 현실적인 분위기를 보편적으로 바꾼 것이다. a″는 a′에 비해 문장을 상당히 가다듬은 것 이외에는 동일하며,[7] 또 ㄴ~ㅂ단락은 a′와 같으므로 언급하지 않는다.

ㄴ단락에서는 a는 모화의 인물 및 성격 묘사가 중심이며, 모화 굿의 유명함과 모화의 치성 모습 및 무서움을 모르는 것에 대한 일화가 삽입

---

7) 예를 몇 가지 들면 다음과 같다.

a′	떨어질 듯한	어느 것이나	차일	거적을 두르고	명문이라는 것으로
a″	쏟아져 내릴 듯한	바야흐로 숨이 고비에 찬	큰 차일	차일 속엔	유서 있는 가문으로

그 밖에 콤마의 변화를 들 수 있고, 또 "무녀도는 검으스레한 묵화의 일종이었다."가 삭제되고, "내가 세상에 첨으로 나던 해라 하니, 지금으로부터 스물아홉 해 전"이 "아버지가 장가를 들던 해라 하니 나는 아직 세상에 태어나기도 이전의 일"로 바뀌었다.

되어 있으나 낭이에 대한 설명은 없다. a′에는 모화의 일상생활이 더욱 부각되고 낭이의 소개 및 집으로 돌아올 때의 모화의 낭이를 부르는 청승 가락과 낭이 출생의 무격 설화가 삽입되고, 모화의 치성 권유 및 님 (자연관, 신관)에 대한 설명이 첨가된다. 즉 a′는 a에 비해 산문적 리얼리티가 강화되며 주술적 성격이 일찍부터 드러나 더욱 두드러져 있다.

ㄷ단락에서는 a와 a′가 판이하게 달라진다. a는 주로 벙어리인 낭이의 인물 소개와 외면적 묘사가 중심적이고, 아울러 낭이 출생의 무격 설화 및 모화의 치성 권유 그리고 낭이의 어머니에 대한 연민과 공포 등이 서술되어 있다. a′에는 첫머리부터 욱이의 귀환으로 모화와 낭이의 세계에 변화가 일어난다. 즉 기독교와 샤머니즘의 갈등이 시작된다. 욱이가 낭이에게 신약성서를 권독하고 모화와의 이념적 갈등으로 집을 나가 버린다. 이를 통해 보면, a에는 아직까지 이렇다 할 갈등이 나타나지 않으나, a′는 모화와 욱이의 갈등을 드러내고, 이로써 a′가 극적 소설의 양상을 다분히 띠게 된다.

ㄹ단락에서 a에는 욱이가 비로소 등장하는데, 서두에 낭이와의 근친상간이 암시되고, 그가 무당의 아들이란 신분 제약으로 절로 공부하려 갔으나 거기에서 선사를 홧김에 때려 죽이고 감옥에 갔다가 퇴옥하여 갈 곳이 없어 어머니 집에 돌아오고, 또 그가 교만하다는 마을 사람들의 평판과 그러나 그의 성격이 윤리적이라는 내용도 나온다. 여기서 중요한 의미를 띠는 것은 모화가 "천상천하 어떠한 귀신보다도 욱이 귀신이 가장 두려움노라" 하고, "욱이를 땅 밑에 사는 머리 검은 귀신의 화신"이라 하여 두려워했다는 점이다. 여기서 욱이와의 갈등이 심각한 이념적 대립이 아니라 다른 귀신의 대립으로 나타난다. "욱이 귀신"이라 하여 이를 샤머니즘 사이의 대립이라고 보기는 곤란하다. 다음에 낭이

의 그림 솜씨와 낭이와 욱이의 그림 이야기가 또 낭이의 어머니에 대한 거리감이 그림을 통해 나타나고, 어릴 때 욱이와 같이 굿 구경 갔을 때의 슬픔과 그것을 그림으로 나타내려 하나 뜻을 이루지 못했다는 서술이 나온다. 이 단락에서 욱이가 살인자로 나오고 또 모화는 욱이를 "욱이 귀신"이라 한 점이 a′의 욱이의 성격과 분명히 다른 점이다.

a′는 욱이와 모화의 갈등이 고조되는 비극적 상황이 명백히 드러난다. 욱이가 절에서 나와 서울 구경을 가서 유랑하다가 박 장로와 현 목사를 만나 교인이 된 것이 a와 다르며, 낭이와의 근친상간이 다소 노골화되어 드러난다. 또 모화와 낭이가 같이 치성 드리고 굿을 행하며 욱이가 돌아오기를 기다린다. 욱이가 귀가한 날 모화는 욱이의 예수 귀신을 쫓는 굿을 행하고 욱이는 성경이 없어진 것을 알고 모화의 굿판에 나갔다가 모화의 칼에 상처를 입는다. 여기서는 특히 성경 구절과 모화의 굿의 주술성이 대립적으로 잘 나타나 있다.

ㅁ단락에서 a는 모화의 님에 대한 애니미즘적 세계관이 a′의 ㄴ단락에 나타난 것과 똑같은 부분으로 짤막하게 서술되어 있다. a′에는 모화가 욱이의 병 간호에 열중하는 반면 무당으로서의 주술력이 약화되고, 또 고을에 전파된 기독교 세력에 대해 굿과 푸념으로 응수하는 설명이 나온다. 즉, 샤머니즘과 기독교의 내부적 갈등이 외부로 확산 심화된다.

ㅂ단락에서 a에는 예수교가 마을 사람들의 양국 놈에 대한 호기심과 신기함으로 날로 세력이 확산되고, 또 부흥 목사가 내려와 이적을 행하여 교세가 더욱 확장된다. 이에 모화가 고독하게 저주와 비방을 행하나 나중에는 그것을 이해해 버린다. 즉 모화는 처음에는 "양국 놈들이 요술단을 꾸며 와서"하고 비웃어 버리나, 좀 뒤에는 "누구보다도 먼저 그를 이해해 버린 듯이", "예수교는 예수씨를 믿는 돈데 예수씨는 이방불구신의 화신

이라, 그를 믿는 사람은 이 나라 산신님과 용신님으로부터 화를 받게 되리니 이 나라의 산과 물을 떠나, 너른 벌판으로 피해 가라."고 하였다.

여기에서 기독교를 샤머니즘화함으로써 기독교와의 갈등도 a′처럼 첨예화되지 못한다. a′에는 욱이의 병이 악화되고 모화는 매우 걱정을 한다. 마침 평양 현 목사가 욱이를 방문하고 같이 온 양 조사는 경주에 교회가 빨리 서게 된 것을 욱이의 공로로 치하하고, 욱이는 현 목사로부터 받은 성경을 안고 죽는다. 그의 죽음은 순교적 의미를 띠는데, 이것은 그가 종교적 이념을 고수하다 죽은 것이며, 또 기독교의 전파와 밀접하게 관련되기 때문이다.

ㅅ단락은 a, a′, a″가 각각 상당히 변하는 단락으로 모화의 마지막 굿과 죽음이 나타난다. a에는 서두에 낭이의 임신 소문이 나자 모화는 임신에 대해 신적 해석을 하며 낭이가 해산하는 날 아기의 울음소리와 같이 입을 열 것이라고 예언을 하고 치성을 드리나, 낭이가 유산을 하고 입을 열지 못하게 되자 모화는 미치고 만다. 이에 사람들의 비웃음을 받으며, 모화는 욱이에 대한 굿을 하고, 다음 낭이의 아버지가 돌아와 낭이를 데리고 가 버린다. 낭이는 임신에 대해 수치심이나 가책을 느끼지 않으나 유산하던 날 흐느껴 울었다. 욱이는 "낭이의 임신 중이나 임신 후나 언제나 다름없이" 창백한 얼굴로 방구석에 앉아 이따금 슬픈 얼굴로 낭이를 바라보고 있었다고 한다.

그리고 모화의 마지막 굿이 열린다. 그러나 a′, a″는 서두에 바로 굿이 열린다. 김씨 부인이 예기소에 몸을 던져 초혼굿을 행하게 된 것으로, 많은 사람들이 모화 굿을 구경하려 온다. 다음에 a에는 바로 굿이 나오나 a′, a″에는 모화의 집의 음험한 묘사가 다시 한 번 나오고, 집에서 고독하게 기독교를 쫓는 굿을 행하며 예수 귀신이 아들을 잡아갔다고 푸념하는 서술이 첨가된다. 또, 굿이 열리는 백사장과 예기소의 묘사가 a에는 "굿이 열린 백사장 동편으로는 밑 보이지 않는 검푸른 소물이 돌고 있었다."라고 되어 있으나 a′에는 "동편"이 "서북편"으로 또 "소물이 깊은 비밀과 원한을 품은 채 조용히 구비 돌아 흘러내리고 있었다."라고 예기소의 물에 대해 좀더 구체적으로 묘사하며 a″에는 a′ 다음 부분에 괄호[8]로 "(명주구리 하나 들어간다는 이 깊은 소에는 해매다 사람이 하나씩 빠져 죽기 마련이라는 전설이었다.)"가 첨가된다. 즉 a″는 전설을 도입함으로써 다가올 모화의 죽음을 뚜렷이 예시한다.

그리고 a′, a″는 굿판의 설명이 상당히 사실적으로 잘 나타나 있다. 다음 굿판에 모여든 사람들의 말이 a′에는 "모화가 오늘밤 새로운 귀신이 잡힌다고 수군거리기 시작하였다"로 나타나 있으나, a″에는 그 뒤에 "한쪽에서는 오늘밤 굿으로 어쩌면 정말 낭이가 말을 하게 될 거라는 얘기가 퍼졌고, 또 한쪽에서는 낭이가 누구 아인지는 모르지만 배가 불러 있다는 풍설도 돌았다. ……하여간 이 여러 가지 소문들이 오늘밤 굿으로 해결이 날 것이라고 막연히 그녀들은 믿고 있는 것이었다."가 첨가된다. 이로써 모화의 굿의 효력과 그들의 믿음이 첨가되고 낭이와 욱이의 근친상간이 소문으로 한 번 강조됨을 알 수 있다. 이는 주술성과 전설적 인식이 첨가됨으로 a″의 마지막 부분에서 낭이가 입을 열게 되는 인과적 관계를 분명히 예시하는 것이다.

다음의 모화의 굿하는 모습에 대한 설명이 a′, a″는 "모화는 김씨 부인이 처음 태어났을 때부터 물에 빠져 죽을 때까지의 사연을 전악들의

---

8) 동리 소설에 있어서 괄호의 사용은 아주 독특한데, 이에 대해서는 정한숙의 「현미경과 돋보기」(『동리 문학 연구』 및 『서라벌 문학』 8집, 서라벌예술대학, 1973, 60~66쪽)를 참조할 것.

젓대, 피리, 해금에 맞추어 춤을 추었다"가 첨가되고 난 뒤에 서술되나 a
에는 바로 나타나 있다. a부분을 살펴보자.

> 그의 음성은 언제보다도 더 구슬펐고, 얼이 빠진 양, 구경하는 여인
> 들의 호흡은 모화의 쾌자 자락만 따라 오르나리었고, 모화는 그의 춤이
> 었고, 그의 춤은 시나위 가락이었고……시나위 가락이란, 사람과 밤이
> 한 개 호흡으로 융화되려는 슬픈 사향이었다. 그것은 곧 자연의 리듬이
> 기도 하였다.

모화의 시나위 가락의 율동을 자연의 리듬과의 합일이라 하여 다가올
모화의 죽음이 자연회귀적 성격[9]을 작가 개입에 의해 설명한다. 그러나
a′, a″는 작가의 직접 개입이 약화되는 대신 자연회귀성을 강물(모성적
재생성)과 별(광명)이라는 구체적 자연물과의 합일을 통해 드러낸다.

다음으로 a′, a″에는 a에 없는 혼을 건지는 초망 행위가 사실적으로
서술되어 있다. 그리고 모화의 김씨 부인에 대한 초혼의 주술적 무가가
공통적으로 나타나 있으나, a 에는 초혼의 무가 가락이 나온 후 바로 모
화가 물에 잠기나, a′, a″에는 "차츰 목소리가 멀어지며 넋두리도 휘황해
지기 시작했다."라는 서술이 나오고 또 지금까지의 초혼굿의 가락과 성
격을 달리하는 무가가 더 나오고 난 뒤 모화가 물에 잠겨 죽는다.

> 가자시라 가자시라 이수중분 백노주로,
> 불러 주소 불러 주소 우리 성님 불러 주소,

---

9) 모화의 죽음의 자연회귀적 성격은, 류종렬, 「김동리 소설에 나타난 '죽음'의 양상」, 부
산대학교 대학원 석사학위 논문, 1982, 33~35쪽에 상론되어 있음.

봄철이라 이 강변에 복숭아꽃이 피그덜낭,

소복단장 낭이 따님 이내 소식 물어 주소,

첫 가지에 안부 묻고, 둘째 가······

    여기서 초혼굿의 대상자인 김씨와의 관계가 없어지며, 자신의 신과 낭이의 문제와 마주한다. 스스로 가자(죽자)고 하면서 그의 성님, 즉 신령님(용신님)을 불러 달라고 한다. 또 죽고 난 뒤에 봄철에 환생하며 복숭아꽃이 되어 낭이 따님과 만나기를 기원한다. 여기서 모화의 초혼굿은 김씨 부인의 초혼이 목적이라기보다 오히려 딸을 구하고 기독교와 대항하기 위한 방편으로 행해진 것이며, 또 자식의 죽음과 자신의 초능력의 약화라는 비극적인 한계를 극복하고 자연의 순환적 질서 속에서 영원성을 누리고자 한 것임을 알 수 있다.

    마지막 에필로그 부분의 개작은 작품의 의미에 상당한 변화를 가져온다. 이는 후일담 비슷한 것으로 작가 개입에 의한 설명이라 볼 수 있다.

    (a)

    모화의 집 뜰에는 잡풀이 더 검어졌다.

    그리고 밤이면 늘 처마의 희미한 종이 등불이 걸리어 있었다.

    들으면 낭이의 외할머니가 되는 이가 와서 홀로 죽을 날을 기두르고 있다 한다.

    방 안에는 낭이가 그린 **모화의 초상화 한 폭이 걸려 있었다.**

    욱이는 어디로 간지 모른다.

    (a′)

    열흘쯤 지난 뒤다. 동해변 어느 길목에서 해물 가게를 보고 있다던 체수 조그만 사내가 나귀 한 마리를 몰고 왔을 때 그때까지 아직 몸이

완쾌하지 못한 낭이는 여윈 손에 **신약 전서 한 권만 쥐고 가만히 자리
에 누어 있었다.** 그것은 욱이가 그 마지막 눈을 감으려 할 때 낭이에게
남기고 갔던 것이었다.

"아버으이."

낭이는 그 아버지를 보자 이렇게 인사를 하였다.

"여기 타라."

사내는 손으로 나귀를 가리켰다.

"……"

낭이는 잠자코 그 아버지가 시키는 대로 나귀 위에 올라 앉았다.

그들이 떠난 뒤엔 아무도 그 집을 찾아오는 사람이 없었고, 밤이면
그 무성한 잡풀 속에서 모기들만이 떼를 지어 울었다.

(a″)

……생략(a′와 동일한 부분)……

몸이 완쾌하지 못한 낭이는 퀭한 눈으로 자리에 누어 있었다.

사내는 낭이에게 흰 죽을 먹이기 시작했다.

"아버으이."

낭이는 그 아버지를 보자 이렇게 소리를 내어 불렀다. **모화의 마지막
굿이(떠돌던 예언대로) 영검을 나타냈는지 그녀의 말소리는 전에 없이
알아들을 만도** 했다.

다시 열흘이 지났다.

"여기 타라."

……생략(a′와 동일 부분)……

a에서 욱이는 어디로 간지 모른다는 것은 작품상 중요한 의미를 획득
하지 못한다. 방 안에는 모화의 '초상화'가 걸려 있는데, 이 '초상화'는
모화의 죽음의 영원성을 더욱 부각시킨다. a′에서 중요한 것은 낭이가
입을 여는 것인데 욱이의 신약전서 때문이라 암시되고 있다. 이는 모화

의 패배나 기독교의 승리가 아니라,[10] 욱이의 죽음의 순교적 의미가 강조되어, 이타적 성격을 획득하게 되는 것이고, 모화의 죽음은 의미가 바뀌지 않는다. a″에는 낭이의 말문 트임을 앞의 굿을 시작할 때의 소문대로 영험을 나타내었다고 밝힘으로써, 욱이의 죽음의 순교적 의미가 이타성을 더하지 못하고 아울러 모화의 죽음은 오히려 샤머니즘의 승리를 공고히 해 주는 것임을 나타낸다. 더욱이 이것은 ㄱ단락의 도입 액자 부분과 연결되어[11] 낭이 부녀는 나의 집을 찾게 되고, 낭이가 그린 무녀도가 우리집의 가보로서 영원히 전해지게 됨으로써 모화의 죽음은 영원한 재생적인 의미를 띠며, 샤머니즘의 승리를 드러내는 것이다. 이로써 a″는 필연적인 인과 관계에 의한 구성의 완벽성을 보여 준다.

지금까지 살펴본 바를 간단히 도표로 나타내면 다음과 같다.

내용/작품		a(1936)	a′(1947)	a″(1963)
인물	주인물	모화(무당)	모화(무당)	a′와 동일
	부인물	낭이(벙어리)	욱이(기독교인) 낭이(벙어리)	
	보조인물	욱이(살인자)		
구성		단락 구성이 엉성하고 인과관계 부족	인과관계에 의한 정제된 구성	인과관계에 의한 완벽한 순환 구성

---

10) 「무녀도」를 단순히 샤머니즘의 패배와 기독교의 승리로 보는 것은 작품의 의미를 간파하지 못한 것이다. 오히려 「무녀도」는 어느 판본을 막론하고 샤머니즘의 승리를 나타내고 있으며, a, a′, a″를 통해 점차적으로 이것이 강화되고 있을 뿐이다(류종렬, 앞의 논문, 35~36쪽 참조).

11) 「무녀도」의 구조는 ㄱ장→ㅅ장→ㄱ장으로 연결되는 순환적 구성이다(류종렬, 앞의 논문, 36쪽 및 김치수, 김동리의 「무녀도」, 『한국 현대소설 작품론』, 문장사, 1981, 284쪽 참조).

내용/작품	a(1936)	a′(1947)	a″(1963)
갈등 양상	㉠ 모화와 욱이 (욱이 귀신) 갈등 미약 ㉡ 모화(샤머니즘)와 기독교(이방 종교, 예수: 이방불구신)의 갈등 미약 ㉢ 모화와 낭이의 갈등이 다소 드러남 ㉣ 낭이와 욱이의 근친상간이 낭이의 임신과 유산으로 분명함 ㉤ 모화의 낭이의 임신에 대한 갈등이 심하게 나타남	㉠ 모화(샤머니즘)와 욱이(기독교)의 갈등 심함(욱이 죽음) ㉡ 모화와 마을에 전파된 기독교와의 갈등 심함 ㉢ 모화와 낭이의 갈등 없음 ㉣ 근친상간이 암시적으로 드러남	a′와 동일
주술성	미약	강함	더욱 강함
욱이의 죽음	죽지 않고 행방불명	순교적이고 이타적 성격	순교적 의미
모화의 죽음	자연회귀성	자연회귀성	재생 및 자연회귀성과 샤머니즘의 승리

2. 「산화」

「산화」는 원작 (b)이 『동아일보』(1936. 1. 4.~18.)에 발표되고,[12] 『무

---

12) 『동아일보』에 수록된 「산화」(원작)의 4단락 부분은 살펴보지 못했음을 밝혀 둔다.

녀도』(1947)에 수록된 것이 개작(b´)이다. 개작은 「무녀도」처럼 스토리와 단락이 완전히 바뀐 것이 아니고 거의 동일하며 분량도 비슷하다.

제1단락은 뒷골 사람들의 겨울에 숯 굽는 생활, 뒷실이의 아내의 산고와 참봉 영감에게 숯 낼 걱정, 둘째인 작은쇠가 돌이 엄마의 죽음을 알림, 겨울에 솔잎 먹고 사는 생활, 첫째인 한쇠가 송아지 아저씨와 이번 숯을 낸다며, 또 숯을 몰래 팔다가 윤 참봉에게 들켜 숯을 못 굽게 할 것이라는 말을 들었다고 뒷실에게 전하는 내용 등이다.

b와 b´는 거의 동일하나, 앞뒤 순서가 조금 바뀐 부분이 있고, 뒷실이의 별호가 b에는 태평이로 b´에는 찬물이로 나오고 별호에 대한 설명이 약간 다르다. 끝 부분에서 b에는 한쇠가 뒷실이에게 시장하다고 빨리 가자 하며 또 홍하산에 불이 난 것이 나오며, 한쇠는 아버지가 가 버린 뒤에도 혼자 산불을 바라보고 있는데, b´에는 삭제된다. 즉 b는 가난함이 사실적으로 제시되고, 또 산불이 앞부분에서 나옴으로써 처음부터 심각하게 그것으로 인한 갈등을 암시한다.

2단락은 아기를 낳을 때가 되었는데 아무것도 먹지 못한 며느리(뒷실이의 아내)의 산고와 시어머니의 걱정 속에 뒷실이(b에는 태평이)가 돌아오자 어머니는 걱정과 잔소리를 늘어놓는데, 여기서 b´는 하느님에 대한 원망이 첨가된다.

또 b에는 찬물이가 그의 어머니 방에 가서 저녁을 손수 차려 먹지마는, b´에는 아내의 기척에 따라 어머니가 차려 준다.

다음 부분에 찬물이는 어쩔 수 없이 송아지에게 가서 사정을 말하라고 한다. 그리고 뒷실이 아내의 성격과 뽕잎을 훔치는 일화가 나온다. 여기서 고부 사이가 b에는 b´에서처럼 시어머니의 며느리에 대한 태도가 무조건적인 호의와 칭찬이 아니라 약간의 갈등의 양상을 띤다. 이로써 b는 가난의 극심함을 사실적으로 드러내나 b′에는 약화되고 대신 하느님에 대한 원망이 나옴으로써 주술성이 나타남을 알 수 있다.

3단락에서 b에는 서두에서 태평이가 송아지에게 간 뒤 살아갈 일을 생각하는 부분이 서술되나 b′에는 삭제되고 바로 어머니가 송아지 처와 함께 윤 참봉의 회갑 기념으로 내놓은 고음거리를 가져오는 것이 나온다.

다음에 윤 참봉과 그의 맏아들 및 소실, 둘째 아들 소개, 또 그들이 악랄하게 돈을 모으는 행위가 설명된다. b에는 극히 사실적으로 서술되며 "윤 참봉네 덕에 살아가는지 죽어가는지를 모르겠다."고 하여 지주와 소작인의 계급 의식을 노골적으로 드러낸다. 그러나 b′에는 완전히 축소되고 소작 관계의 계급 의식이 약화된다.

다음 윤 참봉이 죽어서 땅에 묻은 소를 파내어 헐값으로 파는 수작은 동일하다.

4단락에는 b는 원본을 확인하지 못하였고, b′는 한쇠가 고기에 냄새가 난다고 하자, 할머니는 산신님께 한쇠의 잘못을 용서하라고 빈다. 밤에 한쇠는 꿈속에서 죽은 소의 송장을 어머니와 할머니가 파내는 것을 본다.

5단락은 다음날 고음국을 끓여 식구들이 모두 먹는데 한쇠는 먹지 않는다. 할머니가 먼저 고사를 지내는데, b에는 "천지신명님네께 빕내다. 조앙신주님네께 빕내다."로 간단히 나타나 있으나, b′에는 "산신님네, 산신님네. 산신님네 은혜는 하늘 같삽내다마는 …(중략)… 산신님네 이 고음국을 먹고 나거든 부디 병과 화는 이 집에서 다 물러나고 복과 재수만 들어와 주옵서소, 부디부디 산신님네 태산 같은 은혜만 믿삽내다."로 상당히 길게 서술됨으로써 주술성이 강화되었다.

그러나 b에 태평이는 고기에 대해 의심하는 말을 하고, 이에 한쇠는 고기 광주리를 빼앗으려다 실패하고 슬픔과 분노를 느끼며, 또 어머니의 신음소리가 점점 높아가는 것을 들으며 산으로 갔다고 한 부분이 나오나 b´에는 없다.

6단락에서 송아지가 각시를 얻어와 윤 참봉 집에서 같이 일을 하는데, 그의 처와 윤 참봉의 둘째 아들 사이에 험한 풍설이 들린다. 여기에서 b에는 가끔 자고 오는 것을 "골이 나서 몇 번 두드려 주기도 했다."고 나오나 b´에는 자신의 무능한 탓으로 돌려 버린다.

그리고 한쇠가 송아지와 숯을 내려 할 때 강아지를 보고도 잡지 못한 것과 어머니가 친정에서 강아지를 가져온 내력이 나오고, 요즘은 강아지가 도망가 아예 윤 참봉 집에서 산다고 한다. b´에는 이때 산불을 발견하게 된다. 그만큼 산불의 의미가 약화된다.

다음 장면에 참봉이 올라와 숯을 그만 내라고 하며, 마침 작은쇠가 와서 어머니는 죽은 아이를 낳고, 아버지는 묻으러 가고, 할머니는 아프다고 말한다. 이때 다시 나타난 강아지를 작은쇠가 안는 장면에서 b에는 "니 어디 갓던, 감동아, 응 어디 갓던, 그 새 날 모른?"으로 나오는데, b´에는 "감동아 니 어디 갔던, 니 윤새령네 집에 갔던? 감동아 너는 내 안 보고 싶던?"이라는 말을 하여 다음에 참봉이 작은쇠를 담뱃대로 때리는 까닭을 분명히 해 준다.[13]

다음에 작은쇠가 참봉의 담뱃대에 머리를 맞고 피를 흘리는데, b에는 극히 사실적으로 서술되고, 한쇠가 윤 참봉의 누렁 사마귀를 찌르고 다시 뒤통수를 견주는 순간 송아지가 말려 그만둔다. 그러나 b´에는 사마귀를 찌르려는 순간 송아지의 만류로 참는다. 이로써 a에는 소작인과 지

---

13) 윤참봉은 부자가 되고 난 뒤 윤새령이라는 말을 아주 싫어했다.

주와의 계급 의식이 노골적으로 드러나나 b′에는 약화됨을 알 수 있다.

7단락은 사건의 절정과 동시에 결말을 나타내는 단락이다.

b에는 고음국을 먹고 고통을 받는 아버지, 어머니, 할머니의 묘사가 리얼하게 그려져 있고, 어머니가 죽을 때 "나는 못 살다 나는 인저 죽는갑다. 내 죽은 뒤라도 우리 **원수 갚고** 자근쇠랑 잘 살아라"라고 한쇠에게 말하니, 한쇠는 "엄마 죽지 마 엄마! 내 **원수 갚아줄게** 죽지 마!"라고 답한다. 그리고 송아지 처가 참봉의 둘째 아들과 도망갔다는 것이 구체적으로 잘 드러나 있고, 결말에서 마을 사람들이 육독으로 죽어가는 것과 더불어 홍하산의 불에 대해서 리얼하게 묘사하고 있다. 갈등의 양상이 저주와 소작인의 대립으로 격렬하고, 그것이 죽음과 불로 나타난 것이다. 그러나 b′에는 사실적이고, 생동감 있는 표현이 약화되어 계급적 대립이 미약하다. 그리고 여기서 b는 작품이 완결되지만, b′는 결말에 다음이 첨가되어 작품의 성격이 완전히 바뀐다.

> "아무리나, 어끄제부터 홍하산에 산화가 났더라니."
> 한 노인이 이렇게 말하자, 또 한 사람이,
> "홍하산에 산화가 나면 난리가 난다지요?"
> 하고 물었다.
> "난리가 안 오면 큰 병이 온다지."
> 그러자, 또 한 사람이,
> "그보다 이 몇 해 동안 통이 산제를 안 지냈거던요."
> 이렇게 말하자 또 다른 사람이 이에 덩달아,
> "옛날 당산제를 꼭꼭 지낼 땐 이런 변이 없었거든."
> 하는 사람도 있었다.

여기서 그들이 받은 재난은 하늘과 산신에 제사를 지내지 않았기 때문이라고 한다. 이것은 죽음이 윤 참봉의 착취와 자연의 재난에 있다기보다는 오히려 역천에 있다는 운명적인 토속신앙에 얽혀 있음을 알 수 있다.

요약하면, 「산화」는 전체의 스토리와 인물 등은 거의 동일하다. 그러나 b에는 당대의 현실을 상당히 반영하고 있다. 즉 b는 산골 사람들의 숙명적인 기근과 가난으로 하층민의 비극적 삶을 드러내며, 더욱이 소작인과 지주의 계급적 갈등을 첨예화시킨 프로문학적 성격을 띠는 것이었으나, b′에는 계급 대립이 약화되고 주술성이 작품 전체를 지배하여 재난은 오히려 역천 행위에 있다는 운명적인 주술적 세계관에 이어져 있다.

3. 「바위」

「바위」는 원작(c)이 『신동아』(1936. 5.)에 발표되고, 『무녀도』(1947)에서 1차 개작(c′), 『월간 독서생활』(1976. 1.)에서 2차 개작(c″)되었으며, 김동리 소설의 개작에 대한 논의가 본격화된 작품이다.[14]

개작을 통해 인물이나 작품의 성격은 거의 변하지 않았으나 구성이나 문장이 상당히 바뀌었다. 분량에 있어서는 c와 c′는 비슷하나 c″는 약두 배가량 늘어났다. 그리고 원작이나 개작 모두에 단락 번호가 표시되어 있지 않으나 행간을 띄어 단락을 나타내고 있다. c와 c′는 6단락으로 나누어져 있다.

---

14) 「바위」 개작에 대한 논의에서 김동리 자신이나 김윤식, 정창범 두 교수도 『무녀도』 (1947)에 수록된 것을 원작으로, 『월간 독서생활』(1976. 1.) 의 것을 개작 1로 취급하고 있으나 사실과는 다르다.

1단락에서 c에는 기차다리(큰다리-인도교)[15] 밑의 병신과 거지와 문 둥이들의 추위 걱정과 장타령이나 음식 타령 등의 타령 가락이 상세히 서술되어 하층민의 비극적 삶이 리얼하게 나타나 있다. c'는 이것이 반 정도 줄어 현실감이 약화되고 술이 엄마를 등장시키는 간단한 역할밖에 하지 않는다. c″에는 이보다 더 간단히 서술되어 있다. 또 c에는 "헌병이 나와서 우리 같은 풍병쟁일 모두 총으로 쏴없일게라누마" 하고 "나라에 서 영을 내렸다 등거루 헌병을 보낸다구" 하며 걱정하는 부분이 상세히 나타나 있으나, c'에는 "참 인제 왜놈들이 풍병든 사람들을 다 죽일게라 드군", "설마 죄없는 사람들을 죽일라구"의 2행으로 간단히 처리되어 있 으며, c″에는 "이제 풍병든 사람들을 다 잡아갈 꺼라고 하던데……", "잡 혀가는 건 겁 안 나지만 그렇게 되면 가족들 구경은 다 했제?"라 되어 있다. 일제하의 헌병이 해방 직후 왜놈으로 바뀐 것은 일제에 대한 적개 심으로 볼 수 있으며,[16] c″에서 헌병이나 왜놈이 삭제되고 가족 관계로 바뀐 것은 당대의 반영이라는 현실성을 약화시키고 보편적인 인간의 삶 을 나타내고자 한 것이라고 생각할 수 있다. 또 이는 뒤이어 술이 엄마 가 술이를 생각하는 부분과 연결이 분명해진다.

c와 c'는 술이 엄마의 아들 생각으로 단락이 끝난다. 그러나 c″에는 아들 생각이 나서 다리 건너 산기슭 쪽의 바위(복바위)로 가서 차돌멩이

---

15) a와 a'의 '기차다리'가 a″에서 '큰다리-인도교'로 바뀐 것을 정창범은 "아무리 다 리 밑이라 하더라도 '기차다리' 밑은 비바람을 막아내며 살아갈 만한 처소가 못 된 다."고 그 이유를 설명하는데 타당한 견해다(정창범, 서정과 리얼리티, 『월간 독서 생활』, 1976. 1. 296쪽).

16) 정창범은 주 15)의 글에서 "일제하에 용감하게 '왜놈' 소리를 할 수 있었던 작가가 왜 이제 와서 그 말을 빼 버렸는지 그 의도를 알고 싶다."고 말하나, 주 14)에서 밝힌 바 텍스트 선정의 잘못에 기인한 명백한 오류다.

(손돌)로 갈며 아들 만나게 해 달라고 빈다. 그리고 내일은 움막(토막)을 지을 것이라 생각하는 부분이 첨가되어 있다.[17] 이를 통해서 점차 현실감이 약화되고 c″에서는 바위의 주술성이 강하게 드러나고 있다.

2단락 전체적인 내용은 술이와 영감의 인물 소개, 술이 엄마가 문둥병에 걸려 술이가 모은 돈을 약값으로 탕진하고 집을 떠나는 것, 영감이 준 비상 섞인 떡을 먹으나 죽지 못하고 떠나는 술이 엄마의 이야기 등이다. 먼저 술이가 집을 떠나게 된 연유가 c와 c′에는 약값으로 쓰다 남은 돈을 탕진하고 스스로 타락하여 집을 떠난 것이지만, c″에는 마을 사람들의 문둥이 자식이라는 눈총에 견디다 못해 남은 돈을 탕진하고 떠나는 것으로 나타나 있다.

다음의 술이가 떠난 뒤의 부분도 c에는 영감에 대한 마을 사람들의 구박 및 영감의 아내에 대한 구박이 심하다. 그리고 장날 영감은 술값을 치르고 남은 돈이 있어서 비상과 찰떡을 사서 토막을 찾아온 것으로 되어 있다. c′에는 영감의 아내에 대한 구박만이 간단히 서술되고, 찰떡에 대한 것은 그냥 신문지에 싸 가지고 왔다고 한다. 그만큼 생략의 묘를 살리고 있다. c″는 영감의 아내에 대한 구박이 c′보다 노골화되어 있으나 찰떡에 대한 것은 c′와 동일하다.

또 영감이 떡을 내놓을 때와 그 뒤의 장면에서 c에는 작가 개입에 의한 영감의 아내를 아끼는 심정과 두 사람 사이의 어색한 분위기가 묘사되고, 영감이 가 버린 다음 아내가 떡을 먹고 죽지 못한 것을 간접적으로 마을 사람들의 이야기로 설명한다. c′에는 작가 개입의 설명이 없어

---

17) 움막은 술이 어머니에게 안락과 평안을 주는 곳이며, 복바위는 사람들의 성현 hierophany의 경험에 의해 신성하고 주술적인 능력을 갖고 있다(류종렬, 앞의 논문, 25~26쪽 참조).

지고 나머지 내용은 비슷하다. c″ 역시 작가 개입은 없으나 어색한 분위기 묘사는 삭제되고 영감이 직설적으로 욕질을 하고 돌아간다. 그 뒤 떡을 먹는 도중에 닭 우는 소리를 듣고 아들이 "동네를 떠나던 날 밤에도 나는 여기 앉아서 닭 우는 소리를 들었다."고 하며 아들 생각으로 죽지 못하고, 떡을 토하고 새벽이 되어 움막을 떠난다. 즉 떡 먹는 장면이 구체적으로 서술되고 자신이 죽지 못한 이유가 분명히 드러나 있다. 그만큼 산문적으로 처리되어 있고 인과관계가 분명하다.

3단락에서 c는 술이 엄마가 아들을 만나려고 여러 마을을 헤매고 다리 근처에 토막을 지었으나 밭 임자가 불을 지르겠다고 한다. 어느 가을날 장터에서 지게꾼인 술이를 만나 모자의 정을 나누며 재회를 기약하고 헤어지고, 또 술이는 아버지의 소식을 알고자 하지만 알 수 없다는 줄거리로 아직 복바위에 대한 설명이 없다. c′는 앞부분은 c와 동일하나, 그녀가 토막을 지은 뒤 밭 임자가 토막에 불을 지르겠다고 위협하지만, 그녀가 그것을 뜯어낼 수 없는 이유가 복바위 때문이라고 하며 복바위의 전설과 주술성에 대한 설명이 나온다. 그래서 그녀는 마을 사람들의 눈을 피해 술이의 이름을 부르며 복바위를 갈기 시작한 지 "한 보름 지난 뒤 우연인지 혹은 「복바위」의 영검이었던지" 아들을 만나게 된다.

그 다음 아들이 "울산"으로 간다는 말을 그녀가 들었다고 나오나, c′에는 술이가 어머니에게 돈을 석 냥 반을 주고 "한 사날" 뒤에 다시 찾아오기로 하며 그의 엄마가 복바위 지나 기차다리 근처에 살고 있다고 중얼거리고 장터를 돌아다니며 아버지의 소식을 알고자 한다. c″에서 술이엄마가 아들을 만나려 돌아다니는 것은 c(c′)와 동일하다. 그러나 c′의 복바위에 대한 설명 앞에 복바위의 모습에 대한 상세한 묘사와 아울러 모양 자체가 주술성을 띤 것으로 부각됨으로써 신성성이 c′보다 더 강조되어 있다. 다음에서는 복바위의 이야기를 들은 술이 엄마가 그것을 가는 행위를 구체적으로 드러내며, 또 손돌이 바위에 붙게 되자 다시 복바위에 대한 치성을 드리는 주사(呪詞)가 첨가된다. 그리하여 "그것이 우연인지, 바위의 영검인지, 바로 그 다음 날" 그녀는 술이를 만나게 된다. c'보다 바위의 영험이 빨리 나타난 것이다. 다음에 자식을 만난 장면에서도 그녀는 자식에게 자신이 거처하고 있는 곳을 분명히 밝히지 못하고 움막을 지어 달라고도 말하지 못한다. 그리고 자식이 돈석 냥 반을 주고 어디로 가느냐고 물을 때 길마재 쪽 큰 다리를 가리키고 재회를 기약하고 헤어지나, c나 c'의 장터가 아닌 부근 옛 성터 좁은 길에서 헤어진다.

이로써 c는 복바위에 대한 설명이 아직 없고, c'는 복바위의 주술성이 강조되나, c"는 주술성이 더욱 강조되고 물신화되어 있다.

4단락에서 c에는 서두에서 작가 개입에 의해 불구자의 생활, 술이 엄마와 불구자의 생활과의 관계에 대해 길게 설명된다.[18]

다음에 복바위의 전설과 영험에 대한 설명이 간단히 서술되고, 앞 3단락의 술이와의 만남과 복바위의 영험과의 관련성이 "술이 이름을 부르며 이 「복바위」를 갈아도 보았다. 덕택인지 그가 아들을 만나게 된 것도 하긴 그 지음이다."라고 하여 4단락에서 비로소 간략히 제시되고 있을 뿐이다. 이로써 바위의 영험과 주술성이 상당히 약하게 나타남을 알 수 있다. 또 "한번은 자기의 병을 낫게 해 달라고 빌다가" 마을 사람들에게 들켜 심하게 맞은 뒤 복바위를 바라보며 "강력한 질투"로 "바위와

---

18) 불구자들은 에고이즘적 요소를 가지고 있고, 그들이 일상인들과의 격리의 선을 넘으면 그들 나름의 그날 그날의 매력있는 세계가 있지만, 이 선을 완전히 벗어나지 못할 때 슬픔(고뇌)이 있고, 술이 어머니는 두 세계의 경계에 있다는 내용이다.

자기를 막연히 대조해" 보기도 한다. 여기서 마을 사람들에게 맞은 것이 술이를 만나게 해 달라고 빌지 않고 자신의 병을 낫게 해 달라고 빌었기 때문임을 알 수 있다.

c′에는 작가 개입에 의한 설명이 없고 복바위 전설과 영험에 대한 설명은 이미 앞의 단락에서 제시되어 있다. c′의 스토리는 다음과 같다. 한 번 만난 아들 생각이 간절해서 장터를 돌아다니나 만나지 못하지만 바위만을 믿는다. 밤에 사람들의 눈을 피해 바위를 찾아와서 비나 복바위의 영험이 먼저와 같이 쉽게 나타나지 않는다. 이것을 그녀는 "언제나 캄캄한 어둠 속에서만 갈아서 이에 「복바위」가 응해 주지 않는 것" 때문이라 생각하고 낮에 사람들의 눈을 피해 갈다 들켜 죽도록 맞는다. 여기서는 바위를 가는 것이 술이를 만나고 자신의 병도 어쩌면 고칠 수 있으리라는 생각으로 복바위만 믿게 된 것이 c와 다르다. 그 뒤부터는 지나칠 적마다 바위를 한참 바라보며 "한없이 그립고 아쉽고 그리고 또 원망스럽고 밉살스러운 물건"으로, 또 "그의 모든 행복과 불행을 전부 다 매인 것"으로 생각한다.

c″에서는 여인이 아들을 생각하는 것은 c와 동일하나 다시 만나지 못함을 아들의 주소를 똑똑히 묻지 않은 그녀 자신의 탓으로 돌리며, "바위의 영검 자체를 조금이라도 의심하지"는 않고 오히려 "마을 사람들의 방해로 인하여 자기가 제대로 바위를 갈지 못했기 때문"이라고 믿는다. 그리고 마을 사람들은 바위를 소중히 여겨 "문둥병 환자는 '부정을 탄다'하여 접근도 시키지" 않았기 때문에 결국 그녀는 바위를 갈다 마을 사람들에게 들켜 죽도록 맞는다. 바위의 영험이 c′보다 더 강조되어 있다. 다음으로 자식을 만나려고 장터를 헤매다 토막으로 돌아온다. c에는 돌아오는 길에 장터에서의 일을 생각하는 부분이 다음과 같이 현실적인

입장에서 서술된다.

> 붉은 끈으로 머리를 매고 허리에 짚거적을 두른, 두 어린 각사리꾼들
> 이 수많은 구경군들을 이끌고 다니든 것 감안 양복을 입은 순사들이 얼
> 굴에 녹이 쓰른 촌뜨기들을 포승줄로 엮어 가던 것 이렇게 생각할 때
> 그는 문득 걸음을 멈추었다.
> ─아하 그것이 추리(술이─필자)가 엥이던가?
> 생각하니 정녕 술이었다.

그러나 c′에는 "술이가 아주 나올라 몰았나? 여섯 달 받았다는데 하
마 나와?"라고 한 마을 사람들의 이야기를 머릿속에 떠올리며 술이 생
각을 드러낸다. 이어서 토막으로 돌아오다 복바위 가까이 왔을 때에 작
가 개입에 의한 설명으로, 그리움과 현실적 고통에서 벗어날 수 있는 안
식처로서의 집의 의미가 c′나 c″보다 강조되어 있다.

다음에 토막이 불타는 것을 보고 복바위를 껴안고 "만족한 듯이" 검
은 얼굴을 부비며 죽는다.[19] 그리고 이튿날 마을 사람들이 욕질을 한다.
c′에는 c의 집에 대한 작가 개입의 설명은 삭제되고 나머지 스토리는 거
의 비슷하다.

이 4단락에서 c와 c′는 작품이 끝나지만 c″는 5, 6단락이 계속된다. c″
의 5단락에서는 비로소 젊은 문둥이의 도움으로 움막을 짓는 부분이 나
온다. 집의 의미가 그만큼 약화되어 있다. 또 밭 임자가 불을 놔 버릴 거
라고 하지만 대꾸하지 않고 그대로 있는 부분이 다소 상세히 서술된다.

---

19) 술이 엄마의 죽음은 현실적 삶의 어려움에서 벗어나 복바위라는 우주의 중심으로 영
   원한 회귀를 행한 것이다(류종렬, 앞의 논문, 26쪽 참조).

그녀는 "자기가 움막 속에서 드러누워 있는 한 불을 놓지는 못하리라는 생각에서 움막 밖으로 나가고 싶지 않았지만 먹을 것이 떨어져" 할 수 없이 바가지를 들고 장터로 나갔다. 복바위 곁을 지나다가 발길을 멈추고 바위가 "어딘지 거룩하고 숭엄해 보이기까지"하였다 하며, 또 "그렇지, 돌이 어쩌면 저렇게 잘났을꼬, 돌이 아니지, 신령님이지 신령님이고 말고……"라고 말한다.

그리고 단골이라고 생각하는 장터 음식점으로 가서 동냥을 하려 하나 작은 안주인에게 거절당하자 "오늘도 술이를 만나기는 틀렸는가베" 하며 다른 곳에서 좀 얻고 묵장수에게 묵을 사서 돌아오는 길에 풀 위에 누워 고추잠자리에게 자식 있는 곳을 물어 본다. 5단락의 끝부분과 6단락(c″)은 c′의 4단락 결말과 내용이 거의 동일하다.

요약하면, c는 병신들의 어려운 삶을 드러내는 것이 중심을 이루고 있어서, 술이 어머니의 고통스런 삶이 이들을 대변하는 역할에서 크게 벗어나지 않고, 복바위의 주술성이 아주 미약하게 나타나 있으며, 작가 개입에 의해 구성상의 인과관계가 부족하다.

c′는 술이 어머니가 대변자의 역할을 벗어나 주인물 역할을 하며, 복바위의 주술성이 어느 정도 강조되며, 구성상 인과관계를 벗어나지 않으면서 생략의 묘를 살리고 있다.

c″는 리얼리티가 강화되어 완벽한 인간관계에 의한 구성을 취하고, 또 술이 어머니의 자식 생각의 강렬함이 나타나 있고, 아울러 현실성이 약화되고 바위의 신성성과 주술성이 더욱 강화되어 물신화되고 있다.

Ⅲ. 결론

지금까지 「무녀도」 「산화」 「바위」 세 편을 중심으로 개작의 양상을 살펴본바, 여기서는 각 작품의 개작 양상을 종합하여 전체적으로 결론을 내리고자 한다.

첫째, 소설 기법적인 면에서 원작의 작가 개입에 의한 논평이나 해설이 개작을 통해 점차 약화되어 객관적 시점으로 바뀌며, 그리고 암시나 복선에 의해 또 산문적 리얼리티가 강화됨으로써 철저한 인과관계에 의한 구성을 취한다. 이는 작자 자신의 소설 기법이 젊은 시절의 미숙성에서 점차 벗어나 원숙해지고 있음을 뜻하는 것이라 보여진다.

둘째, 문학의 본질적인 문제로 원작이 당대의 현실을 어느 정도(「무녀도」 「바위」) 또는 다분히(「산화」) 반영하고 있음에 비해 개작에서는 이것이 약화되고 인간의 보편적인 문제로 바뀌고 있는데, 이는 그의 문학관과 긴밀히 관련되는 것이다. 즉, KAPF에서 주장하는 지주(자본주)와 소작인(직공)의 대립이라는 공식적인 문학과 역사적 현실성의 공리적인 문학에서 벗어난 문학의 자율성의 주장, 그리고 문학이란 인간의 구경적인 삶을 드러내는 것이라는 문학적 신념의 표현을 작품으로 드러낸 것이다.

셋째, 이는 둘째와도 관련되는 것으로, 작품의 성격이 개작에서는 점차 무가의 반복적 삽입을 통해 주술성이 강화되며 사물의 물신화를 통해 샤머니즘화되고 있다. 이는 널리 알려진바 김동리의 문학적 사상의 중심이 샤머니즘에 있음을 생각할 때 그의 주술적 세계관이 공고해짐을 나타낸 것이라 할 수 있다.

(1982)

채만식의 소설 『여자의 일생』 연구

Ⅰ. 문제 제기 및 연구 방법

백릉 채만식은 일제 식민지 시대와 해방 후의 혼란기를 통한 한국민의 비극을 민족과 더불어 겪고 직시하면서, "문학이 적으나마 역사를 밀고 가는 힘"[1]이라는 신념으로 100여 편의 소설과 희곡을 남긴 작가이다.[2]

그러나 채만식과 그의 문학은 상당한 작품 분량에도 불구하고 1970년대 전까지는 제대로 조명받지 못했고, 이후의 많은 논의도 일부 작품에 국한되어 그는 풍자 작가로서 강조되어 왔다. 그러나 풍자적인 작품이 극소수이기 때문에 그를 풍자 작가로 볼 수 없다는 단정만큼 몇 작품의 성과만을 기준으로 그를 풍자 작가로 규정하는 것도 반성의 여지가

---

1) 채만식, 「자작안내」, 『청색지』, 1935, 77쪽.
2) 지금까지 확인된 것은 장편소설 8편, 중편 8편, 단편 63편, 희곡 24편, 시나리오 1편 등 104편이며 기타 많은 잡문이 있다.

있다[3]고 본다.

이상의 입장에서 본고는 채만식 문학의 실체를 규명하는 하나의 부분으로서, 널리 알려져 있지 않는 소설 『여자의 일생』을 검토하고자 한다.

이 작품은 몇 연구에서 『조광』지에 발표되었던 「어머니」와 함께 역사소설로 다루어지고 있으나[4] 너무 간략하게 설명되거나 텍스트 선정에 착오를 보이고 있다. 특히 『여자의 일생』은 「어머니」에 두 장을 덧붙여 개제 출판된 것이기 때문에 텍스트 선정의 오류는 극히 중요하다고 본다. 이에 본고는 다음 문제들의 해명을 통해 『여자의 일생』이 안고 있는 미학적 역사적 의의를 밝히고자 한다.

첫째, 『여자의 일생』은 과연 역사소설인가 하는 문제.[5]

둘째, 『여자의 일생』은 「어머니」의 단순한 양적 첨가인가 혹은 그 구조적 의미가 전혀 다른 것인가 하는 문제.

이러한 문제를 해결하기 위한 방법으로 본고는 먼저 「어머니」와 『여자의 일생』 두 텍스트를 비교 검토하고 『여자의 일생』의 수평적 횡적 통합 관계(syntagmatic relation)와 수직적 종적 계열 관계(paradigmatic

---

3) 김중하, 「작가 연구방법론 서설」, 『한국문학 주류작가론 시리즈』 유인본, 부산대학교, 1980, 11쪽.

4) 송하춘, 「채만식론」, 고려대학교 대학원 석사학위 논문, 1974; 우영미, 「채만식론」, 서울대학교 대학원 석사학위 논문, 1977; 장성수, 「채만식 소설 연구」, 고려대학교 대학원 석사학위 논문, 1980; 최원식, 「채만식의 역사소설에 대하여」, 『민족문학의 논리』, 창작과비평사, 1982.

5) 역사소설의 개념 설정은 다양한 입장에서 논해질 수 있으나 극히 단순하게 역사적 사실을 소설화한 것이 역사소설이라고 할 수 있을 것이다. 그러나 본고의 관심은 그런 개념 문제에 있지 않기에 귀납적 분석을 통해 이 작품이 어떤 범주에 속할 수 있는가를 밝히려 한다. 이 작품 외에 역사물로 간주되는 채만식의 작품에는 희곡 「제향날」(1937)과 소설로는 『옥랑사』(1948), 「역사」(1949), 「늙은 극동 선수」(1949) 등이 있다.

relation)[6]를 분석하고자 한다. 전자는 전통적으로 플롯이라 지칭되는 것의 토대가 되는 사건의 연대기적 인과론적 순서를 분석하려는 것이고, 후자는 전자의 전개를 방해, 중단, 역행 또는 지연시키는 공간적 비시간적 전략[7]을 분석하려는 것이다. 형식주의자에게 전자는 파불라(Fabula 또는 story)로 후자는 슈제(Sujet 또는 Plot)로 지칭되고 있다.[8] 이 중 특히 후자의 분석은 「어머니」에 첨가된 부분이 작품 전체에 어떤 구조적 변동을 가져오는지를 해명하는 데 필수적인 것이라고 본다.

Ⅱ. 두 텍스트의 비교

「어머니」는 『조광』지에 1943년 9권 4호부터 10호까지 7회 연재 중 총독부의 간섭으로 중단된 작품이다. 여기에 이어 「따르는 정(情)」「혁명가(革命家)의 후예(後裔)」라는 두 장을 덧붙여 해방 후 『여자의 일생』(1947)으로 개제 출판되었다. 여기서 채만식은 다음과 같이 부기하고 있다.

> 이상으로 「여자의 일생」의 제1부를 삼는다. 제2부와 제3부는 후일 다른 기회를 얻어 발표를 하게 될 것이다. (……) 이번에 제1부만 우선 써 보태어, 여기에 발간하는 것이다.[9]

---

6) J.Culler, *Structuralist Poetics*, Routledge & kegan Paul Ltd., 1975, 10~16쪽 참조.

7) J.A. Kestner, *The Spatiality of the Novel*, Wayne State Univ. Press, 1978, 57쪽.

8) V. 쉬클로프스키 외, 한기찬 역, 『러시아 형식주의 문학이론』, 월인제, 1980. 이 중 특히 V. 쉬클로프스키의 「스턴의 「트리스트랍 샌디」」와 B. 토마체프스키의 「주제론」 참조.

9) 채만식, 『여자의 일생』, 『조선대표작가전집』 제8권, 서울 타임즈사, 1947, 244쪽.

『여자의 일생』은『조광』연재분「어머니」에서 주인공 숙희가 진주로 개명되었을 뿐 그대로 수록되었고, 덧붙인 분량은「어머니」의 1/2 정도가 된다.[10) 채만식은『여자의 일생』의 1부에 '혁명가의 후예'라는 부제를 달았고 2, 3부는 이후 계속 되지 못했다.

그런데『여자의 일생』에 관한 논의가 모두『조광』지에 연재된「어머니」와 비교하지 않고 이루어짐으로써 해석상의 오류를 범한 점이 더러 보인다. 그러면 먼저 장과 소제목을 토대로 두 텍스트를 비교하기로 한다.

어머니			여자의 일생[11)		
연재 횟수	장	소제목	장	소제목	면
1회	1	시집難 시집難	1	시집難 시집難	1~28
2회	2	續… 시집難			
	3	사랑있는 둥주리	2	사랑있는 둥주리	28~39
3회	4	마주막 縞饋	3	마주막 縞饋	39~64
4회	5	風物誌	4(3)	風物誌	64~114
5회	6	(없음)			
6회	7	오기로만 마련인것	5(4)	오기로만 마련인것	114~166
7회	8	헌가마			
			6(5)	따르는 情	166~197
			7(6)	革命家의 後裔	197~243

10) 『여자의 일생』은 전체 243면인데, 「어머니」에 해당하는 것은 166면이고 첨가된 부분은 77면이다.

11) 4(3) 등으로 되어 있는 것은 단행본에 3이 두 번 적혀 있어 오식으로 보고 필자가 고친

앞의 표를 보면 「어머니」의 1・2장, 5・6장, 7・8장을 『여자의 일생』에서 각각 1장, 4장, 5장으로 묶었고 여기에 6, 7장을 덧붙여 놓은 것을 알 수 있다. 특히 7장 「혁명가의 후예」는 진주의 할아버지인 남 진사가 양반의 후예이면서 민중과 함께 역사 과정에 참여하는 이야기가 들어 있는 곳으로 『여자의 일생』이 논자들의 관심 대상이 되게 하는 부분이라고 하겠다.

최원식은 「어머니」를 두고 "이 작품은 해방 후 『여자의 일생』으로 개제되어 출간되었다. 작중인물 숙희가 진주로 바뀌었을 뿐 큰 개작의 흔적은 없다"[12]고 하였다. 그러나 이미 지적한 것처럼 진주로 이름만 바뀌었을 뿐 전혀 개작되지 않았고 단지 6, 7장이 첨가된 것이다. 또 그가 텍스트로 삼은 「어머니」에는 남 진사 부분의 이야기가 수록되지 않았다. 이런 텍스트 선정의 오류는 우명미에게서도 보인다. 그는 「어머니」를 개화기의 세태소설이라고 한 최원식의 비판을 무의미하다고 말하면서, 「어머니」가 발표 중단된 당시 상황을 고려할 때 남 진사의 의로운 죽음을 통해 "상황이 허락하는 한도 내에서 현실과 역사를 보는 바른 눈을 길러주려는 작가의 의도가 고스란히 드러나 있다."[13]고 하였다. 이러한 지적은 채만식의 작가 의식을 높이 평가하려는 것이긴 하나 『조광』지의 「어머니」에 남 진사 부분이 없기 때문에 전혀 무의미한 평가가 되고 만다.

이상과 같은 오류는 「어머니」와 『여자의 일생』을 동일한 텍스트로 간주하는 데서 오는 것이며, 그 결과 진주의 고된 시집살이와 남 진사의 역사에의 투신을 전혀 이질적인 테마, 상호 불연속적인 부분들로 보게

것이다.

12) 최원식, 앞의 책, 180쪽.
13) 우영미, 앞의 논문, 124~125쪽.

된 것이다. 이러한 오류에 대한 반성은 당연히 다음과 같은 의문을 일으킨다. 즉 「어머니」와 『여자의 일생』은 전혀 별개의 텍스트인가 하는 것이다. 본고는 두 텍스트를 별개의 것으로 간주되어야 한다고 본다. 그 근거는 다음 몇 가지로 제시할 수 있다.

첫째, 「어머니」는 왜 중단되었는가를 밝혀야 하는데 사실 그 정확한 이유는 알 수 없다. 혹시 『여자의 일생』에 첨가된 남 진사 부분이 일제의 검열에 걸렸기 때문인 것으로 추리해 볼 수 있다. 그러나 작가 자신이 『여자의 일생』의 부기에서 우선 1부만 써 보탠다고 한 것으로 미루어 남 진사 부분이 일제 때 작성된 것으로 보기 어렵다. 또 7장에는 "오랑캐 왜놈"(230쪽) 등의 과격한 표현이 있는데 그것이 일제 때 씌어졌다면 연재 중단 정도로 끝나지 않았을 것이다. 또 미국의 종교 육영 의료 사업 등도 궁극적으로는 경제적 수탈을 목적으로 한다는(234~235쪽) 주장이 "해방 후 미 군정하에 놓여 있었던 체험으로" 더욱 강조된 것이라면[14] 첨가된 6, 7장은 결국 해방 후에 씌어진 것이 분명하겠고, 「어머니」의 연재 중단은 그 자체 일제의 구미에 맞지 않았기 때문일 것이다. 그렇다면 『여자의 일생』은 「어머니」에 덧붙여 쓴 것이지만 해방 후에 새로 씌어져 출판된 것이므로 해방 후의 소설로 보아야 한다. 따라서 『여자의 일생』은 「어머니」와는 별개의 작품으로 간주되어야 할 것이다.

둘째, 채만식이 개제하면서 굳이 〈혁명가의 후예〉라는 부제를 붙인 것과 장을 새롭게 묶어 처리한 것도 주목할 만하다. 이 같은 장 처리와 부제는 작품에 새로운 의미와 질서를 부여하고 작품 전체를 유의미하게 종결지으려는 '구조 의지'[15]의 발현이라고 할 수 있다. 이처럼 『여자의

---

14) 우영미, 앞의 논문, 126쪽.
15) W. 카이저는 개작에서 초고와 달리 장을 구분하는 경우에도 작가의 구조 의지가

일생』에는「어머니」의 경우와 상이한 구조 의지가 작용하기 때문에 두 텍스트는 별개의 것일 수밖에 없다.

셋째,『여자의 일생』에 두 장이 첨가되어 있는데 이 경우 두 장은 단순히 첨가된 부분, 따라서 단순한 총합의 일부가 아니다. 그것은 마치 바둑판의 바둑알처럼 일부 첨가됨으로써 판 전체의 질서와 구조에 변동을 초래하는 부분인 것이다. 그러므로 두 텍스트는 구조적으로 전혀 다른 것이며, 또 내용과 형식의 상호 범람 관계를 인정한다면 두 텍스트는 서로 상이한 내용과 의미를 띤다고 할 수 있는 것이다.

이상과 같은 점을 간과할 때『여자의 일생』을 조혼의 비극을 다룬 것이나 개화기의 세태소설로 보는 오해를 하게 되는 것이다. 본장에서 제기한 문제에 대한 이상의 해답은 이제 구체적인 작품 분석을 통해 더욱 보강될 것이다.

Ⅲ. 수평적 통합 관계의 모델

1. 격정극적 사건 전개

여기서는 일반적으로 플롯이라 불렸고 형식주의자에겐 스토리(또는 Fabula)로 지칭된 개념을 근거로 하여 사건의 연대기적 인과론적 전개 양상을 살펴보기로 한다. 토마체프스키가 말한 것처럼 사건 전개란 작

반영된다고 하였다. W. 카이저, 김윤섭 역,『언어예술작품론』, 대방출판사, 1982, 276~277쪽.

중인물들 간의 상충된 이해관계와 불화에 의한 한 상황에서 다른 상황으로 전진해 가는 것을 말한다.[16] 이때 갈등과 반목에 빠져 있는 인물들은 플롯 속에서의 기능에 따라 주동인물(protagonist), 반동인물(antagonist)로 나누어진다.

여기서 주동인물은 물론 진주이다. 수평적 사건 전개는 진주가 열두 살의 준호에게 시집가서 겪게 되는 불행을 연쇄적으로 드러내는데, 진주의 의사, 희망에 반하는 시어머니 박씨 부인은 반동인물로서 진주와 함께 플롯의 주축을 이룬다. 이렇게 해서 드러나는 구성적 결합을 다음 단락으로 표시할 수 있다.

① 시어머니 박씨 부인은 진주를 의심하여 내쫓으려 한다.
② 그러던 중 추석날 난장(亂場)에서 놀다 돌아온 준호가 인절미와 곰주를 먹고 잠들었다가 급체에 걸리게 된다.
③ 박씨는 진주가 준호를 독살하려 했다고 모함하여 친정으로 내쫓는다.
④ 쫓겨났던 진주가 시어머니 생일날 시댁으로 가던 중 준호의 재혼 광경을 목격하고 친정으로 되돌아간다.

이상의 단락을 볼 때 『여자의 일생』은 단순한 가정 비화로 보일 수도 있을 것이다. 그래서 보수적 사고방식이 빚은 조혼의 비극, 어린 남편에 대한 순교적 희생, 혁명가 후예로서의 고난을 의도적으로 제시함으로써 진주의 부덕을 더욱 미화한다[17]고 논해지거나, 표면적으로는 혁명가

---

16) B. 토마체프스키, 「주제론」, 앞의 책, 109쪽.
17) 송하춘, 앞의 논문, 46~48쪽.

의 후예인 여주인공이 보수적인 가정으로 시집가서 겪는 풍속적 갈등과 조혼의 비극을 추적하면서, 이면적으로는 혁명가의 일생을 추적한 것이며, 여인의 운명에 대한 관심은 박해받는 민중에 대한 연민과 같은 것으로 휴머니티에 근거한다[18]는 평을 받았다. 또한 악취미에 가까운 박씨의 과장된 성격으로 계모형 소설을 읽는 느낌을 주며 주인공의 성격이 입체화되지 못한 개화기 세태소설로 전락했다[19]는 혹평을 받기도 했다.

그러나 과연 이 작품이 조혼의 비극을 다룬 것인지, 표면과 이면의 내용이 그처럼 불연속적으로 양분되어 있는지, 유형적 인물은 무조건 비판되어야 하는지, 그리고 계모형 통속소설에 불과한지는 재고를 요한다고 본다.

채만식이 조혼으로 인한 여인의 비참이나 수난받는 여인의 운명에 깊은 관심을 가진 것은 사실인 듯하다. 「과도기」 「인형의 집을 나와서」 『탁류』 『아름다운 새벽』 「용동댁」 등이 그러한 작품들이다. 이러한 맥락에서 채만식의 소설은 통속적이고 멜로드라마적인 수법이나 내용 때문에 비판되어 왔다.[20] 그러나 격정극(melodrama)에 대한 선입관 때문에 채만식 소설에 현저한 격정극적 구조가 사회 상황이나 세계관과 어떤 연관이 있는지[21]를 고찰하지 않음으로써 채만식 문학의 해명에 혼란을

---

18) 우명미, 앞의 논문, 124~129쪽.

19) 최원식, 앞의 책, 183쪽.

20) 신동환, 「채만식론」, 『창조』, 72년 7월호, 140쪽; 김우종, 『한국현대소설사』, 성문각, 1987, 289쪽; 조동일, 「채만식의 『탁류』」, 『한국현대소설작품론』, 문장사, 1981, 189쪽; 홍기삼, 「채만식 연구」, 동국대학교 부설 한국문학연구소 편, 『한국소설연구 2』, 태학사, 1983, 602쪽; 이보영, 『식민지시대 문학론』, 도서출판 필그림, 1984, 388~389쪽.

21) 이런 접근은 황국명, 「채만식의 『탁류』 연구」(부산대학교 대학원 석사학위논문, 1984)에서 처음 시도되었고, 「채만식 소설의 현실주의적 전략 연구」(부산대학교 대학원 박

가져왔다고 본다.

죽음으로써 더 큰 자기를 실현한다는 헤겔적 의미의 비극적 인물이 아니라고 또는 입체적 인물이 아니라고 해서 그 인물이나 작가, 작품이 비판받아야 할 하등의 이유가 없을 것이며, 비극 하면 최상의 작품을, 격정극 하면 최악의 작품을 미리 상정하고 작품을 대하는 것 또한 바람직한 접근일 수 없을 것이다.[22]

이에 본고는 『여자의 일생』이 격정극적 양상 또는 '자극(provocation)→고통(pangs)→징벌(penalty)'이라는 격정극적 행동 패턴[23]의 일부를 분명히 드러낸다는 것을 인정하고 그것을 보다 긍정적으로 수용하고자 한다.

이 작품 첫머리는 새댁 진주가 황홀한 달빛에 정신을 빼앗기고 있는 바람직한 상태를 보여 준다.

… 달빛만 빈 뜰에 가득 고여 꿈 속이고 싶은 황홀한 밤이었다. (…) 무엇인지 저절로 마음이 흥거러워지려고 하고 이런 좋은 달밤을 두어두고 인해도로 들어가기가 아까운 것 같았다.(1쪽)

그리고 "무엇 한가지 얌전스럽지 아니함이 업다."고 진주의 인간됨을 드러낸다(3쪽). 그러나 진주는 끊임없이 이 같은 바람직한 상태가 위

사학위논문, 1990)에서 구체적으로 적용되었다.

22) 가령 비극적인 작품이 반민족적일 수도 있고 격정극적인 작품이 혁명적일 수도 있을 것이다. 또 입체적 인물의 강조는 플롯보다는 성격(character)을 중시한 근대 서구의 문예이론에 근거하기 때문일 것이다. 한국문학연구가 고전문학연구와 현대문학연구로 이분화되어 있는 현상도 이같이 문예이론의 일방적 선택에 기인하는 것은 아닌지 재고해 볼 여지가 있다고 생각한다.

23) G.B. Tennyson, 오인철 역, 『희곡원론』, 동아학연사, 1982, 118~119쪽.

협당하는 처지에 놓이게 된다. 그것은 중년 과부인 시어머니의 병적인 변덕, 억지, 독단에 의한 것이다. 그래서 마침내 시집에서 쫓겨나고 만다. 이 쫓겨남은 진주에게 죽음과도 같은 고통이었다(24쪽). 이렇게 수평적 사건 전개를 볼 때『여자의 일생』은 분명 격정극적 행동 패턴을 따르고 있다. 물론 이 작품이 일부이기 때문에 최후의 반전에서 악인이 받는 '형벌'은 나타나지 않지만, 시어머니의 터무니없는 모함, 증오, 억지는 작중 행동을 작동시키고 상황의 변화를 초래하는 원초적인 원인, 즉 '자극'이 될 것이며, 이로 인한 진주의 쫓겨남은 순진무구한 인물이 겪는 '고통'에 해당한다고 할 수 있다.

2. 대면적 이야기와 미덕의 강조

시집에서 쫓겨난다는 진주의 불행은 전지적 서술자가 그녀의 운명과 관련된 예언을 함으로써 더욱 가속화 내지 확실시된다.

> 이밤의 조심은 그러나 조심이 재앙이었다(7쪽).

> 그것이 입살이 보살로 그러나 얼토당토 않이 불칙스런 액을 쏘한톨 씨앗 쑤림이었을 줄이야(56쪽).

램메르트에 의하면 이 같은 예시(vorausdetung)는 "독자에게 순간적인 상황의 의미와 방향을 제시해 주는 것"이다.[24] 그런데 작가의 의도에 따라 전지적 서술자가 이처럼 상황 변화나 사건 진행의 방향을 제시할 때

---

24) 조남현,『소설원론』, 고려원, 1982, 241쪽.

그 작품은 불순한 상업 소설이라고 비판되기도 한다. 아니면 플롯보다 성격을 중시하는 논자들은 미리 계획되고 결정된 인과관계로써 작가가 작품 위에 군림한다고 비판하였다.[25] 그러나 무엇이 어떻게 일어날 것인지를 예시하는 서술자의 전지(omniscience)는 책의 인쇄화, 문학의 상품화로 인해 해체되어 버린 대면적 스토리텔링(a face-to-face storytelling)을 회복하려는 상징적 시도이기도 하다.[26]

그런데 진주의 불행이 '조혼'으로 인한 것인지는 의문스럽다. 채만식은 이런 테마를 다룰 때 대개 남편에게 버림받거나 구박받는 여인을 묘사하였다. 그러나 진주와 어린 남편 준호는 더할 나위 없는 애정으로 충만되어 있어 그들의 결합 자체가 불행의 원인이 될 수 없고 또 강요된 결혼도 아니었다(특히 2장 '사랑이 있는 둥주리'나 6장 '따르는 정' 참조). 오히려 결혼은 어린 준호에게 "일맥의 생기를 불어넣어 주는 것"이었다(35쪽). 그렇다면 진주의 불행은 일단 시어머니의 편벽된 성격에 기인한다고 볼 수 있다.

> 중년과부란 그 **生活 조건**과 **심리 관계**로 인하여 성질이 다소간 편협 괴벽하기 쉬운 법이요 이윽고 그가 단산기를 당하여 히스테리증이 생기게 되고 보면 …(중략)… 과대망상증이니 피해망상증이니 하는 데까지 이르는 수가 왕왕히 있다(8쪽). (굵은 글씨 필자 강조)

아들과 진주에게 '고문하는 형틀'(33쪽)인 박씨의 이런 성격은 과부

---

25) E. M. Forster, *Aspects of the Novel*, A Harvest/HBJ Book, 1955, 96~97쪽.

26) F. Jameson, *The political Unconscious*, Cornell Univ. Press, 1981, 154~155쪽.

의 개가를 막는 봉건적 인습의 결과로 이들 모두가 그 희생자이며,[27] 박씨 부인은 경제적으로 몰락했던 양반이 다시 부를 축적함으로써 상처받았던 권위에 더욱 병적으로 집착하는 인물[28]로 해석되고 있다. 이러한 설명은 생활 조건과 심리 상태를 관련시키는 역사심리학적[29] 풀이로 보인다.

그러나 박씨 부인의 성격, 심리에 대한 채만식의 관점이 역사적이라고 볼 수 있는 어떤 문맥이나 서술도 없다. 또 박씨 부인을 희화적으로 풍자하려는 것이겠지만 적어도 '프로이드'를 끌어 온(17쪽) 채만식은 박씨 부인의 성격이 특정 시대의 조건에서 기인한다고 말하려는 것은 아닐 것이다. 따라서 박씨는 일반화되고 보편적인 인간성의 한 유형을 나타낸다고 볼 수 있다. 그것은 또 격정극 특유의 고정적 성격의 일종일 수 있다. 그렇다면 박씨의 성격이 훼손되었던 양반의 권위에 편집광적으로 집착한 결과일 수도 있다. 박씨는 가문의 "메꾸기 어려운 희생과 타격"이 있다 해도 진주가 "'죄 있는 며느리'인 것이 통쾌한 것이었다."(119쪽)

이런 상황에서 진주는 수난당하는 전통적인 부덕, 박해받는 미덕을 보여 준다. 시어머니의 근거 없는 의심과 모함에 말없이 '대죄(待罪)'하고(14~15쪽) 눈물만 흘릴 뿐 항변하지 않는다. 이렇게 '순종하는 진주'(24쪽)는

발명될 말이면 말, 핑계이면 핑계가 있다손 치드래도 평상시에도 …

---

27) 우명미, 앞의 논문, 126~128쪽.

28) 최원식, 앞의 책, 182쪽.

29) 역사심리학은 한 공동체내의 사회적 관계, 제도와 그 구성원의 정신구조 사이에는 긴밀한 내적 연관, 상호작용이 있다고 본다. Z. Barbu, 임철규 역, 『역사심리학』, 창작과 비평사, 1983, 12~16쪽.

(중략)… 말 한마디 제대로 다하지 못하는 터이어든 항차 이 하늘을 찌를 뜻 기승을 떨면서 무섭게 서두는 판이리요, 좀처럼 의사를 행동으로 옮기고 할 강단 같은 것을 내는 수가 없었다(146쪽).

이 같은 진주의 행태는 도덕적 정서 상태를 표현하기 위한 물리적 조건으로 말없는 장면이나 벙어리 등을 즐겨 이용하는 격정극 특유의 것이다.[30] 결국 『여자의 일생』의 플롯이 격정극적 행동 패턴을 통해 강조하려는 것은 수난받는 여인의 부덕일 것이다. 이 작품에서 비록 악의 징벌과 미덕의 보상은 없지만 독자는 박해받는 미덕을 인식하게 된다. 그래서 격정극은 인식의 극(the drama of a recognition)이라고 하는 것이다. 즉 격정극은 파토스나 스릴만을 위한 것이 아니고 미덕의 '보상'은 미덕의 '인식'에 부차적이라는 것이다.[31]

지금까지 횡적·수평적 전개 과정을 분석한 결과, 격정극적 행동 패턴을 통해 진주의 미덕을 강조하고 있음을 보았다. 그러나 이렇게만 보면 이 작품은 사사로운 가정 비화에 불과할 것이다. 특히, 이미 지적한 것처럼 박씨 부인의 성벽은 동시대의 감정, 편견, 파당심에서 필연적으로 발생한 것으로 보기 어렵게 된다. 그렇다면 줄거리는 당대의 삶과 격리되어 변화 없는 인간 본성(unchanging human nature)에 의거 사건이 설명되는 일종의 우화(parable)로 전락될 수도 있다.[32] 그렇게 될 때 진

---

30) P. Brooks, *The Melodramatic Imagination*, Yale Univ. Press, 1976, 56~57쪽. 통찰과 해명에 관계하는 비극은 맹인을, 오해와 그 결과에 관한 것인 희극은 귀머거리 등의 무능자를 이용한다.

31) P. Brooks, 위의 책, 26~27쪽.

32) N. Rance, *The Historical Novel and Popular Politics in Nineteenth Century England*, Vision Press, 1975, 25~26쪽.

주의 미덕조차 비역사적이고 극히 추상적인 것으로 파악된다. 그러나 이 작품은 6, 7장이 첨가됨으로써 작품 전체의 구조와 의미에 큰 변화가 생기게 된다. 따라서 작품에 문학성을 부여할 뿐만 아니라 이런 플롯에 구체적인 의미를 부여하는 수직적 계열 관계, 또는 슈제(Sujet)의 요소들을 검토해야 된다.

Ⅳ. 서사 일탈의 역동적 기능

『여자의 일생』은 플롯의 단순성에 비해 플롯의 수평적 전개를 방해, 지연하는 여러 가지 요소, 예컨대 회상, 일화 등이 매우 풍부하다. 말하자면 수평 축보다 수직 축이 훨씬 확장된 작품이다. 본고는 그중에서 여러 가지로 선택, 삽입된 삽화를 살펴보기로 한다. 이를 간단히 표시하면 다음과 같다.

① 준호의 세 가지 즐거움(2장)
② 추석날 풍속 묘사, 윤석의 인물됨(3장)
③ 협률사패와 난장의 정경 묘사(4장)
④ 원 선생 일화(4장)
⑤ 진주 집안의 내력(6,7장)

본고는 이 중 ③, ④, ⑤만을 검토하기로 한다.

1. 회화화된 풍속적 삶

'풍물지(風物誌)'라는 소제목이 있는 제4장은 먼저 난장에서 협률사패가 광고돌이 하는 모습을 상세히 묘사한다. 그리고 난장의 노름판, 씨름판, 소씨름, 음식 파는 노점 등 민족 고유의 풍물과 풍속이 생동감 있게 묘사된다. 이러한 묘사가 김남천의 풍속론을 이해하고 시도된 것으로 해석되기도 하나[33] 완전히 합치된다고 보기 어렵다.

김남천은 "진정한 풍속론은 '제도'를 말하는 동시에 '제도'내에서 배양된 '의식'이나 '습득감'까지를 의미한다."고 하면서 "세태나 사실의 면밀한 관찰과 묘사를 배격할 것이 아니라 그것을 일단 높여서 풍속에까지 이르게" 해야 한다고 하였다.[34] 이런 주장은 스콧(W. Scott)의 인물 묘사 방식과 비슷하다. 스콧은 시골 사람을 묘사할 때 풍속(costume)에만 그를 관련시키는 것이 아니라 특정 시대에, 즉 그 시대의 습관, 풍습, 감정, 파당성, 편견 등에 관련시켜 묘사하였다.[35] 그러나 채만식의 경우는 풍속의 면밀한 관찰에 머문 감이 있어 어떤 '의식'이나 '습득감', 감정이나 편견까지 드러내지 못한 듯하다.

> 난장마당은 이름 그대로 난장(亂場)이었다. …(중략)… 사오천 평이 실한 바닥인데 총총드리 콩나물 솟듯 들어찼느니 사람이었다. 섰는자 앉았는 자 어깨를 비비며 왕래하는 자 달리는 자 혹은 비틀거리는 자 하여가지고 제각기 지꺼리고 히히대고 불러웨치고 고함지르고 하면서

---

33) 우명미, 앞의 논문, 130쪽.
34) 김남천, 「모던 문예사전」, 『인문평론』, 1939, 124~125쪽.
35) N. Rance, 앞의 책, 20쪽.

노름하고 술 마시고 싸움 싸우고 물론 씨름도 하고 하느라고 정신이 아득하도록 와글벅적 끓고 있었다(90쪽).

뿐만 아니라 이러한 난장판 속에 준호를 둠으로써, 보수적 모럴을 나타내기 위해 대중의 삶을 희화화한 감도 있는 것이다. 준호는 협률사패의 한 기생에게 놀림을 당하곤 모욕을 느끼며, 협률사를 구경하고 싶어 하지만 잡스러운 놀이라는 생각을 버리지는 못한다(70~72, 89~90쪽). 또 씨름판 근처에서 어떤 머슴에게 봉변을 당하고 준호는 그 '천민의 무엄함'이 괘씸하고 분했던 것이다(94쪽). 작가의 말처럼 준호에게는 '교만한 본성', 즉 행동을 통제하는 유교적 관념이 강력하게 자리 잡고 있는 것이다. 물론 이런 모욕을 당한 준호는 상투를 잘라 버리려고 결심을 하는 입사양상을 보이고(97쪽), 작가 또한 준호의 보수적 관념에 부정적이긴 하나, 그 대가로 민중의 역동적인 삶의 현장이 되어야 할 난장을 우스꽝스런 현장으로 희생시켜 버리는 것이다. 특히 씨름판의 대중들은 "백 명이면 백 명 천 명이면 천 명 죄다가 제 각각이오 제 주장 제 소견을 내세우려 드는 무질서하며 통제성 없는 군중"으로 설명된다(102쪽). 물론 채만식의 대중관이 어떠한지 이 부분만으로 단정하긴 어렵지만 이런 설명이 제도 내의 의식이나 습득감, 동시대인의 파당성이나 편견을 드러낸다고 보기는 어렵다고 본다.

2. 과거의 부정과 변화의 인식

제4장은 또 하나 중요한 삽화로 원 선생 이야기를 소개하고 있다. 그는 개화사상을 고취하는 '시대의 선각자'의 한 사람으로 '옛날'–상투–야

만/'지금'-단발-문명이라는 도식적인 주장을 한다(81쪽). 그러나 원 선생의 개화 의욕에 작가는 비판적인 시선을 보낸다.

> 열만 있고 지식이 모자라는 행동이 항상 맹목적이요 극단에 기울기
> 쉽듯이 원 선생도 자연 그런 폐단을 면치 못하였다(83쪽).

따라서, 논리는 없고 심정뿐인 원 선생은 낡은 과거를 철저히 배격 조롱하고 신문하는 '개화꾼'(84쪽)이었지 엄밀한 의미의 선각자일 수 없는 것이다.[36] 이것은 진주의 오빠인 창수에게도 적용된다. 그도 '옛날'과 '지금'의 세상이 다르다는 것을 강조하며 누이 진주에게 재가를 권유하는 '개화꾼'(190~191쪽)이다. '지금'과 '옛날'의 이러한 기계적 구별은 야만-완고의 '옛날'과 문명-개화의 '지금'의 시간적 대치를 보여 준 신소설에도 나타나며 또한 개화기의 사회 변화를 시간관점으로 표상한 것이다.[37]

물론 『여자의 일생』은 신소설처럼 옛날-야만-완고/지금-문명-개화라는 양극적 대립의 원리를 성격 및 행동 체계에 그대로 적용한 작품이

---

36) 필자는 가족사·연대기 소설의 인물 유형을 고찰하면서 '개화의 매개인물'이라는 용어를 사용하였다. 이 인물은 새로운 세대들을 교육시켜 개화사상에 눈뜨게 함으로써 당대 현실과 자신의 존재를 깨닫게 하며, 새로운 세대가 나아갈 방향을 제시한다. 또한 이들을 매개의 정도에 따라 소극적 매개인물과 적극적 매개인물로 나누어서, 전자는 스스로가 의미를 본질적으로 이해하지 못하고 피상적으로 파악함으로써, 오히려 개화에 부정적인 방향성을 부여하는 '얼개화꾼'으로, 후자는 개화에 대한 확고한 신념을 가지고 새 세대들에게 적극적으로 개화 의미를 불어넣어 주려는 인물로 보았다(류종렬, 「1930년대 말 가족사·연대기 소설의 인물 유형과 그 특성」, 『우암어문논집』 제3호, 부산외국어대학교 국어국문학과, 1993, 133쪽). 여기서 원 선생은 소극적 매개인물에 해당된다고 볼 수 있다.
37) 이재선, 『한국현대소설사』, 홍성사, 1979, 61쪽.

아니다. 오히려 원 선생과 창수 부분은 새로운 의식과 사상을 획득한 후 과거의 어리석음이나 부조리를 철저히 조롱하는 경박한 개화사상을 비판한 곳으로 보인다. 그들은 과거를 자기시대의 구체적 전사(前史)로 이해하는 역사의식이 결여되어 있는 것이다. 즉 그들은 당대와 과거와의 차이만을, 곧 역사적 변화(historical change)만을 의식할 뿐 과거와 현재 간의 유기적 관련 곧 역사적 과정(historical process)[38]을 인식하지 못하는 것이다. 이 때문에 남 진사 부분의 삽화는 극히 중요하게 된다.

3. 역사적 투신과 인과(因果)의 해체 구성

남 진사 이야기는 과거와 현재의 유기적 관련을 뚜렷하게 드러낸다. 이것은 두 가지 기능을 하는데, ① 개화파 남 진사와 그의 아들 병수가 행하는 역사에의 투신을 통해서 수구파와 개화파의 갈등으로 몰락해 가던 구한말의 역사적 과정을 보여 주며, ② 남 진사의 부인 강씨와 진주의 삶에 작용하는 인과(因果)를 밝혀 가족사의 연속성을 드러낸다는 점이다.

① 남 진사는 유대치의 문인으로 갑신정변에 가담하여 싸우나 함께 싸우는 일병에 대한 의구심을 갖게 된다. 그리곤 "청국이 늙은 범이요 아라사가 북방의 주린 곰이라면 일본은 어린 표범…… 그 힘을 빌어 쓰기는 하되 크게 경계는 해야 한다"는 유대치의 말을 기억하곤(210쪽) 일본으로 함께 망명하자는 김옥균의 제의를 거절한다. 남 진사는 국가 간의 도움에는 반드시 이해관계가 얽혀 있기 때문에 일본의 힘을 끌어들일 수 없다고 보았기 때문이다(214쪽). 그리고 백성의 힘으로 독립과 내정 혁신이 이루어져야 한다고 함으로써(216~218쪽) 갑신정변이 백성의

---

38) N. Rance, 앞의 책, 26쪽.

지지 기반을 갖지 못했기에 실패하였음을 지적한다. 남 진사는 그 뒤 아들과 함께 동학농민봉기에 참여하여 일병과 싸우다가 죽고, 아들 병수는 서울로 피신하여 독립협회에 가담하였다가 황국협회의 보부상들과의 싸움에서 죽게 된다. 일단 이상의 전개를 보면 작가는 "남 진사를 양반계급의 자발적 이탈자로 만듦으로써 새로운 혁명의 주체가 백성에 있음을 보여 주려 했다."[39]고 하겠다.

그러나 남 진사의 백성관에는 다소 논의의 여지가 있다. 그가 김옥균에게 '백성의 힘'을 주장할 때 그가 어떤 경로를 통해 그 힘을 인식하게 되었는지 밝혀지지 않는다. 남 진사는 백성들이 국사에 무관심하긴 하지만 '우리들 선도자(先導者=指導者)'가 '가르치면서 모아서 합심시키면' 된다는 것이다. 이런 확신의 토대는 백성들이 모두 '조선 백성이라는 혼백'을 갖고 있다(218쪽)는 극히 심정적인 차원에 놓여 있다. 그러나 남 진사의 심정적 확신과는 달리 백성들은 '완고' 하고 '몽매'하여 남 진사의 개화운동을 따르지 않았고 오히려 경계하고 비방, 조소하였다. 그리고 동학이 백성들 가운데 크게 득세하는 것을 본 남 진사는 동학교도의 야릇한 주문과 의식이 미신 같아 불쾌하였으나, "백성을 얻기 위해서는 나 한 몸의 결벽쯤은 희생"(224쪽)할 수도 있다는 결심으로 동학의 접주가 되고 갑오농민전쟁의 고부 현장에서 "백성이 힘이 있음이 역시 사실임을 발견(225쪽)"하게 된다. 결국 남 진사가 '백성의 힘'을 확인하는 것은 동학농민전쟁에서였다.

그러나 여전히 그는 백성을 혁명의 주체 세력으로 인식한 것은 아니라고 본다. 물론 그는 갑신정변, 갑오경장이 백성의 귀에는 들리지 않는

---

39) 최원식, 앞의 책, 182쪽.

'방 안에서 부는 피리'(228쪽) 즉 위로부터의 수직적 혁명, 수직적 개화 였기에 실패하였음을 인식하고 있으나 그가 백성들과의 수평적 관계를 맺는 것은 아니다. 그는 머리까지 우매한 백성을 지도하는 선도자인 것 이다. 따라서 그가 '백성의 힘'을 발견함으로써 민중적 힘의 필연적 승 리를 믿게 된다고 볼 수 없다. 오히려 그는 백성을 비이성적 비합리적인 집단으로서의 군중(mass)으로 보는 시민적 지식인의 민중관[40]을 지녔다 고 할 것이다.

> 백성들은 절망 가온대서 문득 무엇인가를 막연히 기대렸다. 이 막다
> 른 급박한 사태에 어떤 혁변이 오기를 기대리는 한 농민적인 본능의 발
> 현이었다. 그것은 누구든 한번 손짓을 하거나 부르기가 무섭게 와-하
> 고 따라 일어설 마음의 노함이 무의식중에 익어서 있으믈 의미하는 상
> 태였다.(223쪽)

따라서 남진사가 백성의 이런 본능적인 힘과 무의식적 분노에서 어 떤 역사의 방향성, 역사의 진보나 필연성, 집단의 승리나 진보 심상을 보았다고 하기 어렵다. 백성은 합리적이고 이성적인 지도자에 의해 주 도될 때만 힘으로써 작용할 수 있다는 것은 결국 백성을 역사 발전의 원 동력으로 보는 확신이 결여되어 있다는 뜻이 된다. 뿐만 아니라 남 진 사를 양반 계층의 자발적 이탈자로 본다 해도 그것은 '백성을 위하여'는 아닌 것이다. 여기에 남 진사의 행위가 갖는 한계가 드러난다고 하겠다.
그러나 남 진사의 행위가 결코 무의미할 수는 없다. 그는 '백성을 얻

---

40) 반성완, 「루카치의 역사소설 이론과 우리의 역사소설」, 『외국문학』, 1984년 겨울호, 59쪽.

기 위하여' 개인의 결벽을 희생할 수도 있다는, 역사에의 몰아적 투신을 하는 인물이다. 그것은 죽음으로써 더 큰 자기를 실현하려는 비극적 투신이라고 할 것이다.

② 남 진사의 비극적 투신에 관한 이야기는 일종의 액자로 구성되어 있으면서 이 작품의 중요한 구조적 요소가 된다. 이것을 다음 그림으로 표시할 수 있다.

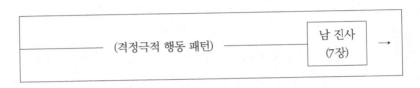

이 남 진사 부분은 진주의 할머니 강씨 부인의 상심으로 일관된 파란곡절의 생애와 관련된다(239쪽). 그래서 강씨는 자기 남편과 아들 병수처럼 천하를 위하여 가정을 돌보지 않는 인물보다는 착실한 가장 노릇을 할 인물 준호와 진주를 혼인시키는 것이다. 그것은 '단 한 점의 혈육인 진주의 안온한 장래를 위'한 것이었다(203쪽). 남 진사나 병수는 더 큰 자기 실현을 위한 비극적 죽음을 하였지만 강씨에게 중요한 것은 자기 보존이었다.

그러나 여기서 우리가 특별히 주목해야 할 것은 남 진사 이야기가 도입됨으로써 할머니 강씨와 손녀 진주는 동일한 역사를 갖게 된다는 사실이다. '원인'에서 '결과'로 가는 순차적 진행이 아니라 '결과'에서 '원인'으로 가는 서사 일탈, 인과의 해체 구성 기법은 작품 전체에 충격적인 변화를 가져온 것이다. 즉 할머니와 진주의 불행한 현재 결과는 남 진사와 병수의 투신과 죽음이라는 과거 원인 때문으로 나타난다. 이로써 진주의 불행은 시어머니의 가학증이라는 표면적 이유보다는 자신의 가계와 더 깊이 관련된다는 역사적 근거 위에 놓인다.

이 점은 특히 중요하다고 본다. 왜냐하면 수평적 사건 전개의 분석에서 이 작품은 격정극적 행동 패턴을 보여준다고 지적하였는데, 남 진사 삽화는 이 패턴이 사사로운 가정 비화라는 사적 사건이 아니라 역사적 근거 위에 놓인 공적 사건으로 수렴하게 만들기 때문이다. 남 진사 부분의 이야기는 플롯을 방해하는 것이긴 하나 독자로 하여금 할머니의 일생과 같은, 진주의 불행한 삶의 정체를 알게 하는 것이며, 진주의 현재적 삶을 역사적 과거와 유기적으로 연결시켜 주는 것이다. 이로써 남 진사 이야기는 도덕적 윤리적 기능을 행사하는 액자[41]와 동궤에 속하며, 작가의 역사적 사유를 보여 준다는 의의를 갖게 된다.

이상과 같은 논의에서 「어머니」와 『여자의 일생』이 전혀 별개의 텍스트라고 하지 않을 수 없고, 또 『여자의 일생』은 역사소설이 아니라 "역사적 사고를 근거로 하면서 한 가족 또는 가계의 운명적인 변천을 가족사의 측면에서 서술"한 가족사 소설에 더 가까운 작품이라고 하지 않을 수 없다. 따라서 역사소설의 개념을 엄격히 가정하면서 이 작품의 역사소설로서의 결함을 지적하는 것은 무의미하게 된다. 그리고 해방 후 채만식의 다른 역사물들을 이 작품에 침투해 있는 그의 역사적 사고가 보다 전면적으로 돌출한 것으로 가정할 수 있다면 『여자의 일생』이 채만식 문학에서 차지하는 비중을 결코 무시할 수 없다고 하겠다.

---

41) J. A. Kestner, 앞의 책, 77쪽.

V. 맺음말

지금까지 본고는 채만식의 작품 중 알려져 있지 않는 『여자의 일생』을 살펴보았다. 이 작품은 일제 때 발표된 「어머니」에 두 장을 첨가하여 개제 출판된 것이다. 이들 작품은 몇몇 연구에서 역사소설로서, 그리고 동일한 텍스트로 간주되어 왔으나, 바로 이런 점에 문제를 제기하면서 본고는 두 작품을 비교한 후, 철저히 텍스트 중심으로 『여자의 일생』을 분석하였고, 그 결과는 다음과 같다.

첫째, 「어머니」와 『여자의 일생』은 별개의 텍스트로 간주되어야 한다. 그 이유는, ①『여자의 일생』은 해방 후에 두 장을 덧붙여 출판된 것이며, ②「어머니」에서와는 달리 장들을 새롭게 묶고 부제를 붙인 것은 작품에 새로운 의미와 질서를 부여하고 작품 전체를 유의미하게 종결하려는 구조 의지의 반영이며, ③ 두 장의 첨가는 총합의 단순한 증가가 아니라 작품 전체의 질서와 구조에 의미상 변동을 초래하기 때문이다.

둘째, 수평적 사건 전개를 분석한 결과 이 작품은 '자극→고통→징벌'이라는 격정극적 행동 패턴의 일부를 드러내고 있었다. 전지적 서술자가 주인공 진주의 불행을 예시함으로써 독자와의 대면적 스토리텔링을 회복하려 했다. 특히 강조되어야 할 것은 이 작품이 조혼의 비극을 다룬 것이 아니라 진주의 미덕을 강조하고 독자로 하여금 그 미덕을 인식하게 한다는 점이다.

셋째, 이 작품은 수평적 사건 전개를 방해하는 슈제(Sujet)의 요소가 매우 풍부했다. 이런 서사 일탈을 살펴본 결과, ① 민족 고유의 풍속과 풍물을 생동감 있게 묘사하고 있으나, 긍정적인 의미이건 부정적인 의미이건 보수적 모럴을 표현하기 위해 민중의 풍속적 삶을 희화화시켜 버렸고, ② 원 선생 일화는 '옛날'과 '지금'을 기계적으로 구별함으로써 '역사적 과정'을 무시하고 '역사적 변화'만을 인식한 경박한 개화꾼을 비판하고 있었다. ③ 이 작품에 가장 중요한 요소인 남 진사 삽화는 두 가지 의미로 과거와 현재를 유기적으로 연결하고 있다. 하나는 구한말의 역사적 과정을 보여 준다는 것이고, 다른 하나는 할머니 강씨와 손녀 진주의 삶에 작용하는 인과를 밝힌다는 점이다. 특히 이 후자는 인과의 해체구성을 통해 진주를 가계와 관련시킴으로써 그녀의 불행이 역사적 근거 위에 있음을 분명히 하였다. 이로써 이 작품에 첨가된 두 장이 작품 전체에 미치는 역동적 작용이 확인되고 「어머니」와 『여자의 일생』이 왜 상이한 작품인지도 밝혀졌다.

이상의 논지에서 볼 때 『여자의 일생』은 역사적 사유에 근거한 가족사 소설에 가까운 작품이고, 이런 역사적 사고는 채만식의 다른 역사물에 보다 구체화되었을 것으로 본다.

(1986)

채만식의 역사소설『옥랑사』연구

Ⅰ. 들어가는 말

백릉 채만식은 1930년대 후반부터 희곡 「제향날」(1937), 소설 「어머니」(1943) 『옥랑사』(1948) 「역사」(1949) 「늙은 극동 선수」(1949) 등의 개화기를 다룬 일련의 역사물들을 발표한 바 있다. 그런데 이 중에서 역사극인 「제향날」을 제외한 나머지 다섯 편은 대체로 역사소설의 범주에 속하는 작품들로 간주되어 왔다. 그러나 이 다섯 작품들이 모두 역사소설에 속하느냐 하는 문제는 재검토될 필요가 있다. 이 작품들 중에서 「어머니」는 『조광』지에 연재 중 총독부의 검열로 중단된 미완의 작품이며, 『여자의 일생』은 해방 후 이 「어머니」에 두 장(章)을 덧붙여 개제 출판된 작품으로서, 이 두 소설은 일반적으로 동일한 작품으로 파악되어 왔다. 그러나 필자의 고찰에 의하면 『여자의 일생』 또한 엄밀한 의미의 역사소설이라기 보다는 역사적 사유에 근거한 가족사 소설에 가까운 작품으로 판단된다.[1] 이렇게 볼 때 미완의 작품인 「어머니」는 개화기의 결혼 풍속을 다룬 세태적인 풍속소설에 지나지 않는 작품이다.

그리고 「역사」는 『학풍』 1월호에, 「늙은 극동 선수」는 '「역사」 제2화'란 부제로 『신천지』 2월호에 발표된 「역사」의 속편인데, 굳이 구체적인 분석을 하지 않더라도, 이 두 작품은 강사(講史)적 성격이 강한 회고담의 범주에 속하는 단편으로서 엄밀한 의미의 역사소설이라 하기는 곤란하다. 이렇게 판단해 볼 때 나머지 『옥랑사』만이 본격적인 역사소설에 해당될 수 있다.

본고는 채만식의 대표적인 역사소설인 『옥랑사』의 전반적인 구조를 살펴보고, 아울러 이를 통해 역사소설로서의 특성과 그 의미를 밝히는 것을 목적으로 한다.

『옥랑사』는 그의 사후 『희망』에 1955년 5월부터 1956년 5월까지 연재되고, 1961년 성화사에서 단행본으로 발간된 유고 장편소설인데, 최태응의 말을 빌리면 "개중(필자 주-7, 8편의 역사물)에 가장 심혈을 경주한 선생의 대표적인 역사소설"[2]이다. 그럼에도 불구하고 지금까지 『옥랑사』는 채만식 문학을 개괄적으로 다룬, 또는 그의 역사소설들을 분석·연구한 몇 논문에서 간략히 언급되었을 뿐 이렇다 할 연구가 없는 실정이다.[3] 특히 선행 연구들 중에는 이 작품의 창작 시기에 대한 문제를 소홀

1) 류종렬, 「채만식의 소설 『여자의 일생』 연구」, 『국어국문학』 제23집, 부산대학교 국어국문학과, 1985, 139~158쪽.

2) 『옥랑사』(성화사, 1961)의 「후기」, 279쪽. 이하 인용은 이 책의 쪽수만 적는다.

3) 우영미, 「채만식론」, 서울대학교 대학원 석사학위 논문, 1977, 130~138쪽; 이훈, 「채만식 소설 연구」, 서울대학교 대학원 석사학위 논문, 1981, 113~114쪽; 최원식, 「채만식의 역사소설에 대하여」, 『민족 문학의 논리』, 창작과비평사, 1982, 176~189쪽; 이래수, 「채만식의 역사 문학」, 『월례 연구 발표 요지』, 동국대학교 대학원 국어국문학과, 1983, 301~308쪽; 신동욱, 「채만식의 소설 연구」, 『동양학』 12집, 단국대학교 동

하게 처리함으로써 작품의 해석에 중대한 오류를 보여주기도 했다.

이 작품은 일반적으로 1948년 작으로 알려져 왔다. 이것은 작가가 작품 끝에 밝힌 "1948년(戊子), 1. 18. 鄕第에서"에 의거한 것이다. 그러나 채만식의 가까운 후배인 장영창의 기록에 의하면 '1939년경' 집필을 시작했다고 한다.[4] 그러니까 『옥랑사』는 1939년에 집필되어 1948년에 완성된 작품이다.

이렇게 볼 때 이 작품을 해방 후의 역사적 상황에만 연관시켜 해석하려는 관점들은 실증적 작업이 결여된 역사 · 사회학적 접근의 오류를 범하고 있는 것으로 봐야 한다.[5] 그와 달리 이 작품은 채만식 문학에 있어서 후반기에 속하는 작품들이 보편적으로 보여 주는 개화기의 역사에 대한 관심 또는 역사 의식이 잘 드러나는 작품으로서, 또한 이러한 의식이 이미 1930년대 후반부터 싹트기 시작했고, 해방 후에 와서 어느 정도 성숙한 모습을 지니게 되었다는 사실을 반증하는 것으로 해석될 필요가 있다.

II. 일대기적 구조와 삶의 두 차원

『옥랑사』는 전기적 역사소설에 해당된다. 그러나 역사소설론에서 일

양학연구소, 1982, 39~41쪽.

4) "1939년경 역사소설인 「옥랑사」를 집필하고 있을 때였다." 장영창, 「채만식의 인간과 사상과 문학(上)」, 『한국문학』, 1974, 309쪽.

5) 기존 연구 성과가 대부분 이러한 관점을 취하고 있으며, 특히 신동욱의 해석이 대표적인 것이다.

반적으로 이야기하는 그런 의미의 전기적 역사소설이 아니다. 전기적 역사소설은 역사상의 위대한 인물이 주인공으로 등장하고, 그의 생애가 전기적 형식으로 소설화된 역사소설을 의미한다.[6] 그러나 『옥랑사』는 평민 장선용이 농사를 짓고 지내다가 소위 개화기의 역사에 직접 참여하여, 결말에서 죽음을 맞게 되는 장선용의 일대기적인 성격을 지닌다는 의미에서 전기적인 역사소설이라는 것이다.

먼저 논지 전개를 위해 각 장의 제목을 살펴보면 다음과 같다.

1. 아전의 자식
2. 양반의 딸
3. 인력으로 못 하는 것
4. 마주걸이 삽화
5. 성은이 금수에 미치다
6. 눈 먼 사람들
7. 대학살
8. 『통역정치』
9. 말세에 횡행하는 것
10. 포쌈
11. 『산막에서 살 껄……』
12. 사당 앞에서

제1장의 서두는 장선용의 나이 31세 되던 1900년에, 아내에게 옥랑

---

6) 루카치에 의하면, 전기적 역사소설은 과거의 위대한 인물을 통해 과거의 역사적 이념을 드러내고, 그러한 인물의 이념과 행적 속에서 현재가 안고 있는 제반 문제들의 발생 원인과 해결책을 찾고자 하는 데 있다고 한다. 게오르그 루카치, 이영욱 옮김, 『역사소설론』, 거름, 1987, 406~435쪽 참조.

과의 사이에 둔 어린 아이(장불명)을 맡긴 뒤 백학동의 백련암으로 입산하여 중이 되는 것으로부터 시작된다. 이어 부친의 제삿장을 보아 곰의 고개를 넘어오다 도적을 만나 물리친 십 년 전의 삽화가 서술되고, 선용이 17세 때에 도서원이던 부친이 공주 병정에게 봉변당해 죽게 된 뒤, 글공부를 작파하고 아전의 자식으로 농사를 짓고 있다는 삽화가 이어지면서 과거로 역전된다. 제2장에 와서는 십 년 전(22세)의 스토리가 계속되어 11장까지 그의 삶의 과정이 순차적으로 진행되고, 11장의 끝에서 1장의 서두와 연결, 다음 12장에서 1913년(44세)에 일본 헌병에 의해 옥랑의 사당 앞에서 죽기까지 다시 순차적인 구성을 취하고 있다. 요약하면 1장(31세→22세→17세)→2장~11장(22세→31세)→12장(31세→44세)으로, 1장의 서두와 말미의 삽화 부분만 제외하면,『옥랑사』는 작품 전체가 순차적 시간 구성으로, 비록 출생과 어린 시절이 생략되어 있지만, 장선용의 일대기적 삶의 기록에 해당된다.

그리고『옥랑사』는 장선용의 일대기적 삶 속에서 역사에의 참여와 더불어 옥랑과의 개인적인 비련의 스토리를 또한 담고 있다.

전체적인 스토리를 각 장별로 간략히 살펴보자.

2장에서는, 선용이 불 속에 갇힌 백 생원의 딸 옥봉을 구하고, 이에 청혼을 하나 상놈의 자식이라는 이유로 거절당하자 선용의 양반에 대한 반감과 증오가 더욱 심해진다.

3장에서는, 시집 간 옥봉을 못 잊어 하다 같은 계층의 서씨와 결혼하나 정을 붙이지 못하다가 집을 떠나 여행길에 오르게 된다.

4장에서는, 처가에 들러 맏동서를 만나고, 여기서 토호인 최집을 마주걸이 시켜 혼내 준다. 또한 외가에서 외숙 박재춘을 통해 동학에 관해 이야기를 듣는다.

5장에서는, 임오군란, 갑신정변, 경인신묘 등의 개화기의 역사와 동학란 이야기가 서술되고, 6장에는, 일본군의 침입과 동학의 재봉기 속에서 선용이 경복궁 수비대와 동학에 각각 참가하는 내용이 담겨 있다.

7장에서는, 선용이 동학군을 떠나고 귀향하여 옥랑을 다시 사모하다가 동학 접주인 외숙의 죽음을 보고 팔도 유랑을 시작한다.

8장에서는, 1895년과 1896년의 역사적 사실이 서술되고, 9장에서는, 선용이 팔도 유랑을 마치고 상경하여 독립협회와 관민공동회에 참여하여 죽을 고비를 넘기고 귀향한다.

10장에서는, 옥랑이 과부가 된 것을 알고, 그녀를 보쌈하여 산막으로 데리고 와서 인연을 맺고 귀가시킨다.

11장에서는, 옥랑의 시어머니가 죽고, 그녀가 임신한 소문이 돌자 자청하여 시묘살이를 한다. 그녀는 아기(장불명)을 낳고 죽는다. 선용이 아기를 아내에게 맡기고 중이 된다.

12장에서, 경술합방이 되고 불명이 죽자 일본인과 친일배들을 죽이는 외로운 분풀이를 하다 옥랑의 사당 앞에서 일본 헌병에게 죽게 된다.

이상의 스토리를 다음과 같이 도식화할 수 있다.

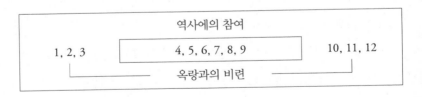

이렇게 볼 때, 『옥랑사』는 장선용의 일대기적 삶 속에서 그가 격동의 개화기 역사에 참여하여 겪는 사회적 경험을 하나의 스토리로 하면서

또한 옥랑과의 비극적 사랑을 또 하나의 스토리로 하는 일종의 액자적 형태의 구조를 지님을 알 수 있다.[7] 즉 1, 2, 3장과 10, 11, 12장이 옥랑과의 사랑담을, 4, 5, 6, 7, 8, 9장은 장선용의 역사적 체험이 중심 스토리를 이루고 있다. 여기서 두 스토리가 어떠한 연계성을 가지면서 유기적 통일성을 획득하느냐 하는 것이 문제 된다. 물론 이 두 스토리가 모두 주인공 장선용에 있어서, 하나는 공적인 삶의 범주로, 다른 하나는 사적인 삶의 범주에 속할 수 있는 것이다. 이를 규명하기 위해 플롯의 전개 과정을 좀 더 구체적으로 살펴보자.

1, 2, 3장과 10, 11, 12장이 옥랑과의 사랑을 다루고 있지만, 엄밀히 말하면 이것은 2, 3장과 10, 11장에 중심적으로 서술되어 있다. 그리고 1장은 선용의 두 삶의 모습이 어느 정도 암시적으로 드러나는 서장으로 볼 수 있다. 즉 1장에서 장선용이 22세 되던 해 아버지 제삿장을 보고 귀가하는 과정에서 도둑을 만나 물리친 삽화를 통해 양반과 아전의 횡포를 보여 주고(이 삽화 이후에 불 속에서 옥봉을 구한다.) 그리고 17세 되던 해 아버지가 세납전을 바치지 못해 공주 병정에게 억울한 죽음을 당하게 된 점과 세납에 따른 각종 부정부패를 서술함으로써, 선용의 양반과 그의 권력의 횡포에 대한 대사회적인 사건을 몇 차례 보여 줌으로써 옥랑을 짝사랑하게 되기 이전의 장선용의 삶의 두 모습을 동시에 드러내는 것이라 할 수 있다. 그리고 2장에서 선용이 매부 강영석으로부터 개화 소식을 접하게 되어 마음의 동요를 일으키게 되는 것과, 7장에서 선용이 고향에 잠시 돌아온 후 옥랑을 사모하는 장면이 서술되어 있어

---

7) 이러한 성격이 채만식의 소설적 특성의 하나인 멜로드라마적 격정극적 구조를 형성하고 있다. 그리고 여기서 액자적 형태란 엄밀한 의미의 액자구조를 말함이 아니라, 두 스토리의 결합을 드러내는 단순한 의미로 사용한 것이다.

이들이 동떨어진 구성을 취하고 있음이 아님을 알 수 있다. 그리고 12장에서는 선용이 경술합방과 아들의 죽음을 당하고 난 뒤 일본인과 친일배들을 죽이는 외로운 분풀이의 행위를 통해 지속적으로 옥랑과의 이야기와 장선용의 역사에의 참여 이야기가 유기적 통일성을 가지고 연결되어 있음을 알 수 있다.

그러므로 『옥랑사』는 두 스토리가 연계성을 가지면서, 주인공 장선용의 삶의 두 차원—사적·개인적인 삶과 공적·사회적인 삶—을 연대기적 질서 속에서 구현하고 있는 작품이라 하겠다.

Ⅲ. 여행과 삽화적 구조

앞장에서 살펴본 것처럼, 장선용은 시집간 옥봉을 못 잊어 하다 같은 계층의 서씨와 결혼하나, 정을 붙이지 못하고 집을 떠나 여행길에 오르게 된다. 여기서 여행을 일단 공간적 이동이라 본다면, 장선용의 일대기에 따른 삶의 공간 이동을 다음과 같이 도표화할 수 있다.

나이	장	공간
16세~22세	1장~3장	고향
22세	3장~4장	출가 상경길
22세~23세	6장	서울(매형집)
23세~24세	6장	서울(경복궁 수비대)
24세	6장~7장	공주(동학군 진영)
25세~26세	7장	고향

나이	장	공간
26세~29세	7장	팔도 유랑
29세~30세	9장	서울(독립협회와 관민공동회 참여)
30세~44세	10장~12장	고향

이를 통해 볼 때, 그의 고향에서의 삶은 제 1, 2, 3, 7, 10, 11, 12장에, 서울 또는 타향에서의 삶은 제 4, 6, 7, 9장에서 서술된다. 이것은 스토리 진행 방향에서 본다면, 그의 연대기적 생애가 '고향→타향→고향→타향→고향'의 삶의 공간 이동으로 구성되어 있다는 것이다. 이로써 『옥랑사』는 '고향→귀향'의 패턴으로 구성되어 있고, 여행의 모티브로 짜여져 있음을 알 수 있다.[8]

2장에서 불 속에 갇힌 옥봉을 구해 주고 집으로 돌아온 뒤에 매형인 강영석의 개화 이야기를 들은 후 마음의 동요를 일으키게 된다.

> 세상은 무엇인지를 하기 위하여 서두르고 있고나. 나처럼 이렇게 밤이나 낮이나 땅만 파 먹고 아무 변화도 없이 가마니 있는 것이 아니라 실상은 물구비 치면서 자꾸 자꾸 흘러가듯이 끊이지 않고 흔들거리면서 무엇인지는 모르겠으되 아무튼 어떤 무엇을 하기 위하여 앞으로 앞으로 세차게 나가고 있고나…… 이렇게 선용은 깨우칠 수가 있었다. 깨우침에는 동요가 따르기 쉬운 법이었다. 더우기 가슴에 원한과 불만이 맺혀 있고 진작부터 한바탕 떨치고 나서고 싶은 뜻이 없지 못하였던 선용이었다(33~34쪽).

---

8) G. Goodman, *The Structure of Literature*, the Univ. of Chicago press, 1968, 66~77쪽 참조.

여기서 우리가 주목해야 할 점은 자신은 농사나 짓고 안주의 삶을 살아가고 있지만, 세상은 "무엇인지는 모르겠으되 아무튼 어떤 무엇을 하기 위하여 앞으로 세차게 나가고 있다"는 장선용의 각성이다. 역사의 방향성에 대한 뚜렷한 인식을 보여 주지는 않지만 무지의 상태에서 일단 깨달음의 단계로 나아가고 있는 상태를 드러내고 있다. 더욱이 이것은 이전에 가슴속에 묻어 두었던 아버지와 어린 아내의 죽음으로 인해 생긴, 양반에 대한 "원한과 불만"이라는 개인적 감정의 차원에서 이미 내재되어 있었던 것이다. 그러나, 어머니에 대한 자식으로서의 봉양의 문제에 봉착하자, 이를 물리칠 수 없어 더욱 번민과 고통을 당하게 된다. 그래서 그는 "아니다. 부질없는 생각이다. 차라리 이대로 땅에 묻혀 땅이나 파먹으면서 소리 없이 명색 없이 가만히 살다가 그대로 소리 없고 명색 없이 땅으로 돌아가는 것이 옳은 도리겠다"라고 생각하며 "단념도 하여 보았다."(34~35쪽) 이러한 갈등과 번민에서 그가 결정적으로 현실 순응의 개인적, 가족적인 안주의 삶에서 벗어나게 된 것은 옥봉에 대한 청혼이 신분 차이(상놈 ; 아전의 자식)로 거절당한 때문이다. 다시 말하면 청혼 거절로 인해 그는 계급적 각성을 하게 되는 것이다. 역사의 방향성에 대한 막연한 인식이 이를 통해 "차라리 한번 세상 가운데 뛰어들어 물 구비치는 세상과 함께 들레이면서 나아가는 세상과 함께 나아가 보았으면 하는 생각"을 하게 되고 "그 생각하던 바에다 몸을 던지게" 된 것이다.

그리하여 그의 출가와 여행은 시작된다. 이 여행은 "혼돈의 상태인 세계로의 투신"으로서 "연쇄적인 사건"의 만남으로 제시된다.[9] 이 사건

---

9) Stuart Miller, *The Picaresque Novel*, The Press of Case Western Reserve University,

들을 대표적인 몇 개의 삽화로 나누면 다음과 같다.

① 마주걸이 삽화
② 경복궁 수비대 근무
③ 동학 농민군에의 참여
④ 독립협회 회원

①에서는 장선용이 양반인 최 토호를 마주걸이 시켜 혼내주는 장면의 삽화가 제시된다. 그러나 여기서 그는 최 토호를 혼내 주고 난 뒤 평민들이 겪어야 되는 상황은 깨닫지 못하는 다분히 심정적인 차원으로 이 일을 행한 것이다. 즉, 분명한 상황 인식이 결여된 치기 어린 만용에 지나지 않았다.

이것이 ②의 경복궁 수비대에 근무하면서 갑오경장을 맞아 일본군의 싸움에서 늙은 강화 병정의 죽음을 목격하고, 한 개인이 과연 무엇때문에, 누구를 위해서 희생되어야 하는가 등에 대한 생각을 하게 된다. 이를 통해 우리는 장선용의 역사 인식에의 새로운 전환점을 발견하게 된다.

다시 ③에서 동학 농민군에 참여하기까지의 과정과 직접 여기에 가담한 후의 동학에 대한 인식의 변화를 볼 수 있다. 즉, 동학에 대한 단순한 인식에서, 동학은 백성들이 뒤를 받쳐 주는 주체적 힘의 집단임을 깨닫게 되고, 다시 그러나 그들은 오합지졸에 지나지 않는다는 동학 농민군의 힘의 비결집성을 비판하고 양병론을 주장하며 동학을 떠나게 된다.

1969, 131쪽.

④에서 독립협회 회원으로 가담하여 직접 황국협회와의 싸움에 참여하게 된다. 즉, 이 운동이야말로 진정하게 민족국가를 이룩할 수 있다는 신념으로 역사에의 몰아적 투신을 행하게 되는 것이다.

이를 통해 볼 때 『옥랑사』는 여로형(여행형) 소설의 범주에 속하는 작품으로, 그 여행은 단순한 여행이 아니라, 시련과 고통을 동반하는 알레고리적 여행으로,[10] 격변기의 개화기 현실에 참여하여 현실과 대결, 극복해 가는 여행인 것이다.

즉, 장선용은 고향에서의 안주적 삶을 벗어나 미지의 세계, 새로운 삶의 공간에서 갖게 되는 새로운 체험을 통해서 정신적 각성과 새로운 역사 인식에 도달하게 된다.[11]

그러므로 이 소설은 "주인공이 여행을 하며, 그 여행의 과정이 주인공을 모든 여건, 상황, 그리고 모든 계층의 사람들 속으로 몰아 넣는"[12] 피카레스크 소설의 성격을 어느 정도 드러내고 있는 것이다. 특히 피카레스크 소설의 형식적 특징인 '삽화적 구성, 운명의 패턴(the fortune pattern), 우연의 모티브, 연쇄적인 사건 제시의 패턴(the rush of events pattern), 혼돈의 상태인 세계로의 투신'[13] 등을 두루 갖추고 있다. 그런데 이 작품에 대해 신동욱은 다음과 같이 비판한다.

이 작품의 짜임새는 다른 작품들에 비하여 다소 엉성한 느낌이 있다.

---

10) P. Goodman, 앞의 책, 67쪽.

11) 김중하, 「현대소설의 공간성 연구」, 『우해 이병선 박사 회갑 기념 논총』, 간행위원회, 1987, 598~599쪽 참조.

12) Walter Allen, *The English Novel*, Penguin Book, 1979, 32쪽. 피카레스크 소설의 전반적 성격은 Harvy Sieber, *The Picaresque*, Methuen & Co. Ltd., 1977, 참조.

13) Stuart Miller, 앞의 책, 131쪽.

즉, 장선용이란 인물이 펼쳐 보이는 한말의 여러 삶의 양상에 관한 관여도와 그 행동의 필연성의 문제에서 특히 그러하다. 장선용의 아버지가 도서원으로서 군에게서 받는 무자비한 수탈, 양반집 딸 옥랑과의 인연과 사랑, 동서 송 서방의 마을에서 겪는 토호의 수탈의 행패, 외삼촌 박재춘의 동학운동과 실학 연구의 문제, 무당 김창렬이 매관매직하는 궁중의 비리, 갑오년의 동학군 출병과 패배, 궁중 수비대원의 생활, 통역정치의 우매성과 외교의 모순성 및 김홍집 내각에 대한 비판, 개화지식인의 만인 공동회를 통한 여론 제기와 정부 비판 등등. 끝으로는 장선용이 일제의 관헌을 살해하다 옥랑의 사당 앞에서 죽게 된다는 파란만장한 비극적인 행동 과정들이 자연스런 연결이 없이 펼쳐지고 있다. 이런 점에서 볼 때 채만식의 이야기들은 행동의 수용 공간으로서 넘치는 용맹과 뛰어난 기재와 초인적인 힘을 부리는 화려함으로 가득 차 있으나 좀 더 세밀하게 계산된 행동의 조직을 짜 내지는 못한 것 같다.[14]

여기서 신동욱은 '짜임새의 엉성함'을, 장선용의 역사적 현실에의 참여 행위와 그 필연성 결여를 들어 비판하고 있다.

그러나 이러한 비판을 인정하더라도, 이런 구성을 취하게 된 이유를 찾아볼 필요가 있다. 앞에서 언급한 것처럼 '혼돈의 상태인 세계로의 투신', 즉 '급격하게 변동하는 세계'에 자신을 투신하여 겪게 되는 다양한 사건들이 여러 가지의 삽화들로 구성되어 있기 때문에 자연히 구조가 엉성한 느낌을 받게 되는 것이다. 이것은 삽화적 구성이 가지는 특성이기 때문이다.

그러나 이 삽화적 구성은 일견 산만하면서도 전체적 통일성을 지니

---

14) 신동욱, 앞의 논문, 39쪽.

기도 한다.[15] 이 작품의 경우를 살펴보면, 삽화적 구성은 여행의 과정 속에서, 즉 타향에서의 삶 속에서 겪은 사건 속에서 주로 드러나는 것이다. 즉, 이 사건들은 전체적으로는 여행의 한 과정이기 때문에, 삽화적 구성이 지닌 엉성하고 산만한 성격은 여행이라는 점에서 전체적인 통일성과 일관성을 이룰 수 있는 것이다.

Ⅳ. 인물 구조의 이원 대립성과 평민 영웅

토마체프스키가 말한 것처럼, 사건의 전개란 작중인물들 간의 상충된 이해관계와 불화에 의해 한 상황에서 다른 상황으로 전진해 가는 것을 말한다.[16] 이때 갈등과 반목에 빠져 있는 인물들은 플롯 속에서의 기능에 따라 주동인물과 반동인물로 나누어진다.

『옥랑사』의 주동인물은 장선용이다. 그의 안락한 삶을 방해하는 반동인물로서는 '관 쓴 도적'인 양반을 비롯한 권력층이 있다. 이들과의 반목과 갈등은 제1장 '아전의 자식'과 제2장 '양반의 딸'이라는 대립적인 장의 설정에서 뚜렷하게 드러난다.

1장에서는 신분 상승을 포기당한 '아전의 자식'으로서 어린 나이에 아버지와 아내를 잃는 슬픔을 맛보게 되고, 제2장에서는 이러한 신분으로서 몰락 양반의 딸인 옥봉에 대한 청혼 거절이라는 구체적 체험을 통

---

15) 피카레스크 소설은 에피소드 소설의 하위 범주에 속하는 것으로 둘다 보통 장편 소설에만 적용되는 구조상의 용어들이다. 박덕은 편역, 『소설의 이론』, 새문사, 1984, 106~107쪽.

16) B. 토마체프스키, 「주제론」, V. 쉬클로프스키 외, 한기찬 역, 『러시아 형식주의 문학이론』, 월인제, 1980, 109쪽.

해 양반에 대한 증오와 분노는 깊어가게 된다. 이를 통해 아전(백성)/양
반은 피해자/가해자라는 이원 대립적인 인물 구성을 볼 수 있다.[17]

양반에 대한 자기 인식을 구체적으로 보여 주는 것이, 제1장의 아버
지 제삿장을 보고 귀가하는 길에 도적과 만나는 삽화에서이다.

> "오죽허니 불한당 질입니까? 양민으로 살자 해두 양반 등쌀 원님 등
> 쌀 아전 등쌀애……"
>
> "……"
>
> 선용은 할 말이 없었다. 양반이며 원이며 아전의 극성스런 토색질
> 등. 그리고 백성이 양민으로는 부지하기가 어려운 시세인 것을 살이 아
> 프도록 잘 알고 있기 때문이었다.(11~12쪽)

여기서 가해자로서의 양반, 원, 아전에 대한 백성, 평민의 피해자로
서의 모습이 잘 드러나 있다.

그러나 자신이 직접 양반의 피해자로서 인식하는 것은 제2장에서, 불
속에서 양반 백 생원의 딸인 옥봉을 구한 뒤, 점차 사모의 정이 깊어 감
에 청혼을 하게 되나, 일언지하에 거절당하는 수모를 겪게 되는 과정에
서 잘 드러난다. 선용의 청혼에 대해 백 생원은 "무엇을 어쩌고 어째?
아 이런 발칙한 놈을 보았나? 응? 아무리 말세기로서니 저이가 어딜 감
히… 이놈을 붙잡아다 당장…"(46쪽) 하고, "쌍놈이 우연히 계제에 양반
댁에 은공을 끼쳤기로 …(중략)… 황공히 여겨야 옳지 방자스럽게 댁으

---

17) 황국명은 「채만식의 『탁류』 연구」(부산대학교 대학원 석사학위논문, 1984)에서 『탁류』
의 구조를 이원 대립적 구조로 밝히고, 이것이 양극적 대립과 충돌이라는 격정극정
(melodramatic) 구조와 일치한다고 했다. 필자도 앞의 논문에서 『여자의 일생』이 이러
한 행동패턴을 수용하고 있다(144~147쪽)고 밝혔다.

로 혼인을 청해?"(47쪽)라는 극단적인 반응을 보인다. 이것은 개화기에 있어서 신분상의 위계질서가 흔들리는 사회적 변동을 보여 주는 것이지만, 여기서 선용은 직접적인 피해자로서 양반에 대한 증오와 분노를 느끼게 된다.

신분상의 격차가 남녀간의 사랑조차도 이룰 수 없기 때문에 양반에 대한 카니발리즘적 표현을 쓸 정도로 극단적인 부정과 거부를 드러낸 것이다.

> 그러면서 한편 아전 쌍놈의 해폐가 뼈에 사무치도록 분하였다. 이가 절로 갈렸다. 분한 대로 하면 당장 쫓아가 오만한 그 늙은 것들을 한주먹에 박살을 내고라야 말 것 같았다.
> 선용의 가슴에 맺힌 양반이란 것에 대한 반감과 증오는 이로 인하여 한결이나 더 골돌한 것이 되게 되었다.(48쪽)

이 같은 양반에 대한 극단적인 반감과 증오는 양반-악/평민-선이라는 이원 대립적인 인물 구성을 취하고, 양반을 비판하고 평민을 연민·동정하는 입장을 견지하게 된다. 이러한 점은 장선용이 여행을 떠나 개화기의 역사에 직접 참여하여 정신적 각성과 역사 인식에 이르게 된 이후에도 크게 변화되지 않는다. 그러므로 장선용은 발전적인 입체적 인물이라기보다는 평면적인 인물에 더 가깝다.

그리고 장선용은 이미 다른 논자들이 지적한 바처럼 평민 영웅에 해당되는 인물이다. 평민 영웅으로서 그가 봉건적 질서 속에서 안주의 삶에서 벗어나 역사에 참여하기까지의 과정을 분석하기로 한다.

먼저, 평민 영웅이 되기까지 그의 사회계층과 인물 성격의 변화를 살펴보면 다음과 같다.

그의 아버지인 장학수의 사회적 계층은 세납을 맡아보는 서청의 우두머리인 도서원이었다. 서청은 지방에서 세납을 맡아보는 말단 행정기관이지만 직접 중앙정부의 호조의 지도와 감독을 받는 독립기관이다(16쪽). 조선 말의 역사적 상황 속에서 아전으로서의 도서원의 위치는 '삼정 문란의 주된 세력'[18]이면서 '조선 후기 신분제도의 동요'[19]에 의해 양반화되어 간 사회적 신분으로 평가되고 있다. 그러나 장학수는 삼정을 문란하게 하고 양반으로 계층적 상승화를 꾀한 아전 계층에 속하지만, 그런 계층의 인물에 부합되지 못한다. 그는 "물욕도 과하지 못하고 사람이 다구지도 못하고, 그런 데다 원 백 아모(白某)의 무서운 칼퀴질과 사나운 이방과 호방의 손에 휘돌려 우난 돈을 모은 것이 없"(23~24쪽)을 뿐 아니라 억울하게 공주 병정에 의해 희생되어 결국 죽게 된다.

즉, 장학수는 그의 성격과, 양반과 육방 관속의 횡포에 의해 가문이 몰락하여 신분적으로 하강하게 된다. 따라서 그의 아들인 장선용도 아전에서 신분적으로 하강한 농민 계층이 된다.

> 선용은 모친과 상의하여 부친의 빚도 갚고 가대도 주리고 하느라고 집을 팔고 변두리의 시방 사는 오막사리롤 옮았다.
> 글공부를 작파하고 모친이 논 한섬지기를 속살로 작만하였던 것이 있어, 그것을 끈 삼아 농사를 지었다.
> 산에 올라가 나무도 하고 노루며 토끼 같은 것을 몰아 사냥도 하고 하였다.

---

18) 삼정 문란과 아전, 토호 등의 특성에 관해서는 진단학회 편, 『한국사(최근세편)』, 을유문화사, 1961, 36~89쪽 참조.

19) 정방조, 「신분제의 동요」, 한국사연구회 편, 『한국사 연구입문』, 지식산업사, 1981, 369~377쪽 참조.

그러는 동안에 기운이 놀랍게 늘어가고 몸이 날새어지고 하였다.
어떤 자신이 생기기 시작하였다(24쪽).

"아전의 자식이 글이 암만 들으니 아전질이나 해 먹었지 별 조화 있소? 아전이라긴 원이나 양반의 밥 아니오? 우리 아버지를 보시요. 돈이 나 있으면 돈으로 벼슬을 사 원도 되고 양반도 되고 한다지만 돈이 어데 있소? 또 돈이 있다 하드래두 돈으로 사서 구차하게 뼉다귀 없는 양반이 되어 가지고 소위 관(冠) 쓴 도적 노릇하기가 소원도 아니고…. 그저 마음 편케 땅이나 파먹지요."(25쪽)

여기서 알 수 있는 것처럼 장선용의 사회적 신분은 아전이지만 가세의 몰락으로 인하여 자작 농민층—오막살이 한 채와 논 한섭지기를 가진 농민—이 된다. 여기서 우리가 주목할 것은 장선용의 갈등이 단순한 것이 아니라, 양반과의 관계와 아전이라는 자기 계층 사이에서 빚어지고 있다는 것이다. 여기서 그는 그의 아버지 때와는 달리 이미 양반이 되기에는 현실적으로 이미 몰락해 버렸기 때문에 '뼉다귀 없는 양반'을 돈으로 사기 싫다고 스스로 자조하는 것이다. 이렇게 볼 때 그의 계층적 몰락·하강은 "봉건 세력의 주구가 됨으로써 어느 정도 특전을 보장받는 중인 계층으로부터 자발적으로 하강함으로써 봉건질서를 소극적으로 부정"[20]하게 된 것이라기보다는, 조선 말의 권력층의 횡포에 의해 이루어진 사회적 차원의 문제로 보는 것이 타당하다.

그러나 그가 농사를 짓는 동안 일반 평민과는 달리 '기운이 놀랍게 늘어가고, 몸이 날새어지'는 등 힘센 장사로 변모해 간다.

---

20) 최원식, 앞의 책, 184쪽.

활빈당이 이름을 떨치고 의병이 일고 하던 시절이라 그런데서 오는 자극이 있는데 겸하여 기운과 몸쓰기에 자신이 생기던 터라 선용은 이윽고

(나도 장차 보아서 한바탕…)

막연하나마 이런 생각이 들기까지 되었다. 그러면서부터 그는 태껸을 배우고, 마침 검객(劍客)으로 자처하는 노인이 있어 칼쓰기도 익히고 하였다. 또 포수를 따라다니면서 총 쏘는 솜씨도 배웠다.(24~25쪽)

활빈당은 "자유 평등, 사회 빈부의 타파, 나라의 혁신이라는 사회 이상을 내걸고 부민의 재물을 겁탈하여 빈민에게 나누어 준다는 농민군 집단"[21]이며, 의병은 구국의 정신으로 외세에 저항한 집단이다. 이들의 자극과 또한 '기운과 몸쓰기에 자신이 생'긴 선용은 활빈당과 의병의 자극에서 오는 현실 개혁과 구국의 정신, 태껸, 칼쓰기, 총쏘기 등의 무예를 가지게 되었다는 점에서 평민 영웅의 모습을 잘 보여 준다. 평민 영웅으로서의 장선용이 보다 분명히 나타내는 것은 4장의 「마주걸이 삽화」에서이다. 여기에서, 먼저 그는 "마주걸이 하나를 미천삼아, 얼마든지 재산을 모"(71쪽)으는 지방 토호의 횡포를 보고 나서, 남몰래 그 지방 토호 최가를 한밤에 마주걸이에 매달고 혼내 준다. 여기서 직접 볼 수 있는 의협성과 무예가 그의 평민 영웅성의 한 단면이다(물론 이것은 앞장에서 지적한 것처럼, 양반을 단순히 혼내 준다는 차원의 치기 어린 만용에 지나지 않는다). 그리고 6장의 경복궁 수비대로 근무하던 중 남다른 무용을 과시하여 전공을 세우기도 하고, 9장에서 독립협회 회원으로서 황국협회와 대적할 때 장사로서의 모습을 드러내는 것이다. 이러

---

21) 강재언, 「활빈당 투쟁과 그 사상」, 『한국근대사상사 연구』, 한울, 1983, 135~164쪽 참조.

한 평민영웅으로서의 장선용을 "19세기 말에서 20세기 초의 혼란기를 과감한 행동으로 누비고 있는 근대적 홍길동"[22]에 버금가는 인물로 파악한 신동욱의 견해는 적절한 것이라 하겠다.

이상을 통해 볼 때, 장선용의 인물은 루카치가 말하는 역사소설 주인공으로서 일종의 중도적 인물이라고도 볼 수 있다.[23] 왜냐하면, 장선용이 아전의 자식으로서 가해자인 양반에게서 직접 피해를 입고 자작 농민층으로 신분 하강을 꾀하게 된 것이라든지, 신분적 차이로 인해 옥봉과의 혼담이 성사되지 못하고 곤욕을 당하게 되는 것 등으로 조선 말의 고통받던 일반 평민(민중)의 삶을 어느 정도 보여 주기 때문이다. 그러나 엄밀한 의미에서 역사소설의 주인공으로서 중도적 인물은 아니다. 중도적 인물이란 그저 평범한 필부필부라든가, 아니면 사회적, 성격적 평균치의 인물이 아니라 삶의 총체적 양상이나 민중적 삶을 포괄적으로 제시해 줄 수 있는 전형적 인물을 뜻하기 때문이다. 다시 말하면 역사소설의 주인공은 사회적 대립이나 경향을 서서히, 그리고 중간적 입장에서 폭넓게 연결시켜 줌으로써 인류의 보편적 가치와 민중적 삶의 일상성을 그대로 보전시켜 주는 역할을 하는 인물들이다.

루카치가 고전적 역사소설의 전범으로 간주하고 있는 스콧의 역사소설 주인공들은 하나같이 역사상의 유명한 인물이 아니라 민중으로부터 나온 중간적 인물로서, 이들 주인공을 통해 역사적 한 시기의 사회적 제 세력이나 제 계층을 연결시켜 줌으로써, 종국적으로는 민중적 삶의 전제적 모습이나 역사적 총체성을 폭넓게 형상화하는 데 성공하고 있다고

---

22) 신동욱, 앞의 논문, 40쪽.
23) 장성수, 앞의 논문, 56쪽.

주장하는 것도 바로 이러한 맥락에서 이해할 수 있는 것이다.[24]

물론 그는 격변기의 개화기 현실에 직접 참여하여 맏동서 송 서방, 양반 최토호, 외숙 박재춘, 동학군, 늙은 강화 병정, 독립협회와 관민 공동회의 사람들, 황국협회의 무리, 퇴역군인 박돌 등을 만나기도 하지만, 이것은 대부분 작가 개입의 논평과 강사적 설명으로 되어 있다든지, 또는 장선용의 관념적인 것으로 처리되어 있다. 더욱이 그는 권력층과 평민(민중)층을 중간적 입장에서 폭넓게 연결해 주는 것이 아니고, 처음부터 양반-가해자-악인/평민-피해자-선인이라는 이원 대립성을 간직한 인물로 설정되어 있다는 점에서, 개화기 민중의 총체적 삶의 모습을 형상화시킬 수 없는 인물이다. 이것은 이 작품이 앞에서 말한 장선용의 일대기적인 전기적 역사소설이 지니고 있는 점에서 이미 내재되어 있던 것이다.[25]

그러므로 단지 이 작품은 1930년 후반의 일제시대부터 해방 후까지의 시대적 상황을, 개화기의 장선용이란 평민 영웅적 인물을 통해, 독자들에게 그를 "거대한 현재적 투쟁의 생생한 선구로서 대면시키고자"[26] 한 채만식의 역사 인식을 보여주는 작품으로 보는 것이 타당할 것이다.[27]

---

24) 반성완, 「루카치의 역사소설 이론과 우리의 역사소설」, 『외국문학』 1984년 겨울호, 52~53쪽. 및 김강호, 「역사소설론 시고」, 『국어국문학』 18 · 19 합집, 부산대학교 국어국문학과, 1982, 145~148쪽 참조.

25) 이러한 전기적 역사소설로서의 『옥랑사』는 결국 주인공 장선용의 삶만을 중심으로 그를 역사적 대사건의 현장에만 등장시킴으로써 또한 다른 평민들—도둑 털보, 강화 병정, 박돌, 송 서방, 강계 포수, 통령장이 등—의 생생한 삶을 구체적으로 보여 주지 못한다.

26) 루카치, 앞의 책, 406쪽.

27) 이러한 장선용의 성격으로 인해 신동욱은 '영웅적 인물의 역사소설'(앞의 논문, 41쪽), 황국명은 '반민주적 영웅 숭배의 역사소설에 근접한다'(앞의 논문, 118쪽)고 하였다.

V. 역사적 투신과 개인적 좌절

1. 정신적 각성과 역사적 투신

가장 단순한 의미에서 역사소설은 과거의 역사적 사실을 소설화한 것이라 할 수 있다. 그러나 과거를 단순한 과거 자체로 보지 않고 과거를 진실되고 현실성 있게 체험할 수 있게끔 접근시켜 주는 것, 다시 말해서 과거를 현대의 전사(前史)로서 생생하게 만드는 것이 역사소설의 주된 임무다.[28]

여기서 역사적 현실을 서술한다는 것은 과거의 사건을 독자의 의식과 감각 속에 번역해 주는 것이고, 여기에 필수적인 것으로 허구적인 작중 주인공과 그를 둘러싸고 있는 역사적 현실에 대한 그의 개인적 성찰과 반응을 들 수 있다.[29]

우리는 앞장에서 아버지와 아내의 죽음, 그리고 청혼 거절 등을 통해 장선용의 양반, 즉 지배계층에 대한 증오와 비판을 살펴보았다. 그리고 백성의 삶과 유리된 지배계층의 횡포와 부정·부패는 제4장의 「마주걸이 삽화」를 통해, 그것이 비록 치기 섞인 만용에 가깝지만 비공개적인 저항의 양상을 엿볼 수 있고, 특히 제5장 「성은이 금수에 미치다」에서 임오군란에서 경인, 신묘까지 민씨 일파가 삼정을 문란케 하는 매관매

---

28) 루카치, 앞의 책, 57쪽.

29) Wolfgang Iser, Möglichkeiten der Illusion in historischen (Sir Walter Scotts"Waverley"), in: *Nachahmung und Illusion*, hrsg, V. H, R. Jauß, München 1969, S, 134~156, hier S. 104u, 149. 고영석, 「19세기 독일 역사소설의 서술구조」, 『독일문학』 제32집, 한국독어독문학회, 1984, 3쪽에서 재인용.

직의 실례로서, 황발이란 개가 억지춘향격으로 감역이 된 희극을 통해
부패한 정치권력의 실상을 파악할 수 있다.

본장에서는 장선용이 출가, 여행을 떠나게 되는, 그리고 이 여행을
통해 개화기의 역사에 참여함으로써,[30] 어떻게 정신적 성숙을 이루게
되며, 그 구체적인 내용은 무엇인가를 살펴본다. 이를 통해 장선용의 역
사 인식과 아울러 이 작품의 역사소설로서의 가치를 규명할 수 있을 것
이다.

장선용이 여행에서 경험하는 가장 의의 있는 사건은, 첫째, 경복궁
수비대 근무 중 일본군과 전투를 벌이게 되는 것, 둘째, 동학 농민군에
의 가담, 세째, 독립협회 회원으로 활동하는 것 등 세 가지가 있다. 첫째
와 둘째의 사건은 다소 중복되어 있지만 논의의 편의상 따로 떼어서 분
석하기로 한다.

먼저 경복궁 수비대에 가담한 사건부터 살펴보자.

임오군란과 갑신정변, 경인신묘 등을 통해서 지배 권력층의 반목이
심해지고 청국과 일본의 조선에 대한 세력 다툼이 진행되는 중에 동학
란이 일어난다. 이에 조정에서는 원세개의 청국군을 요청하게 되고 뒤
따라 일본도 군대를 이끌고 서울로 돌아오게 된다. 서울 주재의 외교 사
절단 회의가 개최된다. 여기서 청국에 불리한 조약이 맺어지자 원세계
는 물러나고 일본 공사가 조선 조정을 위협하게 된다. 이때 경복궁 파수

---

30) 독일의 역사소설가 폰타네(Fontane)에 의하면, '두 세대 전의 시대가 가장 좋은 역사소
설의 시대'라고 한다(고영석, 앞의 논문, 19쪽). 채만식이 이 소설을 1939~1948년에
썼으므로 개화기는 이에 걸맞은 역사소설의 시대가 되는 셈이다. 지금까지 채만식의
알려져 있지 않던 논문 「韓末史話 : 丙寅洋擾(上·下)」, 『세한민보』, 제3권 10호~11호
통권 48~49호, 1949. 4~5)를 보더라도 그의 개화기에 관심은 지대하다(이 「병인양
요」 내용은 거의 그대로 소설 「역사」에 실려 있다).

병정으로 근무하던 장선용은 궁궐을 침입한 일본군과 싸움을 벌이게 된다. 소위 갑오경장으로서 경복궁이 점령당하고 개화당이 득세하여 여러 가지 개혁 정치를 시행한다. 그러나 개화당은 대원군을 섭정의 자리에 앉히고 "일병으로 하여금 왕궁을 수비케 하는"(127쪽) 등 수구화의 이전 행위와 별반 다름이 없다.

즉 사대파라는 의미에서 수구파와 개화파는 다르지 않으며, 친일 개화파에서 배일 쇄국정치의 실행자인 대원군을 섭정의 자리에 앉힌다는 것은 정략 이상의 뜻이 전혀 없고, 개화파와 수구파가 전부 "나의 힘을 기를 겨를도 생각도 없이 번연히 남의 힘을 빌려 반대파의 정권을 빼앗아 가지고 남의 힘을 의지하며 그것을 지탱하려"(128쪽) 하는 것이다. 이것은 다시 말하면, 개화파와 수구파는 정치적 이익집단에 지나지 않으며, 그것들은 자강의 이념을 배제하고 있다는 것이다. 매부 강영석과의 대화를 통해 그의 구체적인 역사의식을 살펴볼 수 있다.

> "힘이라께 다른 것이요? 나라 백성이 딸구, 일을 할 때면 백성이 뒤를 받쳐주구 하는 게 힘일 테죠?"(필자 : 장선용)
> "백성이야 농사하라는 백성이지, 그런 일에 참섭하라는 백성인감? 우리가 정부 차지하구 앉아서 좋은 개명한 정치 해 주면, 백성들은 편안히 앉아 농사나 짓구 하는 거야."(필자 : 강영석)(140쪽)

강영석의 백성관은 백성을 개혁의 주체적인 힘을 소유하고 있는 존재가 아니라, 피지배계층으로서의 시혜의 대상으로서만 인식되는 것이다. 말하자면 그는 우매한 백성을 지도하는 선도자로서, 백성을 비이성적, 비합리적인 집단으로서의 군중으로 보는 시민적 지식인의 민중관을 지녔다고 할 수 있다.[31]

그러나 장선용은 "남의 불에 게 잡아 무엇하우?" 하면서 사대 지향의 외세의존성을 비판하고 백성의 뒷받침이 있어야만 실질적인 개혁과 혁신이 이루어질 수 있음을 역설한다. 더욱이 갑신정변에 대해서도 역시 동일한 비판을 가하고 있으며, 또한 갑신정변이나 갑오경장이 위로부터의 수직적 혁명, 수직적 개화였기 때문에 실패하였음을 위와 같은 관점에서 비판하는 것이다.

다음 동학 농민군에 참여한 사건을 살펴보자.

장선용이 개화당 세력에 실망과 환멸을 느끼고 동학이야말로 백성들의 뒷받침을 받는 주체적 힘의 집단임을 믿고[32] 삼례에서 재봉기한 전봉준의 동학군에 직접 참여하게 된다. 그러나 동학에 대한 이러한 인식은 그가 출가하여 처가에서 맏동서 송 서방에게 동학에 대한 이야기를 처음 소문으로 듣고, 다음 외가에서 동학 접주인 외숙 박재춘을 만나 동학에 대한 이야기를 직접 듣고(제4장), 제6장에서 경복궁 수비대로 죽을 고비를 넘기고 갑오경장을 직접 겪기까지의 역사적 과정을 통해 정신적 성숙을 획득한 후 형성된 것이다. 그러나 실제 동학에 가담하여 실상을 살펴보니 동학군들은 농사일이나 하던 농군들로서 '오합지졸'에 지나지 않았다(153쪽).

이를 간단히 요약하면 다음과 같다.

---

31) 반성완, 앞의 논문, 59쪽. 강영석은『여자의 일생』의 '남 진사'와 동일한 백성관을 지녔다고 할 수 있다(필자, 앞의 논문, 154~155쪽 참조).

32) 동학당에 대한 그의 생각은 다음의 인용문에 잘 드러난다.
"저도 동학당이 제일 일은 함직하다구 생각했어요. 개화당이니, 민가네 사대당이니, 아라사파니, 미국파니, 다아 소용 없구. 동학당 하나가 일을 하겠다구. 백성이 등뒤에서 뒷받침을 해주니깐요. 백성이 등뒤에서 뒷받침을 해주는 게 그게 힘 아녜요?"(153쪽)

① 동학은 한낱 허황하고 시위스런 잡도다.
② 동학은 무던하고 노상 괄시할 것은 아니다.
③ 동학은 백성들이 뒤를 받쳐 주는 주체적 힘의 집단이다.
④ 동학은 오합지졸이고 쓸모없는 무리이다.

이러한 인식을 통해 그는 동학 접주인 외숙 박재춘에게 다음과 같이 자강의 양병론을 주장하고 동학군을 떠난다.

> "이렇게 쓰잘데 없는 무리들을 한꺼번에 별안간 모아 가지구 서울을 치네, 일본과 전쟁을 하네, 조급히 서두르실 것이 아니라 네? 아저씨, 이렇거든요. 부안포(扶安包) 하면 부안포가, 순창포 하면 순창포가, 제각기 제 고을에서 제 고을만 점령을 하구 있어요. 그러다 관군이 몇백 명이구 오면, 형세 보아 싸우든지 잠시 흩어졌다, 관군이 물러간 뒤에 다시 또 모여서 고을을 차지하구……. 연방 두구 한 삼 년 그렇거면서 양병을 하거든요. 한 고을이 일 년에 천 명씩 양병을 하면, 삼 년이면 삼천 명 아녜요? 오십 고을만 하여도 오십만 명, 백 고을이라면 삼십만 명 아녜요? 잘 양병한 삼십만 명 있으면 그땐 일본과 전쟁두 할 수가 있을테죠. 무어 서울쯤 치기는 누워 떡 먹기구요."(155쪽)

이러한 양병론이야말로, 민중의 힘의 결집을 통해서 실질적인 자강을 이룩해야 된다는 소박하지만 건전한 역사에의 전망을 보여 주는 것이라 하겠다.

독립협회에의 참여가 다음의 사건이다.

그의 독립협회 참여는 동학을 비판하고 귀향했다가, 다시 팔도 유랑을 마친 뒤 상경하여 일어난 사건이므로 주목할 필요가 있다. 다시 말하면 양반 지배계층의 부정·부패와 개화파니 수구파니 하는 정치적 이

익집단의 허구성에 대한 각성과 비판은 그를 독립협회 운동이라는 역사 현실로 몰아적 투신을 행하게 하고, 이로써 실질적인 민중적 힘의 실체를 획득하게 되기 때문이다. 그가 매부 영식과 함께 관민공동회를 구경하고 깊은 감명을 받고 독립협회 회원으로 가입하여 "매일 회관으로 가 회원들의 하는 이야기에서나, 혹은 간부 누가 무심코 흘리는 말 한마디에서나, 그것으로써 저의 식견을 늘이고 하기에 열심"(203쪽)일 정도로 노력한다.

독립협회는 "민권 사상과 독립 정신과 혁신 사상"으로서 "쇠잔의 한 길을 밟고 있는 민족국가"(185쪽)를 구하고, 새로운 국민운동을 전개하여 "국민의 힘으로 자주독립의 길"(186쪽)을 열도록 노력하는 단체였다. 특히 관민공동회가 개최되고 관과 민이 같은 장소에서 정부 대사를 함께 의논하고, 협회 간부들이 조정의 하는 일을 "대담하고 노골하게, 공격하며 반대하는"(188쪽) 것을 보면서 장선용은 이 운동이야말로 민주적인 민족국가를 건설할 수 있는 것으로 믿고 열심히 협회 일을 한다. 그러나, 독립협회 간부가 체포되고 독립협회 해산의 칙령이 내리고, 또 황국협회의 습격을 받아 그들과 격전을 벌이게 된다. 이때 그는 열심히 싸우지만, 워낙 중과부적이라 결국 독립협회 측이 패하게 된다.

장선용이 처음으로 헌신적으로 투신한 독립협회 운동이 결국 흐지부지되어 버리자 그는 크게 낙담하고 고향으로 돌아간다.

이렇게 볼 때, 『옥랑사』는 장선용의 역사에의 몰아적 투신을 통해, 조선조의 권력 계층인 양반의 부정·부패와 개화기의 정치 엘리트들의 사대주의적 외세 지향성을 비판하고, 민중의 주체적인 힘을 통한 민주적인 민족국가의 건설을, 일제 말과 해방 후의 독자들에게 보여 주고자 하는 채만식의 역사의식의 소산이라 하겠다.

2. 비극적 사랑과 개인적 좌절

퇴굴 병정인 박돌과 함께 고향으로 돌아온 장선용은 집과 산막을 오가며 지내다가, 옥랑이 과부가 되었다는 소식을 듣고 그녀를 보쌈하여 자신의 슬픈 사랑을 새롭게 불태우려 한다. 물론 옛날에 선용이 옥랑을 사모한 것은 일방적인 짝사랑에 지나지 않았다. 그러나 옥랑이 청상이 되자 옛날의 장 서방을 문득 생각하며 한숨짓는다는 서술을 통해 새로운 사랑의 가능성을 보여 주고 있다.

보쌈해 온 사람이 장선용임을 알고 그녀는 불같이 화를 내며 자신이 아직 상중의 몸임을 밝히자, 선용은 옥랑과 하룻밤을 지내고 그녀를 집으로 데려다 준다. 선용에게 업혀 산막을 내려오면서 옥랑은 이왕 절개가 꺾인 몸이니 그만 산막에 주저앉아 살았으면 하는 생각을 하고, 선용과 헤어질 때도 까닭 모를 설움에 복받치기도 한다. 아들의 죽음으로 앓아 누웠던 옥랑의 시어머니가 며느리의 보쌈 난리에 놀라 죽게 되고, 시어머니의 상중에 옥랑이 임신했다는 소문이 나자, 그녀는 고민 끝에 시묘살이를 결심한다. 선용은 박돌을 옥랑이 시묘하고 있는 묘막으로 보내어 그녀의 소식을 전해 듣는다. 그녀의 해산 소식을 듣고 묘막으로 가나 옥랑은 죽기 전에 그녀가 낳은 장선용의 아이에게 불명(不名)이란 이름을 지어 준다. 묘막에 찾아온 선용과 옥랑은 극적인 해후를 하게 되지만, 옥랑은 "산막에서 살 걸……" 하는 말을 남기고 죽는다. 결국 옥랑과의 사랑은 비극적으로 끝난 것이다. 그와 옥랑과의 사랑은 완전한 비극에 해당되지는 않지만, 유교적 관념과 외적 상황, 소문으로 인해 빚어진 것이기에 비극적 사랑이라 할 수 있다. 그는 본집의 아내에게 아이를 맡기고, 박돌과 함께 백련암으로 가서 머리를 깎고 중이 된다. 중이 된 선용은 다달이 초하룻날이면 옥랑의 사당에 들러 옥랑의 명복을 빌면서 옛정을 생각하고, 본가에 들러 가장 노릇, 아비 노릇을 하고 돌아오는, 중도 못 되고 속인도 되지 못한 삶을 살아간다.

그의 역사에의 의식은 이미 사라지고 봉건 질서 속의 안주의 삶이 계속되는 것이다. 이때 경술합방 소식을 듣게 되자, 그는 "죽일 놈들이로곤…… 그놈들이 그여코 이 거조를 냈으니, 고현 놈들" 하면 분해하면서 "당장 마을로 쫓아내려가, 일인 놈들을 닥치는 대로 죽이고 말겠으나" "그렇게 한다고 빼앗긴 나라가 금세 도로 찾아지는 노릇은 아니"라며, 그것이 '남의 탓' 외세 때문도 있지만, 이렇게 된 이유가 '당파싸움'만을 일삼은 조정과 양반 때문이고, 또한 '조정=나라'가 원수라고 비판한다.(268쪽) 그렇게 때문에 "하나도 아까운 생각이 날 것이 없고, 그러느라니 백성들이 나서서 막으려 들지 아니한 것이요, 그래서 속절없이 빼앗기고 만 것이라 하였다."(270쪽)

그러나 이씨 조정이 망한 것은 당연하지만, 그것이 "백성의 손에 망하지를 못하고 타국=일본에게 망한 배 되어서, 조정이 망함을 따라, 나라마저 빼앗기게 되었으니, 애석한 일"(270쪽)이라고 역사에 대한 올바른 인식을 드러낸다. 그렇지만 이것은 자신의 관념만을 드러낼 뿐이고 실제적으로 이전과 다른 행동의 변화는 없다는 점에서 전날의 역사에의 몰아적 투신을 생각할 때 비판되어 마땅하다.

더욱이 울적한 나날을 보내다가, 그의 아들이 죽자 눈이 뒤집힐 것 같은 충격을 받고, 남의 일에 끼어들어 왜인을 반죽음이 될 정도로 두들겨 팬 뒤, 노루재 산막으로 피신한다. 이때부터 4년간 노루재를 중심으로 사방일원의 일본인과 친일배를 죽이는 '외로운 분풀이'를 행한다. 그는 "한 자루의 총으로 능히 일본을 물리치리라는 어리석은 생각을 하지도" 않았지만, 정을 붙이고 살아갈 옥랑도, 자식도, 안주할 나라도 없어졌기 때문에 "두려움이 없이 담대할 수가 있었다."(275쪽) 그러나 이러한 행위의 원인이 어디에 있는지의 규명은 그의 진정한 역사의식을 살필 수 있기에 매우 중요하다. 이것은 그의 행동이 "다만 이왕에 내친 걸음이요 살맛 없는 세상이니, 아무때나 저이의 손에 죽는 날까지 분풀이나 하면서, 날뛰는 것 날뛴다는 것"(275쪽)으로 그야말로 '분풀이'에 해당되는, 말하자면 막연한 개인적 복수에 지나지 않는 것이다.

이에 대해 "예정된 니힐리즘"이니 "아이의 죽음은 채만식의 절망이다."[33]라는 견해는 온당한 것이라 할 수 있다.

옥랑의 사당이라는 애정적 공간 속에서 죽음을 맞는다는 것 자체가 개인적인 차원이며, 패망한 나라보다도 자식의 죽음에 더욱 애통해하면서 일제에 대한 외로운 분풀이를 행한다는 것 역시 개인적 좌절과 복수의 차원이기 때문이다. 그리고 끝 장면에서 옥랑의 사당 앞에서 나무꾼으로 변복한 헌병과 보조원들에게 죽게 되었을 때, "놀라지도 않고", "빙긋이 웃기까지 하면서 명령하듯", "그대로 쏘아라"(277쪽)고 하며 다소의 비장감을 불러일으키지만, 이것 역시 냉소적인 허무주의에 다름 아닌 것이다.

나라가 망하고 난 뒤의 그의 행동은 그가 현실 속에 안주하고 있음을 보여 주는 것이고 더욱 전향적인 자세로 나라를 구하려는 의지조차 보이지 않았기에 더욱 그러하다. 『옥랑사』는 이러한 관점에서 볼 때, 장선용의 역사에의 투신이 가지는 역사적 의미가 결말에 이르러 개인적 차

---

33) 최원식, 앞의 논문, 187~188쪽. 이훈의 경우도 이 작품을 허무주의로 처리하고 있다.
     (앞의 논문, 114쪽)

원으로 떨어짐으로 해서, 진정한 역사의식을 지속적으로 드러내지 못하는 작품으로 비판될 수 있다.

VI. 맺음말

지금까지 본고는 채만식의 대표적인 역사소설『옥랑사』의 전반적인 구조를 살펴보고, 아울러 이를 통해 역사소설로서의 특성과 그 의미를 밝혔다. 그 결과를 요약하여 결론으로 삼고자 한다.

첫째,『옥랑사』는 평민 장선용이 농사를 짓고 지내다가, 소위 개화기의 역사에 직접 참여하여 결말에서 죽음을 맞게 되는, 장선용의 일대기적 성격을 지닌 역사소설이다. 그리고 장선용의 일대기적 삶 속에서, 그가 격동의 개화기 역사에 참여하여 겪는 사회적 경험을 하나의 스토리로 하면서 또한 옥랑과의 비극적 사랑을 다른 하나의 스토리로 하는, 말하자면 주인공 장선용의 삶의 두 차원, 즉 개인적 삶과 사회적 삶을 연대기적 질서 속에 유기적으로 구현하고 있는 작품이다.

둘째, 이 작품은 전체 구조가 '출향 → 귀향'의 패턴으로 구성되어 있고, 여행의 모티브로 짜여져 있는 여로형 소설에 속한다. 그리고 출향 후 타향에서 펼쳐지는 여행의 다양한 체험을 통해 정신적 성숙과 역사의식을 배양하게 된다. 또한 마주걸이 삽화, 경복궁 수비대 근무, 동학농민군에의 참여, 독립협회 회원이 되는 것 등의 사건들이 삽화적 구성으로 짜여져 있으며, 이것은 '고향 → 타향 → 고향' 속에서 '타향'에서의 여행이라는 점에서 구조적 통일성과 일관성을 이루고 있다.

셋째, 인물 설정에 있어 가해자–양반–악/피해자–평민–선이라는 이원 대립적 구성을 취한다. 그리고 장선용을 평민 영웅화함으로써, 그가 봉건적 질서 속에 안주하는 것을 막고 정신적 성숙과 시대와 역사에의 인식을 가능케 한다. 평민 영웅으로서 장선용은 개화기 역사에 직접 참여하는 역사소설의 주인공인 중도적 인물의 성격에 어느 정도 부합되지만 개화기 민중(평민)의 삶의 총체적 모습과 역사의 총체성을 폭넓게 드러내지는 못하고 있다.

넷째, 『옥랑사』는 장선용의 역사에의 몰아적 투신을 통해, 조선조의 권력 계층인 양반의 부정·부패와 개화기 정치 엘리트들의 사대주의적 외세 지향성을 비판하고 민중의 주체적인 힘을 통한 민주적인 민족국가 건설을, 일제 말과 해방 후의 독자들에게 보여 주고자 하는 채만식의 역사의식의 소산이라 하겠다.

그러나 이와 같은 역사적 의미가, 결말에 이르러 옥랑과의 비극적 사랑과 자식의 죽음으로 인한 개인적 좌절, 그리고 일제에 대한 개인적 복수 등의 개인적 차원의 허무주의로 떨어짐으로 해서 진정한 역사의식을 지속적으로 드러내지 못하는 작품으로 비판될 수 있다.

(1988)

한국 현대 노년 소설 연구사

Ⅰ. 머리말

한국 사회는 1970년대 급격한 산업화의 과정에 돌입하여 여러 가지 사회 변동을 겪게 된다. 중진국으로의 도약, 100억 불 수출, 국민소득 만 불 달성, 새마을 만들기 등의 표어를 앞세운 근대화 이데올로기의 선도를 따라 진행되었던 급속한 근대화와 함께 엄청난 지각변동이 이루어 졌다. 농업 중심의 경제가 공업 중심으로 바뀌면서 농민 분해와 농민의 노동자화·도시의 빈민화가 야기되고, 인구의 도시 집중이 가속화되었다. 그 같은 변화는 한국 사회의 급속한 자본주의적 발전을 의미하는 것인데, 이에 따라 사회 구성체의 내적 모순이 심화되는 양상이 초래되었다. 이러한 1970년대의 문학을 한국 문학사에서는 산업화 시대의 문학이라 이름 붙이고 있다.[1]

---

[1] 권영민, 『한국현대문학사 2』(1945~2000), 민음사, 2002, 245쪽. 및 김윤식·정호웅, 『개정증보판 한국소설사』, 문학동네, 2000, 421쪽.

이와 더불어 1950년대 이래 세계의 노인 인구는 지속적으로 증가했고, 한국도 예외가 아니어서 노인 인구가 꾸준히 증가하여 2000년대에 이르러 고령화 사회로 진입하였다.[2] 노인 인구의 증가는 필연적으로 노인 문제를 야기시키고, 한국 사회 역시 이에서 벗어날 수 없었다. 더욱이 노인 문제는 산업화, 도시화와 더불어 인구의 고령화로 특징지어지는 현대사회에서 필연적으로 제기되는 문제이다.[3] 여기서 노인 문제라 함은 노년 세대에 속한 사람들이나 그의 가족이 생명의 재생산이 불충분하거나 재생산할 수 없는 상태, 즉 노인과 그의 가족이 건강과 문화적인 최저 한도의 생활을 영위할 수 없는 상태를 말한다.[4] 한국에서도 1970년대의 산업화 시대 이후 노인 문제가 사회적으로 중요한 문제로 제기되었고, 이 노인 문제는 사회학, 심리학, 가족학 등에서 활발히 논의되어 요즘은 노년학이 중요한 학문으로 자리 잡았으며, 한국 소설 또한 사회 현실 속에서 노인과 그들의 삶의 양상에 관심을 기울이고 있는 작품들이 다수 발표되고 있다. 이들을 노년 소설이라 이름 붙일 수 있다. 이러한 노년 소설의 생성 원인은 김윤식의 지적처럼 한국 근대문학의 연륜과 작가의 연륜이라는 두 가지로 설명될 수 있다.[5] 즉, 한국에서 노인 인구의 증

---

2) 일반적으로 노인(65세 이상) 인구가 전체 인구의 7%를 넘으면 고령화 사회, 14%를 넘으면 초고령 사회로 분류된다고 한다. 한국은 2000년에 고령화 사회에 접어들었고, 2019년에 초고령 사회에 진입할 것으로 전망된다. 통계청(2001.12) 「장래 인구 추계」에 의하면, 65세를 기준으로 하여, 노인 구성 비율이 1960년 2.9%, 1970년 3.1%, 1980년 3.8%, 1990년 5.1%, 1999년 6.9%, 2000년 7.2%, 2001년 7.6%, 2008년 10.1%, 2019년 14.4%로 나타나 있다.

3) 임춘식, 『현대사회와 노인 문제』, 유풍출판사, 1991, 38쪽 참조.

4) 서병숙, 『노인 연구』, 교문사, 1994, 21~22쪽.

5) 김윤식, 「2001년도 중 · 단편 읽기」, 『2001(제1회) 황순원문학상 수상작품집』, 중앙일보 · 문예중앙, 2001, 349~370쪽 참조.

가는 노인 작가를 많이 배출하게 되었고, 또한 한국 근대문학의 연륜이 100년을 넘어서게 되어 문학적 역량이 갖추어졌다는 것이다.

노년 소설이란 용어는 다소 생소하지만 산업화, 도시화와 더불어 인구의 고령화로 특징지어지는 현대사회에서 본격적으로 생겨난 새로운 소설 유형이라고 할 수 있다.[6] 이 명칭은 이어령이 『신상』 1970년 가을호 「현대 문명과 노인」에서 보리스 바이앙의, 우(牛)시장에서 소처럼 팔려가는 노인의 모습을 우화적으로 그린 노년 소설 「노인 시장」을 예로 들어 현대 문명이 몰고 온 노인들의 몰락한 삶을 설명한 것에서 처음으로 사용되었다.[7]

그러나 우리 현대 소설사에서 노년 소설에 대한 관심과 연구는 아직까지 미진한 형편이다. 더욱이 1970년대 이후 현재까지 다수의 작품이 발표되었음에도 불구하고 노년 소설에 대한 이론적 정립은 충분하게 이루어지지 않고 있다. 이에 이 글은 한국의 현대 노년 소설에 대한 연구 성과를 밝혀 보고자 씌어졌다. 연구 성과의 검토는 연구자 사이의 입론 방법이나 쟁점 등을 중심으로 행해질 수 있으나, 이 글에서는 노년 소설

---

6) 1970년대 이전에도 노인과 그들의 삶을 서사화한 작품들이 발표되었으나, 이들을 본격적인 노년 소설이란 소설 유형으로 다루기는 곤란하다. 노년 소설은 사회 속에서 노인의 삶의 문제가 서사의 중심 문제가 되어야 하는 산업화 시대 이후에 본격적으로 생겨난 새로운 소설 유형으로 보는 것이 타당하기 때문이다.

7) 서정자, 「하강과 상승 그 복합성의 시학」, 『한국문학에 나타난 노인의식』, 백남문화사, 1996, 229쪽. 및 최명숙, 「한국 현대 노년 소설 연구」, 경원대학교 대학원 박사학위 논문, 2006, 6쪽. 이 작품에서 노인들은 현대의 종교인 생산성을 잃었기 때문에 멸시를 당하는 것이라며, 이러한 현상은 날이 갈수록 심화될 것이라고 예고한다. 또한 인간의 문화를 동물적인 것과 식물적인 것으로 나누어, 과거 서양인들은 동물처럼 추악하게 늙어 가고 동양인들은 식물처럼 생의 자세를 완성시키면서 늙어 갔는데, 현대 노인들의 몰락한 삶을 동서양을 막론하고 식물적인 삶에서 동물적인 삶으로의 변화라고 비유적으로 표현하고 있다.

에 대한 학문적 관심을 보이기 시작한 시기부터 현재까지 논의의 전개 과정을 연대기순으로 살펴보고자 한다. 이것은 아직까지 노년 소설에 대한 이론적 정립이 미진하고, 연구가 진행형이기에 성과의 진행 과정을 시대별로, 연구자 중심으로 살펴보는 것이 더 타당하리라고 생각하기 때문이다. 아울러 이를 통해서 한국 현대 노년 소설의 다양한 양상들을 파악할 수 있을 것으로 기대한다. 그리고 산업화 시대 이후 현대사회의 한 소설 유형으로서 노년 소설의 개념과 특성도 어느 정도 정리될 수 있을 것이다.

Ⅱ. 노년 소설의 초기 연구

노년 소설에 대한 연구는 1970년대부터 김병익, 천이두 등의 평론가들에 의해 월평과 서평 등에서 한국 소설에 있어 문제적 소설로 언급되기 시작하여, 1990년대에 이재선에 의해 도시 소설의 한 유형으로 문학사에 기술되고, 김윤식에 의해 노인성 문학이란 명칭으로 소설사의 중요한 유형으로 설명되었다.

김병익은 「노년 소설 침묵 끝의 소설—노년과 중년기 작가의 변모와 기대」란 월평에서, 박영준의 「반자유지대」와 이봉구의 「죽음의 그림자」를 언급하면서 노년 소설이란 용어를 사용한다. 그는 "작가가 어느 날 문득, 나는 늙었다는 비참한 생각에 빠져 있음을 깨달을 때 그의 문학은 어떤 양상을 띨 것인가."라는 질문으로 시작하여 "젊을 때의 날카로운 감수성이 점점 나이가 많아지면서 원숙해지고 말년에는 노인의 지혜로 깊어지는 예를, 가령 톨스토이가 아니라 하더라도 얼마든지 발견

될 수 있다."고 하면서 두 작품을 간단히 해설한다. 월평이라 구체적인 개념 정리는 하지 않고 있지만, 노년 소설에 대해 '노년기에 처한 한 인간의 내밀한 정돈을 훔쳐보는 즐거움', '노령이 우리에게 가르쳐주는 삶의 원숙한 태도', '인생의 길을 바라보기 시작한 한 인간의 내밀한 분위기', '노인의 소멸의지를 해방시키고 싶은 바람' 등으로 그 특성을 설명하였고, 또한 죽음 앞에 선 노년의 허망함이 센티멘털리즘을 극복하지 못하면 애상적인 신변기를 벗어나지 못한다고 하였다.[8)]

김병익의 해설은 노년 소설이란 용어를 한국 소설에서 처음으로 사용하고, 노년 소설의 한 특성을 밝혔다는 점에서 선도적 의의를 지닌다.

천이두는 「원숙과 패기」라는 서평에서, 최정희의 『찬란한 대낮』, 황순원의 『탈』을 해설하면서 '노년의 문학', '노대가의 문학'이란 용어를 사용한다. 그는 춘원 이래 한국 소설 문학에서 '소년의 문학', '청년이나 장년의 문학'은 있었지만, '노년의 문학'은 없었다고 하면서, 최정희나 황순원의 작품을 노년의 문학이라 하였다. 그는 나이가 노쇠 현상과는 다르다고 하면서, "그 나이를 하나의 기정사실로 받아들이면서 그것을 어떤 삶의 양식으로 확인하려는 자세에서 연유되는, 그러한 것이다."라고 하였다.

그리하여 노년의 문학은 "노년기에 접어든 작가가 생산한 문학이라는 의미만이 아니라, 노년기의 작가에서만 느낄 수 있는 특수한 분위기의 문학을 의미하는 것"이라고 정의하면서, 그 두드러진 특징을 '죽음에의 의식'이라고 하였다. 그리고 이 경우의 죽음의 문제란, "자연 현상으로서의 죽음의 의식이 어떤 관념의 너울을 쓰지 않은 구체적인 생활 감

---

8) 김병익, 『한국문학』, 한국문학사, 1974, 304~306쪽.

정의 형태로 부각"되는 것을 말한다고 하였다. 그리고 이러한 문학 세계는 한국 소설사에서 새로운 국면이며, 소중한 한 가치의 차원으로 승인해야 한다고 설명하고 있다. 아울러 작가의 삶의 구체성을 통하여 이룩된 '체득의 경지'에서만 성취될 수 있는 성질의 문학이라고 하였다.[9]

천이두의 해설은 짧은 글로서 비록 개념 규정이 구체적이지는 않지만, 문학사적 관점에서 접근하였다는 점과 구체적 삶의 체험으로 체득된 서사화의 방법과 노년 소설의 중요한 특성으로 '죽음에의 의식'을 들었다는 점에서 그 의의를 지니고 있다.

김승옥은 「빛바랜 삶들」이란 월평에서, 김용운의 「손영감의 어느날」, 정동수의 「떠도는 섬」, 김원우의 「망가진 동체」, 박완서의 「아저씨의 초상」 등 노인 문제를 다룬 소설 네 편을 해설하고 있다. 노년의 외로움, 젊은이의 무관심, 가난하고 비참한 노년 등의 노인 문제가 한국 사회에도 퍽 심각한 모습으로 나타난다고 하면서, 효라는 슬로건으로는 이를 해결하지 못하고, 서양식의 사회보장제도나 양로원 등이 필요하다고 하였다. 또한 오늘날 노인의 지위가 격하되고, 그렇게 존경받지 않게 된 것은 젊은이들이 그들을 쓸모없는 사람으로 여기기 때문이라고 하였다. 그 원인으로 과학의 발달과 경제권의 박탈 등을 들고 있다.[10]

김승옥의 해설 역시 짧은 글로서 노년 소설의 개념이나 특성에 대하여 구체적으로 설명하지 않았지만, 노인 문제의 해결에 관심을 기울이고 있다는 점에서 그 의의가 있다.

이재선은 『현대한국소설사』에서 1970년대 이후 한국 소설의 현저한

---

9) 천이두, 『문학과 지성』 24호, 1976년 여름호, 제7권 제2호, 1976, 509~519쪽.
10) 김승옥, 『문학사상』, 1983년 6월호, 245~248쪽.

특징 중 하나인 도시 소설의 한 양상으로, 노년학적(gerontological) 소설 유형을 들고 있다. 노년학적 소설이란 이재선이 명명한 용어로서, 그는 포괄적으로는 노년의 삶, 즉 삶의 구체적인 활동으로부터 은퇴하거나 물러나 있는 노인들의 세계를 다룬 소설이라 할 수도 있겠으나, 협의적으로는 도시 소설의 한 종속 장르로서 규정할 경우에는 사회 변동기에 있어서 노년의 도시 생활 및 도시화와 연계된 삶을 대상으로 묘사하는 소설이라고 하였다.

그래서 도시를 배경으로 노인을 주요 등장인물로 하는 이런 소설에 있어서는, 전통사회와 현대사회의 가치관이나 도덕의 변증법적인 대립의 상호 관계나 변모는 물론, 노인의 병과 함께 세대 간의 단층 내지는 가족 관계의 이접(離接) 상태가 일반적으로 제시된다고 하였다. 이것은 전통사회의 급격한 붕괴를 표상하는 의의를 지니고 있다. 도시화 및 도시의 생활 환경은 직장 사회요, 혈연 집단에의 접착을 최대한으로 축소시키는 사회이며 아울러 생활 공간의 구조적인 분리가 현저해지는 것이 특징이다. 말하자면 가족의 구성이나 가족 결합의 기초가 핵화(核化) 또는 원자화(原子化)함으로써 도시형의 소수 단위로 재분화될 수밖에 없는 것이 사실이다. 이런 도시화에 의한 대가족제도로부터의 가족 관계의 핵화와 가정 환경의 급격한 변용에서 야기되는 심각한 사회적 문제는 특히 노인들의 추방과 무력화, 고독감, 집 지키기로서의 위계적인 전락, 그들의 도시형 퍼스낼리티에 대한 위화 및 공간의 소외와 단절 등이다. 즉 늙은 아버지나 어머니의 세계는 아들과 며느리의 새로운 삶의 방법에 의해서 붕괴되기 시작하였으며, 도시(아들)와 시골(아버지)의 공생 관계는 깨어져 버리게 된 것이다. 이로 인해서 현대 한국의 도시 사회에 있어서는 이러한 노인들의 무력화, 가출과 병과 자살 및 노인 추방과 유기(遺棄)의 현상도 적지 않게 나타나고 있다. 또 시골의 경우는 젊은이들의 도시 이주에 의한 노인층의 주요 농촌 노동력화와 젊은이의 공동화 현상 때문에 노인의 소외와 고독이 더욱 심화되고 가중되기도 하는 것이다. 그러나 이런 가운데서도 이들 작품이 도시 내지 도시화 속에 내재되어 있는 도덕적인 비뚤어짐의 증후의 상태를 경각시키면서 인간다움의 가치를 암묵적으로 암시하고 있다고 하였다.

그는 노년학적 소설에 속한 작품으로, 이문구의 『우리 동네』 연작, 오영수의 「화산댁」, 최인호의 「돌의 초상」, 최일남의 「흐르는 북」, 전상국의 「고려장」, 김원일의 「미망」, 서정인의 「귤」, 이청준의 「눈길」, 박용운의 「고가」와 「고려장」, 박완서의 「울음소리」, 오정희의 「동경」과 「적료」, 이동하의 「땀」, 안장환의 「서울타령」, 임철우의 「어머니의 땅」 등을 들고 있다.[11]

이재선의 논고는 노년학적 소설을 당당히 한국 현대 소설사에 자리매김한 점에서 중요한 의의를 지니고 있지만, 노년학적 소설을 협의로 사용하여 도시 소설의 하위 유형으로만 분석하였다는 점에서 아쉬움이 없지 않다. 이로 인하여 노년 소설의 범주가 축소되어 노인성의 긍정적인 측면이 간과되었기 때문이다.

김윤식은 「노인성의 문학적 처리 방식―박완서·윤정선」이란 월평에서 박완서의 「오동의 숨은 소리여」와 윤정선의 「사랑이 흐르는 소리」를 노인성 문학이라 분류하고, 그 분류 기준을 노인의 연령선과 더불어 각각 박의 경우 종이 콤플렉스(성스러움)와 모든 것의 자취 없음을 알아차리는 것으로, 윤의 경우는 단순해지기와 사랑의 잔인성(삶의 잔인성)

---

11) 이재선, 『현대한국소설사(1945-1990)』, 민음사, 1991, 288~289쪽.

이라는 정체성으로 설정하고 있다. 그리고 그는 노인 문제를 다룬 소설이 등장하는 것을 우리 문단이 그만큼 연륜을 쌓았다는 증거로 보고 있으며, 나아가 4·19 세대(순종 한글 세대)에서 우리 문학이 그다운 물줄기를 찾았다고 보았다.[12]

또한 김윤식은 「2001년도 중·단편 읽기─황순원문학상 후보작의 경우」라는 평론에서, '묘지명(1)─노인성 문학의 세 가지 방식'이란 소제목으로 전성태의 「퇴역 레슬러」, 김원일의 「나는 두려워요」, 박완서의 「그리움을 위하여」 등 세 작품을 소재상 노인성 문학의 범주로 분류하여 해설하고 있다. 그는 노인성 문학을 "우리 사회도 선진국형 고령 사회로 진입한 징후인지, 혹은 우리 작가들의 연륜이 노인성 체험의 경지에 이르렀음인지, 그 둘의 상승 작용인지 이 점이 궁금하고요." 하면서 "상승작용으로 봄이 타당하겠지요. 제 감각으로는 이 형국이라는 것. 이것이 믿음직스럽다고나 할까요."라고 하여 그 가치를 부여하고 있다. 또한 그는 이 세 작품을 각각 시대적 층위, 사회적 층위, 개인사적 층위의 세 가지 방식으로 설명하고 있다. 그리고 「그리움을 위하여」를 해설하면서, "환갑 진갑의 나이도 아니고, 사랑도 아니고, 노인의 당면 과제란 다름 아닌 '그리움의 상실'이라는 사실이 그것. '그리움'이 없는 마음이야말로 늙음의 본질이라는 것. 마음의 메마름이야말로 노인성 문학의 과제라는 것. 굳이 논리화한다면 '그리움이야말로 축복이다'는 명제."라고 노인성 문학의 한 특성을 지적하였다.[13]

김윤식은 우리 근대문학의 연륜과 작가의 연륜이 노인성 문학 생산의

---

12) 김윤식, 『90년대 한국 소설의 표정』, 서울대학교 출판부, 1994, 353~356쪽.
13) 김윤식, 『2001(제1회) 황순원문학상 수상작품집』, 중앙일보·문예중앙, 2001, 349~370쪽.

원천이 되었는데, 특히 4 · 19 세대의 작가들에 의해 그것이 시작되었다고 하였고, 또한 노인성 문학의 특성도 지적하였다. 문학사적 맥락에서 노인성 문학의 발생을 설명한 점에서 이 논고의 가치를 충분히 인정할 수 있다. 그러나 소위 한글 세대인 4 · 19 세대에 의해 노인성 문학이 생산되었다는 점은 노년 소설의 범주를 한정하는 결과를 초래할 수 있다.

Ⅲ. 노년 소설의 본격 연구

노년 소설에 대한 다소 본격적인 연구 성과로는 '문학을 생각하는 모임'에서 펴낸 『한국 문학에 나타난 노인 의식』『한국노년문학연구 Ⅱ』『한국노년문학연구 Ⅲ』『한국노년문학연구 Ⅳ』 등을 주목할 만하다.[14] 이들 책에 수록된 변정화, 서정자, 유남옥, 조회경, 서순희 등의 논문이 노년 소설을 다루고 있다.

변정화는 「시간, 체험, 그리고 노년의 삶—이선의 「이사」와 「뿌리 내리기」를 대상으로」라는 논문에서, 노인 문제는 사회학, 가족학, 심리학 등에서 활발한 논의가 이루어지고 있지만, 문학의 경우는 아직 본격화되지 않고 있다고 전제하면서, 노년 소설의 개념 규정과 그 유형을 명확히 하고, 이선의 「이사」와 「뿌리 내리기」 두 작품을 구체적으로 분석하였다. 그의 설명은 다음과 같다. 먼저 노인의 개념과 그 연령선을 규정하였다. 국제노년학회(1951)에서는 노인을 인간의 노화 과정에서 나타나는 생리

---

14) 문학을 생각하는 모임, 『한국문학에 나타난 노인 의식』, 백남문화사, 1996; 『한국노년문학연구 Ⅱ』, 국학자료원, 1998; 『한국노년문학연구 Ⅲ』, 푸른사상, 2002; 『한국노년문학연구 Ⅳ』, 이회, 2004.

적, 심리적, 환경적 행동의 변화가 상호작용하는 복합형태의 과정 중에 있는 사람이라고 정의하였다. 즉 생리적, 신체적 기능의 감퇴와 더불어 심리적인 변화가 일어나서 자기 유지 기능과 사회적 기능이 약화되어 있는 사람이라는 것이다. 다음으로, 연령 설정. 연령은 절대 연령, 육체 연령, 심리적 연령, 사회적 연령 그리고 문화적 연령, 이 다섯 유형의 연령을 포괄한 개념이다. 때문에 노령선을 설정하는 것은 인위적일 수도 있으나, 사회 측정의 기준의 필요에 의하여 역연령(曆年齡)으로 60세 이상, 65세 이하를 최저 노령선으로 규정하는 것이 일반적이다. 이 노령선은 정년과 환갑을 맞는 시기, 노인 상징 중의 하나인 조부모가 되는 시기, 대한노인회 가입이 60세부터 가능한 점과 노인복지법(1981) 상의 노인 규정이 65세 이상으로 되어 있는 점 등을 고려한 것이다.

그리고 노년 소설의 세부 요건으로는 이러한 연령선에 있는 노년의 인물이 주요 인물로 나타나야 할 것, 노인이 당면하고 있는 제반 문제와 갈등이 서사 골격을 이루고 있을 것, 노인만이 가질 수 있는 심리와 의식의 고유한 국면에 대한 천착이 있어야 할 것 등을 설정해 볼 수 있고, 그 서사화의 방법을 '외부로부터의 묘사'와 '내부로부터의 묘사' 등으로 세분화할 수도 있다고 하였다.

또한 그는 노년 소설을, 이재선이나 김윤식처럼 광의와 협의의 개념으로 분리하며, 또한 소설의 주요 서사 공간을 도시로 한정하고, 그리고 그 생산 주체를 4·19 세대 작가들에 국한하여 이를 우리 한글 문학의 성숙성과만 관련지어 설명하는 것은, 도촌(都村)을 완전히 분리된 별개의 삶의 영역으로 간주하거나, 이미 우리 사회의 한 문제로 대두되고 있는 노인 문제의 '문제성'을 간과하는 제한적인 시각이라고 비판하였다. 그래서 그는 노년 소설의 개념을, 그 서사 공간이나 생산 주체에 국한되지 않는 광범위하고 포괄적인 자리에 두어, 이를 우리 사회가 안고 있는 노인문제의 극히 자연스러운 반영으로 보고자 하였다. 예술이란, 문제적 상황의 위기를 재빨리 예감하여 이에 재빨리 반응하는 것이기 때문이다. 농민 노동자 소설이나 지식인 소설의 발생 요건이 바로 그들의 삶을 규정하고 위협하는, 식민지의 사회 구조적인 문제였고 이에 대한 작가들의 재빠른 감응이었듯이 말이다.

아울러 그는 노년 소설을 세 가지 유형으로 나누고, 이선의 작품들을 이 분류 속에 넣어 다음과 같이 설명하고 있다.

제1유형 : 우리 시대의 노인들이 현대사의 전개 과정에서 겪은 체험이 오늘의 그들을 억압하고 그들의 삶을 유린하는 양상들을 그린 작품들. 과거와 현재의 충돌, 그리고 현재를 억압하는 과거의 역사 체험이 서사를 진행시키고 있다. 중편 「이사」(『동서문학』, 1990. 9.), 중편 「뿌리 내리기」(작품집 『기억의 장례』, 민음사, 1990), 단편 「9월, 흉몽과 길몽」(연작 장편집 『행촌아파트』, 민음사, 1990) 등이 여기에 속한다.

제2유형 : 본격적인 노인 문제를 형상화하고 있는, 우울한 작품들. 소외, 병고, 고립 등의 문제적 상황이 서사 진행의 슬픈 원동력이 된다. 단편 「종소리 울리는 저녁식탁」(연작 장편집 『행촌아파트』, 민음사, 1990), 단편 「동상이몽」(『문예중앙』, 1992. 여름), 단편 「바람 불어 좋은 날」(『샘이 깊은 물』, 1992. 8.), 중편 「몰락」(『문학사상』, 1994. 11.) 등이 여기에 속한다.

제3유형 : 노인들의 지혜롭고 아름다운 삶의 방법들을 그린, 기분 좋은 작품들. 우리는 연륜이 곧 삶의 지혜가 되는 세계를 목격하게 되며 자아의 정체성을 확인할 수 있는 근원을 간직하고 있는 노인들을 만나게 된다. 단편 「원장과 촌장」(연작 장편집 『행촌아파트』, 민음사, 1990), 중편 「주인노릇」(『여성신문』, 1992. 158호부터 연재), 단편 「사막에서 사는 법」(『현대문학』, 1994. 1.) 등이 여기에 속한다.

이 세 유형에서 제2유형과 제3유형이 본격적인 노년 소설에 속한다고 하면서도, 제1유형에 주목한 이유를, 이들 작품이 노년의 삶을 이해하고 노인 문제에 올바르게 접근할 수 있는 중요한 방향을 제공해 주기 때문이라고 하였다. 즉 노년에 대한 탐색의 추를 현상 너머의 깊은 근원에까지 내려, 과거와 오늘을 동시에 포착하여 그것을 통일된 유기적인 관계망 속에서 교차시키고 형상화하고 있기 때문이라는 것이다.[15]

또한 변정화는 「죽은 노인의 사회, 그 징후들」이란 또다른 논문에서 자신의 앞의 논문에서 언급한 제2유형에 속하는 이선의 「5월, 종소리 울리는 저녁식탁」과 「동상이몽」, 그리고 「바람 불어 좋은 날」 세 작품을 구체적으로 분석하였다. 그는 노년기에는 통합·연속·완성·총체 혹은 절망·종말·전복·총체의 파괴라는 상호 모순되는 삶의 대립적인 가능성이 내재되어 있기 때문에, 노년 소설의 기본 서사는 통합과 완성의 서사와, 절망과 전복의 서사로 수렴될 수 있다고 하였다. 그리고 그는 대상 작품들이 선택하고 있는 '내부로부터의 묘사' 방법에 주목하였다. 이것은 노인의 실제적·심리적 삶의 문제를 그들의 '육성'을 통해 형상화하는 것으로, 억압되어 온 노인 집단의 경험, 일컬어 노인들의 '벙어리 됨'에 구사력을 부여하여 소수의 음성을 드러내는 것이다. 이로써 노인문제의 대상화와 노년의 객체화, 나아가 노년에 대한 낭만적인 호도의 가능성을 배제하여, 노인 문제의 실상을 사실적으로 드러내겠다는, 작가의 리얼리즘적 현실 인식 태도와 창작 방법론이라고 하였다.[16]

---

15) 변정화, 『한국문학에 나타난 노인 의식』, 171~226쪽. 변정화의 「현대 한국 '노년 소설'에 대한 시론적 접근―이선의 『뿌리 내리기』를 중심으로」(『현대소설연구』 제4호, 한국현대소설학회, 1996. 9. 229~264쪽)는 이 논문의 일부를 다룬 것이기에 생략한다.
16) 변정화, 『한국노년문학연구 Ⅱ』, 7~65쪽.

변정화의 논고는 노인의 개념에서부터 노년 소설의 서사 구조와 특성에 이르기까지 거의 모두를 정리하고 구체적인 작품 분석을 하였다는 점에서 노년 소설 연구에서 주목할 만한 논문이다.

서정자는 「하강과 상승 그 복합성의 시학—최근 10년의 노년 소설에 나타난 노인 의식과 서사 구조」라는 논문에서, 노년 소설의 개념을 정리하고, 54편의 노년 소설을 대상으로 노인 의식과 서사 구조와의 관계를 중심으로, 노년 소설의 현황과 경향을 살펴보고, 앞으로의 전망을 탐색하였다.

그는 문학에 있어서 노년—나이는 문학 연구에서 지금까지 관심을 가져본 바 없는 분야인데, 산업화 사회의 진행으로 대가족제도가 무너지고 도시화 집중화 핵가족화 등이 이루어짐으로써 노인들은 그 명망과 영향력이 줄어들게 되었다고 하면서, 이러한 노인의 위상 변화와 함께 다가오는 고령화 사회는 노년에 대한 사회적 관심을 요구한다고 하고, 이와 같은 상황에서 문학도 노년에 대해 집중적인 관심을 보여야 할 때가 되었다고 하였다.

그리고 그는 '남자는 정년 퇴임 이후, 여자는 자녀를 성취시킨 후를 노년으로 보고, 이러한 노인이 주인공으로 등장하는 소설'을 노년 소설이라고 그 개념을 정리하였다. 그리고 1985년부터 1994년까지『현대문학』과『문학사상』에 발표된 단편 1,200편 중 54편의 노년 소설을 찾아내어 이를 연구 대상 작품으로 삼았다.[17] 또한 연구 방법으로는 미국의

---

17) 서정자가 제시한 노년 소설 목록을 발표 연대순으로 정리하면 다음과 같다(앞의 책, 259쪽). 조갑상, 「사라진 사흘」,『현대문학』, 1985. 1; 백용운, 「고가」,『현대문학』, 1985. 2; 이채형, 「인동」,『현대문학』, 1985. 2; 최해군, 「미련한 사람들」,『현대문학』, 1985. 3; 권광욱, 「뿌리찾기」,『현대문학』, 1985. 11; 최창학, 「지붕」,『문학사상』, 1986. 2; 최일남, 「흐르는 북」,『문학사상』, 1986. 6; 오유권, 「농부」,『현대문학』, 1986.

노년 문학 이론을 바탕으로 노인 의식과 서사 구조와의 관계를 규명하였는데, 노년에 대한 부정적 인식을 다룬 하강 구조의 '노인 문제 소설'과 노년에 이룰 수 있는 보람과 모험 등 새로운 가능성을 다룬 상승 구조의 '성숙 소설'로 나누어 해당 작품들을 분석하였다.

'노인 문제 소설'은 '노부모의 봉양과 끝내기 의식', '노년의 억압—노인 소외 문제'를, '성숙 소설'은 '노년과 존재의 완성', '노년 여성의 성숙'을 다룬 소설들로 구분하여 설명하였다. 특히 그는 우리의 노년 소설이 노인 문제 소설에만 머물러 있었던 것에서 나아가 성숙 소설에서 보듯이

7; 김문수, 「종말」, 『현대문학』, 1986. 8; 김영진, 「북부의 겨울」, 『현대문학』, 1986. 9; 김지원, 「다리」, 『문학사상』, 1986. 9; 안장환, 「밤으로의 긴 여행」, 『현대문학』, 1986. 9; 황영옥, 「황혼」, 『현대문학』, 1986. 12; 정한숙, 「출발이 다른 사람들」, 『현대문학』, 1988. 1; 안장환, 「목마와 달빛」, 『문학사상』, 1988. 3; 강무창, 「외할머니의 끈」, 『문학사상』, 1988. 4; 이원규, 「바다소리」, 『현대문학』, 1988. 7; 우선덕, 「작은 평화」, 『현대문학』, 1988. 9; 정찬주, 「쥐방울 꽃」, 『문학사상』, 1988. 9; 김의정, 「풍경 A」, 『현대문학』, 1988. 10; 서동익, 「모습」, 『현대문학』, 1989. 1; 손영목, 「세월의 더께」, 『현대문학』, 1989. 4; 박경수, 「시골맛」, 『현대문학』, 1989. 8; 박완서, 「가(家)」, 『현대문학』, 1989. 11; 이철호, 「죽음을 훔친 노인」, 『현대문학』, 1989. 12; 정한숙, 「비만증」, 『문학사상』, 1990. 2; 민병삼, 「신나는 달밤」, 『문학사상』, 1990. 3; 박순녀, 「끝내기」, 『현대문학』, 1990. 4; 우선덕, 「그대 가슴에 들꽃 가득하고」, 『현대문학』, 1990. 4; 정구창, 「이장타령」, 『현대문학』, 1990. 6; 양영호, 「혼백의 여행」, 『현대문학』, 1990. 8; 김성옥, 「겨울소나무」, 『현대문학』, 1990. 9; 유현종, 「폐촌」, 『현대문학』, 1991. 1; 김중태, 「기적」, 『현대문학』, 1991. 5; 장한길, 「불효자」, 『현대문학』, 1991. 7; 박경수, 「감나무집 마나」, 『현대문학』, 1991. 10; 안정효, 「악부전」, 『현대문학』, 1991. 11; 이청준, 「흉터」, 『현대문학』, 1992. 2; 이청해, 「풍악소리」, 『문학사상』, 1992. 3; 윤정선, 「사랑이 흐르는 소리」, 『문학사상』, 1992. 4; 이동하, 「문앞에서」, 『현대문학』, 1992. 4; 홍상화, 「유언」, 『현대문학』, 1992. 4; 안장환, 「아버지의 영토」, 『현대문학』, 1992. 7; 정연희, 중편, 「날이 기울고 그림자가 갈 때에」, 『현대문학』, 1992. 12; 송하춘, 「청량리역」, 『현대문학』, 1993. 3; 임현택, 「소리의 벽」, 『현대문학』, 1993. 3; 이형덕, 「까마귀와 사과」, 『현대문학』, 1993. 5; 김현숙, 「삼베 팬티」, 『현대문학』, 1993. 8; 안장환, 「향수」, 『문학사상』, 1993. 10; 이승하, 「그리운 그 냄새」, 『문학사상』, 1994. 4; 이동하, 「짧은 황혼」, 『현대문학』, 1994. 5; 정연희, 중편 「우리가 사람일세」, 『현대문학』, 1994. 5; 최예원, 「오시계」, 『문학사상』, 1994. 7; 윤대녕, 「새무덤」, 『현대문학』, 1994. 8; 박명희, 「아주 작은 소원 하나」, 『문학사상』, 1994. 10; 이선, 「몰락」, 『문학사상』, 1994. 11.

노년은 오히려 삶을 완성하는 보람과 발전의 시기이기도 하다면서 이것들에서 노년 소설의 새로운 전망을 찾아야 한다고 주장하고 있다. 그러나 지면 관계로 분단과 이산의 시대적 아픔을 다룬 작품과 죽음의 문제를 다룬 작품은 제외하였다고 하였다.[18]

또한 서정자는 「존재 탐구의 글쓰기, 그리움의 시학 — 김의정의 노년에 쓴 성장소설고」라는 논문에서, 김의정의 연작 장편소설 『바람결에 들려오는 시간들』과 『산마루 오르는 시간의 수레』 두 작품을 대상으로 작가가 노년에 이르러 보여 주는 자기 존재 본질의 탐구와 그 이야기 방식을 살펴보고 성장소설로서의 문학적 가치를 규명하였다.[19]

그리고 서정자는 「소설에 나타난 노년 남녀의 대비적 연대기」에서, 1930년대 이태준 소설, 1960년대 김정한 소설, 1990년대 김문수·이규희의 소설을 대상으로 노년 남녀 주인공을 대비적으로 살펴 우리 사회에 노인의 운명이 어떤 것인가를 살펴보았다. 1930년대 이태준 소설에서는 가난하고 초라하지만 애국지사인 듯한 다소 기인에 속하는 노인을 긍정적인 인물로, 반면에 돈 없고 꿈도 없는 노인은 구박받는 부정적 인물로 그려진다. 1960년대 김정한 소설에서는 패기와 열정을 지닌 노인들이 부패한 정치권력과 싸우는 정의감 넘치는 긍정적 인물로 나타난다. 그런데 이태준과 김정한은 노년 여성을 주인공으로 한 소설은 거의 쓰지 않았다. 1990년대에 이르러 노년 남성은 '기로국(棄老國)의 백성'으로 전락하였다. 김문수의 소설 「유 할머니」「무덤이야기」「탑골공원 고금」「서울이 좋다지만」 연작 등에서 노년 남성들은 기로국의 백성들로

---

18) 서정자, 앞의 책, 229~259쪽.
19) 서정자, 『한국노년문학연구 Ⅱ』, 67~109쪽.

묘사되나, 노년 여성의 현실보다 심각하지 않다. 노년 남성의 경우 딸의 구박에도 불구하고 자신들의 삶을 선택할 수 있는 여지가 있는 반면 노년 여성들은 본인의 의사와 관계없이 아들과 함께 살도록 하였기 때문이다. 이규희의 「그 여자의 뜀박질은 끝나지 않았다」「황홀한 여름의 소멸」 등에 등장하는 노년 여성은 아들에게 고난과 헌신의 보상으로 효도를 받기는커녕 쓰레기로 인식되는 등 가족들과 철저히 격리되는 삶을 살고 있다.[20]

서정자의 논문은 본격적으로 노년 소설을 연구하였으며, 그것들의 서사 구조까지도 분석하였다는 점에서 노년 소설 연구에서 주목할 만하다. 그러나 바바라 프레이 왁스만이 노년에서의 모험과 변화의 가능성을 보여 주는 의미에서 사용한 '성숙 소설'[21]이란 용어로 상승 구조의 노년 소설을 설명하는 것을 그 내용의 의미 여하를 떠나서 용어 그 자체 때문에 오해의 소지를 불러올 가능성이 있다. 노년이 삶을 완성하는 보람과 발전의 시기이지만, 성숙이란 유소년기나 청년기의 육체적·정신적 성숙을 의미하는 것이 일반적이기 때문이다.

유남옥은 「풍자와 연민의 이중성—박완서 소설에 나타난 노인」이란 논문에서, 박완서 소설에 등장하는 노인 인물만을 대상으로 삼아, 박완서 소설의 노인상을 살펴보고 그 의미를 규명하였다. 그는 박완서 소설에 자주 등장하는 노인을 세 가지 유형으로 분류하였다. 첫째, 작가의 어머니로서의 노인상(「엄마의 말뚝 2·3」「부처님 근처」「카메라와 워

---

20) 서정자, 『한국노년문학연구 Ⅲ』, 61~88쪽.
21) 서정자, 「노년, 성, 그리고 창조성」, 『한국 여성소설과 비평』, 푸른사상, 2001, 616쪽.
    (이 글(「노년, 성, 그리고 창조성」)은 Wyate-Brown and Rosen eds. 『문학에 있어서의
    노년과 성』, 앤 와이어트 브라운의 Introduction을 서정자가 번역한 것임)

커」「겨울나들이」), 둘째, 풍자적 노인상(『도시의 흉년』「이별의 김포공항」), 셋째, 사회문제의 대상이 되는 노인상(일종의 노인 문제 소설 : 「로열박스」「유실」「지알고 내알고 하늘이 알건만」「오동의 숨은 소리여」「저물녘의 황홀」「집보기는 그렇게 끝났다」「포말의 집」「저문 날의 삽화 · 5」). 결론적으로 그는 박완서 소설의 노인은 풍자와 연민의 이중성을 띤다고 하면서, 부정적인 노인상은 풍자의 대상이 되고, 긍정적인 노인상은 연민의 대상이 된다고 하였다.[22] 이 논문은 노년 소설이란 명칭을 사용하지 않았지만, 소설 속의 노인의 유형과 그 의미를 밝혔다는 점에서 노년 소설 연구에 일조가 된다고 하겠다.

유남옥의 「최정희 노년기 소설 연구」라는 또 다른 논문은 최정희의 『인간사』(1964) 이후에 발표된 노년기 소설을 중심으로, 작가의 노년의식과 그 의미를 살펴보고, 아울러 이것을 이전의 소설과 연계시켜 검토하였다. 죽음에 관한 실존적 물음, 영원한 생명력으로서의 여성성, 모성과 운명에의 순응 등 세 유형으로 나누어 작품을 분석하고 있는데, 두 번째와 세 번째의 유형은 이전 소설에서 꾸준히 보인 양상들이고, 첫 번째 유형은 노년기의 새로운 소설 유형이라고 설명하였다. 첫 번째 유형에서 작가가 죽음을 대하는 태도가 거부에서 묵상, 그리고 수용의 3단계적 모습을 보이는데, 「귀뚜라미」는 '죽음 거부하기', 「205호 병실」은 '죽음의 의미 묻기', 「탑돌이」와 「산」은 '죽음 수용하기'를 드러낸다고 하였다. 이들은 노년 소설이라 이름할 수 있는 작품으로, 특히 「산」에서는 죽음 앞에서도 무덤덤하고 그윽한 죽음에 대한 성찰을, 「탑돌이」에서는

---

22) 유남옥, 『한국문학에 나타난 노인 의식』, 261~286쪽.

탁월하고 원숙한 노년 문학의 완성을 이루었다고 평가하였다.[23]

조회경은 「노인의 삶을 통해 본 시간의 변주 — 김동리 소설을 중심으로」에서 김동리의 소설 가운데서 노인을 주인공으로 내세운 소설에 주목하여, 이 노인들이 삶의 연속성을 유지하기 위하여 벌이는 투쟁으로서의 삶의 양태를 고찰하여 노인 세대가 되어서야 향유할 수 있는 고유한 생명력을 살펴보았다. 「화랑의 후예」 「산제」 등 1930년대 초기 소설에 등장하는 노인을 '비상을 꿈꾸는 이인(異人)의 초상'의 모습으로, 「산화」 「미수」 「아들 삼형제」 「근친기」 등 여성 노인이 등장하는 작품에서는 '거룩한 모성의 체현자'로, 「한내 마을의 전설」 「석노인」 「이별 있는 풍경」 등 작가가 중년 이후에 발표한 작품에 등장하는 노인들은 '화해의 전령사'로 노년만이 이룰 수 있는 성숙에 대한 긍정적 시각이 보인다고 하였다.[24]

이 외에 조회경의 「「사소한 그러나 잊을 수 없는 일」의 복원을 위하여 — 박완서론」은 「저문 날의 삽화」 이후 박완서 소설에 재현된 노년 여성의 삶의 양상을 다루었고,[25] 서순희의 「소설 속에 나타난 노인 화법 — 박완서의 소설을 중심으로」에서는 『박완서 단편소설 전집』 5권(문학동네, 1999)에 수록된 소설에 나타나는 노인들의 대화를 중심으로 노인 화법의 특성을 살펴보았다.[26]

그 밖에 류종렬은 「위식된 삶의 풍자 — 이주홍의 소설세계」라는 평론에서, 이주홍의 「낙엽기」 「산장의 시인」 「바다의 시」 등에서는 노경에

---

23) 유남옥, 『한국노년문학연구 Ⅱ』, 111~147쪽.
24) 조회경, 『한국노년문학연구 Ⅱ』, 149~177쪽.
25) 조회경, 위의 책, 89~125쪽.
26) 서순희, 『한국노년문학연구 Ⅲ』, 127~165쪽.

접어든 주인공이 지나온 삶과 현재의 삶을 담담하고도 냉철하게 관찰하는 생의 체관이 담겨 있으며, 「풍마」「미로의 끝」에서는 죽음에 대한 인식을 통해 삶 자체에 대한 근원적인 물음을 제기하고 있다고 했다.[27] 또한 「이주홍과 부산지역문학」이란 논문에서, 이주홍의 후기 소설 중 한 작품군을 검토하는 가운데 '노년 소설'이란 용어를 사용하고 이들을 세 유형으로 나누고 작품을 간략히 해설하고 있다.[28]

첫째, 현대사회에서 도시화에 따른 가족 해체와 이에 따른 세태의 비정함을 통해 노인의 소외된 삶이 문제시된다. 이는 도시화에 따른 가치의 불신화, 비인간화, 소외 같은 반윤리적인 사회 현실과 전통적인 가족관계의 해체나 유교적 가치관의 허락이나 약화를 보여준다. 이런 작품으로 「땅」(1968), 「서울나들이(촌수상경기)」(1974), 「수병」(1975), 「노인도」(1978) 등이 있다.

둘째, 노년에 접어든 주인공이 지나온 삶과 현재의 삶을 담담하고도 냉철하게 관찰하는 생의 체관을 드러낸다. 이는 「노인도」에서도 어느 정도 드러나지만, 「바다의 시」(1967), 「낙엽기」(1969), 「산장의 시인」(1970), 「부유」(1975), 「달밤」(1980) 등에서 잘 드러나 있다.

셋째, 존재 탐구와 죽음의 철학적 성찰을 잘 드러낸다. 죽음의 문제는 노년의 삶과 연계된 향파 소설의 중요한 주제다. 이것은 「승자의 미소」(1966), 「낙엽기」(1969), 「차로」(1974), 「수병」(1975), 「선사촌」(1976) 등에 두루 나타나지만, 「풍마」(1972)와 「미로의 끝」(1984)에 특히 잘 드러난다.

---

27) 류종렬, 「위식된 삶의 풍자—이주홍의 소설세계」, 『부산문화』 제13호, 1987. 3, 266~274쪽;『이주홍과 근대문학』, 부산외국어대학교 출판부, 2004, 9~24쪽.
28) 류종렬, 『현대소설연구』 제19호, 한국현대소설학회, 2003, 537~574쪽; 위의 책, 80~88쪽. 이 책에는 제목을 바꾸어 「이주홍 문학의 재인식」으로 수록되어 있다.

류종렬의 논문은 부산 지역의 대표적 작가인 이주홍의 후기 소설 중 가장 문제적이고 문학사적 의의를 가진 노년 소설을 다루었다는 점에서 그 의의를 인정할 수 있으나, 세 유형으로 나눈 기준이 다소 애매한 것이 문제점으로 지적될 수 있다.

Ⅳ. 노년 소설의 최근 연구

다음으로 노년 소설에 대한 최근의 성과로는 김윤식 · 김미현이 엮은 『소설, 노년을 말하다』에 수록된 김윤식과 김미현의 평론,[29] 최명숙의 「한국 현대 노년 소설 연구」,[30] 『오늘의 문예비평』의 '한국문학과 말년(lateness)의 양식' 특집 중 황국명의 평론[31] 등을 들 수 있다.

이들에 의해 노년 소설이 한국 소설의 새로운 소설 유형으로 그리고 본격적인 관심의 영역으로 자리 잡기 시작하였다.

김윤식은 「한국문학 속의 노인성 문학」이란 평론에서 노인성 문학의 개념 정리를 시도하고 있다. 그는 65세 이상의 작가가 쓰는 작품을 노인성 문학 (A)형이라 하고, 65세 이하의 작가들이 노인성을 소재(주제)로

---

29) 김윤식 · 김미현 엮음, 『소설, 노년을 말하다』, 황금가지, 2004. 이 작품집에는 한승원의 「태양의 집」, 홍상화의 「동백꽃」, 이순원의 「거미의 집」, 한정희의 「산수유 열매」, 이청해의 「웬 아임 식스 포티」, 하성란의 「712호 환자」, 이명랑의 「엄마의 무릎」, 한수영의 「벽」 등 여덟 작품이 수록되어 있고, 해설로 김윤식의 「한국 문학 속의 노인성 문학」과 김미현의 「웬 아임 올드」라는 평론 두 편이 수록되어 있다.

30) 최명숙, 「한국 현대 노년 소설 연구」, 경원대학교 대학원 박사학위논문, 2006.

31) 『오늘의 문예비평』 2008년 가을호(통권 70호), 산지니, 2008. 이 특집에는 공병혜의 「한국사회와 말년의 철학적 의의」, 이경재의 「한국 현대시와 말년성의 한 양상」, 황국명의 「한국소설의 말년에 관한 사유」, 김승환의 「김윤식 유종호 김우창의 말년」 등 네 편의 평론이 실려 있다.

다루는 경우를 노인성 문학 (B)형이라 규정한다. 노인성 문학 (A)형에는 노인 문제도 청년 문제도 다루어질 수 있지만, 원리적으로 그의 의식은 노인성의 사정거리 안에서 진행된다고 하였으며, 노인성 문학 (B)형에는 자발적인 개성에 의한 선택이기에 공리적 성격이 배제되어 있으므로 원리적으로 본격문학이라고 하였다. 염상섭의 「임종」(1949)과 황순원의 「필묵 장수」(1955)를 당시의 한국인의 평균수명을 염두에 두지 않으면 (B)형의 범주에, 박완서의 「마른 꽃」(1995), 이청준의 「꽃 지고 강물 흘러」(2003), 최일남의 「아주 느린 시간」(2000)은 (A)형에 속한다고 하였다. 그러면서 「임종」이나 「필묵 장수」가 씌어지던 시점에서 보면 이들 작가가 나이는 각각 53세, 40세이지만 이미 대가급으로서 노인 작가 층에 들었기 때문에 두 작품도 모두 (A)형에 속할 수 있다고 하였다. 그리고 「임종」을 '풍속사로서의 노인성 문학', 「필묵 장수」「마른 꽃」「꽃 지고 강물 흘러」를 '기질적 개성을 드러내는 노인성 문학', 「아주 느린 시간」을 '고령화 사회 진입 이후의 노인성 문학'으로 나누어 구체적인 작품 분석을 하고 있다.

그는 이로써 소설사에서의 노인성 문학의 계보를 작성하고 고령화 사회 진입 이후의 노인성 문학의 현주소를 확인하는 작업을 통해 문학사적 연속성의 확보를 그 목적으로 하고 있다. 말하자면 「임종」을 통해 죽음의 일반적 성격을 단지 당대의 풍속사의 차원에서 검토함으로써 고령화 사회와는 무관한 인간살이를 작품의 성격으로 음미하고, 이런 범주에서 노인의 경지를 다룬 「필묵 장수」「마른 꽃」「꽃 지고 강물 흘러」 등 세 작품을 검토하였다. 그리하여 고령화 사회 이전을 특징짓는 징표로 늙어감에 대한 인식이란 특정 작가의 기질적 개성에 속한다고 하면서, 황순원의 예(藝)에 대한 감각, 박완서의 삶의 에너지로서의 정욕에 대한 강렬한 애착, 이청준의 심리적 상처로서의 노모 콤플렉스가 이에 해당된다고 하였다. 고령화 사회 이후의 「아주 느린 시간」은 '해찰질 하기로서의 글쓰기'에 해당하는 것으로 설명하고 있다. 해찰은 '사랑하는 마음이 없이 모든 물건을 부질없이 이것저것 해침 또는 그런 짓 하기, 그리고 일에는 정신을 두지 아니하고 쓸데없이 다른 짓을 함'을 가리키는 것으로, 이는 고령화 사회에 접어든 노인의 심정을 잘 드러낸다고 하였다. 특히 죽음에 대하여 해찰질 하기는 고령화 사회의 노인에게만 가능하다는 것이다. 그리고 김윤식은 문학일 때만 비로소 노인성 문학도 성립된다고 결론짓고 있다.[32]

김윤식의 평론은 앞에서도 언급한 자신의 논지를 발전시킨 것으로, 노인성 문학의 개념에 대해 폭넓게 접근하여 문학사적 연속성과 현재의 성과를 설명했다는 점에서 그 의의가 충분하다고 할 수 있다. 그러나 65 세라는 나이에 초점을 맞추어, 65세 이상의 작가의 작품을 그 내용 여부에 관계없이 즉 노년 문제가 아니라도 노인성 문학이 될 수 있다는 점과, 65세 이하의 작가들이 노인성을 소재로 하며 쓴 작품을 작가의 개성에 의한 선택이기에 본격문학으로 취급하였다는 점, 그리고 고령화 사회로의 진입 여부에만 너무 초점을 맞추어 논의를 전개한 점 등은 재고의 여지가 없지 않다. 시대에 따라 노인의 연령이 바뀔 수 있겠지만, 작가의 연령이 고려된 가운데 작품의 내용이 노인 문제를 다루어야 노년 소설일 수 있다는 점에서 다소 문제가 있다고 하겠다.

김미현의 「웬 아임 올드(When I'm old)」는 『소설, 노년을 말하다』에 실린 여덟 편의 작품을 분석한 것으로, 김윤식과 마찬가지로 '노인성 문

---

32) 김윤식 · 김미현 엮음, 앞의 책, 249~280쪽.

학'이란 용어를 사용하면서 논의를 전개하고 있다. 그는 노인성 문학이란 작가층을 65세 이상을 기준하는 노년층만으로 한정할 필요가 없다고 하면서, 노인만이 노인에 대해 이야기해야 하는 법은 없고 오히려 노인 아닌 사람들이 노인에 대해 할 말이 더 많다고 하였다. 즉 "생물학적 나이를 기준으로 노인들이 지닌 문제 자체"가 아니라 "존재론적 양상으로서의 노인성, 문학의 소재가 아닌 약자나 타자 문제를 호출"하는 것이 노인성 문학이라는 것이다. 그리고 이들 여덟 작품은 "효라는 윤리적 잣대의 적용이나 가족제도의 변화, 인생의 성숙이나 지혜의 측면에서보다는 인간과 인간의 관계 속에서 노인과 노인 아닌 사람 사이의 갈등이 부각되는 경향"이 강하다고 하면서 "존재 자체만으로 심리적 굴레나 물리적 한계를 상징하는 원초적 억압으로 자리매김하는 노인들이 주로 등장한다."고 분석하였다. 결론적으로 노인성 문학이란 문학을 위해 노인성을 문제 삼는 것이지 노인성을 위해 문학을 끌어들이는 것이 아니라고 하였다.[33] 김미현의 글은 김윤식의 견해에 동의하면서 전개되기에, 작가의 연령이 고려되지 않아 현대의 노년 소설의 범주를 너무 넓게 설정했다는 점과 노인과 노인 아닌 인물과의 갈등 관계만이 부각되고 있는 한계를 지닌다고 볼 수 있다.

최명숙의 「한국 현대 노년 소설 연구」는 노년 소설을 연구한 최초의 박사학위 논문으로, 노년 소설의 개념에서부터 유형적 특성, 갈등 구조, 현실 대응 양상, 문학사적 의의에 이르기까지 현대 노년 소설을 본격적이고도 총체적으로 검토하였다. 이를 요약하면 다음과 같다.

먼저, 연구 대상 작품으로 1970년대부터 2004년 10월 현재에 이르는

---

33) 김윤식 · 김미현 엮음, 앞의 책, 281~290쪽.

기간에 발표된 노년 소설 300여 편 가운데 노년 소설의 성격이 잘 드러나 있는 작품 120편을 선별하였다. 객관적 현실을 반영하는 문학의 사회적 성질에 대한 이해를 토대로 하여, 노년 소설에 나타나고 있는 노년의 특성과 노인의 문제를 현대사회와 노년의 사회학적 관계를 염두에 두고, 작품에 투영된 노인 의식을 고찰하며 분석하였다.

노년 소설의 개념은 앞의 변정화(1996)의 개념을 수용하여 "포괄적으로 노년의 삶, 즉 삶의 적극적인 활동으로부터 은퇴하거나 물러나 있는 노인들의 세계를 다룬 소설"이라고 정의하였다.

그리고 노년 소설의 특성을 노년 소설의 주요 모티프, 초점 화자의 다양성과 노년 인식, 임종의 공간, 노인 언어의 특징 등 네 가지로 나누어 설명한다. 소설에 나타나는 모티프들은 노년의 삶 속에 각인된 의식이 무엇인지 유추하게 하며, 그로써 노인의 삶을 이해하고 전망할 수 있게 한다. 다양한 초점 화자는 노인 자신에 대하여 이해하는 관점과 가족 구성원이 노인의 삶과 문제를 인식하는 관점을 통해, 노년의 삶을 다각도로 바라볼 수 있게 한다. 노인의 삶이나 문제를 바라봄에 있어서 다양성을 가진 화자는 노년 인식에 대하여도 다양한 견해를 내보이고 있다. 노인이 선호하는 임종의 공간은 '집' 또는 '고향' 혹은 '모국'이다. 그러나 현대인들은 편리에 따라서 노인의 임종 공간을 선택한다. 장례 역시 집에서 매장으로 치르기를 바라는 노인과 병원에서 화장으로 하기를 원하는 유가족 간에 간극이 생긴다. 그러나 노인은 의중을 표출하지 않거나 표출하더라도 소극적이고 위축된 모습을 보인다. 노인의 언어는 노년의 삶을 드러내는 것과 밀접한 관계를 가지고 있다. 노인의 언어에는 노년의 삶이 투영되어 있으며, 소외와 단절로 자신 없는 노인의 입을 통해 나오는 언어는 바로 노년의 삶을 보여 준다.

노년 소설의 갈등 구조를 외적 갈등과 내적 갈등으로 나누어 보고, 외적 갈등은 역사적 체험이 삶의 현재를 지배하는 체험적 갈등, 문화적 차이로 인한 노인과 젊은이와의 갈등이 주된 서사 골격을 이루는 환경적 갈등, 세대와 세대 간의 정서적 차이로 생겨난 세대적 갈등으로 분류하여 살펴보았다. 마지막으로는 내면의 자아와 상충되는 내적인 갈등인데, 그것은 과거의 기억이 현재의 정체성을 흔드는 갈등 구조로 나타난다.

또한 여러 부분에서 갈등하게 되는 노년기를 노인이 어떻게 받아들이고 적응하는지를 현실 적응 양상으로 나누어 살펴보았다. 이것은 크게 긍정적인 적응 양상과 부정적인 적응 양상으로 나타난다. 긍정적 적응 양상으로는 노년의 삶에 적극적인 태도로 적응하는 것과 자아 정체성을 획득하는 것, 그리고 현실 순응적 태도로 적응하는 것으로 드러난다. 부정적 적응 양상으로는 신체적 요인에 의한 쇠약과 병고, 환경적 요인에 의한 고독과 종말, 경제적 요인에 의한 실직과 궁핍, 이러한 모든 요인들이 심리적인 부분에 영향을 미쳐 생겨난 소외와 단절로 드러난다.

그리고 노년 소설의 문학사적 의의에서는, 1920년대부터 1960년대까지의 노인을 주인공으로 하는 대표적인 노년 소설을 분석하여, 1970년대 이후의 현대의 노년 소설과의 문학사적 연속성을 검토하였다. 현대 노년 소설과는 달리 1970년대 이전의 작품에는 현대적 의미에서의 노인 문제나 노년의 현실 대응 양상에서 부정적으로 대응하는 모습은 나타나지 않는다고 하였다.[34]

최명숙의 논문은 방대한 분량의 총체적 연구임에도 불구하고 대상 작품의 선정 과정이 다소 작위적이고, 개별 작품의 분석이 스토리 중심

---

34) 최명숙, 앞의 논문, 1~210쪽.

으로 흐른 감이 없지 않다. 그리고 노년 소설의 문학사적 의의를 다룬 부분은 나름의 설명에도 불구하고 논지 전개가 미진하다.

황국명의 「한국소설의 말년에 대한 사유」는 특집 '한국문학과 말년의 양식' 중 소설에 관한 평론이다. 그는 노년 혹은 말년은 노년 세대가 이전에 어떤 노인도 경험하지 못한 현재를 살고 있기에 가장 새로운 단계에 있는 존재인 동시에, 한편으로 육체의 기능적 약화나 정신심리학적 변화와 고통에서 자유롭지 않은, 즉 죽음이 다가온다는 생애의 마지막 무렵이라는 말년을 뜻하는 복합적 의미를 지니고 있다고 하였다. 이 때문에 노년 경험의 역동성을 주목하여야 하고, 아울러 노년 경험의 다양성을 문제 삼아야 한다고 하였다. 아울러 '존재론적 양상으로서의 노인성'뿐만 아니라 작중인물이나 작가의 연령선도 무시할 수 없는 요소라고 하였다. 그리고 그는 노작가인 한승원과 박완서와 최일남의 작품에서 늙음이나 죽음에 대한 말년 의식을 구체적으로 분석하였다. 이들은 공통적으로는 죽음의 공포 앞에서 우둔해진다거나 섣불리 공리적 목적성을 앞세우지 않지만, 세부적으로는 각기 달리 나타난다고 하였다. 한승원은 시간의 선조성과 싸우는 작가라고 하면서, 그에게 있어 노소, 생사, 과거와 현재, 젊음과 늙음은 상호 유대하고 역설적으로 공존하고 있다고 하였다. 즉 그에게 이것들은 혼재하고 연통하는 우주적 조화인 것이다. 한승원 소설에서 노인의 육체적 쇠락이 고통스러운 것으로 그려지지 않는 것과 달리, 박완서의 소설은 노추의 공포를 정면으로 직시한다. 그는 늙음과 젊음을 날카롭게 분리하고 그 차이를 인정하면서 동시에 그것을 관용한다. 또한 관용과 화해를 통해 박완서의 소설 인물들이 속절없이 늙어 가는 자신을 위안할 수 있다고 하였다. 그러나 최일남의 소설에서는 인물들은 차이를 강조하고, 그 차이에 반시대적으로 대응한다. 그리고 죽음에 대한 해찰과 역리의 방식, 곧 희극적인 말년의 양식으로 스스로를 견딘다는 것이다. 그리고 한승원과 박완서의 소설에서 나이를 먹는다는 것은 더 큰 질서에 진입하거나 자연으로 회귀하는 일이기에 시간은 원숙함에 이르는 계몽의 도정으로 보이지만, 최일남의 소설에서 시간의 흐름은 다가오는 죽음에 대한 불안한 경로라고 하였다.[35]

황국명의 평론은 에드워드 사이드의 '말년'이라는 용어를 차용하여 논의를 전개하는데, 노년 소설의 개념 규정에는 비켜나 있지만, 노년의 복합성과 다양성을 인정하면서, 한승원, 박완서, 최일남 세 작가의 작품에 나타난 말년 의식을 구체적으로 분석하였다는 점에서 그 의의가 크다고 하겠다.

전흥남은 「박완서 노년 소설의 담론 특성과 문학적 함의―「저문 날의 삽화」를 중심으로」라는 논문에서 박완서의 「저문 날의 삽화」를 노년 소설의 관점에서 분석하고 담론 특성과 문학적 함의를 밝히고 있다. 여기서 그는 'Ⅱ. 노년 소설의 입론과 계보'에서 기존의 연구 성과를 정리하였고, 구체적인 작품 분석을 통해 박완서 노년 소설의 담론 특성과 의미를 살펴보았다. 이를 요약하면 다음과 같다.

노년 여성이 주인공으로 등장하는 박완서의 소설들은 대부분 일인칭 화자나 '나'의 고백체를 사용하고 있다. 거기에다가 사소하고 사사로운 이야기를 생각나는 대로 늘어놓는 노인의 화법을 연상시키는 이야기 방식으로 전개되지만 이야기 속에 결코 잊히지 않는 것들을 지극히 선택적으로 배열함으로써 작가의 '가치적 욕구'가 스며 있다. 때문에 박완

---

35) 황국명, 앞의 책, 59~79쪽.

서의 이야기는 수다스러우나 가볍게 지나칠 수 없는 공적 담론의 기능을 수행하게 된다. '삽화' 형식은 박완서의 문학적 미덕을 최대한 발휘할 수 있는 용기로서 독자와의 공감대를 넓히고자 작가가 채용한 새로운 담론 형식인 것이다. 다음으로 박완서의 소설은 환상과 현실을 넘나듦으로써 현실에서 이룰 수 없는 꿈을 환상적 풍경을 통해 재현한다. 이는 우리가 몸담고 있는 현실이 인간다움의 근거가 와해된, 반생명적 공간이라는 통렬한 인식을 드러내는 방식이기도 하다. 노년에 느끼는 생의 허망함은 「저문 날의 삽화」 연작을 관통하는 주제이다. 그러나 작가의 시선은 여기에 머무르지 않고 삶 너머의 죽음을 향한다. 이러한 방향 전환에 뒤따른 철학적 종교적 조명은 인간 삶의 불가해한 부분들을 갈피갈피 비춤으로써 인생에 대한 심오한 성찰과 이해에 도달하도록 이끈다. 이른바 박완서 특유의 "문밖 의식"이 있었기에 가능했다.[36]

또한 전흥남은 「노년 소설의 초기적 양상과 그 가능성 모색―이태준의 노년 소설을 중심으로」란 논문에서, 이태준의 「복덕방」 「불우선생」 「영월 영감」 등을 초기적 노년 소설로 보고, 이들에 나타난 노인상과 현실 극복 의지를 고찰하여 노년 소설의 초기적 양상과 특징을 규명하였다. 이를 요약하면 다음과 같다.

「복덕방」은 세 노인들이 주요 인물로 등장하고 서사의 핵심에 놓인 경우로 지금의 시점에서 보아도 노년 소설의 범주에 가정 근접한 작품이기도 하다. 「불우선생」과 「영월 영감」 역시 나름의 개별성을 가지면서 공통적으로 전근대에서 근대로의 이행과 일제 침략이라는 질곡의 상황이 맞물린 파행적인 현실 속에서 정체성의 위기에 봉착한 노인들이 그

---

36) 전흥남, 『국어문학』 제42집, 국어문학회, 2007, 33~66쪽.

러한 변화에 대해 어떻게 대응했으며 그 결과는 어떠했는가 하는 문제를 다루고 있다. 작품 속에서 노인들은 식민지 상황에 대해서는 극복하고자 하는 의기(義氣)를 보여 줌으로써 나름의 대응력을 보이지만, 근대라는 새로운 시대 상황에 대해서는 올바른 대응력을 보이지 못하면서 사회에서 이탈되는 몰락의 길을 걷는다. 그러나 새로운 시대를 짊어지고 갈 젊은이들은 노인들이 보여 준 의기로운 삶의 자세를 식민지 상황인 현실에서 유용한 가치로서 인정하고 있다. 이러한 일련의 과정이 「불우선생」에서는 징후적으로 제시되지만 「영월 영감」에 이르면 보다 분명하게 드러난다. 그리고 이러한 사실은 이태준 문학에서 노인들의 위상은 '생의 희망을 잃은' 존재들로 국한된 것이 아님을 말해 준다. 이런 점에서 「불우선생」과 「영월 영감」의 노인들은 나름의 역사의식을 바탕으로 파행적인 현실을 극복하고자 하는 의지를 가진 인물들이다. 따라서 이들의 의기로움은 이태준 문학에 나타나는 노인의 위상의 하나로서 자리 잡아야 한다.[37]

전흥남의 논문은 노년 소설의 관점에서 박완서와 이태준의 소설의 담론 특성과 노인상을 구체적으로 분석하였다는 점에서, 그리고 우리 노년 소설에 대한 계보와 성격을 정립하려는 노력을 엿볼 수 있다는 점에서 그 의의가 있다고 하겠다. 이 밖에도 노년 소설을 다룬 평론들이 많이 있을 것으로 생각되지만, 중요하다고 여겨지는 평문과 논문들은 두루 살펴보았기에, 나머지는 제외하기로 한다.

---

37) 전흥남, 『현대문학이론연구』 제34집, 현대문학이론학회, 2008, 161~183쪽.

V. 마무리

지금까지 살펴본 바를 간단히 정리하면 다음과 같다.

노년 소설에 대한 연구는 1970년대부터 김병익, 천이두 등의 평론가들에 의해 월평과 서평 등에서 한국소설에 있어 문제적 소설로 언급되기 시작하여, 1990년대에 이재선에 의해 도시 소설의 한 유형으로 문학사에 기술되고, 김윤식에 의해 노인성 문학이란 명칭으로 소설사의 중요한 유형으로 설명되었다. 이재선의 논고는 산업화에 의한 급격한 사회 변동기에 있어서 노년의 도시 생활과 도시화와 연계된 삶을 다룬 노년학적 소설들을 문학사적 맥락에서 파악하고, 이들의 여러 양상들을 구체적 작품 분석을 통해 제시했다는 점에서, 김윤식의 평론은 노인성 문학이 근대문학의 연륜과 작가의 연륜에 의해서 발생되었다는 점과 구체적 작품 분석을 통해 그 특성을 밝혔다는 점에서 노년 소설 연구에 큰 의미를 지닌다고 하겠다.

다소 본격적인 연구 성과로는 1990년대 후반부터 2004년까지 나온 '문학을 생각하는 모임'에서 펴낸 『한국문학에 나타난 노인 의식』『한국노년문학연구 Ⅱ』『한국노년문학연구 Ⅲ』『한국노년문학연구 Ⅳ』 등을 들 수 있다. 이들 책에 수록된 변정화, 서정자, 유남옥, 조회경, 서순희 등의 논문이 노년 소설을 다루고 있는데, 특히 변정화와 서정자의 논문은 노년 소설의 개념과 서사 구조, 유형적 특성 등을 정리하고 구체적인 작품 분석을 하였다는 점에서 주목할 만하다.

최근의 연구 성과로는 김윤식·김미현이 엮은 『소설, 노년을 말하다』에 수록된 김윤식과 김미현의 평론, 최명숙의 「한국 현대 노년 소설 연

구」, 『오늘의 문예비평』의 '한국문학과 말년(lateness)의 양식' 특집 중 황
국명의 평론, 그리고 전흥남의 논문 등을 들 수 있다. 여기서 김윤식의 평
론은 노인성 문학의 개념과 소설사적 계보를 정리하고, 대표적인 작품을
분석하였다는 점에서, 최명숙의 논문은 노년 소설을 다룬 최초의 박사학
위 논문으로, 개념에서부터 유형적 특성, 갈등 구조, 현실 대응 양상, 문
학사적 의의에 이르기까지 노년 소설을 총체적으로 다루었다는 점에서,
황국명의 평론과 전흥남의 논문은 각각 한승원, 박완서, 최일남의 최근
작품을, 그리고 박완서와 이태준의 작품을 노년 소설의 관점에서 구체적
으로 분석하고 노년 소설로서의 특성을 규명하였다는 점에서 그 의의가
있다고 하겠다. 이들에 의해 노년 소설이 한국소설의 새로운 소설 유형
으로 그리고 본격적인 학문적 관심 영역으로 자리 잡기 시작하였다.

노년 소설의 개념과 특성, 서사 구조, 유형에 대해서는 큰 틀에서는
대체로 공통의 내용을 보이고 있다. 그러나 최명숙과 서정자의 경우를
제외하면, 아직까지 알려진 몇몇 작가들과 그들의 작품에 한정되어 있
고, 소설 유형으로서의 명칭과 범주에 대해서는 아직까지 통일된 견해
를 보이고 있지 않다.

소설 유형론은 프란츠 슈탄젤이 말한 바 "유형론적 분류는 한 편의
소설의 의미 구조를 X선 촬영하는 것과 같다. 이런 대강의 윤곽은 독자
와 연구자에게 작품 개성의 골격의 흔적과 작품의 정신적 외양을 안내
해 준다. 이런 방법으로 소설 유형론은 작품 해석에 도움을 준다."고 그
의의를 밝혀 놓은 것처럼,[38] 소설 유형의 명칭도 작품의 본질적 성격과

---

38) 조남현, 『소설신론』, 서울대학교 출판부, 2004, 154~155쪽 재인용.

구조를 드러내는 것이기 때문에 적절한 명칭을 사용하는 것이 좋다.[39]

노년 소설의 명칭도 이런 관점에서 정리할 필요가 있다. 즉, 노년 소설, 노년의 문학, 노대가의 문학, 노인 문학, 노년학적 소설, 노인성 문학, 노년기 소설 등으로 다양하게 사용되고 있는 것을 노년 소설로 통일하는 것이 좋겠다. 노대가의 문학은 작가 생활을 오래한 원로급의 문학을 말하는 것이기에 제외하더라도, 노년학적 소설이란 노년학과 연계된 듯한 의미를 가지고 있다는 점에서, 노인 문학은 노인이라는 어휘가 주는 다소 부정적 의미와 등장인물만을 중심으로 다룬 듯하고, 그리고 노인성 문학은 노인성만을 중시하는 문학을 의미하는 듯하며, '문학'을 '소설'로 바꾸면 노인성 소설이 되어 소설 유형으로 사용하기에는 무리가 있다. 또한 노년의 문학과 노년기 소설은 창작 주체인 작가의 나이만을 고려하는 듯하기에 소설 유형의 명칭으로는 곤란하기 때문이다. 그러므로 노년 소설이 작품의 본질적 성격과 구조를 드러내는 명칭으로 비교적 무난하다고 여겨진다.

노년 소설의 범주에 대해서는, 노년의 작가가 생산한 작품만을 노년 소설로 보아야 하느냐, 아니면 노년 소설의 성격이 잘 드러나면 작가의 연령이 문제가 되지 않는다는 내용적 측면을 중시하는, 두 가지로 크게 나눌 수 있다. 후자의 경우를 따른다면 노년 소설의 범주가 너무 넓

---

39) 슈탄젤의 유형론은 물론 작품의 다양한 양상을 조감할 수 있는 비역사적인 질서나 원리로 이해된다. 그렇게 본다면 노년 소설은 이러한 소설 유형의 설명으로 타당하지 않을 수 있다. 즉 노년 소설은 시대적으로 1970년대 산업화 시대 이후의 현대사회에서 본격적으로 생겨난 새로운 소설 유형으로, 일종의 제재를 기준으로 한 소설 유형이다. 그러므로 제재를 기준으로 한 소설 유형론은 초시공적 성격을 띠기 어렵다. 왜냐하면 제재는 시대에 따라, 지역에 따라 다소 달라질 수 있는 것이기 때문이다(조남현, 위의 책, 162쪽). 그러나 여기서 명칭의 문제는 그와 같은 차원의 것이 아니고 명칭의 내포와 외연의 의미가 이와 같은 유형의 소설적 특징을 잘 드러낼 수 있느냐 하는 것이다.

고 또다른 소재주의에 빠질 수 있고, 그리고 노년 작가의 역동성과 다양성을 인정해야 노년 소설의 성격이 잘 드러나기 때문에 작가의 연령선도 중요시되어야 한다. 그러므로 작가층을 노년의 작가로 한정하는 것이 좋겠다. 여기서 노년의 연령선은 김윤식의 지적처럼 물론 시대에 따라 달라질 수 있다는 점이 고려되어야 한다.

노년 소설을 간단하게 정의하면 다음과 같다. 노년 소설은 시대적으로는 1970년대 산업화 시대 이후의 현대사회에서 본격적으로 생겨난 새로운 소설 유형으로, 노년의 작가가 생산한 소설이다. 그리고 소설의 내용적 측면에서 이야기의 중심 영역이 주로 노년의 삶을 다루고 있고, 서술의 측면에서 노인을 서술 자아나 초점 화자로 설정하여 서사화된 소설을 말한다. 그 유형으로는 현대사회에서 산업화, 도시화, 인구의 노령화에 따른 가족 해체와 이에 따른 세태의 비정함을 통해 노인의 소외된 삶을 다루는 부정적 측면의 소위 '노인 문제' 소설과, 노년의 원숙성과 지혜를 보여 주거나 존재의 탐구와 죽음에 대한 철학적 성찰을 다루는 긍정적 측면의 소설 두 가지로 나눌 수 있다. 이것은 절망과 전복의 하강 구조와, 통합과 완성의 상승 구조라는 서사 구조와 짝을 이루고 있다.[40] 그러나 실제 작품을 분석하면 양자의 경계선상에 있는 작품들도 상당히 있다는 점을 항상 염두에 두어야 한다.

(2008)

---

[40] 노년 소설이 대체로 세태소설에 속하는 것이기에 작중 사건이 상승과 하강의 모습을 구체적으로 보여 주지는 않는다. 그러나 사건의 전개 과정에서나 결말에 이르러 작품이 부정적인 혹은 긍정적인 의미를 띠느냐에 따라 이렇게 두 가지 서사 구조로 나누어 볼 수 있을 것이다.

제3부

『문학』 교재 플롯 이론을 통한
소설의 독해 지도 연구

Ⅰ. 서론

고등학교 제6차 문학 과목 교육과정이 가지고 있는, 제5차 과정과의
가장 중요한 차이점은, "인간 교육 강화를 위한 문학작품 감상 기회의
확대 필요성에 부응, 세계문학 작품에 대한 감상 기회의 제공"[1]에 있다.
이것은 제5차 과정과 제6차 과정[2]에 동시에 있는 문학 과목의 내용인
'문학작품의 이해와 감상'에 세계문학 작품을 그 제재로 첨가한 것에만
있지는 않다.

---

1) 『고등학교 국어과 교육과정 해설』(이하 『해설』로 약칭), 교육부, 1995, 403쪽.

2) 문학 과목의 제5차 과정과 제6차 과정의 내용은 세 범주로 제시되어 있다. 제5차 과정
이 '문학의 본질과 한국문학의 특질', '문학작품의 이해 및 감상', '한국문학의 민족문학
적 특성'으로 되어 있는 반면, 제6차 과정은 '문학의 본질', '문학작품의 이해와 감상', '한
국문학과 세계문학'으로 되어 있다. 이 범주들 가운데 제5차 과정과 제6차 과정에서 일
치하는 것은 '문학작품의 이해와 감상'이다. 물론 이 공통 범주에서 제5차 과정은 한국
문학 작품을, 제6차 과정은 한국문학 작품과 세계문학 작품을 그 제재로 하고 있다.

제5차 과정과는 달리, 제6차 과정의 '문학의 이해와 감상'에 있어서 문학 과목 교육과정 운영은 "문학의 원리나 이론 학습을 하위적 수단으로 하여 작품을 올바르게 이해하고 감상하는 능력의 함양과 이의 지속적 심화"[3]에 그 핵심을 두고 있다. 말하자면 제6차 과정은 과학적이고 객관적인 비평 기준을 통하여 작품을 이해하고 감상해야 한다는 것이다.

이에 관련하여 제6차 교육과정에서는 '문학작품에 대한 접근 방법'[4]에 있어서 방법 및 시각의 다양성과 유기적 통일성을 제시한다.

방법과 시각의 다양성[5]은 문학 과목 교육과정의 운영에 있어서 문학 원리나 이론을 준거로 하여 작품을 이해하고 감상하는 과학적 객관적 비평과 방법론적 다양성을 함께 강조한 것이다.

유기적 통일성[6]은 문학 과목 교육과정의 운영에 있어서 문학을 이루는 플롯 요소들이 전체적으로 구조화될 뿐만 아니라 장르 특성에 따라 다르며, 그 요소들이 연관되어서 이루는 전체의 양상도 다르다는 것을 강조한 것이다.

문학작품에 대한 이러한 접근 방법들 가운데서 "문학 교실에서 수업을 할 경우를 상정한 것은 각 갈래별로 해당 작품의 플롯 요소들의 이해

---

3) 『해설』, 329쪽.

4) 『해설』, 351~368쪽.

5) 『해설』은 과학적 객관적 비평의 방법론적 다양성으로, M. H. 에이브럼스(Abrams)가 『거울과 램프(The Mirror and the Lamp)』에서 설명하고 있는 문학의 네 좌표(범주)를 기준으로 한 모방론, 존재론, 표현론, 효용론을 들고 있다.

6) 유기적 통일성, 곧 문학이 유기적 통일체라는 관점은 진화론적 영향에서 자유롭지 못하다. 문학유기체론은 다양성에 있어서 통일성을 강조함으로써 오히려 문학의 다양성을 수락하지 못한다는 비판을 면하기 어렵다. 현대문학이론에서는 문학유기체론을 비판하고 문학중층이론을 수락하고 있다. R.Wellek, A. Warren, *Theory of Literature*, Penguin Books, 27~28쪽.

를 강조한 것"[7]이다. 그 플롯 요소들에 대해서『해설』은 다음과 같은 지침을 제시하고 있다.

> ① 기왕의 문학 교육 현장에서 문학의 플롯 요소 또는 작품의 플롯 요소는 장르 특성과 관계없이 설명된 것을 볼 수 있다. 예컨대 소설의 3요소로 주제, 플롯, 문체 등을 들 수 있고, 다시 플롯의 3요소로 인물, 사건, 배경을 들 수 있는 것이 한 예이다. 이는 구조 개념의 기본인 전체와 부분의 관계를 고려하지 않은 것이라는 비판을 면하기 어렵다. 우선 작품에 대한 비평적 가정(critical assumption)이 선 다음에 플롯 요소가 추출되어야 하고, 플롯 요소는 전체 작품에 조화되어 의미를 획득할 수 있다.[8]

> ② 하나의 작품이 이루어지기 위해서는 플롯 요소가 골고루 갖추어져야 함은 물론이다. 그러나 구체적인 작품들을 보면 여러 플롯 요소들 가운데 어느 요소가 지배적인 특성을 드러내는 경우를 보게 된다.[9]

①과 ②에서『해설』은 플롯 요소를 통하여 작품을 이해하고 감상하는 과정을 제시하고 있다. 그 과정은, 첫째, 작품에 대한 비평적 가정의 성립, 둘째, 작품의 플롯 요소 및 지배소 추출, 셋째, 지배소를 중심으로 플롯 요소들을 통한 작품의 전체적 의미 파악으로 짜여져 있다.

제6차 문학 과목 교육과정이 가지고 있는 이러한 문학작품에 대한 접근 방법을 토대로 하여, 이 글은 플롯이라는 플롯 요소를 통해서 소설작품의 이해와 감상에 도달하고자 한다.

---

7) 『해설』, 358쪽.

8) 『해설』, 358쪽.

9) 인용에서 작품의 지배적인 특성을 드러내는 플롯 요소는 체코 구조주의의 지배소 (dominant) 개념에 상응한다.『해설』, 360쪽.

말하자면, 이 글의 목적은 고등학교『문학』교재[10]에 수록된 플롯이론을 준거로 하여 소설 작품을 분석하고 실제 교육현장에서 적용 가능성을 모색하는 것에 있다.

Ⅱ.『문학』교재에서의 플롯 이론

1. 플롯 이론의 단원 위치

플롯은, 주제 및 문체와 함께 이른바 소설의 3요소에 속하는 것으로

---

10) 이 글에서는『문학』교재 18종(상·하 2권씩 36책) 가운데 편의상 17종만을 대상으로 하였다. 논술의 편의상, 이 글에서는『문학』교재 17종을 인용하고자 할 때, 다음의 도식에서 부여한 일련 번호와 관련 쪽수를 인용 말미에 표기하고자 한다. 예컨대 (1)-1은 도식의『문학』교재 (1)의 1쪽임을 나타낸다.

일련번호	저자	출판사
(1)	구인환·김흥규	한샘출판(주)
(2)	권영민	지학사
(3)	김대행·김동환	(주)교학사
(4)	김봉군·최혜실	지학사
(5)	김열규·신동욱	동아출판사
(6)	김용직·박민수	대일도서
(7)	김윤식·김종철	한샘출판(주)
(8)	김태준·류탁일·한성희·이용호	(주)민문고
(9)	남미영·김용숙·조상기·신희천·김낙효	동아서적(주)
(10)	박경신·김태식·송백헌·양왕용	금성교과서(주)
(11)	성기조	학문사
(12)	오세영·서대석	(주)천재교육
(13)	우한용·박인기·정병헌·최병우	동아출판사
(14)	윤병로·박동규·구창환·오태현	(주) 노벨문화사
(15)	이문규·권오만	선영사
(16)	최동호·고형진·신재기·장장식	대한교과서(주)
(17)	한계전·김병국·윤여탁	대한교과서(주)

서 소설 작품을 형성하는 가장 중요한 문학적 장치이다. 현행 제6차 문학 과목 교육과정에서도 플롯은, 그 과목의 세 내용 가운데 '문학작품의 이해와 감상'에서도 가장 중요한 작품 분석의 준거로서 사용된다. 또한 '문학작품의 이해와 감상'의 하위 내용인 '소설 작품의 이해와 감상'에 있어서 가장 중요한 기준이 된다.

문학 과목 교육과정에서 플롯 이론이 차지하고 있는 단원의 위치를 먼저 살펴보면 〈도식·1〉과 같다.

〈도식·1〉

교재	대 단 원	중 단 원	소 단 원
(1)	Ⅲ. 문학작품의 이해와 감상	2. 서사의 진실	(3) 소설의 플롯과 시점
(2)	Ⅲ. 소설의 이해와 감상		2. 소설의 플롯
(3)	Ⅲ. 소설의 이해와 감상	2. 소설의 플롯	제재(관련 작품들)
(4)	Ⅷ. 근·현대 문학	소설	현대소설 이해의 기초 (2) 플롯
(5)	Ⅱ. 이야기와 소설	1. 이야기와 소설의 형식	(1) 시점과 플롯
(6)	Ⅱ. 문학작품의 이해와 감상	2. 소설의 이해와 감상	(3) 스토리와 플롯
(7)	Ⅰ. 문학이란 무엇인가	4. 소설의 이해	(2) 소설의 플롯
(8)	Ⅱ. 문학의 갈래별 이해	2. 소설의 이해	(1) 소설의 플롯
(9)	Ⅱ. 이야기와 소설	4. 플롯의 구조	제재(관련 작품들)
(10)	Ⅳ. 서사문학의 이해(상) Ⅲ. 소설의 감상(하)		2-1. 소설의 플롯 1-1. 소설의 플롯
(11)	Ⅱ. 문학작품 이해와 감상	2. 소설 문학의 요소와 그 기능	(2) 사건과 플롯

교재	대 단 원	중 단 원	소 단 원
(12)	Ⅳ. 한국 현대 문학작품의 이해와 감상	2. 소설의 이해와 감상	(1) 소설의 이해 ③ 소설의 플롯
(13)	Ⅲ. 작품 세계와의 만남	3. 서사와 현실의 세계	
(14)	Ⅱ. 문학의 갈래와 특성	2. 소설의 세계	⑤소설의 플롯
(15)	Ⅱ. 문학의 이해와 실제	2. 소설과 서사의 세계	(1) 서사문학의 플롯
(16)	Ⅲ. 허구와 진실의 서사문학	3. 플롯과 시점	제재(관련 작품들)
(17)	Ⅲ. 허구의 세계	1. 사건과 플롯	제재(관련 작품들)

〈도식·1〉에서 플롯 이론은 다음과 같은 체계적 특성을 가진다.

첫째, 플롯 이론은 (1), (6), (11), (15)에서와 같이 '문학의 이해와 감상'을 대단원으로, '소설의 이해와 감상'을 중단원으로 하여, 소단원에 위치하고 있으며, '문학의 이해와 감상' 내용의 하위 체계로서 수직적 계열체가 된다.

둘째, 플롯 이론은 (2), (3), (5), (9), (10), (16), (17)에서와 같이, 문학의 하위 갈래로서의 '소설의 이해와 감상'을 대단원으로 하여, 중단원에 위치할 때에는 제재(즉, 관련 작품)를 소단원으로 설정하고 있거나, 중단원을 설정하지 않고 바로 소단원에 위치하고 있다.

셋째, 플롯이론은 (4), (12), (13)에서와 같이, '한국문학 혹은 한국 현대문학의 흐름'을 대단원으로, '한국소설 혹은 현대소설'을 중단원으로 하여, 소단원에 위치하고 있으며, 현대소설을 이해하고 감상하는 준거 이론으로서 설명된다.

넷째, 플롯 이론은 (8), (14)에서와 같이, '문학의 갈래'를 대단원으로, 그 하위 갈래인 '소설'을 중단원으로 하여, 소단원에 위치하고 있다.

다섯째, 플롯 이론은 (7)에서와 같이, '문학이란 무엇인가'를 대단원으로, 문학의 하위 갈래인 '소설'을 중단원으로 하여, 소단원에 위치하고 있다.

따라서 단원의 위치에서 본다면, 플롯 이론은 대부분 문학 과목의 세 내용 영역 가운데 '문학의 이해와 감상'을 대단원으로, '소설의 이해와 감상'을 중단원으로 하고, 소단원에 위치하여 수직적 계열체를 이룬다.

2. 플롯 이론의 학습 목표와 내용

플롯이론이 문학 과목의 내용 영역인 '문학의 이해와 감상'의 수직적 계열체로서 소단원에 위치하고 있다면, 현행『문학』교재에서 소단원으로 다루고 있는 플롯 이론의 학습 목표는 무엇인가.

우선『문학』교재의 플롯 이론에서 설정하고 있는 학습 목표는 〈도식 · 2〉에서와 같다.

〈도식 · 2〉

교재	학습 목표
(1)	소설을 플롯하는 여러 요소와 그 기능을 안다.
(2)	소설 플롯의 개념과 그 특성을 알아보자. 소설의 플롯 요소와 플롯 단계에 대해 알아보자.
(3)	소설의 플롯 요소에는 어떠한 것이 있는지를 알고 감상한다. 플롯과 상황은 어떤 속성을 지니고 있는지를 이해한다.
(4)	소설의 요소를 안다.
(5)	플롯의 뜻과 단계에 대해 안다.
(6)	소설의 구조 요소와 그 미적 기능은 무엇인지 안다.

교재	학습 목표
(7)	소설의 기본 개념과 플롯 요소를 이해한다. 소설의 좋은 독자가 되기 위한 바탕을 마련한다.
(8)	소설의 플롯 방법과 플롯 요소를 이해한다. 소설을 감상하고 플롯적 특성을 파악한다.
(9)	플롯의 본질과 종류를 안다. 구조의 본질과 종류를 안다. 작품의 플롯과 구조를 파악한다.
(10)	플롯의 개념과 유형에 대해 안다. 플롯의 단계에 대해 안다. 플롯의 단계에 따른 갈등 구조의 변화에 대해 안다.
(11)	작품 속에 나타난 사건들을 순서대로 파악할 수 있다. 작품 속에 나타난 사건들의 인과 관계를 알 수 있다. 소설 작품의 플롯 단계를 파악할 수 있다. 배경 지식을 활용하여 작품을 감상할 수 있다.
(12)	소설의 본질적 속성을 이해한다. 소설을 이루는 플롯 요소를 파악한다.
(13)	소설의 속성을 개략적으로 알아보고 이를 바탕으로 실제 작품을 이해 감상하는 능력을 길러 나가도록 하자.
(14)	소설의 고유한 특성과, 소설과 현실과의 관계, 그리고 소설의 형태를 이해하자.
(15)	소설에서 플롯의 중요성을 이해한다. 소설 플롯의 요소들에는 어떤 것들이 있는지 안다. 작품을 읽고 플롯상의 특징을 파악할 수 있다.
(16)	소설에 있어서 플롯의 의의와 역할을 안다. 플롯의 다양한 유형을 안다.
(17)	소설 속의 사건을 유형별로 분류한다. 소설 플롯의 유형과 그 특성을 이해한다. 고전소설과 현대소설의 플롯상 특질을 이해한다.

〈도식·2〉에서와 같이 플롯 이론을 통하여 설정하고 있는 학습 목표는 다음과 같이 정리된다.

첫째, 플롯의 본질, 곧 개념과 특성 및 속성을 이해한다.

둘째, 플롯의 기능을 이해한다.

셋째, 플롯의 단계를 이해한다.

넷째, 플롯의 유형 혹은 종류를 이해한다.

다섯째, 플롯의 요소를 이해한다.

여섯째, 플롯을 통하여 실제 작품을 이해하고 감상한다.

말하자면 플롯 이론의 학습 목표는 플롯 이론의 기본적인 내용을 이해하고 이를 준거로 하여 실제 작품의 이해와 감상으로 나아가는 것이다.

따라서 이러한 학습 목표를 성취하기 위해서 문학 과목에서 다루고 있는 플롯 이론의 내용은 무엇인가를 살펴보자. 이를 〈도식·3〉으로 나타낼 수 있다.

〈도식·3〉

교재	단원 내용	교재	단원 내용
(1)	정의, 단계, 방식, 진행	(10)	정의, 단계, 유형
(2)	정의, 요소, 단계, 종류	(11)	정의, 단계, 방식
(3)	정의, 단계, 종류	(12)	정의, 단계
(4)	정의, 단계	(13)	정의
(5)	정의, 단계, 요소	(14)	정의, 단계, 요소
(6)	정의, 단계	(15)	정의, 단계, 방식, 요소
(7)	정의, 단계, 종류	(16)	정의, 단계, 유형
(8)	정의, 단계, 유형, 방식	(17)	정의, 단계, 종류
(9)	정의, 단계		

〈도식 · 3〉에서와 같이,『문학』교재에서 플롯 이론의 내용은 정의, 단계, 종류 혹은 유형 그리고 요소를 범위로 하고 있으며, 아리스토텔레스와 러시아 형식주의 개념에 기대고 있다. 이를 기반으로 하여 작품 분석의 준거로서 플롯이론을 살펴보면 다음과 같다.

　현행『문학』교재에서는 플롯의 정의는 아리스토텔레스의 미토스 (mythos)에서 시작된다.

　미토스는 인간을 모방하는 것이 아니라 인간의 행동과 생활 및 행복과 불행을 모방하는 것이다. 곧 미토스[11]는 전체적인 행동의 모방으로서, 스토리 내에서 행해진 전체적 이야기, 사건들의 결합체 혹은 행위의 연속체이다. 이런 의미에서 플롯을 사건들의 결합체, 혹은 연속체라고 간략하게 정의할 수 있다.

　문제는 사건과 사건간의 관계인바, 포스터(Forster)와 러시아 형식주의의 개념들이 차용된다. 먼저 소설 속에서 전개되는 사건들이 결합하여 환기하는 줄거리 내용을 '스토리'와 '플롯'으로 나누고 다음과 같은 도식[(6)-147]의 범위 속에서 설명된다. 스토리와 변별하면서『문학』교

---

11) 물론 아리스토텔레스는 미토스를 사건들의 결합체라고 정의하지만 그의 정의는 그렇게 간단하지 않다. 그는 미토스가 반드시 가져야 할 특성으로, 개연성, 통일성, 전체성, 연속성, 단일성을 들고 있다.

　개연성이란, 미토스가 실제로 일어난 일이 아니라 일어날 것으로 예측되는 일, 일어날 가능성이 있는 일을 이야기해야 한다는 것이다. 전체성이란, 미토스는 시간과 중간 그리고 끝으로 플롯되어야 하며, 쉽게 기억할 수 있을 정도의 길이를 가지고 있어야 한다는 것이다. 통일성이란 미토스는 일정한 질서를 가지고 사건과 행동을 배열해야 하며, 그 가운데 한 부분을 다른 데로 옮겨 놓거나 빼 버리면 전체가 뒤죽박죽 되게끔 플롯되어야 한다는 것이다. 연속성이란, 미토스는 미토스와 직접적인 연관이 없는 삽화적인 사건이 개입하는 것을 허용하지 않는다는 것이다. 단일성이란, 미토스의 결말에서 선인의 운명이 행복에서 불행으로 바뀌어야 하고 악인의 운명이 불행에서 행복으로 바뀌어야 한다는 것이다. 아리스토텔레스, 천병희 역,『시학』, 문예출판사, 1987, 48쪽 이하.

재에서는 플롯을 다음과 같이 정의하고 있다.

① 시간적 순서에 의해 뒤얽혀서 평범하게 진행되는 일상적인 삶을 인과적이고 필연적인 질서 속에서 선택적으로 구조화하는 것[(1)-185].

② 허구적 세계에서 일어난 사건의 개별적인 토막을 실제로 일어난 시간적·인과적 순서가 아니라 문학적 효과를 위해 재배치하여 이루어 놓은 구조[(5)-48].

서로 상반되는 것같이 보이는 ①과 ②에서는 기본적으로, 스토리를 시간적 순서에 의한 서술로 두면서, 그 반대 개념으로 플롯을 인과관계에 의한 서술로 정의하고 있다. 따라서 플롯이란 문학적 효과를 야기시키는 인과관계에 의한 사건들의 결합이라고 정의할 수 있다.

그 결합의 과정을, 아리스토텔레스는 '시작 → 중간 → 끝'의 단계로 구분하고 있다. 『문학』교재에서도 아리스토텔레스의 3단계를 이론적인 기반으로 삼아서 4단계와 5단계설을 설명하고 있다. 즉, 플롯의 5단계는 '발단 → 전개 → 위기 → 절정 → 결말'이며, 4단계는 그 가운데 '위기'의 단계가 없는 경우이다.

일반적으로 플롯의 5단계는 다음과 같이 설명되며, 김동리의 「무녀도」를 예를 들면 다음과 같다.

① 발단 : 이야기가 시작되는 바탕이다. 사건이 일어날 배경을 제시하고, 등장인물이 소개되며, 앞으로 전개될 사건의 실마리가 제시되는 기초 단계이다. 독자의 관심을 일으킬 수 있도록 주제의 방향을 제시하는 곳이다.

: 무녀도의 내력을 소개하겠다는 내용으로 출발하여 모화는 낭이와 욱이라는 의 붓남매를 둔 영검 있는 무당으로서 낭이는 그림을 잘 그렸고 욱이는 절에 맡겨졌다가 예수꾼이 되어 돌아온다는 내용.

② 전개 : 발단에서 제시된 바탕 위에 사건이 구체적인 단계로 들어서며 인물의 성격이 정착되는 단계이다. 인물과의 관계가 분명하게 나타나고 사건이 뚜렷이 제시되며 갈등과 긴장이 연속적으로 나타난다. 또한, 이 부분에서는 작가의 사상이 나타나기 시작한다.
: 모화는 아들 욱이의 예수에 대한 믿음을 바꾸기에 노력하고, 욱이가 이에 예수교 신앙을 주장하는 부분.

③ 위기 : 지금까지 전개되어 온 사건이 갑자기 다른 방향으로 나아가는 단계로서 이를 '전환'이라고 한다. 사건의 반전을 가져오거나 클라이맥스를 유발시키는 전환의 계기를 맞이한다. 이 단계에서 사건은 결정적인 분기점을 맞거나 결정적인 의미를 드러냄으로써 독자의 긴장과 불안을 유발시키게 된다. 클라이맥스의 전초가 된다.
: 모화는 욱이의 신앙을 바꾸기 위해 성경을 불사르고 주문을 외고 객귀를 물리치려 한다. 이에 흥분한 욱이가 성경을 빼앗으려다 모화의 칼에 맞아 죽는 부분.

④ 절정 : 사건이 상승하여 해결의 고비에 이르는 최고의 정점, 즉 클라이맥스이다. 사건의 흥미가 가장 고조되는 극적인 부분이며, 사건이 해결되는 분수령적 위치이다.
: 욱이가 죽어도 예수교의 세력이 점점 확장되어 가자 모화가 극도의 흥분 상태에 이른 부분.

⑤ 대단원 : 사건의 결말로서 발단에서 제시한 모든 사건들이 절정을 지나 해결되는 단계이다. 지금까지의 갈등과 대립으로 이어온 사건이 막을 내리고 주제를 정리하여 예술적인 여운을 남기는 부분이다.

이 부분은 간결하면서도 상징적이고 암시적인 수법으로써 결말을 짓고 있다.

: 모화가 마지막으로 자신의 믿음이 진짜임을 보이기 위해 굿판을 벌이다가 물에 빠져 죽고 아버지가 혼자 남은 낭이를 데리고 가는 부분 [(14)-222~224].

모든 소설의 플롯이 이러한 단계를 보여 주는 것은 물론 아니다. 작가에 따라서 작품에 따라서 이러한 플롯의 단계는 다르다.

이에 플롯의 단계가 아니라 사건들의 결합 방식, 흔히 플롯의 종류 혹은 유형이라고 말하는 플롯의 방식에 주목할 필요가 있다.

플롯의 방식을 기준으로 하여 그 종류 혹은 유형을 나누면, 첫째, 단순 플롯과 복합 플롯, 둘째, 평면 플롯과 입체 플롯, 셋째, 극적 플롯과 삽화적 플롯, 넷째, 액자 플롯, 다섯째, 피카레스크식 플롯, 여섯째, 상승 플롯과 하강 플롯, 일곱째, U자형 플롯과 U자를 뒤집어 놓은 플롯, 여덟째, 평면적 진행, 입체적 진행, 평행적 진행으로 세분화할 수 있다. 이 가운데 『문학』교재들에서 공통적으로 다루고 있는 것은 첫째에서 넷째까지이며, 특정 교재들에서 다루고 있는 것은 다섯째에서 여덟째까지이다.

첫째, 단순 플롯과 복합 플롯은 서사의 집중 정도[(8)-104] 혹은 이야기가 어떻게 조직화되어 있는가[(1)-185]에 따라서 나누어진다. 단순 플롯은 한 가지 이야기만으로 이루어진 비교적 단순한 플롯 방식인 반면, 복합 플롯은 두 가지 이상의 이야기가 얽혀서 전개되는 플롯 방식이다. 아울러 단순 플롯은 단일 플롯으로 지칭되기도 한다.

둘째, 평면 플롯과 입체 플롯은 서사의 진행[(8)-104]에 따라서 나누어진다. 평면 플롯은 이야기의 진행이 시간적 순서에 따라서 전개되는 순차적 플롯인 반면, 입체 플롯은 이야기의 진행이 시간적 순서에 관계 없이 역행적으로 전개되는 파행적 플롯 혹은 분석적 플롯이다.

셋째, 극적 플롯과 삽화적 플롯은, 플롯의 밀도[(7)-39] 혹은 이야기의 중심을 이루는 사건과 그 이야기의 부수적인 삽화나 사건의 관계[(8)-104]에 따라서 나누어진다. 극적 플롯과 삽화적 플롯[(10)-161]은, 유기적 플롯과 삽화적 플롯[(8)-104] 혹은 극적 플롯과 직선적 플롯[(7)-39]으로 불리기도 한다.

극적 플롯은 각각의 사건들이 직접적인 인과관계로 연결되어서 완전한 하나의 이야기로 통합되는 견고한 플롯인 반면, 삽화적 플롯은 각각의 사건들이 중심이 되는 사건이 없이 서로 독립적으로 산만하게 전개되는 이완된 플롯이다.

넷째, 액자 플롯 혹은 액자 소설은 하나의 이야기 속에 다른 이야기를 전개시켜 나가는 플롯으로서, 하나의 이야기를 외화, 그 속에서 전개되는 이야기를 내화라고 한다.

다섯째, 피카레스크식 플롯[(17)-90]은 동일한 주제나 인물을 지닌 여러 가지 독립된 이야기를 모은 것이다.

여섯째, 상승 플롯과 하강 플롯은 주인공이 추구하는 바를 성취하느냐 못하느냐[(7)-39]에 따라서 나뉘어진다. 상승 플롯은 이야기의 진행이 주인공이 성공하는 방향으로 전개되는 반면, 하강 플롯은 그 반대의 경우이다.

일곱째, U자형 플롯과 U자를 뒤집어 놓은 플롯[(15)-143]이다. U자형 플롯은 비극적인 시련을 겪은 후 행복한 결말로 솟아오르도록 하는 희극적 플롯인 반면, U자를 뒤집어 놓은 플롯은 일련의 인식 과정을 통해서 파국으로 떨어지도록 하는 비극적 플롯이다.

여덟째, 플롯의 종류를 사건의 진행 방식에 따라서 평면적 진행, 입체적 진행, 평행적 진행[(1)-186]으로 나누기도 한다. 평면적 진행은 사건을 과거, 현재, 미래의 시간 순서에 따라 진행시키는 방법이고, 입체적 진행은 사건을 시간적 순서에 입각하지 않고 뒤바꾸어서 진행시키는 방법이며, 평행적 진행은 두 가지 사건을 동시에 진행시키는 방법이다.

다양한 유형으로 나누어지는 플롯에는 반드시 몇 가지 요소가 필요하다. 즉 플롯의 요소에는 사건이 있어야 하고, 그 사건의 주체인 인물 그리고 인물과 사건이 구체화되는 배경이 필요하다. 인물, 사건, 배경은 플롯의 요소[(2)-144~145, (14)-234~227]가 된다.

문제는 이러한 플롯 이론의 내용을 기반으로 하여, 그 학습 목표에서 제시한 '플롯 이론의 이해와 이를 준거한 실제 작품의 이해와 감상'으로 나아가는 것이다.

Ⅲ. 「운수 좋은 날」의 플롯을 통한 독해 지도

1. 텍스트로서의 「운수 좋은 날」과 학습 목표

플롯이론을 준거로 하여 실제 작품을 이해하고 감상하고자 할 때, 『문학』 교재들에서 대상으로 하고 있는 작품은 〈도식 · 4〉와 같다.

〈도식 · 4〉

교재	플롯 이론	관련 예증 작품	제재
(1)	종류-입체적 진행	프루스트의 소설 이상의 소설	운수 좋은 날(현진건) 병신과 머저리(이청준) 목걸이(모파상)
	종류-평행적 진행	움직이는 성(황순원)	
(2)	단계	동백꽃(김유정)	귀향(모파상)
(3)			역마(김동리) 봄 · 봄(김유정) 광장(최인훈)
(4)			배따라기(김동인) 등신불(김동리)
(5)			홍염(최서해)
(6)			운수 좋은 날(현진건)
(7)	종류-액자 플롯	옥갑야화(박지원) 배따라기(김동인) 이리도(황순원) 무녀도(김동리)	
(8)			운수 좋은 날(현진건)
(9)			메밀꽃 필 무렵(이효석)
(10)			운수 좋은 날(현진건) 목넘이 마을의 개(황순원)
(11)			고향(현진건)
(12)	단계	날개(이상) 소설가 구보씨의 일일 (박태원)	
(13)			

교재	플롯 이론	관련 예증 작품	제재
(14)	단계	무녀도(김동리)	
	요소-배경	전쟁과 평화(톨스토이) 날개(이상) 비 오는 날(손창섭)	
	요소-인물	무정(이광수) 춘향전 B사감과 러브레터(현진건) 삼대(염상섭)	
(15)	정의	운수 좋은 날(현진건)	풍경A(박경리)
(16)			운수 좋은 날(현진건) 목걸이(모파상)
(17)	종류-단순 플롯	치숙(채만식)	무녀도(김동리) 돈키호테(세르반테스) 무녀도(김동리) 돈키호테(세르반테스)
	종류-복합 플롯	삼대(염상섭)	

첫째, 〈도식·4〉에서와 같이 플롯 이론의 내용과 그것을 설명하는 과정에서 실례로 다루고 있는 작품들은 다음과 같다.

플롯의 정의는 현진건의 「운수 좋은 날」을, 단계는 김유정의 「동백꽃」, 이상의 「날개」, 박태원의 「소설가 구보씨의 일일」, 김동리의 「무녀도」를, 종류는 단순 플롯과 복합 플롯에 채만식의 「치숙」과 염상섭의 「삼대」를, 액자 플롯에 박지원의 「옥갑야화」, 김동인의 「배따라기」, 김동리의 「무녀도」, 황순원의 「이리도」를, 입체적 진행과 평행적 진행에 프루스트, 이상의 소설과 황순원의 「움직이는 성」을, 요소는 배경에 이상의 「날개」, 손창섭의 「비 오는 날」, 톨스토이의 「전쟁과 평화」를, 인물에 「춘향전」, 이광수의 「무정」, 현진건의 「B사감과 러브레터」, 염상섭의 「삼대」를 다루고 있다.

둘째, 〈도식 · 4〉에서 플롯 이론의 제재로서, 플롯 이론을 준거로 하여 분석하고자 하는 국내 작품들에는 현진건의 「운수 좋은 날」을 최고 빈도수로 하여, 현진건의 「고향」, 최인훈의 「광장」, 김동리의 「등신불」과 「무녀도」와 「역마」, 이효석의 「메밀꽃 필 무렵」, 황순원의 「목넘이 마을의 개」, 김동인의 「배따라기」, 이청준의 「병신과 머저리」, 김유정의 「봄 · 봄」, 박경리의 「풍경A」, 최서해의 「홍염」이 있다. 외국 작품에는 모파상의 「귀향」과 「목걸이」, 세르반테스의 「돈키호테」가 있다.

첫째와 둘째에서 본다면 『문학』 교재에서 플롯 이론을 준거로 다루고 있거나 다루고자 하는 작가와 작품들의 빈도(횟수)는 〈도식 : 5〉에서와 같다.

〈도식 · 5〉

작가	작품(횟수)
김동리	등신불(1), 역마(1), 무녀도(3)
김동인	배따라기(2)
김유정	동백꽃(1), 봄 · 봄(1)
박경리	풍경A(1)
박지원	옥갑야화(1)
박태원	소설가 구보씨의 일일(1)
손창섭	비 오는 날(1)
염상섭	삼대(2)
이광수	무정(1)
이 상	날개(2)
이청준	병신과 머저리(1)

작가	작품(횟수)
이효석	메밀꽃 필 무렵(1)
채만식	치숙(1)
최서해	홍염(1)
최인훈	광장(1)
현진건	B사감과 러브레터(1), 고향(1), 운수 좋은 날(5)
황순원	목넘이 마을의 개(1), 움직이는 성(1), 이리도(1)
모파상	귀향(1), 목걸이(2)
세르반테스	돈키호테(1)

〈도식 · 5〉에서와 같이, 현진건의 「운수 좋은 날」은 플롯 이론을 준거로 하여 이해하고 감상하고자 하는 가장 적합한 작품이다.

이런 시각에서 「운수 좋은 날」의 학습 목표도 플롯에 맞추어져 있다.

〈도식 · 6〉

교재	작품의 학습 목표
(1)	이 작품에 반영된 당시 하층민의 삶의 고뇌를 이해한다. 이 소설의 아이러니적 구조인 까닭과 그 효과를 알아본다. 가난으로 인한 비극적 삶을 다루는 다른 작가의 작품과 비교해 본다.
(6)	이 소설을 중심으로 소설의 플롯을 나누어 보고, 스토리와 플롯의 관계, 플롯의 예술적 의의 등을 알아보자.
(8)	반어, 복선, 압축 등의 다양한 플롯 방식과 상징적 배경, 섬세한 심리 묘사 등으로 이루어진 1920년대 한국 사실주의 소설의 대표적 작품
(10)	일제 강점기의 도시 빈민층의 궁핍한 생활상을 치밀한 플롯과 예리한 관찰로 묘사한 사실주의 소설이다. 묘사와 서술, 대화 등의 기법을 통한 인간의 내면 심리가 세밀하게 표현되어 있다.

교재	작품의 학습 목표
(16)	이 작품의 플롯 전개상 특징을 안다. 이 작품에서 화자와 인물의 거리를 파악할 수 있다. 이 작품에서의 '비'와 주제와의 관계를 안다.

〈도식·6〉에서와 같이 「운수 좋은 날」의 학습 목표는 다음과 같다.

첫째, 아이러니적 플롯의 특징과 그 효과를 알아본다.

둘째, '비' 모티브와 주제와의 관계를 알아본다.

셋째, 인물의 심리, 화자와의 거리 등을 알아본다.

넷째, 작품의 주제와 동시대 현실을 알아본다.

다섯째, 동일한 주제를 가진 다른 작가의 작품과 비교해 본다.

이러한 학습 목표 가운데 플롯 이론에 밀접한 관계를 맺는 것은 첫째와 둘째 그리고 넷째의 경우이다.

2. 「운수 좋은 날」의 플롯 분석

2.1 텍스트의 플롯

현진건의 「운수 좋은 날」의 학습 목표는, 이미 살펴본 바, 플롯의 특성과 그 효과를 중심으로 설정되어 있다. 이러한 학습 목표를 달성하기 위해서 플롯을 분석하기로 한다.

플롯이 인과관계에 의한 사건들의 결합체이므로, 사건을 중심으로 텍스트의 플롯을 요약하면 다음과 같다.

①─㉠ 김 첨지가 앞집 마나님을 전찻길까지 태워다 주고 30전을 벌다.
　─㉡ 김 첨지가 양복장이를 동광학교까지 태워다 주고 50전을 벌다.

②-㉠ 김첨지의 아내가 벌써 달포가 넘도록 기침으로 쿨룩거리다.

　-㉡ 김첨지의 아내가 열흘 전에 조밥을 먹고 체하여 병이 악화되다.

　-㉢ 김첨지가 열흘 전에 좁쌀 한 되와 10전짜리 나무 한 단을 사다
　　　주다.

　-㉣ 김첨지의 아내가 사흘 전부터 설렁탕 국물을 마시고 싶다고 남
　　　편을 조르다.

③-㉠ 학생이 김첨지를 불러 남대문 정거장까지의 요금을 묻다.

　-㉡ 앞집 마나님이 부르러 왔을 때, 김첨지의 아내는 그에게 나가지
　　　말라고 말리면서 집에 일찍 들어오기를 부탁하다.

　-㉢ 김첨지는 학생을 남대문 정거장까지 태워다 주고 1원 50전을
　　　벌다.

④-㉠ 김첨지는 정거장 앞에 인력거를 세워 두고 손님을 물색하다.

　-㉡ 김첨지는 기생 퇴물인 듯 난봉 여학생인 듯한 여자 손님에게 인
　　　력거 타기를 권유하다 퇴짜를 맞다.

　-㉢ 김첨지는 전차를 타지 못한 손님을 인사동까지 태워 주고 60전
　　　을 벌다.

⑤-㉠ 김첨지가 선술집 앞에서 치삼이를 만나서 함께 선술집 안으로
　　　들어가다.

　-㉡ 김첨지가 술과 음식을 먹으면서 30원을 벌었다고 취기를 부리다.

　-㉢ 김첨지가 돈을 끼얹는 등 취기를 계속 부리면서 술을 마시다.

　-㉣ 김첨지가 남대문에서 인사동까지 태워다 준 여자 손님의 흉내를
　　　내어서 사람들을 웃기다.

　-㉤ 김첨지가 자기 아내가 죽었다고 울고, 다시 죽지 않았다고 웃다
　　　하면서 취기를 부리다.

⑥-㉠ 김첨지가 설렁탕을 사 가지고 집에 다다르다.

　-㉡ 김첨지가 대문에 들어서면서 아내의 기침 소리를 듣지 못하고
　　　어린애의 젖 빠는 소리만 듣다.

　-㉢ 김첨지가 방을 열고 큰 소리로 아내를 부르고 다리를 걷어차지
　　　만 개똥이의 울음소리만 들리다.

–ⓐ 김첨지가 죽은 아내의 얼굴을 비비면서 사 온 설렁탕을 먹지 못한
  다고 한탄하며, 오늘은 운수가 좋더니만 하고 말을 잇지 못하다.

플롯에서 보면, 텍스트는 인력거꾼 김첨지가 겪은 1일 동안의 이야기
이다. 그 이야기는 김첨지가 살고 있는 동소문에서 남대문 정거장과 인
사동 그리고 선술집을 거쳐서 자기 집으로 돌아오기까지의 사건으로 짜
여져 있다.

2.2 사건의 순환적 결합

텍스트의 플롯은 인력거꾼 김첨지가 동소문에서부터 자기 집으로 돌
아오기까지의 사건들로 결합되어 있다. 그 사건들은 김첨지가 하루 동안
인력거를 가지고 돌아다닌 공간을 단위로 하여 일어난 사건들이다. 즉,
그 사건들의 의미 있는 단위는 공간이며, 다음과 같이 결합되어 있다.

공간 : 동소문 ─── 남대문 ─── 인사동 ─── 선술집 ─── 집
사건 : ① ─── ③ ─── ④ ─── ⑤ ─── ⑥, ②

플롯에서의 사건과 그 사건이 일어난 공간에서 문제가 되는 것은 ②
의 경우이다. ②의 사건이 실제 일어난 공간은 김첨지의 집인 반면, ②
의 사건이 상상되는 공간은 ①의 동소문이다. 이것은 곧 ②의 사건이 ①,
③, ④, ⑤, ⑥의 사건들과 시간적인 불일치의 관계에 있다는 것이다.

시간을 중심으로 시간적 순서로 플롯을 재편성 하면 다음과 같다.

시간 : 한 달 전 ─── 열흘 전 ─── 사흘 전 ─── 오늘 ─── (순차적 진행)

사건 : ②-㉠ ▶ ②-㉡ ▶ ②-㉢ ▶ ②-㉣ ▶ ③-㉡ ▶ ①-㉠ ▶ ⑥-㉣

이를 사건의 공간과 결합시키면 다음과 같다.

시간 : 한 달 전 ──▶ 열흘 전 ──▶ 사흘 전 ──▶ 오늘 ──▶ (순차적 진행)
사건 : ②-㉠ ▶ ②-㉡ ▶ ②-㉢ ▶ ②-㉣ ▶ ③-㉡ ▶ ①-㉠ ▶ ⑥-㉣
공간 : 집 ──────────────────────▶ 동소문 ──▶ 집

따라서 텍스트의 플롯은, 사건의 시간과 공간에서 본다면, 사건들의 순환적 결합으로 짜여져 있다.

2.3 잘 짜여진 단일한 플롯

텍스트의 플롯이 사건들의 순환적 결합으로 되어 있다면, 텍스트에서 실제 다루고 있는 사건은 현재의 사건이다. 말하자면 텍스트에서의 현재-오늘을 기준으로 한 달 전(②-㉠), 열흘 전(②-㉡, ②-㉢), 사흘 전(②-㉣), 오늘(③-㉡) 사건은 현재에서 회상되고 있을 뿐 텍스트에서 실제 일어나고 진행되는 사건은 아니다. 이를 감안하여 플롯의 단계를 살펴보면 다음과 같다.

발단 : ②-㉠ ──▶ ②-㉡ ──▶ ②-㉢ ──▶ ②-㉣ ──▶ ③-㉡
전개 : ①-㉠㉡ ──▶ ③-㉠㉢ ──▶ ④-㉠㉡㉢
위기 : ⑤-㉠㉡㉢㉣㉤
절정 : ⑥-㉠㉡㉢
결말 : ⑥-㉣

즉, 텍스트의 플롯은 '인력거꾼 김첨지의 행운→김첨지의 행운과 겹치는 아내에 대한 불안→아내의 불행에 대한 예감→불길한 침묵에 대한 김첨지의 고함→아내의 죽음으로 인한 김첨지의 불운'으로 잘 짜여진 5단 플롯으로 되어 있다. 이러한 짜임새로서 전개되는 사건은 인력거꾼 김첨지가 행운에서 불행으로 이르는 단순하고 단일한 사건이다. 따라서 텍스트의 플롯은 잘 짜여진 단일 플롯이다.

2.4 반복적 사건과 반어적 플롯

텍스트의 플롯은, 제목 '운수 좋은 날'과 같이 행운으로 시작한다. 그 행운은, 두 개의 모티브에 관련되는바, '인력거 손님'과 '비'이다.

먼저 행운은 인력거 손님으로 인한 김첨지의 수입에 관련되어서 다음과 같이 반복된다.

> ①-㉠ 앞집 마나님 : 30전
> ㅤ-㉡ 양복장이 ㅤ : 50전
> ③-㉠-㉢ 학생 ㅤ : 1원 50전
> ④-㉢ 여자 손님 ㅤ : 60전

김첨지의 인력거 손님으로 인한 행운은 플롯의 단계에 있어서 전개 부분에 해당된다. 말하자면 텍스트의 플롯은 김첨지의 행운이 발단이 되고 전개 단계까지 이어지는 것이다.

이어서 김첨지의 행운에 관련되는 모티브는 '비'이다. 작품의 첫 서두에서부터 '비'에 대하여 서술된다.

> 새침하게 흐린 품이 눈이 올 듯하더니 눈은 아니 오고 얼다가 만 비

가 추적추적 내리었다.

　이날이야말로 동소문 안에서 인력거꾼 노릇을 하는 김첨지에게는 오래간만에 닥친 운수 좋은 날이었다(①-㉠-㉢).

작품의 제목과 같이 김첨지에게 '운수 좋은 날'은 '비'와 관련된다. '비'라는 자연현상은 '운수 좋음', 즉 김첨지에게 행운을 가져다준다. 이어서 텍스트에서 '비'의 모티브는 다음과 같이 반복된다.

　오늘 가기로 작정은 하였건만 비는 오고, 짐은 있고 해서 어찌할 줄 모르다가 마침 김첨지를 보고 뛰어나왔음이라. …… 그(=김첨지)는 이 우중에 우장도 없이 그 먼 곳을 철벅거리고 가기가 싫었음일까? …… 결코 아니다. 이상하게도 꼬리를 맞물고 덤비는 이 행운 앞에 조금 겁이 났음이다(③-㉠).

인용에서 '비'는 김첨지에게 손님을 모시게 하여 돈을 벌게 하는 행운의 기호이다. 그 행운은 그러나 행운으로서 끝이 나지 않고 김첨지에게 불안감을 준다. 즉 '비'는 행운과 그것에 대한 불안을 동시에 가져다주는 것이다.

　정거장까지 끌어다 주고 그 깜짝 놀랄 1원 50전을 정말 제 손에 쥠에, 제 말마따나 10리나 되는 길을 비를 맞아 가며 질퍽거리고 온 생각은 아니하고, 거저 얻은 듯이 고마웠다. 졸부나 된 듯이 기뻤다(③-㉢).

인용에서와 같이, 김첨지는 돈 때문에 행운만을 느끼고 행운에 대한 불안을 잠시 잊는다.

젠장맞을 것! 이 비를 맞으며 빈 인력거를 털털거리고 돌아를 간담. 이런 빌어먹을, 제 할미를 붙을 비가 왜 남의 상판을 딱딱 때려!(④-㉠)

그 결과, 인용에서와 같이 김첨지는 행운을 가져다준 사실마저 잊고 '비'를 귀찮게 생각하기 시작한다.

흐리고 비 오는 하늘은 어둠침침하게 벌써 황혼에 가까운 듯하다. 창경원 앞까지 다다라서야 그는 턱에 닿은 숨을 돌리고 걸음을 늦추잡았다. 그런데 이 누그러움은…… 자기를 덮친 무서운 불행을 빈틈없이 알게 될 때가 박두한 것을 두리는 마음에서 오는 것이다(④-㉡).

김첨지는 화증을 내며 확신 있게 소리(=아내가 죽지 않았다)를 질렀으되 그 소리엔 안 죽은 것을 믿으려고 애쓰는 가락이 있었다. 기어이 1원어치를 채워서 곱배기 한 잔씩 더 먹고 나왔다. 궂은 비는 의연히 추적추적 내린다(⑤-㉢).

인용에서와 같이 김첨지에게 귀찮은 자연현상으로서의 '비'는 이제 '자기를 덮친 무서운 불행', 곧 '아내의 죽음'을 암시하는 것이다.

만일 김첨지가 주기를 띠지 않았던들 한 발을 대문에 들여 놓았을 제 그곳을 지배하는 무시무시한 정적—폭풍우가 지나간 뒤의 바다 같은 정적에 다리가 떨렸으리라(⑥-㉠).

인용에서와 같이 김첨지에게 '비'는 아내의 죽음을 예견하는 자연현상이며, 그는 주기에 의해서 그 암시를 전혀 느끼지 못했다.

지금까지 살펴본 바와 같이 김첨지에게 '비'는 행운에서 그 행운에 대한 불안으로, 끝에는 아내의 죽음을 가져다준 불행으로 변해 간 것이다. 아울러 '비'는 김첨지에게 경제적 수입을 가져다준 기호에서 아내를 죽게 한 기호로 변해 간 것이다. 따라서 텍스트는 비의 반복 모티브에 의해 '운수 좋은 날'에서 '운수 나쁜 날'로 귀결되는 과정으로서 반어적 플롯으로 전개된다. 그 반어적 플롯을 이루는 '운수 좋은 날'과 '운수 나쁜 날'을 결정한 것이 '돈'이라는 의미에서 텍스트는 인력거꾼이라는 빈민계급이 '돈'에 의해서 가족을 상실하는 궁핍한 삶의 모습을 주제로 하고 있다.

3. 「운수 좋은 날」의 교수-학습 활동

플롯 이론을 준거로 하여 「운수 좋은 날」을 분석하여 플롯의 특성과 그 효과를 중심으로 작품의 주제와 의미를 살펴보았다.

우선 『문학』 교재에서 제시하고 있는 교수-학습 활동은 다음과 같다.

(1)

1-1. '운수 좋은 날'이라는 제목의 반어적 의미와 그 효과에 대해 생각해 보자.

1-2. 인력거꾼 김첨지의 불행의 원인은 무엇인지 생각해 보고, 이 원인이 발생하게 된 이유에 대해 말해 보자.

2-1. 전형적 인물로서의 김첨지라는 인물형의 특징에 대해 살펴보고, 그 인물을 통해 부각시키고자 하는 내용은 무엇이었는지 말해 보자.

2-2. 이 작품은 중간중간에 비극적 결말을 향한 복선이 깔려 있다. 이러한 현상이 이야기 전체에 끼치는 영향은 무엇인지 말해 보자.

3-1. 이 작품에 나타난 심리 묘사를 이상의 「날개」와 비교하여 그 차이점과 유사점에 대해 생각해 보고, 이를 토의해 보자.

3-2. 다음 작품을 더 읽어 보고, 플롯 상 상황 전개의 특징을 살펴
보자.
① 현진건, 「빈처」
② 이효석, 「메밀꽃 필 무렵」
③ 최일남, 「쑥 이야기」

(6) 〈토의 학습〉
1. 이 소설의 플롯을 분석하여 그 단계와 내용을 말하라.
2. 이 소설이 지닌 특성을 다음의 관점에서 말하되, 분석적 설명이 되
게 하라.
① 언어 사용상
② 성격 구현상
③ 플롯 전개상
3. 이 소설의 제목과 끝맺음이 어떤 관계에 있으며, 그것이 주는 효과
는 무엇인지 말해 보라.

〈개별 학습〉
1. 이 소설을 중심으로 소설의 '인생을 위한 가치'의 여러 가지에 대해
서 알아보라.
2. 이 소설의 지은이가 쓴 다른 소설에는 어떤 것이 있는가 조사하고,
그 작품 경향을 알아보라.

(8)
1. 이 소설의 플롯상 특징을 밝혀 보자.
2. 이 소설을 '발단→전개→위기→절정→결말'의 5단계로 나눌 때,
위기 부분이 어느 부분인지 밝히고, 그 이유를 알아보자.
3. 주인공의 심리적 갈등을 다음 사항에 착안하여 밝혀 보자.
① 아내에 대한 욕설과 구타
② 선술집에서의 허세

③ 집과의 거리에 따른 심리의 변화

④ 약과 설렁탕

4. 당시의 시대적, 사회적 상황과 관련하여 주인공의 삶의 모습을 밝혀 보자.

5. 이 소설의 주제를 제목과 연관지어 말하여 보자.

(10)

1-1. 소설은 어떤 방식으로 이루어지는지 말해 보자.

1-2. 소설 플롯의 개념과 플롯 방법에 대해 알아보자.

1-3. 소설의 플롯 단계에 대해 말해 보자.

1-4. 다음 어구의 의미를 설명해 보자.

　　① 복선

　　② 암시

　　③ 인과관계

2-1. 「운수 좋은 날」을 플롯 단계에 따라 나누고 각 단계의 중심 내용을 말해 보자.

2-2. 「운수 좋은 날」의 플롯상의 특징을 말해 보자.

2-3. 현진건 문학의 특징과 문학적 업적에 대해 말해 보자.

3-1. 「운수 좋은 날」과 같은 반어적 제목을 갖는 작품을 찾아보고 이러한 제목이 주는 효과에 대해 말해 보자.

(16)

1. 이 작품의 플롯을 분석해 보자.

2. 이 작품에서 복선을 찾아보고, 그것이 어떤 역할을 하는지 말해 보자.

3. 이 작품의 플롯이 ① 인물을 중심으로 한 선악의 대립, ② '하강-상승'의 행복한 결말의 경우(=고전소설의 플롯)와 어떻게 다른지 알아 보자.

4. '화자와 등장인물과의 거리'라는 측면에서 이 작품을 김동인의 「감

자」와 비교하여 보자.

  5. 「운수 좋은 날」과, 손창섭의 「비오는 날」, 김유정의 「소낙비」에서 배경
    으로 등장하는 '비'의 역할은 무엇인지 각자의 생각을 발표해 보자.

이러한 교수-학습 활동을 종합하면, ㉠ 플롯의 개념과 단계 이해, ㉡ 플롯의 특성 이해, ㉢ 복선의 개념과 기능 이해, ㉣ '비' 모티브와 그 기능의 이해, ㉤ 제목과 주제의 상관성 및 제목의 기능 이해, ㉥ 작가의 작품 세계 이해로 재정리된다. 이 가운데서 작품의 플롯을 분석함으로써 가능한 교수-학습 활동의 영역은 ㉠에서 ㉤까지다. 이 작품의 작가인 소설가 현진건의 작품 세계에 대한 심화 활동의 영역은 ㉥이다.

플롯 이론과 작품의 플롯 분석을 중심으로 ㉠에서 ㉤까지 교수-학습 활동을 하면 다음과 같다. 이 교수-학습 활동을 「운수 좋은 날」의 플롯에 한정하되, 그 범위를 넘어서는 것은 관련 『문학』 교재의 해설을 참고로 부기한다.

1) ㉠-ⓐ 소설 플롯의 개념과 단계에 대해서 알아보자[(10)~1-2, 1-3].

플롯이란 문학적 효과를 야기시키는 인과관계에 의한 사건들의 결합이라고 정의할 수 있다.

플롯의 5단계는 '발단→전개→위기→절정→결말'이다.

발단은 사건이 일어날 배경을 제시하고, 등장인물이 소개되며, 앞으로 전개될 사건의 실마리가 제시되는 기초 단계이다.

전개는 발단에서 제시된 바탕 위에 사건이 구체적인 단계로 들어서며 인물의 성격이 정착되고 인물들 간의 관계가 분명하게 나타나고 사건이 뚜렷이 제시되며 갈등과 긴장이 연속적으로 나타난다.

위기는 지금까지 전개되어 온 사건이 갑자기 다른 방향으로 나아가는 '전환'의 단계로서 사건의 반전을 가져오거나 클라이맥스를 유발시키는 전환이 계기를 맞이한다.

절정은 사건이 상승하여 해결의 고비에 이르는 최고의 정점, 즉 클라이맥스 단계로서 사건의 흥미가 가장 고조되는 극적인 부분이다.

결말은 발단에서 제시된 모든 사건들이 절정을 지나 해결되는 사건의 마지막 단계이다.

2) ㉮-ⓑ 이 작품을 플롯 단계에 따라 나누고 각 단계의 중심 내용을 말해 보자[(6)~1, (10)~2-1, (16)~1].

이 작품의 플롯은 전형적인 5단 플롯으로 짜여져 있다.

발단은 인력거꾼 김첨지에게 찾아온 행운을, 전개는 김첨지에게 찾아온 행운과 함께 겹치는 아내에 대한 불안을, 위기는 김첨지에게 불길하게 느껴지는 아내의 불행에 대한 예감을, 절정은 귀갓길에 쌓여 있는 불길한 침묵에 대한 김첨지의 고함을, 결말은 아내의 죽음으로 인한 김첨지의 불운을 중심 내용으로 하고 있다.

3) ㉮-ⓒ 이 작품을 '발단→전개→위기→절정→결말'의 5단계로 나눌 때, 위기 부분이 어느 부분인지 밝히고, 그 이유를 알아보자[(8)~2].

이 작품의 플롯에서 위기 부분은 '김첨지에게 불길하게 느껴지는 아내의 불행에 대한 예감'을 중심 내용을 하고 있다. 이 부분은 전 단계인 전개의 '김첨지에게 찾아온 행운과 함께 겹치는 아내에 대한 불안'이 결말 단계인 '아내의 죽음'으로 이어지도록 사건의 방향이 전개되는 부분이다. 즉 김첨지의 행운이 불운으로 전환되는 부분이다.

4) ㉯-ⓐ 소설 플롯의 개념과 단계에 대해서 알아보자[(10)~1-2,

1-3].

㉮-ⓐ와 동일한 교수-학습 활동

5) ㉯-ⓑ 이 작품의 플롯상의 특징을 알아보자[(6)~2, (8)~1, (10)~2-2].

이 작품의 플롯은 인력거꾼 김첨지가 겪은 1일 동안의 이야기이며, 그 1일 동안의 이야기 속에는 한 달 전에서 현재까지의 사건이 회상되고 있다. 말하자면 텍스트는 현재 진행되고 있는 이야기 속에 한 달 전부터 진행되어 왔던 이야기를 회상으로서 담고 있는 것이다. 시간적인 측면에서 본다면 '한 달 전→열흘 전→사흘 전→오늘 현재'의 사건으로 짜여져 있다. 공간적인 측면에서 보면, 텍스트는 김첨지가 살고 있는 동소문에서 남대문 정거장과 인사동 그리고 선술집을 거쳐서 자기 집으로 돌아오기까지의 사건으로 짜여져 있으며, 그 사건들은 김첨지가 하루 동안 인력거를 가지고 돌아다닌 공간을 단위로 하여 일어난 사건들이다. 즉, 그 사건들의 의미 있는 단위는 공간이며, 사건들의 순환적 결합으로 짜여져 있다.

텍스트의 플롯이 사건들의 순환적 결합으로 되어 있다면, 텍스트에서 실제 다루고 있는 사건은 현재의 사건이다. 말하자면 텍스트에서의 현재-오늘을 기준으로 한 달 전(②-㉠), 열흘 전(②-㉡, 2-㉢), 사흘 전(②-㉣), 오늘(③-㉡)사건은 현재에서 회상되고 있을 뿐 텍스트에서 실제 일어나고 진행되는 사건은 아니다. 이를 감안하여, 이야기의 전개 과정은 '인력거꾼 김첨지의 행운→김첨지의 행운과 겹치는 아내에 대한 불안→아내의 불행에 대한 예감→불길한 침묵에 대한 김첨지의 고함→아내의 죽음으로 인한 김첨지의 불운'으로 잘 짜여진 5단 플롯으로 되어 있다. 이러한 짜임새로서 전개되는 사건은 인력거꾼 김첨지가 행운에서 불행으로 이르는 단순하고 단일한 사건으로 이루어진 반어적인 플롯이다.

6) ㉯-ⓒ 이 작품의 플롯이 ① 인물을 중심으로 한 선악의 대립, ② '하강-상승'의 행복한 결말의 겨우(= 고전소설의 플롯)와 어떻게 다른지 알아보자[(16)~3].

이 작품의 플롯은 인물을 중심으로 한 선악의 대립이 아니라 한 인물이 행운에서 불행으로 이어지는 사건들을 중심으로 짜여져 있다. 그 인물은 인력거꾼 김첨지로서 상승에서 하강으로 끝맺는 비극적인 결말을 맞이하고 있다. 따라서 이 작품은 한 인물이 상승-하강의 불행한 결말을 맞이하기까지의 심리적, 행동적 변화 과정을 담고 있는 작품이다.

7) ㉯-ⓓ 다음 작품을 더 읽어보고, 플롯 상 상황 전개의 특징을 살펴보자[(1)~3-2].

① 현진건의 「빈처」 ② 이효석의 「메밀꽃 필 무렵」 ③ 최일남의 「쑥 이야기」

①, ②, ③의 플롯 단계를 정리해 보고, 그러한 발전의 과정에서 중심을 이루는 부분이 무엇인지 찾아서 그 특성을 파악한다[(1)~337].

8) ㉰-ⓐ 다음 어구의 의미를 설명해 보자. ① 복선 ② 암시 ③ 인과관계 [(10)~1-4]

① 복선 : 복선은 앞으로 다가올 상황에 대한 암시를 뜻하는 것으로서 미리 그 전조를 드러내는 방식으로 사건의 흐름이 진행되는 장치이다.

② 암시 : 앞으로 일어날 사건의 예비로 미리 독자들에게 암시하여 두는 것을 이르며, 복선과 같다.

③ 인과관계 : 소설에서 진행되고 있는 사건을 중심으로 그 이전 및

이후 사건들이 서로 긴밀하게 논리적인 연관성을 맺고서 원인과 결과 관계에 이르는 관계를 뜻한다.

9) ㉱-ⓑ 이 작품에서 복선을 찾아보고, 그것이 어떤 역할을 하는지 말해 보자[(1)~2-2, (16)~2].

이 작품에서 복선은 전개 단계인 '김첨지에게 찾아온 행운과 함께 겹치는 아내에 대한 불안'에서 나타난다. 행운과 함께 찾아온 불운에 대한 불안은 결말에 이르러서 불운으로 귀결된다. 아내에 대한 불안이라는 복선은 결말에 있어서 실제 실현된 것으로서 제목이 나타내고 있는 '운수 좋은 날'을 '운수 나쁜 날'로 전환시키는 반어적인 기능을 한다.

10) ㉲ 「운수 좋은 날」과, 손창섭의 「비 오는 날」, 김유정의 「소낙비」에서 배경으로 등장하는 '비'의 역할은 무엇인지 각자의 생각을 발표해 보자[(16)~5]

텍스트의 플롯은, 제목 '운수 좋은 날'과 같이 행운으로 시작한다. 그 행운에 관련되는 모티브는 '비'이다.

'비'는 작품의 서두에서부터 서술되면서 다음과 같이 반복된다.

> ⓐ 새침하게 흐린 품이 눈이 올 듯하더니 눈은 아니 오고 얼다가 만 비가 추적추적 내리었다.
> 이날이야말로 동소문 안에서 인력거꾼 노릇을 하는 김첨지에게는 오래간만에 닥친 운수좋은 날이었다.
>
> ⓑ 오늘 가기로 작정은 하였건만 비는 오고, 짐은 있고 해서 어찌할 줄 모르다가 마침 김첨지를 보고 뛰어나왔음이리라.……그(=김첨지)는 이 우중에 우장도 없이 그 먼 곳을 철벅거리고 가기가 싫었음일까?……결코 아니다. 이상하게도 꼬리를 맞물고 덤비는 이 행운 앞에

조금 겁이 났음이다.

ⓒ 정거장까지 끌어다 주고 그 깜작 놀랄 1원 50전을 정말 제 손에 쥠에, 제 말마따나 10리나 되는 길을 비를 맞아 가며 질퍽거리고 온 생각은 아니하고, 거저 얻은 듯이 고마웠다. 졸부나 된 듯이 기뻤다.

ⓓ 젠장맞을 것! 이 비를 맞으며 빈 인력거를 털털거리고 돌아를 간담. 이런 빌어먹을, 제 할미를 붙을 비가 왜 남의 상판을 딱딱 때려!

ⓔ 흐리고 비 오는 하늘은 어둠침침하게 벌써 황혼에 가까운 듯하다. 창경원 앞까지 다다서야 그는 턱에 닿은 숨을 돌리고 걸음을 늦추잡았다. 그런데 이 누그러움은…… 자기를 덮친 무서운 불행을 빈틈없이 알게 될 때가 박두한 것을 두리는 마음에서 오는 것이다.

ⓕ 김첨지는 화증을 내며 확신 있게 소리(=아내가 죽지 않았다)를 질렀으되 그 소리엔 안 죽은 것을 믿으려고 애쓰는 가락이 있었다. 기어이 1원어치를 채워서 곱배기 한 잔씩 더 먹고 나왔다. 궂은 비는 의연히 추적추적 내린다.

ⓖ 만일 김첨지가 주기를 띠지 않았던들 한 발을 대문에 들여놓았을 제 그 곳을 지배하는 무시무시한 정적—폭풍우가 지나간 뒤의 바다 같은 정적에 다리가 떨렸으리라.

ⓐ에서 '비'는 작품의 제목과 같이 김첨지에게 '운수 좋은 날'은 '비'에 관련된다. '비'라는 자연현상은 '운수 좋음,' 즉 김첨지에게 행운을 가져다준다.

ⓑ에서 '비'는 김첨지에게 손님을 모시게 하여 돈을 벌게 하는 행운

의 기호이다. 그 행운은 그러나 행운으로서 끝이 나지 않고 김첨지에게 불안감을 준다. 즉 '비'는 행운과 그것에 대한 불안을 동시에 가져다주는 것이다.

ⓒ에서, 김첨지는 돈 때문에 행운만을 느끼고 행운에 대한 불안을 잠시 잊는다.

ⓓ에서 김첨지는 행운을 가져다준 사실마저 잊고 '비'를 귀찮게 생각하기 시작한다.

ⓔ, ⓕ에서 김첨지에게 귀찮은 자연현상으로서 '비'는 이제 '자기를 덮친 무서운 불행', 곧 '아내의 죽음'을 암시하는 것이다.

ⓖ에서 김첨지에게 '비'는 아내의 죽음을 예견하는 자연현상이며, 그는 주기에 의해서 그 암시를 전혀 느끼지 못했다.

지금까지 살펴본 바와 같이 김첨지에게 '비'는 행운에서 그 행운에 대한 불안으로, 끝에는 아내의 죽음을 가져다준 불행으로 변해 간 것이다. 아울러 '비'는 김첨지에게 경제적 수입을 가져다준 기호에서 아내를 죽게 한 기호로 변해 간 것이다. 따라서 텍스트는 비의 반복 모티브에 의해 '운수 좋은 날'에서 시작하여 '운수 나쁜 날'로 귀결되는 과정으로서 반어적 플롯으로 전개된다.

이러한 방식으로 손창섭의 「비 오는 날」과 김유정의 「소낙비」에서의 '비'의 역할을 조사하여, 「운수 좋은 날」과 비교한다.

11) ㉱-ⓐ 이 소설의 주제를 제목과 연관지어 말하여 보자[(8)~5].

이 소설은 인력거꾼이라는 빈민 계급이 '돈'에 의해서 가족을 상실하는 궁핍한 삶의 모습을 주제로 하고 있다. 이러한 주제는 반어적 플롯에 의해서 제목 '운수 좋은 날'이 '운수 나쁜 날'이라는 실제적 의미로 나타난다. 따라서 이 소설의 주제는 제목의 반어적 의미를 내포하고 있다.

12) ㉤-ⓑ 「운수 좋은 날」이라는 제목의 반어적 의미와 그 효과에 대해 생각해 보자[(1)~1-1].

텍스트는 인력거꾼 김첨지가 '운수 좋은 날'에서 시작하여 '운수 나쁜 날'로 귀결되는 과정을 반어적 플롯으로 전개한다. 그 과정에서 '운수 좋은 날'과 '운수 나쁜 날'을 결정한 것은 김첨지가 인력거를 끌면서 벌어들인 '돈'이다. 돈을 벌임으로써 '운수 좋은 날'이 되지만, 그 '돈' 때문에 아내가 죽음으로써 '운수 나쁜 날'임을 뜻하며, 이를 결정한 것이 '돈'이라는 의미에서, 텍스트는 인력거꾼이라는 빈민 계급이 '돈'에 의해서 가족을 상실하는 궁핍한 삶의 모습을 주제로 하고 있다.

13) ㉤-ⓒ 이 소설의 제목과 끝맺음이 어떤 관계에 있으며, 그것이 주는 효과는 무엇인지 말해 보라[(6)~3, (10)~3-1].

이 소설의 끝맺음은 '운수 좋은 날'에서 '운수 나쁜 날'로 변화한 것이다. 결말에서의 변화는 작품이 제목의 반어적 의미를 주제로 설정하고 있다는 것이다. '운수 좋은 날'과 '운수 나쁜 날'을 결정한 것이 인력거꾼이라는 빈민 계급이 '벌어들인 돈'이라는 의미에서, 결말은 독자들에게 돈에 의해서 가족을 상실한 빈민층의 궁핍한 삶의 모습을 반어적으로 드러내고 있다.

지금까지 살펴 본 바, 「운수 좋은 날」의 교수-학습 활동을 통해서 플롯의 기본적인 이론과 실제 적용을 살펴보았다. 그 결과 「운수 좋은 날」은 소설의 요소들 가운데 플롯을 가장 지배적인 요소로 하고 있으며, 플롯의 분석을 통하여 작품을 이해하고 감상할 수 있음도 확인하게 된 것이다.

Ⅳ. 결론

이 글의 목적은 고등학교『문학』교재에 수록된 플롯 이론을 준거로 하여「운수 좋은 날」을 분석하고 실제 교육 현장에서 적용 가능성을 모색하는 것에 있다.

플롯은, 주제 및 문체와 함께 이른바 소설의 3요소에 속하는 것으로서 소설 작품을 구성하는 가장 중요한 문학적 장치이다.

문학 과목 교육과정에서 플롯이론은 대부분 문학 과목의 세 내용 영역 가운데 '문학의 이해와 감상'을 대단원으로, '소설의 이해와 감상'을 중단원으로 하고, 소단원에 위치하여 수직적 계열체를 이룬다.

이러한 플롯 이론의 학습 목표는 그 기본적인 내용을 이해하고 이를 준거로 하여 실제 작품의 이해와 감상으로 나아가는 것이다.

이를 성취하기 위해서 문학 과목에서 다루고 있는 플롯 이론의 내용은 정의, 단계, 종류, 혹은 유형, 그리고 요소를 범위로 하고 있다.

이러한 플롯 이론의 내용을 기반으로 하여, 그 학습 목표에서 제시한 '플롯 이론의 이해와 이를 준거한 실제 작품의 이해와 감상'으로 나아가는 것이며, 현진건의「운수 좋은 날」은 가장 적합한 작품이다.

「운수 좋은 날」을 실례로 하여 플롯을 통한 작품의 독해 지도를 하면 다음과 같다.

첫째,「운수 좋은 날」의 학습 목표는, 플롯의 특성과 그 효과를 중심으로 설정되어 있다.

둘재, 이러한 학습 목표를 달성하기 위해서 플롯을 분석한 결과, 텍스트는 인력거꾼 김첨지가 살고 있는 동소문에서 남대문 정거장과 인사동 그리고 선술집을 거쳐서 자기 집으로 돌아오기까지 하루 동안의 사건으로 짜여져 있다.

아울러 텍스트의 플롯은, 사건의 시간과 공간에서 본다면 사건들의 순환적 결합으로, 인력거꾼 김첨지가 행운에서 불행으로 이르는 단순하고 단일한 사건으로, 비의 반복 모티브에 의해 '운수 좋은 날'에서 시작하여 '운수 나쁜 날'로 귀결되는 반어적 플롯으로 전개된다. 그 반어적 플롯을 이루는 '운수 좋은 날'과 '운수 나쁜 날'을 결정한 것이 '돈'이라는 의미에서 텍스트는 인력거꾼이라는 빈민 계급이 '돈'에 의해서 가족을 상실하는 궁핍한 삶의 모습을 주제로 하고 있다.

셋째, 「운수 좋은 날」의 교수-학습 활동도 플롯의 기본적인 이론과 실제 적용 문제를 중심으로 하고 있다. 그 결과 「운수 좋은 날」은 소설의 요소들 가운데 플롯을 가장 지배적인 요소로 하고 있으며, 플롯의 분석을 통하여 작품을 이해하고 감상할 수 있음도 확인하게 된 것이다.

「운수 좋은 날」을 실례로 하여 살펴본 결과, 플롯이론을 통해서 소설 작품의 주제와 의미를 파악할 수 있음을 확인하게 되었다.

(1999)

『문학』 교재에 수록된
「무녀도」의 단원 설정과 독해의 문제점

Ⅰ. 서론

이 글은 고등학교 제6차 문학 과목 교육과정의 교육목표[1])에 입각하

[1) 고등학교 제6차 문학 과목 교육과정과 제5차 과정과의 차이점과, 그 특성에 대해서는, 류종렬, 「『문학』 교재 플롯 이론을 통한 소설의 독해 지도 연구」, 『외대어문논집』 제14 집, 부산외국어대학교 어문학연구소, 1999, 249~250쪽을 참조할 것.
　『고등학교 국어과 교육과정 해설』(교육부, 1995)에 수록된 문학 과목의 교육목표와 내용 체계를 옮기면 다음과 같다.
〈목표〉(330쪽)
가. 문학 일반과 한국문학에 관한 체계적인 지식을 습득하게 한다.
나. 문학 작품을 즐겨 읽고 감상하게 함으로써 미적 감수성과 문학적 상상력을 기르게 한다.
다. 한국문학 속에 나타난 민족의 삶과 정서를 이해하며, 이를 토대로 세계문학 속에서 의 한국문학의 바른 위상과 방향을 추구하는 데 이바지하는 태도를 가지게 한다.
〈내용 체계〉(334쪽)

영역	내용
1) 문학의 본질과 기능	가) 문학의 성격 나) 문학의 갈래 다) 문학의 수용과 가치

여 고등학교 『문학』 교재[2]에 수록된 김동리의 소설 「무녀도」의 단원 설정과 독해의 문제점을 검토하고자 한다. 그리고 이를 통해 실제 교육 현장에서 작품의 해설과 지도에 도움이 되도록 한다.

먼저, 단원의 위치의 설정을 검토하여 제6차 문학 과목 교육과정의 교육목표와 내용 체계에 부합하고, 작품의 이해와 감상에 적합한지를 규명한다.

둘째, 작품의 출전을 확인하고, 교재의 수록 부분이 학습목표와 일치하는지를 밝힌다.

셋째, 이 작품의 소설 유형과 플롯의 해설을 살펴보고 그 문제점을 검토한다.

넷째, 갈등 구조와 의미의 해설을 검토하여 그 문제점을 지적하기로 한다.

영역	내용
2) 문학작품의 이해와 감상	가) 문학작품에 대한 접근 방법 나) 문학작품 구성 요소들의 기능 및 관계 다) 문학작품에 나타난 갈등과 삶의 양상 라) 문학작품의 현실 상황 마) 문학작품의 내면화
3) 한국문학과 세계문학	가) 한국문학의 흐름과 성격 나) 세계문학의 양상 다) 민족문학으로서의 한국문학

2) 이 글에서는 『문학』 교재 18종(상·하 2권씩 36책) 가운데 「무녀도」가 수록되어 있는 아래의 5종을 대상으로 하였다. 논술의 편의상, 이 글에서는 『문학』 교재를 인용하고자 할 때, 다음의 도식에서 부여한 일련 번호와 관련 쪽수를 표기한다.

일련번호	저자	출판사
(1)	김용직·박민수	대일도서
(2)	박경신·김태식·송백헌·양왕용	금성교과서(주)
(3)	성기조	학문사
(4)	우한용·박인기·정병헌·최병우	동아출판사
(5)	한계전·김병국·윤여탁	대한교과서

Ⅱ. 단원 위치의 설정

『문학』 교재에서 단원 위치의 설정은 교육목표와 내용 체계에 부합하고, 작품의 이해와 감상에 적합하여야 한다. 이것은 작품의 수록 위치에 따라 그 작품의 성격과 특성을 알 수 있고, 그 작품의 감상과 이해의 주된 방법이 달라질 수 있기 때문이다.

『문학』 교재에서 「무녀도」가 수록되어 있는 단원의 위치를 먼저 살펴보면 〈도식 · 1〉과 같다.

〈도식 · 1〉

교재	대단원	중단원	소단원
(1)-하	Ⅱ. 한국 문학의 깊이 —이해와 감상	2. 소설 문학 작품의 이해와 감상	② 소설 문학 작품의 이해와 감상의 실제
(2)-상	Ⅳ. 서사문학의 이해	2. 소설의 형식과 표현	2-3. 소설의 문체와 시점
(3)-하	Ⅲ. 문학 작품의 내면화	2. 소설 작품의 내면화	「무녀도」
(4)-하	Ⅲ. 작품 세계와의 만남	3. 현실과 서사의 세계	(2) 삶의 전통성
(5)-상	Ⅲ. 허구의 세계	1. 사건과 구성	(1) 무녀도

〈도식 · 1〉에서 「무녀도」의 단원 위치의 설정은 다음과 같은 체계적 특성을 가진다.

첫째, 단원의 위치에서 본다면, 「무녀도」는 대단원의 설정 기준에 따라 달라지나, 대개 서사(소설) 문학의 소단원이나 소단원의 제재 작품으로 설정되어 있으며, 대단원-중단원-소단원 또는 제재 작품의 순서로 수직적 계열체를 이루고 있다.

둘째, (2)와 (5)는 소설을 이루고 있는 주요 요소인 문체와 시점, 사건과 구성 등의 이론을 준거로 하여 「무녀도」를 이해하고 감상한다는 것이다.

셋째, (1), (3), (4)는 소설의 내용과 주제, 또는 전통과 세계관 등의 기준에 의하여 「무녀도」를 이해하고 감상한다는 것이다.

여기서, 첫째는 문제 될 것이 없으나, 둘째와 셋째는 그 타당성을 검토해야 한다.

먼저, 둘째의 문제는, 제6차 교육과정의 '문학의 원리나 이론 학습을 하위적 수단으로 하여 작품을 올바르게 이해하고 감상하는 능력의 함양과 이의 지속적 심화'라는 관점에서 (2)의 '문체와 시점' (5)의 '사건과 구성'의 제재 작품으로 「무녀도」가 타당한가 하는 점을 살펴보아야 한다.

(2)의 경우 '2.소설의 형식과 표현'이라는 중단원은 소설의 형식적 기법을 작품을 예를 들어 설명하고 있다.

이를 정리하면 〈도식·2〉와 같다.

〈도식·2〉

단원	소설의 요소	작품
2-1	소설의 구성	운수 좋은 날
2-2	소설의 인물과 배경	메밀꽃 필 무렵
2-3	소설의 문체와 시점	성조푸리, 무녀도

여기서 2-1과 2-2는 소설의 요소와 예로 들은 제재 작품이 일치한다

고 볼 수 있다. 그러나 2-3의 경우는 「성조푸리」와 「무녀도」를 비교함으로써 문체적 차이(화려·만연체, 간결·건조체)를 드러내고자 하지만, 「무녀도」를 간결·건조체의 전형적인 작품으로 설정한 것에는 무리가 있다. 간결·건조체의 전형적인 것으로는, 시점과 관련지어 생각한다면, 객관적 시점이나 3인칭 관찰자의 시점을 가진 작품을 드는 것이 타당하다고 여겨진다. 그러나 시점의 경우만으로는 외부 액자와 내부 이야기가 다른 시점을 취한다는 점에서 이 두 가지 시점을 학생들에게 함께 가르칠 수 있다는 이점이 있으므로 작품 선정에 무리는 없다고 본다.

(5)의 경우 'Ⅲ. 허구의 세계'라는 대단원은 〈도식·3〉과 같이 구성되어 있다.

〈도식·3〉

단원	내용	작품
1	사건과 구성	(1) 무녀도 (2) 돈키호테
2	제재와 주제	(1) 구운몽 (2) 광장
3	인물과 배경	(1) 이생규장전 (2) 운수 좋은 날
4	서술의 시각	(1) 흥보가 (2) 치숙

〈도식·3〉에서와 같이, (5)의 경우는 (2)와는 달리 주제와 서술의 측면이 중단원 속에 같이 수록되어 있다. 「무녀도」가 '사건과 구성'의 소설 이론을 설명하는 제재 작품으로 설정되어 있는데, 이는 크게 무리가 없다고 여겨진다. 「무녀도」의 사건이 '무녀'의 이야기이고, 플롯 또한 액자 플롯에다 내부 이야기가 발단·전개·위기·절정·결말의 5단 구성으로 이루어지므로, 이를 아울러 설명할 수 있는 장점이 있기 때문이다.

다음으로, 셋째의 문제는 제6차 교육과정의 '문학작품의 이해와 감상' 영역에서 '문학작품에 나타난 삶의 양상, 문학 작품의 현실 상황, 문학작품의 내면화' 등의 내용과 연관되며, 아울러 '한국문학과 세계문학' 영역의 '한국문학의 성격'과도 관련된다. 간단하게 말하면 작품의 내용 및 주제와 관련된 설정이다. 이의 타당성을 검토해 보자.

(1)은 '② 소설 문학작품의 이해와 감상의 실제'라는 소단원을 〈도식 · 4〉와 같이 나누어 설명하고 있다.

〈도식 · 4〉

단원	내용	작품
(1)	설화적 상상력과 이야기 꾸미기	단군신화, 만복사저포기
(2)	역사 인식과 현실 대응	홍길동전, 광장
(3)	해학과 풍자	박타령, 양반전, 논 이야기
(4)	본원적 인간탐구	구운몽, 동백꽃, 무녀도

〈도식 · 4〉에서와 같이, 「무녀도」를 '본원적 인간 탐구' 영역에 설정한 것은 매우 타당하다.

(3)은 대단원의 분류가 제6차 교육과정에 따라 'Ⅰ. 문학작품과 현실 상황, Ⅱ. 문학작품의 미적 구조, Ⅲ. 문학작품의 내면화' 등으로 되어 있다. Ⅰ, Ⅱ가 문학의 모방론과 구조론의 관점을 취하고 있고, Ⅲ은 문학작품의 이해와 감상의 최종 단계가 내면화라는 관점에서 설정된 것이다.[3] 그러므로 「무녀도」가 모화라는 무녀의 삶을 통해 한국적인 샤머니

---

3)   내면화는 작품 세계를 독자(수용자) 자신의 삶의 문제로 환원하여 의미화하는 작업을 말하며, 문학의 아름다움과 정신적인 가치를 이해하고, 작품 세계를 비판적이고도 창

즘의 세계와 가치관을 파악할 수 있다는 점에서 무리가 없는 설정이라 여겨진다.

(5)는 '3.현실과 서사의 세계'라는 중단원을 〈도식 · 5〉와 같이 설정하고 있다.

〈도식 · 5〉

단원	내용	작품
(1)	역사적 응전력	(1) 박씨전 (2) 논 이야기
(2)	삶의 전통성	(1) 무녀도 (2) 외투
(3)	상황과 개인	(1) 불신시대 (2) 두 친구

〈도식 · 5〉에서와 같이, 「무녀도」를 '삶의 전통성'의 소단원에 설정한 것은 이 작품이 한국 샤머니즘의 세계를 다른 작품으로, 기독교의 전래와 무속의 갈등을 보여 준다는 점에서 타당한 설정이라 하겠다.

지금까지 살펴본 것처럼, 「무녀도」의 단원 설정은 대개가 소설 문학의 소단원이나 소단원의 제재의 작품으로 설정되어 있으며, 소설 이론을 뒷받침하는 제재 작품과, 소설의 내용이나 주제를 드러내는 제재 작품으로 크게 대별될 수 있다. 또한 설정 자체는 비교적 타당하다고 여겨지나, (2)의 '소설의 문체'의 제재 작품으로는 다소 무리가 있다는 점을 지적할 수 있다.

조적으로 수용하는 자세를 기르는 것이다(『해설』, 367~368쪽).

Ⅲ. 출전과 수록 부분

김동리는 '책을 낼 때마다 구두점 하나라도 고쳐야' 할 정도로 자신의 작품에 대한 끈질긴 집념을 보여 준 작가다. 그는 「무녀도」「산화」「바위」「산제」「두꺼비」 등 많은 작품을 개작했다. 다시 말하면 그는 "한번 발표된 작품이라도 생명이 있는 날까지 계속적으로 완벽을 향해 노력해야 할 줄 안다."[4]라고 할 정도로 개작을 통해 작품의 완벽을 기하려는 성격적 완벽주의가 강하였다.

그러므로 김동리의 작품을 고등학교 국어 교재에 수록할 때는 개작 여부에 대한 검토와 더불어 출전을 밝혀 두는 것이 필요하다고 생각된다. 『문학』 교재에서는 「무녀도」의 출전을 다음과 같이 밝히고 있다.

〈도식 · 6〉

교재	내용
(1)	1936년 『중앙』에 발표한 단편 소설로, 1946년 간행한 단편집 「무녀도」에 수록
(2)	「무녀도」는 1936년 『중앙』에 처음 발표되었고, '한국 대표 단편 문학 전집'에 수록
(3)	「무녀도」(1936)
(4)	없음
(5)	『중앙』

〈도식 · 6〉에서와 같이, 대개가 교재에 수록된 「무녀도」의 출전을 분

---

4) 김동리, 「전체와 부분이 전도된 개작」, 『월간 독서 생활』, 1976. 1. 293쪽.

명하게 밝히지 않고 있다. 출전을 밝힌 (3)과 (5)의 경우도 1936년작을 교재에 실은 것은 아니다. 더욱이 (1)은 단편집『무녀도』(을유문화사, 1947)의 발간 연대가 1946년으로 되어 있어 서지조차 틀리며, (2)의 경우는『한국 대표 단편 문학 전집』의 출판사와 연대가 없다(『한국 대표 단편 문학 전집』의 출판사는 '정한출판사'이며 1975년 간행되었다).

필자가 조사한 바에 의하면, 이들 작품은 모두가『김동리 대표작 전집』1권(삼성출판사, 1967)에 수록된 것을 부분적으로 옮긴 것이다(『김동리 대표작 전집』이 일차적인 김동리 소설의 결정본이다). 김동리 문학의 최종 결정본이라고 여겨지는『김동리 전집』(민음사, 1995)에도「무녀도」는 삼성출판사 판을 그대로 실었다. 그러므로 모두가 작가에 의해 최종적으로 완성된 결정본 또는 완성본이지『중앙』에 처음 발표한 원작을 교재에 수록한 것은 아니다. 교재에「무녀도」의 결정본을 수록한 것은 타당하다고 하겠으나, 이 작품은 원작과 개작본 또는 결정본 사이의 차이가 심하므로, 개작의 양상을 살펴보는 것이 작품의 이해와 감상에 도움이 된다.

「무녀도」는 크게 네 가지의 판본이 있다.[5] 1936년 5월『중앙』에 발표된 원작, 1947년 제1창작집『무녀도』(을유문화사)의 개작 ①(1953년『무녀도』재판에도 약간의 개작이 있으나 크게 문제 될 것은 없다), 1963년 제5창작집『등신불』(정음사)의 개작 ②, 그리고 결정본 또는 완성본인『김동리 대표작 전집』1권(삼성출판사, 1967) 등이 그것이다. 그러므로 이들을 비교하여 살펴보기로 한다.

원작과 개작 ①은 스토리와 단락 구성이 상당히 변하였으며, 1953년

---

5) 이하 내용은 류종렬,「김동리 소설의 개작고」,『국어국문학』제18 · 19집, 부산대학교 국어국문학과, 1982, 77~78쪽에서 옮긴 것이다.

재판의 「무녀도」는 ㄱ장이 약간 바뀌었을 뿐 개작 ①과 완전히 동일하다. 개작 ②는 개작 ①과 스토리가 거의 비슷하나 ㄱ장과 ㅅ장이 다소 바뀌었다. 전집본은 개작 ②와 몇몇 단어를 고치고 문장을 다음은 것을 제외하고는 크게 바뀐 것은 없다. 작품의 분량도 원작이 200자 원고지 약 90매, 개작 ①이 150매 정도로 늘어났고, 개작 ②는 개작 ①보다 약간 늘어나 152매 정도 된다. 전집본은 개작 ②와 같다.

먼저 원작과 개작 ①, 개작 ②, 전집본의 플롯의 전개를 간단히 대비하면 〈도식·7〉과 같다.

〈도식·7〉

작품 단락	원작	개작 ①, 개작 ②, 전집본
ㄱ(1)	무녀도에 얽힌 이야기	무녀도에 얽힌 이야기
ㄴ(2)	모화 집의 묘사, 모화의 성격과 그 일화, 모화 굿의 유명함	모화 집의 묘사, 모화와 낭이의 성격과 생활상, 낭이 출생의 무격 설화 및 모화의 신관
ㄷ(3)	낭이의 인물 소개와 출생의 무격 설화, 성격 묘사 및 모화에 대한 반응	욱이(예수교인)의 귀향과 인물 소개와 행동, 모화 사이의 갈등 시작
ㄹ(4)	욱이와 낭이의 근친상간 암시, 욱이의 퇴옥과 인물 및 성격 소개, 낭이의 그림 이야기	욱이의 가출과 현 목사와 박 장로에게 교회 건립 부탁 편지 및 귀가, 낭이와 욱이의 근친상간, 모화와 욱이의 갈등고조와 욱이의 모화의 칼에 의한 상처
ㅁ(5)	모화의 신관	모화의 욱이 병 간호와 굿에 대한 무관심, 예수교의 교세 확장과 모화의 응수

작품 \ 단락	원작	개작 ①, 개작 ②, 전집본
ㅂ(6)	예수교의 전파와 부흥 목사의 이적, 모화의 예수교에 대한 저주·비웃음 및 이해	욱이의 병 악화와 모화의 슬퍼함, 현 목사의 방문과 욱이의 교세 확장 공로 치하, 욱이의 죽음
ㅅ(7)	낭이의 임신에 대한 모화의 이적 예언 실패와 사람들의 반응, 아버지가 낭이를 데리고 떠나려 함. 모화의 마지막 굿과 죽음, 욱이의 행방 모름	모화의 마지막 굿과 죽음, 낭이가 아버지 따라 떠남

〈도식·7〉과 같이, 원작이 개작본과 결정적으로 다른 것은 욱이의 신분이다. 원작에는 욱이가 보조인물로 등장하며, 그가 절로 공부하러 갔으나 거기에서 선사를 홧김에 죽이고 감옥에 갔다가 퇴옥하여 갈 곳이 없어 어머니 모화의 집에 돌아오며, 예수교인이 아니다. 그리고 모화의 샤머니즘과 갈등을 겪는 것은 마을에서 날로 세력을 확산하고 있는 예수교이다. 이들의 차이점을 간단히 정리하면 〈도식·8〉과 같다.

〈도식·8〉

내용 \ 작품		원작	개작 ①	개작 ②, 전집본
인물	주인물	모화(무당)	모화(무당)	개작 ①과 동일
	부인물	낭이(벙어리)	욱이(기독교인), 낭이(벙어리)	
인물	보조인물	욱이(살인자)		개작 ①과 동일
구성		단락 구성이 엉성하고 인과관계 부족	인과관계에 의한 정제된 구성	인과관계에 의한 완벽한 순환 구성

작품 내용	원작	개작 ①	개작 ②, 전집본
갈등 양상	㉠ 모화와 욱이.(욱이 귀신)의 갈등 미약 ㉡ 모화(샤머니즘)와 기독교(이방종교, 예수 : 이방 불구신)의 갈등 미약 ㉢ 모화와 낭이의 갈등이 다소 드러남 ㉣ 낭이와 욱이의 근친상간이 낭이의 임신과 유산으로 분명함 ㉤ 모화의 낭이의 임신에 대한 갈등이 강하게 나타남	㉠ 모화(샤머니즘)와 욱이(기독교)의 갈등 심함(욱이 죽음) ㉡ 모화와 마을에 전파된 기독교와의 갈등 심함 ㉢ 모화와 낭이의 갈등 없음 ㉣ 근친상간이 암시적으로 드러남	개작 ①과 동일
주술성	미약	강함	더욱 강함
욱이의 죽음	죽지 않고 행방불명	순교적이고 이타적 성격	순교적 의미
모화의 죽음	자연회귀성	자연회귀성	재생 및 자연회귀성과 샤머니즘의 승리

〈도식 · 8〉에서와 같이, 「무녀도」는 원작과 개작본 · 결정본(전집본)이 현저한 차이점을 드러낸다. 그러므로 수업 현장에서 「무녀도」를 지도할 때 이러한 점을 밝혀 주는 것이 좋을 것이다. 그리고 이 작품을 일제 강점기의 시대적 상황과 관련지어 설명하고자 할 때는 반드시 원작을 언급하는 것이 좋겠다.

그리고, 교재의 경우, 작품 전체를 수록하는 것이 좋겠지만, 분량의 한계가 있고 학생들의 독서를 유도한다는 점을 인정해서 일정 부분만을 수록할 수밖에 없다. 그렇지만 작품의 어떤 부분을 수록하느냐 하는 문제는 교수 · 학습 활동에 매우 중요하다.

교재에 수록된 부분을 살펴보면 〈도식 · 9〉와 같다. 편의상 『김동리 전집』 1권 (민음사, 1995)에 수록된 「무녀도」의 단락과 쪽수를 적는다.

〈도식 · 9〉

교재	단락	쪽수
(1)	3 단락의 중간	83쪽 위 19줄~87쪽 위 첫 줄
(2)	7 단락 전부	100쪽 첫 줄~104쪽 위 20줄(끝)
(3)	2 단락 전부~3 단락 일부	79쪽 위 9줄~85쪽 위 4줄
(4)	2 단락 전부~3 단락 일부	79쪽 위 9줄~85쪽 위 14줄
(5)	1 · 2 단락~3 단락 일부	77쪽 첫 줄(시작)~84쪽 아래 7줄

〈도식 · 9〉에서와 같이, 교재들은 각각 다른 부분을 수록하고 있다. 이들의 문제점을 검토하기로 한다.

첫째, 교재의 수록 부분은 단원의 학습 목표와 부합되어야 한다. (1)의 경우는 '본원적 인간 탐구'라는 관점에서 '종교적 신념 사이의 갈등'(166쪽)을 내용으로 하기 때문에 3단락의 중간 부분, 즉 '모화와 욱이의 갈등이 시작되는 장면'(170쪽)을 수록한 듯하다. 3단락은 구성의 5단계 중 전개에 해당되기 때문에 별반 무리가 없는 것으로 여겨진다. 그러나 갈등을 첨예화하기 위해서는 오히려 '위기' 부분을 수록하는 것이 더 나을 듯하다. (2)는 '소설의 문체와 시점'의 예시 작품이기 때문에, 문체의 측면에서 본다면 별반 무리는 없지만, 시점의 측면에서는 고려해야 할 것이 다소 있다. 1단락의 도입 액자가 일인칭 주인공 시점이고, 내부 이야기가 전지적 작가 시점이라는 점에서 한 작품으로 한 시점보다는 두 시점을 함께 해설할 수 있기 때문에 1단락과 2단락을 같이 수록하는 것이 좋겠다. (3)은 '소설 작품의 내면화' 단원의 예시 작품이므로, 2단락과 3단락의 일부를 수록하는 것은 적합하다고 여겨진다. 즉, 무녀 모화의 집의 묘사, 모화와 낭이의 성격과 생활상, 출생의 무격 설화 및 모화의 신관, 그리고 욱이의 귀환으로 인한 사건과 갈등의 시작을 잘 드러내고 있기 때문이다. (4)는 '삶의 전통성' 단원의 예시 작품이므로, 앞의 (3)의 경우와 동일한 관점에서 적합한 것이라 여겨진다. (5)는 '사건과 구성' 단원의 예시 작품이므로, 1·2단락의 앞 부분을 수록한 것은 액자 소설로서의 특성과 구성 단계를 잘 보여 줄 수 있다는 점에서 적합하다고 여겨진다. 이상에서와 같이, 교재의 수록 부분은 단원의 학습 목표와 비교적 부합되는 것으로 여겨진다.

둘째, 교재의 대부분은 단락 표시를 하지 않고 있다. (4)를 제외하고는 단락 표시를 하는 번호가 없다. 그리고 단락 구분도 (5)의 경우만 도입 액자 부분과 내부 이야기를 구분하기 위해 한 칸 띄워 놓고 있을 뿐, 한 단락만 수록하는 경우가 아닌데도 한 칸 띄움의 표시가 없다. 단락 표시는 학생들의 작품 이해에 도움이 되고, 뿐만 아니라 김동리 자신도 원작이나 개작본·결정본에 이르기까지 단락 번호(처음 ㄱ→나중 1)를 적어 단락 구분을 하고 있다. 그러므로 교재에는 반드시 단락을 구분하고 번호를 표시하여야 한다.

셋째, 작품의 일부를 수록하더라도 가급적 작가의 의도를 살펴 한 단락의 전부를 수록하는 것이 학생들의 작품 이해와 감상에 도움이 될 것이다.

Ⅳ. 소설 유형과 플롯

소설은 여러 측면에서 유형의 분류가 가능하다. 제재의 측면에서 소설을 분류할 수 있는가 하면, 서술 방식에 따라 소설의 유형을 제시할 수 있다. 그 밖에도 소설의 구성 요소 중 어떤 것을 강조해서 소설을 창작했느냐 하는 기준이 나올 수도 있고, 또한 어떤 계층과 신분의 주인공을 내세웠느냐 하는 기준도 있을 수 있다. 소설의 유형을 분류할 때는 그 기준이 분명해야 작품의 특성을 잘 드러낼 수 있다. 그러나 소설 유형의 분류 자체가 소설 작품 자체의 이해와 감상에는 직접적으로 도움이 되는 것은 아니라는 점도 아울러 유의해야 한다.

그리고 플롯은, 주제 및 문체와 함께 이른바 소설의 3요소에 속하는 것으로서 소설 작품을 형성하는 가장 중요한 문학적 장치이다. 현행 제6차 문학 과목 교육과정에서 플롯은, 그 과목의 세 내용 가운데 '문학작품의 이해와 감상'에서도 가장 중요한 작품 분석의 준거로서 사용된다. 또한 '문학 작품의 이해와 감상'의 하위 내용인 '소설 작품의 이해와 감상'에 있어서 가장 중요한 기준이 된다.

교재에서 소설의 유형과 플롯을 해설하고 있는 부분을 찾아 정리하면 〈도식·10〉과 같다. (1)과 (4)에서는 소설의 제재와 주제의 측면을 중심으로 이해와 감상이 이루어졌기 때문에 이러한 해설은 없다. 여기서는 소설의 유형과 플롯의 유형만을 검토하고, 플롯의 구체적인 단계는 뒤에서 따로 살펴보기로 한다.

〈도식 · 10〉

교재	내용
(2)	① 이 작품은 액자식 구성으로 되어 있다. 외부 액자는 '나'가 등장하여 이야기의 실마리를 풀어 가고 있으며, 일인칭 주인공 시점으로 서술된다. 내부 서사는 이 작품의 중심을 이루는 이야기로서, 무녀인 모화와 기독교도인 아들 욱이의 갈등과 이로 인한 비극적 파멸을 그리고 있으며, 전지적 작가 시점으로 이야기를 풀어 가고 있다(201쪽).
	② 갈래 : 단편소설, 예술 소설, 액자소설(206쪽)
	③ 액자 구성, 5단 구성(206쪽)
	④ 액자소설의 기법을 사용하여 사건을 객관화시킴(206쪽).
	⑤ 지은이는 액자 구성이라는 방법을 통해 일인칭 주인공 시점과 전지적 작가 시점을 동시에 사용한다(206쪽).
(3)	① 소설 '무녀도'는 액자 소설로 짜여져 있다. 　액자소설이란 이야기하는 사람(서술자), 이야기의 내용, 청중으로 구성되는 이야기 상황을 소설의 유형으로 만든 것으로서, 이야기 속에 이야기가 포함되는 형식이다. 이때 중심 이야기가 '내부 이야기'이고 이를 둘러싸고 있는 앞뒤의 이야기가 '액자'이다. 그렇기 때문에 시점의 이동이 불가피하다. 이와 같은 액자가 하는 구실은 '내부 이야기'에 대한 유인(誘引) 기능 및 이야기를 하게 된 동기와 목적을 진술함으로써 이야기를 신뢰성 있게 한다. 「무녀도」의 도입 액자에는 '무녀도'를 얻게 된 경위와 함께 글을 쓰게 된 동기가 나오며 종결 액자는 없다(135쪽).
	② 무녀도의 짜임 : 도입 액자 → 무녀도의 내력 → 내부 이야기(136쪽)

교재	내용
(3)	③ 무녀도라는 신비스런 그림을 바깥 틀로 삼고 완벽한 액자 소설 형태를 취하고 있는 이 작품은, 내부 이야기에서 핏줄로 이어진 모자가 그들이 받드는 신관의 차이로 상호 거부적인 충돌의 관계에 놓인 것을 그리며, 핏줄로 이어진 인간으로서 서로가 어떤 내면적 갈등을 가지게 되는지를 다루었다(139~140쪽).
	④ 갈래 : 단편소설, 액자소설, 순수소설(141쪽)
	⑤ 시점 : 외부 액자(일인칭 주인공 시점), 내부 이야기(전지적 작가 시점)
(5)	① 하나의 이야기 속에 또 다른 이야기가 전개되는 것을 액자소설이라고 한다. 김동리의 「무녀도」가 그 한 예이다(90쪽).
	② 이 소설은 '나'의 이야기와 '모화' 일가의 이야기로 이루어져 있다. 이처럼 두 개의 플롯이 등장하는 것을 '액자형 소설'이라고 부른다. 일반적으로 액자형 소설에는 처음과 끝에 중심 이야기의 해설에 해당하는 내용이 위치한다. 그러나 이 소설에는 처음에만 해설적인 내용이 나타난다. 즉 '나'의 플롯은 작품의 마지막에도 나타나야 하지만, 작가는 이를 생략하여 독자로 하여금 스스로 생각하도록 만들고 있다(99쪽).

〈도식·10〉에서와 같이, 「무녀도」의 유형을 '단편소설, 예술 소설, 순수소설, 액자소설' 등으로 해설하고 있다. 그러나 '액자소설'을 제외하고는 그 이유를 밝히지 않고 있다.

양적인 기준에서 보면, 「무녀도」는 당연히 단편소설이다. 그러나 반드시 양적인 기준만으로 단편소설, 중편소설, 장편소설, 대하소설 등으로 나뉘어지는 것은 아니고, 그러한 소설로서의 특성을 갖추어야 한다. 그런데 「무녀도」는 양적인 면을 제외하고는 단편소설의 완성미를 갖추고 있지 못하다. 즉 단편소설이 단일한 사건을 제시하고 단일한 주제를 구체화하는 방향으로 짜여져야 한다는 점에서 「무녀도」는 이에 적합하지 못하다. 이 점에 대하여 유종호는 다음과 같이 설명한다.

> 무녀 모화와 아비 다른 남매 사이의 가정 비극인 셈이어서 참혹한 느낌을 주지만 그만큼 작위성도 진하게 풍겨 준다. 그것은 전래 무속과 외래 종교 사이의 문화 충돌이라는 매우 복잡하고 무거운 주제를 단편 속에서 처리한다는 무리에서 빚어진 것이라고 할 수 있다. 욱이의 성장 과정만 하더라도 그 자체가 한 권의 소설감인데 너무 소묘적으로 처리되어 있어 현실감을 잃고 있다. 낭이의 경우 비현실감은 더욱 커진다. 너무 무거운 주제와 겨루는 바람에 온 힘을 다한다는 것이 자기 기운에 스스로 쓰러지는 씨름 장면을 연상시킨다. 이 작품이 회자된 것은 작가의 애착 표시에 고무되어 주제 접근에서 비평적 화제를 쉽게 찾아낸다는 편의와 연관된 것으로 보인다. 완결된 단편으로 접근할 때 무리와 작위성이 많은 파행적 작품이라고 할 수밖에 없다.[6]

물론, 이러한 점을 교재에서 모두 해설할 수는 없지만 「무녀도」를 단편소설로 설명하는 경우에는 염두에 두어야 할 것이다.

「무녀도」를 '예술 소설'의 유형으로 분류한 것은 그 기준이 분명하지 않다. 아마도 현실적인 문제보다는 예술(문학) 본연의 문제를 다루었다는 점을 드러내는 분류라고 보여지나, 그 범주와 기준이 모호하므로, 이 용어는 중등학교의 교재에서 사용하기에 타당하지 못하다.

「무녀도」를 '순수소설'의 유형으로 분류한 것은 '예술 소설'로 분류하

---

6) 유종호, 「현실주의의 승리—다시 읽는 김동리 초기 단편」, 『김동리 전집』 1권, 민음사, 1995, 364쪽.

기보다는 어느 정도 타당성을 갖는다. 이 작품이 역사적 현실의 문제보다는 인간의 본연적 문제를 다루었다는 점에서, 또한 현실 참여 소설과 대립적인 유형으로 흔히 문학사에서 많이 사용하는 용어라는 점에서 그러하다. 그러나 이 용어도 그 기준이 내포하고 있는 범주가 너무 넓고, 작품의 구조, 형식이나 내용을 설명하는 데 크게 도움을 주지 못한다. 그러므로 중등학교 교재에서는 사용하지 않는 것이 좋겠다.

「무녀도」를 '액자소설'로 설명한 경우는, 서술 방법을 기준으로 소설의 유형을 분류한 것으로, 이 소설의 특징을 분명하게 드러낸다는 점에서, 그리고 액자소설에 대한 해설도 액자 구성, 액자 형태, 시점, 액자의 기능 등을 두루 기술하고 있어 매우 타당하다고 여겨진다.

그러나 필자의 생각으로는 다음과 같은 내용이 다소 추가되었으면 한다.[7]

첫째, 액자의 형태에 대해 추가적 설명이 필요하다. 이것은 교재의 해설이 액자소설이 마치 한 소설 속에 하나의 내부 이야기만 내포되어 있는 것으로만 여겨질 수 있기 때문이다. 액자의 형태에는 도입적인 것, 한 액자 속에서 여러 내부 이야기가 포함된 것, 한 액자 속에 한 개의 내부 이야기가 포함된 것, 서로 뒤섞인 구근적 기법 등 여러 가지가 있다는 점을 추가할 필요가 있다.

둘째, 교재에는 액자의 종류에 대해 도입 액자와 종결 액자에 대해서만 언급하고 있는데, 이것들이 이루고 있는 폐쇄(닫힌) 액자와 개방(열린) 액자에 대해서도 해설이 있어야 한다. 물론 순환 액자, 단일 액자, 목적 액자, 인정 액자 등에 대해서는 해설의 필요가 없겠다. 폐쇄 액자

---

7)   이에 대한 설명은 김중하 편저, 『소설의 이해』, 세종출판사, 1997, 49~52쪽 참조.

와 개방 액자의 해설은 다음과 같이 정리할 수 있다.

> ① 폐쇄 액자 : 내부 이야기가 완전히 독립된 성격을 지닐 수 있도록
> 도입 액자와 종결 액자가 전후에 붙어 있는 것이다.
> ② 개방 액자 : 도입 액자나 종결 액자 중에서 어느 하나가 없는 상
> 태. 대체로 종결 액자가 없는 경우가 많다. 이때 서술자는 독자와 서로
> 마주 서게 되는 부분이 있게 된다.

셋째, 액자의 기능에 대한 설명이 추가되어야 한다. (3)①에서는 간단
히 언급하고 있지만, 기능에 대한 이해 없이 단순하게 형태만을 설명하
는 것은 무의미하기 때문이다. 다음과 같은 기능에 대한 추가적 해설이
필요하다.

> ① 액자 자체는 내부 이야기를 위한 기연을 제시한다.
> ② 액자는 왜 내부 이야기가 이야기되느냐의 가장 단일하고 외적인
> 점에 있어서의 목적의 진술이다.
> ③ 액자는 거리화에 봉사할 수 있다.
> ④ 공상적이고 환상적인 내부 이야기가 전혀 일상적인 관계로 이루
> 어질 때 각성의 형태일 수도 있다.
> ⑤ 액자의 특유한 예술적 의미는 예술작품의 밀착과 압축이다.

넷째, 액자소설은 역사적으로 본다면 설화와 소설을 연결하는 다리
와 같은 것으로, 옛날 이야기나 한문 소설, 패관소설 등에서 액자의 형
식을 많이 취하고 있다는 점을 설명할 필요가 있다. 예를 들면, 할머니
가 손자에게 들려주는 옛날 이야기의 끝은 "~라고 한다", "잘 먹고 잘
살았다고 한다", "~했(되었)다고 한다."는 식의 모양을 보이는데, 이것

이 곧 액자의 원형을 확인할 수 있는 간접화법의 방법이고, 연암의 작품 「호질」「허생전」 등도 『열하일기』의 「옥갑야화」와 관련지어 설명할 수 있겠다.

다섯째, 가능하다면 김동리의 다른 작품이나, 김동인의 「배따라기」 「광화사」「광염소나타」 등도 액자 소설의 유형에 속하고, 피카레스크 소설도 액자 소설의 한 종류로 볼 수 있다는 점을 설명하는 것이 좋겠다.

「무녀도」의 플롯의 단계에 대하여 교재 (2), (3), (5)에서는 〈도식 · 11〉 과 같이 설명한다.[8]

---

8) 윤병로 · 박동규 · 구창환 · 오태현 공저의 『문학』((주)노벨문화사, 1995) 교재에는, 작품을 수록한 것은 아니지만, 플롯의 5단계를 먼저 설명하고, 「무녀도」를 예를 들어 이를 적용한 해설을 싣고 있는데, 이를 참고로 제시하면 다음과 같다(222~224쪽).
　① 발단 : 이야기가 시작되는 바탕이다. 사건이 일어날 배경을 제시하고, 등장인물이 소개되며, 앞으로 전개될 사건의 실마리가 제시되는 기초 단계이다. 독자의 관심을 일으킬 수 있도록 주제의 방향을 제시하는 곳이다. (무녀도의 내력을 소개하겠다는 내용으로 출발하여 모화는 낭이와 욱이라는 의붓남매를 둔 영검 있는 무당으로서 낭이는 그림을 잘 그렸고 욱이는 절에 맡겨졌다가 예수꾼이 되어 돌아온다는 내용.)
　② 전개 : 발단에서 제시된 바탕 위에 사건이 구체적인 단계로 들어서며 인물의 성격이 정착되는 단계이다. 인물과의 관계가 분명하게 나타나고 사건이 뚜렷이 제시되며 갈등과 긴장이 연속적으로 나타난다. 또한, 이 부분에서는 작가의 사상이 나타나기 시작한다. (모화는 아들 욱이의 예수에 대한 믿음을 바꾸기에 노력하고, 욱이가 이에 예수교 신앙을 주장하는 부분.)
　③ 위기 : 지금까지 전개되어 온 사건이 갑자기 다른 방향으로 나아가는 단계로서 이를 '전환'이라고 한다. 사건의 반전을 가져오거나 분기점을 맞거나 결정적인 의미를 드러냄으로써 독자의 긴장과 불안을 유발시키게 된다. 클라이맥스의 전초가 된다. (모화는 욱이의 신앙을 바꾸기 위해 성경을 불사르고 주문을 외고 객귀를 물리치려 한다. 이에 흥분한 욱이가 성경을 빼앗으려다 모화의 칼에 맞아 죽는 부분.)
　④ 절정 : 사건이 상승하여 해결의 고비에 이르는 최고의 정점, 즉 클라이맥스이다. 사건의 흥미가 가장 고조되는 극적인 부분이며, 사건이 해결되는 분수령적 위치이다. (욱이가 죽어도 예수교의 세력이 점점 확장되어 가자 모화가 극도의 흥분 상태에 이른 부분.)
　⑤ 대단원 : 사건의 결말로서 발단에서 제시한 모든 사건들이 절정을 지나 해결되는 단계이다. 지금까지의 갈등과 대립으로 이어 온 사건이 막을 내리고 주제를 정리하여

〈도식 · 11〉

교재	(2)(206쪽)	(3)(136쪽)	(5)(91쪽)
구성	액자 구성, 5단 구성 ① 도입 : 외부액자 ② 발단→후일담 : 내부 이야기 도입 : '나'가 들은 무녀도의 내력	〈짜임〉 도입 액자→무녀도의 내력→내부 이야기 〈내부 이야기의 짜임〉	도입 : 무녀도의 내력
	발단 : 모화의 집에 욱이가 돌아옴.	발단 : 무당 모화와 딸 낭이 소개.	발단 : 무당 모화와 딸 낭이의 삶, 욱이의 귀향.
	전개 : 모화와 욱이의 종교적 갈등.	전개 : 욱이의 등장과 갈등.	전개 : 기독교도가 된 욱이의 행동.
	위기 : 모화의 칼에 찔리는 욱이	위기 : 다른 신앙관에 의한 갈등의 고조와 상처 입은 욱이.	위기 : 종교의 차이로 인한 갈등.
	절정 : 상처의 악화로 인한 욱이의 죽음.	절정 : 모화의 흥분과 욱이의 죽음.	절정 : 칼에 찔린 욱이는 상처가 악화돼 죽음.
	결말 : 모화의 마지막 굿과 죽음.	결말 : 모화의 마지막 굿과 죽음.	결말 : 모화의 마지막 굿, 물에 빠짐.
	후일담 : 아버지가 낭이를 데려감.		후일담 : 아버지가 낭이를 데리고 떠남

〈도식 · 11〉에서와 같이, 「무녀도」가 5단 구성으로 되어 있다고 해설하는 점은 모두 동일하나, 발단 · 전개 부분과 후일담의 설정에 약간 차이가 있다. (2)와 (5)는 발단을 욱이가 귀향한 부분까지로(앞의 각주에서 언급한 '윤병로 외 3인'의 교재도 동일하다.), (3)은 모화와 낭이의 소개

___

예술적인 여운을 남기는 부분이다. 이 부분은 간결하면서도 상징적이고 암시적인 수법으로써 결말을 짓고 있다. (모화가 마지막으로 자신의 믿음이 진짜임을 보이기 위해 굿판을 벌이다가 물에 빠져 죽고 아버지가 혼자 남은 낭이를 데리고 가는 부분.)

부분까지로 처리하고 있다. 이를 『김동리 전집』의 「무녀도」와 비교하면, (3)은 『김동리 전집』의 2단락만을, (2)와 (5)는 2단락과 3단락의 앞부분(『전집』 83쪽, 아래 11줄)까지를 발단으로 잡고 있다.[9]

등장인물이 모두 소개되고, 사건의 실마리가 제시된다는 측면에서는 (2)와 (5)의 해설이 더 타당성을 갖는다. 그러나 발단을 2단락에 한정해도 별반 무리가 없고, 작가가 단락을 구분한 의도를 존중한다면 단계의 구분이 틀린 것은 아니라고 여겨진다.

후일담은 (3)에서는 따로 나누지 않았으나, 사실상 사건이 종결되었고, 『전집』에서도 한 칸을 띄운 표시를 하였기 때문에 (2)와 (5)처럼 별도로 나누는 것이 좋겠다.

지금까지 살펴본 바와 같이, 「무녀도」의 소설 유형을 '단편소설, 예술소설, 순수소설'로 나눈 것은 다소 문제점이 있으나, '액자소설'로 분류하고, 이에 대해 비교적 상세히 설명한 것은 그 타당성을 획득할 수 있다. 액자 구성과 특성을 설명하고, 구성의 5단계를 구분한 것 등도 크게 문제 될 것이 없다. 그러나 액자소설의 형태와 기능, 그리고 그 기원과 유형의 작품 등에 대해 해설이 추가되었으면 좋겠다.

그런데 「무녀도」를 전체적인 구조에서 살펴보면, 액자 구성에다, 내부 이야기가 5단 구성에 후일담이 첨가된 것으로만 처리하기는 곤란하다.

「무녀도」의 구조는 1장→7장→1장으로 연결되는 독특한 순환적 구성이다.[10] 즉 7장의 결말에서 낭이 부녀가 떠나서 1장에서 우리집(화자인 나의 집)으로 오는 구성이다. 1장의 서두에 나오는 '무녀도'는 모화의

---

9) 『김동리 전집』 1권(1995)의 4단락은 위기, 5 · 6단락은 절정, 7단락은 결말과 후일담에 해당된다.

10) 김치수, 「김동리의 무녀도」, 『한국 현대 소설 작품론』, 문장사, 1981, 281쪽.

마지막 굿 장면을 묘사한 것으로, 낭이가 그린 그림이다. 즉 낭이는 욱이가 아닌 모화의 마지막 모습을 무녀도로 영원히 남기고, 또 그것은 우리집에서 대대로 전해 내려오는 것이다.[11] 제목인 '무녀도'도 여기에서 기인된 것이다.

그러므로 「무녀도」는 도입 액자만 있고 종결 액자가 없는 개방(열린) 액자 소설로서 액자 구성을 취하고, 내부 이야기는 5단 구성에 후일담이 첨가되어 있으며, 전체적으로는 독특한 순환적 구조를 보여 준다고 해설하는 것이 타당할 것이다.

V. 갈등 구조와 의미

문학을 가장 평범하게 규정한다면 인간에 대한 이야기다. 따라서 작품을 이해하고 감상한다는 것은 작품 세계에 나타난 다양한 인간의 삶을 이해한다는 뜻이 된다. 인간이 사회를 이루고 살면서 세계를 인식한다는 것은 문제 상황에 처했을 때이다. 그러한 점에서 '갈등'은 문학의 본질적인 주제 항목이라 할 수 있다. 다시 말하면 문학에서 갈등은 인물을 중심으로 이루어지고, 그렇기 때문에 인물의 갈등은 곧 주제와 연관된다. 그러나 인물의 유형이나 인물의 갈등 내용이 곧 소설의 주제로 연결되는 것은 아니다. 인물의 갈등이나 성취가 행동으로 나타나고 그 행

---

11) 이로써 모화의 죽음은 영원성을 획득하고 재생 혹은 자연회귀성을 드러낸다고 하겠다. 류종렬, 「김동리 소설과 죽음의 모티프」, 류기룡 편, 『김동리』, 살림, 1996, 175~176쪽.

동의 결말이 주제로 전환된다.[12)]

「무녀도」의 갈등 구조와 의미를 살펴보기 위해, 교재에 수록된 '학습 안내, 작품 해제, 해제, 이해와 감상, 갈등 구조와 의미, 주제, 이해와 감상, 표현상의 특징, 보충 학습, 해설, 감상의 길잡이' 등을 모두 검토하기로 한다. 이를 정리하면 〈도식 · 12〉와 같다.

〈도식 · 12〉

교재	관점	내용
(1)	학습 안내	인간의 삶이란 끝없는 갈등 속에서 구체적 모습을 만들어 가는 것이다. 이때의 갈등이란 정치적 현실과의 관계 속에서, 인간과 인간의 이해의 대립 속에서, 또는 이데올로기의 상충 속에서 이루어질 수 있는 것이다. 이 소설은 종교적 신념 사이의 갈등을 내용으로 삼고 있는 것으로, 인간이 종교적 신념 속에서 어떤 모습을 보이는가를 잘 살필 수 있는 작품이다. 이 소설을 중심으로 갈등하는 인간의 모습을 그린 소설 양상에 대하여 알아보자(166쪽).
	작품 해제	무속과 기독교의 대립을 통해 생명의 신비와 운명의 허무를 토속적으로 그린 작품으로, 작자의 초기 대표작의 하나로 손꼽힌다. 1978년에 발표한 「을화」는 이 작품을 고쳐 쓴 것이다(170쪽).
(2)	해제	우리 전래 토속 신앙인 무속과 기독교와의 갈등을 통해 인간의 구원과 운명의 문제를 다룬 작품이다. 주제가 주는 신비성과 토속적 어휘의 조화 속에서 우리 문학의 원형을 엿보게 한다(199쪽).
	갈등 구조와 의미	이 작품은 모자 간의 갈등이 중심을 이루고 있다. 모자지간이란 천륜의 관계이기 때문에 상식적으로는 갈등이 있을 수 없으며, 더구나 어머니가 자식을 죽이는 행동이란 있을 수가 없다. 그러나 이 작품에서는 이러한 갈등과 행동이 내적 필연성을 획득하고 있다. 모화에

---

12) 『해설』, 360~362쪽 참조.

교재	관점	내용
(2)	갈등 구조와 의미	게 있어서 욱이는 예수 귀신일 뿐이고, 그러한 귀신을 물리치는 것은 그녀의 존재 이유이며 또한 삶의 방식이기 때문이다. 샤머니즘은 모화의 삶과 행동 원리에서 무너질 수 없는 단단한 근거인 것이다 (203쪽).
	주제	외래 문화와 전통 문화의 갈등에 따른 한 가정의 비극(206쪽)
(2)	표현	무속의 세계를 토속적 언어를 구사하여 표현함으로써 신비감을 줌(206쪽).
	이해와 감상	이 작품의 큰 줄거리를 이루는, 이름난 무당인 모화와 기독교도가 된 아들 사이에서 벌어지는 충돌과 애증은 곧 토속적, 전래적인 것과 외래적인 것의 충돌이자 갈등이다. 이러한 갈등은 어느 한쪽의 승리나 패배로 해결될 수 없다. 이것은 가치의 우열에 의해서 발생한 문제가 아니라 시대적, 환경적 요구에 의해 생긴 문제이기 때문이다. 따라서, 지은이는 액자 구성이라는 방법을 통해 일인칭 주인공 시점과 전지적 작가 시점을 동시에 사용한다. 또, 건조체 문장으로 객관적 태도를 유지함으로써 두 갈등의 중립에 선다. 이는 운명과 구원이란 문제는 인간의 의지로 좌우될 수 없다는 지은이의 세계관을 반영한 것이다(206쪽).
(3)	.	우리의 뿌리 깊은 토속 신앙인 무속의 세계가 변화의 충격 앞에서, 마치 저녁놀처럼 스러져 가는 과정을 그린 작품으로, 소멸하여 가는 것을 지키려는 비극적인 인간의 모습을 형상화하였다(134쪽).
	해설	이 작품은 무당 또는 무속의 형이상학적인 세계에 대한 특별한 관심을 나타냈는데, 토속 신앙과 외래 기독교 신앙을 받드는 두 인물의 충돌을 다루고 있다. 즉, 개화기의 한 단면을 종교적인 대립 현상에서 찾아보려고 했다. 무녀도의 신비스런 그림을 바깥 틀로 삼고 완벽한 액자 소설 형태를 취하고 있는 이 작품은, 내부 이야기에서 핏줄로 이어진 모자가 그들이 받드는 신관의 차이로 상호 거부적인 충돌의 관계에 놓인 것을 그리며, 핏줄로 이어진 인간으로서 서로가 어떤 내면적 갈등을 가지게 되는지를 다루었다.

교재	관점	내용
(3)	해설	서로가 각각 받드는 신의 존재를 배제했을 때에는 모화와 욱이는 아무런 갈등도 있을 수 없는 모자 관계의 자연스런 인간이다. 그런데 이들이 서로의 정신 세계를 부정하고 자신의 세계로 상대를 끌어들이려 함으로써 대립의 상호 관계는 필연적으로 폭력과 피의 희생을 부른다. 　서로를 배제하는 대결에서 아들의 희생과 죽음까지 야기한 모화는 마침내 예기소에 몸을 던진 어느 부잣집 며느리 김씨 부인의 초혼굿을 하는 중에 넋두리를 하면서 새로운 접신의 신열 상태에 빠져 물에 잠겨 버린다. 모화의 죽음은 필연적이다. 아들 욱이의 죽음에 의해서, 모화의 영험을 믿었던 마을에도 기독교가 점점 전파되는 반면, 모화의 영험은 기독교로부터의 비방과 구박으로 점차 소멸의 조짐을 보였기 때문이다(139~140쪽).
	감상의 길잡이	모화와 욱이 양자의 대립은 실력의 대립이라기보다 서로 다른 두 가치관의 변증법적 대립이라고 볼 수 있다. 욱이의 죽음이 새로운 사상의 수입을 위한 순교라고 본다면, 모화의 입장은 새로운 사상에 의해 점차 그 힘을 잃어 가는 토속 신앙을 대변한다. 모화로 상징되는 전통적 가치관과 무속 신앙은 새로운 세대인 욱이에 의해 도전 받고, 시대의 추세에 따라 몰락해 갈 수밖에 없다. 그러나 이 둘의 관계가 모자라는 인연을 맺고 있는 것처럼, 개화와 보수의 뿌리는 하나일 수밖에 없다. 무속이 사라져 가면서도 영원히 사그라들지 않는 것은 낭이의 경우처럼 무의식 안에 잠재된 본능의 힘 때문이다. 현대 한국인의 무의식 어딘가엔 무속적 자질이 숨어 있듯이, 모화의 죽음은 새로운 사상과 시대에 적응해 가는 무속의 새로운 모습의 상징으로 낭이를 남겨 놓은 것이다(141쪽).
	주제	토속 문화(무속)와 외래 문화(기독교)의 갈등이 빚은 한 가정의 비극적 종말(141쪽)
(4)	·	소설에서는 일상에서 접하기 어려운 소재가 잘 다루어진다. 일상적인 소재라도 독특한 의미가 부여되지 않으면 안 된다. 「무녀도」는 무당을 소재로 하여 외래 종교인 기독교와 무속이 대립하는 가운데 무속 세계가 지속적으로 발휘하는 힘을 그리고 있다(153쪽).

교재	관점	내용
(4)	감상의 길잡이	우리 문학은 1930년대에 이르러 현대적 면모를 보인다. 기법의 다양화를 통해 내면의 세계를 깊이 추구해 보이기도 하며 전통적인 정서를 보이기도 한다. 김동리는 후자의 경향을 대변하는 대표적인 작가라 할 수 있다. 「무녀도」는 무속적인 상상력을 바탕으로 하여 한국인의 숙명적 세계관을 형상화하고자 하는 작가의 작품 세계를 대변하는 작품이다. 작가의 이러한 창작 의도는 그가 대부분의 소설에서 액자형 구성 방식을 채택하고 있는 데서도 알 수 있다. 소멸해 가는 우리 것에 대한 관심을 가지고 그 의미를 생각하며 감상해 보자(158쪽).
(5)	.	이 작품은 우리 나라의 토속 신앙과 개화의 물결을 타고 들어온 기독교가 갈등을 일으키는 과정을 그리고 있다(91쪽).
	감상의 길잡이	이 작품 속의 두드러진 갈등은 '모화'로 대표되는 토속 신앙과 '욱이'로 대표되는 기독교 신앙의 대립이다. 그러나 이 소설은 무녀인 '모화'의 독특한 삶에 초점을 맞추고 있다. 무당굿, '용신'과 '산신'의 만남, 지렁이 같은 미물에까지 애정을 보이는 모화의 범신론이 소설의 구조 속에 잘 용해되어 있다. '모화'는 사회적으로 천대받는 인물이다. 근본이 미천하여 아들까지도 절에 맡겨야 했다. 그러나 '모화'는 자식을 끔찍이 사랑하는 어머니이기도 하다. 자식을 위해서는 몸을 바쳐도 아깝지 않다는 지극한 모성이 이 작품의 결말 부분에 강렬하게 제시되어 있다. 작자는 근대화로 인해 점차 의미를 잃어 가는 우리의 전통적인 심성을 탐구하였다. 작품의 첫머리에 묘사된 '무녀도'는 죽은 어머니를 그리워하는 딸의 그림이자, 소멸해 가는 우리의 토속과 심성에 대한 그리움이라는 이중적인 의미를 가진다. 우리 민족의 정체성을 강조한 작자 김동리는, 당시에 유행했던 계급 문학에 대해서도 단호한 반대의 자세를 취했다. 그는 서구의 합리적인 현실 인식 방법과는 전혀 다른, 우리 민족의 정체성을 탐구한 것이다. 근대화를 통하여 풍요로운 물질적 삶을 누리게 된 현대인들에게 '우리가 간직해야 할 소중한 것들을 잃지는 않았을까?'라는 의문을 제기한 이 작품은 매우 독특한 휴머니즘을 보여 준다(99쪽).

〈도식 · 12〉는 크게 다음과 같이 요약할 수 있다.

첫째, 「무녀도」는 모화와 욱이로 대표되는 샤머니즘과 기독교의 대립을 갈등 구조로 삼고 있다.

둘째, 이러한 갈등 구조를 통해 다음과 같은 의미를 추구하였다.

> ① 한 가정의 비극(적 종말)[(2), (3)]
> ②—㉠ 생명의 신비와 운명의 허무를 토속적으로 그림[(1)]
> 　　　㉡ 소멸하여 가는 것(무속 신앙)을 지키려는 비극적인 인간의 모
> 　　　　 습을 형상화[(3)]
> 　　　㉢ 한국인의 숙명적 세계관의 형상화[(4)]
> 　　　㉣ 우리의 전통적 심성의 탐구, 우리 민족의 정체성 탐구[(5)]
> ③ 인간의 구원과 운명의 문제 [(2)]

첫째는 누구나 이해하는 일반적 해설로서 별반 문제가 되지 않는다. 그러나 이러한 갈등이 어떠한 행동으로 나타나서 결말을 맞이하고, 그 결말의 의미를 어떻게 해석하느냐가 중요하다. 이것은 「무녀도」의 의미를 탐구하는 데 결정적인 증거가 될 수 있기 때문이다. 갈등 구조의 결말은 모화의 죽음이다. 그러므로 이 죽음의 의미를 어떻게 해석하느냐가 중요한 문제이다.[13]

---

13) 김동리는 자신이 문학을 하게 된 동기가 죽음에 대한 공포와 전율 때문이고, 그것은 어릴 때부터 노년에 이르기까지 계속해 자신을 지배하고 있다고 하였다(『고독과 인생』, 백만사, 1977, 164쪽). 이러한 죽음의 공포와 전율로 인해 철학이나 종교의 형이상적 문제, 즉 생사의 문제, 이승과 저승, 천지의 근원과 존재의 근본 등을 생각하게 되었다(「샤머니즘과 불교(무녀도 기타론)」, 『문학사상』 창간호, 1972, 264쪽)고 하였다. 그만큼 죽음은 그에게 있어서 일생의 중요한 과제였고, 소설 속에서도 현저하게 나타나고 있다. 그러므로 김동리에게 있어서 죽음의 문학적 수용이란 바로 자신의 삶의 태도이며 문학적 신념을 드러내는 세계관과도 통하는 중요한 의미를 가지는 것이다(류종렬, 앞의 논문(1996), 151~152쪽 참조).

「무녀도」에 나타난 죽음의 문제를 구체적으로 분석해 보기로 한다. 결말 부분만을 검토하는 것은 작품이 지닌 유기적 통일성을 훼손할 가능성이 있으므로 작품 전체를 살펴보아야 한다.

먼저 도입 액자 첫 부분에 나오는 무녀도의 묘사는 내부 이야기의 모화의 죽음을 상징적으로 제시한다.[14]

> 뒤에 물러 누운 어둑어둑한 산, 앞으로 폭이 널따랗게 흐르는 검은 강물, 산마루로 들판으로 검은 강물 위로 모두 쏟아져 내릴 듯한 파아란 별들, 바야흐로 숨이 고비에 찬 이슥한 밤중이다. 강가 모랫벌엔 큰 차일을 치고, 차일 속엔 마을 여인들이 자욱히 앉아 무당의 시나위 가락에 취해 있다. 그녀들의 얼굴 얼굴들은 분명히 슬픈 흥분과 새벽이 가까워 온 듯한 피곤에 젖어 있다. 무당은 바야흐로 청승에 자지러져 뼈도 살도 없는 혼령으로 화한 듯 가벼이 쾌자 자락을 날리며 돌아간다……[15]

이것은 소설의 배경에 해당되지는 않지만, 결말에서 모화가 죽는 극적 장면을 한 폭의 그림으로 제시한 기법으로서의 역할만이 아니라, 무겁고 찐득찐득한 분위기, 귀기와 서러움과 음울함을 드러냄으로써 소설 전체의 분위기를 단적으로 나타낸다. 이러한 분위기는 모화라는 무녀와 걸맞고 음침하고 우울한 공간적 배경과도 잘 맞는다.[16]

여기서, 무당인 모화는 엑스터시에 빠져 있다. 무당은 일반적으로 이 엑스터시를 통해 한 우주적 지대에서 다른 곳으로, 곧 땅에서 하늘로,

---

14) 아래의 내용은 류종렬, 앞의 논문(1996), 171~176쪽을 옮긴 것이다.
15) 『김동리 전집』 1권, 77쪽.
16) 김중하, 앞의 책, 381~382쪽.

땅에서 저승으로 여행한다고 한다. 즉 무당은 샤먼의 후예로서 우주적 신화를 창조하고 새 우주적 지대(하늘, 땅 지하계)에 관한 사상을 불러 일으키는 것이다. 그래서 일단 무당으로서 그의 죽음은 단순한 자살이 아니라는 점을 생각할 수 있다. 또 낭이의 새하얀 얼굴엔 '어딘지 깊은 슬픔'이 서려 있음을 통해 비극적 분위기가 더해진다.

다음의 내부 이야기의 서두에서 모화의 집의 묘사를 통해, 모화가 무녀로서 일상인과 다르며, 그곳이 일상과 동떨어진 공간 속에 위치하여 몰락하는 사양의 공포적 분위기를 자아낸다.

사건은 욱이의 귀가로 시작되는데, 이는 샤머니즘과 기독교의 이질적인 사상의 대립을 통해 갈등을 이루고, 더욱이 그것이 모화의 집이라는 좁은 공간 속에서 일어나 욱이가 모화의 칼에 찔리는 비극이 생긴다. 또 마을에 들어온 기독교와의 외적인 갈등을 통해 다시 한번 첨예화된다. 욱이가 상처가 악화되어 죽게 되는데, 이 죽음은 순교적 의미를 띤다. 그는 종교적 이념을 고수하다 죽은 것이며, 또 읍내에 교회가 서고, 마을에 기독교가 전파된 것이 욱이의 공로로 여겨지기 때문이다.

모화는 김씨 부인의 초혼굿을 계기로 예기소에서 굿을 하면서 엑스터시에 빠지며 물속으로 들어가 죽는다. 이를 모화 또는 샤머니즘적 토착신앙의 패배로 생각할 수 없다. 왜냐하면 앞에서 말한바 모화의 무당으로서의 능력뿐 아니라, 마지막 굿 장면에서 모화의 얼굴은 평소에 볼 수 없던 정숙하고 침착한 빛을 띠었고, 모화가 죽음을 두려워하지 않고 굿 도중에 스스로 죽음을 택하기 때문이다.

김씨 부인의 초혼굿을 마지막 굿이라 하였으며, 이 굿을 계기로 하여 그는 자식의 죽음과 자신의 초능력의 약화라는 비극적 한계를 초월하고자 한 것이다. 이는 바로 원초적인 낙원을 회복하려는 제의적 행위인 것이다. 제의는 보통의 일상적 상황에서는 분산되거나 통일성이 결여되어 있는 것을 주술 의식에 호소함으로써 강력한 정동적 긴장으로 정신 집중을 얻게 하고, 또 이미 소유할 수 없는 어떤 것을 신중히 회복하려는 감정에서 행하여지는 것이다. 여기에 춤이 지니는 원형적 행동의 모방성과 신화적 순간, 즉 태초의 그날을 재현하는 성격이 가미됨으로써 모화의 죽음은 일상의 죽음이 아니라 영원한 자연회귀적 성격을 지니는 것이다. 더욱이 물의 재생적 의미가 가미되어 있기 때문이기도 하다. 또한 모화의 마지막의 굿 가락은 이를 더욱 분명히 해 준다.

> 가자시라 가자시라 이수중분 백노주로,
> 불러주소 불러주소 우리 성님 불러주소,
> 봄철이라 이 강변에 복숭꽃이 피그덜랑,
> 소복 단장 낭이 따님 이 내 소식 물어주소,
> 첫 가지에 안부 묻고 둘째 가……[17]

지금까지의 굿 가락은 김씨 부인에 대한 것이었는데, 여기부터 낭이에 대한 가락으로 바뀐다. 만물이 생동하는 봄에 복숭아꽃으로 재생하여 딸 낭이와 이야기를 나누고 싶다는 것이다. 이로써 모화의 초혼굿은, 표면적으로는 김씨 부인의 초혼에 있지만, 본질적이고 궁극적인 측면에서는 딸을 구하고 기독교와 대항하기 위한 방편으로 행하여진 것이며, 또 자식의 죽음과 자신의 초능력의 약화라는 비극적인 한계를 극복하고 자연의 순환적 질서 속에서 영원성을 누리고자 한 것임을 알 수 있다. 그러므로 모화의 죽음은 분명히 재생적 의미를 띠는 것이다.

---

17) 『김동리 전집』 1권, 103~104쪽.

김동리 자신도 「무녀도」와 모화의 마지막 굿을 다음과 같이 설명
한다.

　　「무녀도」가 한 무녀를 주인공으로 삼은 것은 그냥 민속적 신비성에
끌려서는 아니다. 조선의 무속이란, 그 형이상학적 이념을 추구할 때
그것은 저 풍수설과 함께 이 민족 특유의 이념적 세계인 신선 관념의
발로임이 분명하다. (이 점 무녀도에서 구체적 묘사를 시험한 것이다.)
'선(仙)'의 영감이 도선사(道詵師)의 경우엔 풍수로서 발휘되었고, 우리
모화(무녀도의 주인공)의 경우에선 '무'로 발현되었다. '선'의 이념이란
무엇인가? 불로 불사 무병 무고의 상주(常住)의 세계다. (자세한 말은
후일로) 그것이 어떻게 성취되느냐? 한(限) 있는 인간이 한 없는 자연
에 융화됨으로써다. 어떻게 융화되느냐? 인간적 기구를 해체시키지 않
고 자연에 귀화함이다. 그러므로 무녀 '모화'에게 있어서는 이러한 '선'
의 영감으로 말미암아 인간과 자연 사이에 상식적으로 가로놓인 장벽
이 무너진 경우다.
　'모화는 낭이를 수국 꽃님의 화신이라 했다.', '……그것은 사람뿐 아
니라 도야지 고양이 개구리 지렁이 고기 나비 감나무 살구나무 무지깽
이, 항아리 섬돌 신짝 대추나무가시 제비구름 바람 불 밥…… 이러한
모든 것이 그와 서로 보고 부르고 미워하고 성내고 할 수 있는 이웃 사
람같이 느껴졌다.'(「무녀도」에서)
　이러한 모화의 세계는 이 땅에 예수교가 들어오면서부터 정면충돌을
한다.
　'무당과 판수를 믿는 것은 거룩거룩하시고 절대적 하나밖에 없는 우
리 하나님 아버지께 죄가 됩니다. …(중략)… 우리 인생을 만든 것은 하
나님 아버지올시다. 그러므로 아버지께선 말씀하시되 내 앞에 다른 신
을 두지 말라.'(무녀도)
　전도 부인의 이야기다.
　이 이데아의 충돌과 함께, '모화'는 제 딸을 구하기 겸 예수교에 대항

하여 딸의 사건을 두고 어떤 이적을 선약했으나 결국 실패한다. 이 실패란 '모화'에게 있어서는 정신적으로나 현실적으로나 전면적 패배를 의미하게 된다. 여기서 이 작품은 클라이맥스로 들어가 모화의 마지막 '굿'이다. 어떤 물에 빠져 죽은 여인의 혼백을 건지려 모화는 '넋대'로 물을 저으며 시나윗가락에(神出曲) 맞추어 청승에 자즈러진 무사를 읊으며, 또 그 '가락'에 맞추어 몸의 율동(춤)을 지니고서 점점 물속으로 들어가다 문득 모화의 몸둥이는 그 목소리와 함께 물 속에 잠겨 버린다. 이러한 간단한 서술로서는 모화의 마지막 승리(구원)를 이해하기 힘들 것이다. 여기 '시나윗가락'이란 내가 위에서 말한 '선' 이념의 율동적 표현이요, 이때 모화가 '시나윗가락'의 춤을 추며, 노래를 부른다 함은 그의 전 생명이 '시나윗가락'이란 율동으로 화함이요(모화의 성격 묘사에 의하여 가능함), 그것의 율동화란 곧 자연의 율동으로 귀화 합일한다는 뜻이다. 이리하여 동양 정신의 한 상징으로서 취한 '모화'의 성격은 표면으로는 서양 정신의 한 대표로서 취한 예수교에 패배함이 되나 다시 그 본질 세계에 있어 유구한 승리를 갖게 된다는 것이다.

인간의 개성과 생명의 구경을 추구하여 얻은 한 개의 도달점이 이 '모화'란 새 인간형의 창조였고, 이 '모화'와 동일한 사상적 계열에 서는 인물로선 「산제」의 '태평이'가 그것이다. 모화나 태평이들이 이 시대 이 현실에 대하여 별반 의의를 가지지 못함은 내 자신 잘 알고 있으나, 그러나 인간이 개성과 생명의 구경을 추구하여 영원히 넘겨보군 할 그러한 한 개의 길이라고 나는 믿는 것이다. 끝으로 나의 작품 세계에 가끔 민속을 도입함에 대해서는 또 이 밖에 나대로 다른 이유가 있으나 그것은 생략한다.[18]

인용이 다소 길어졌지만, 모화의 굿가락, 즉 시나위 가락이란 한국 민족 특유의 이념적 세계인 신선 관념을 드러내는 양상이다. 즉 굿가락을

---

18) 김동리, 「신세대의 정신」, 『문장』 2권 5호, 1940, 91~92쪽.

통해 한 있는 인간이 한없는 자연에 융화되어 '불로 불사 무병 무고의 상주(常住)의 세계'로 회귀하고자 한 것이라 하였다. 그리고 모화의 죽음은 그 본질에 있어서 예수교에 대한 유구한 승리를 의미한다고 하였다.

이러한 점은 에필로그의 후일담에서 아버지가 와서 낭이를 데리고 가는 장면에서도 확인할 수 있다.

> 열흘쯤 지난 뒤다.
> 동해변 어느 길목에서 해물 가게를 보고 있다던 체수 조그만 사내가 나귀 한 마리를 몰고 왔을 때, 그때까지 아직 몸이 완쾌하지 못한 낭이가 퀭한 눈으로 자리에 누워 있었다.
> 사내는 낭이에게 흰 죽을 먹이기 시작했다.
> "아버으이."
> 낭이는 그 아버지를 보자 이렇게 소리를 내어 불렀다. 모화의 마지막 굿이(떠돌던 예언대로) 영검을 나타냈는지 그녀의 말소리는 전에 없이 알아들을 만도 했다.
> 다시 열흘이 지났다.
> "여기 타라."
> 사내는 손으로 나귀를 가리켰다.
> "……"
> 낭이는 잠자코 그 아버지가 시키는 대로 나귀 위에 올라앉았다.
> 그네들이 떠난 뒤엔 아무도 그 집을 찾아오는 사람이 없었고, 밤이면 그 무성한 잡풀 속에서 모기들만이 떼를 지어 울었다.[19]

인용에서 방점 찍은 '모화의 마지막 굿이(떠돌던 예언대로) 영검을 나타냈는지 그녀의 말소리는 전에 없이 알아들을 만도 했다'는 구절을 통해

---

19) 『김동리 전집』1권, 104쪽.

서 모화의 굿이 낭이에게 영험을 나타냈음을 알 수 있고, 이로써 모화의 죽음은 개인의 재생 혹은 자연회귀성을 띠고 있음을 분명히 알 수 있다.

또한 이것은 앞장에서 설명한 바 있는 「무녀도」의 전체 구조를 살펴보아도 충분히 알 수 있다. 「무녀도」의 구조는 1장→7장→1장으로 연결되는 독특한 순환적 구성이다. 즉 7장의 결말에서 낭이 부녀가 떠나서 1장에서 우리집 (화자의 나의 집)으로 오는 구성이다. 1장의 서두에 나오는 '무녀도'는 모화의 마지막 굿 장면을 묘사한 것으로, 낭이가 그린 그림이다. 즉 낭이는 욱이가 아닌 모화의 마지막 모습을 '무녀도'로 영원히 남기고, 또 그것은 우리 집에서 대대로 전해 내려오는 것이다. 이로써 모화의 죽음은 영원성을 획득하고 재생 혹은 자연회귀성을 드러낸다.

이상을 통해 볼 때, (2)에서 "이러한 갈등은 어느 한쪽의 승리나 패배로 해결될 수 없다. 이것은 가치의 우열에 의해서 발생한 문제가 아니라 시대적, 환경적 요구에 의해 생긴 문제이기 때문이다." 작가는 "두 갈등의 중립에 선다" 라는 해설이나, (3)에서 "마치 저녁놀처럼 스러져 가는 과정을 그린 작품", "모화로 상징되는 전통적 가치관과 무속 신앙은 새로운 세대인 욱이에 의해 도전받고, 시대의 추세에 따라 몰락해 갈 수밖에 없다."라는 해설 등은 보완·수정되어야 한다. 더욱이 「무녀도」를 다룬 연구 논문들에서, 욱이를 주인물로 처리하여 욱이의 모화에 대한 승리 또한 기독교의 승리를 보여 주는 작품이라고 평가하는 것이나, 욱이의 죽음을 기독교의 부활의 의미로, 모화의 죽음은 욱이의 죽음이 무의미하지 않음을 확인하는 보조 기능으로 전락하며, 허무에 불과하다는 평가는 잘못된 것이다.[20]

---

20) 이러한 평가가 전혀 근거가 없는 것은 아니다. 왜냐하면 창작집 『무녀도』(1947)에서는 후일담 부분이 다음과 같이 서술되어 있다. "낭이는 여윈 손에 신약전서 한 권만 쥐고

그러면 둘째로, 「무녀도」의 의미나 주제를 어떻게 설명할 것인가.

교재에는 앞에서 정리한 것처럼, 크게 세 가지로 나누어 해설하고 있다. 지금까지의 고찰을 통해서 이것들을 하나하나 살펴보기로 한다.

①의 '한 가정의 비극(적 종말)'은 너무 표면적인 것에만 의존한 것으로, 부적절하다고 여겨진다. ③의 경우도 작품 자체의 의미로는 너무 포괄적인 것으로, 작가론의 측면에서나 그 타당성을 획득할 수 있다고 생각된다.

②의 경우가 비교적 타당한 해설로 여겨진다. 그러나 ②-㉠의 겨우는 '생명의 신비'라는 것은, 아마도 낭이의 출생에 얽힌 무격 설화에 연유한 듯하지만 합당한 것이라고는 여겨지지 않는다. ②-㉢의 경우도 작품 자체의 의미로는 너무 포괄적인 해설이다. ②-㉡과 ②-㉣이 비교적 적합한 해설이 되겠는데, ②-㉡이 작품의 의미를 해설하는 내용으로는 더 타당하고, 좀더 범위를 넓혀 해설한다면 ②-㉣도 가능하다고 여겨진다.

이상을 통해서 볼 때, 「무녀도」는 모화와 욱이로 샤머니즘과 기독교의 대립을 갈등 구조로 삼고, 그 결말이 모화의 죽음으로 끝나지만, 그 죽음의 의미는 기독교에 대한 패배가 아니라 재생이나 자연회귀성을 드러내는 것이다. 그리고 토속 신앙인 무속의 세계가 변화의 충격 앞에서 소멸하여 가는 것을 지키려는 비극적 인간의 모습을 형상화하여, 우리의 전통적 심성이나 정체성을 탐구한 작품으로 해설될 수 있다.

가만히 자리에 누어 있었다."(62~63쪽) 이 부분 때문에 위와 같은 평가가 가능하지만, 낭이가 갖고 있던 신약전서는 욱이가 남긴 유품일 뿐이고, 작가 자신도 이 부분이 해석의 문제점을 유발한다고 생각했던지 『등신불』(1963)에서부터는 삭제하였다.

VI. 결론

이 글은 고등학교 『문학』 교재에 수록된 「무녀도」의 단원 설정과 독해의 문제점을 살펴보고, 이를 통해 실제 현장 교육에서 작품의 해설과 지도에 도움이 되도록 하기 위해 쓰여진 것이다. 이를 요약하여 결론으로 삼는다.

첫째, 「무녀도」의 단원 설정은 크게 소설 이론을 뒷받침하는 제재 작품으로든, 소설의 내용이나 주제를 드러내는 제재 작품이든 비교적 합당하다고 하겠다. 그러나 한 교재의 경우에 '소설의 문체'라는 단원의 제재 작품으로는 다소 무리가 있다는 점을 지적할 수 있다.

둘째, 교재에 수록된 「무녀도」는 출전이 분명하지 않으므로, 이를 밝혀 주는 것이 좋겠다. 왜냐하면 「무녀도」는 원작과 개작본·결정본이 현저한 차이점을 드러내기 때문이다. 그리고 수업 현장에서 원작의 내용과 개작본·결정본 사이의 차이점을 밝혀 주는 것이 좋을 것이다.

그리고 교재의 수록 부분은 단원의 학습 목표와 비교적 부합되는 것으로 여겨진다. 또한 교재의 대부분은 단락표시를 하지 않고 있는데, 단락을 구분하고 번호를 표시하는 것이 좋다고 하겠다. 그리고 작품의 일부를 수록하더라도 가급적 작가의 의도를 살펴 한 단락의 전부를 수록하는 것이 좋겠다.

넷째, 「무녀도」를 '예술 소설', '순수소설' 등의 유형으로 분류한 것은 그 기준과 범주가 분명하지 않고 작품의 특징을 올바르게 드러내지는 못한다. '단편소설'로 설명한 것도 양적인 기준으로는 타당하나 단편소설의 성격에 「무녀도」가 부합되지 못하므로 문제가 있다. 「무녀도」를 '액자소설'로 분류한 경우는, 서술 방법을 기준으로 소설의 유형을 분류한 것으로, 이 소설의 특징을 분명하게 드러낸다는 점에서 타당하다고 하겠다. 그리고 그에 대한 해설도 비교적 상세히 기술되어 있으나, 액자의 형태와 기능 그리고 액자의 유형과 기원, 그리고 해당 작품들을 더 추가해서 설명하는 것이 좋겠다.

그리고 「무녀도」의 플롯은 대부분의 교재처럼 5단 구성으로 나뉠 수 있는데, 발단 · 전개 부분과 후일담의 설정에 약간 차이가 있다. 앞의 것은 크게 문제 되지는 않으나, 뒤의 것은 별도로 설정하는 것이 좋겠다. 그런데 전체 구조가 1장→7장→1장으로 연결되는 독특한 순환적 구성이라는 점을 추가했으면 좋겠다.

그러므로 「무녀도」는 도입 액자만 있고 종결 액자가 없는 개방 액자 소설로서 액자 구성을 취하고, 내부 이야기는 5단 구성에 후일담이 첨가되어 있으며, 전체적으로는 독특한 순환적 구조를 보여 준다고 해설하는 것이 타당할 것이다.

다섯째, 「무녀도」의 갈등 구조의 결말에 나타나는 모화의 죽음의 의미와 작품의 의미는 교재마다 약간씩 차이가 있다. 구체적인 분석 결과, 이는 다음과 같이 정리될 수 있다. 「무녀도」는 모화와 욱이로 대표되는 샤머니즘과 기독교의 대립을 갈등 구조로 삼고, 그 결말이 모화의 죽음으로 끝나지만, 그 죽음의 의미는 기독교에 대한 패배가 아니라 재생이나 자연회귀성을 드러내는 것이다. 그리고 토속 신앙인 무속의 세계가, 변화의 충격 앞에서 소멸하여 가는 것을 지키려는 비극적 인간의 모습을 형상화하여, 우리의 전통적 심성이나 정체성을 탐구한 작품이다.

(1999)

『문학』 교재에 수록된
「서울, 1964년 겨울」의 독해 지도 연구

I. 서론

이 글은 고등학교 제6차 문학 과목 교육과정의 교육목표[1]에 입각
하여 고등학교 『문학』 교재에 수록된 김승옥의 소설 「서울, 1964년 겨

---

[1] 『고등학교 국어과 교육과정 해설』(교육부, 1995)에 수록된 문학 과정의 교육목표와 내
    용 체계를 옮기면 다음과 같다.
    〈목표〉(330쪽)
    가. 문학 일반과 한국문학에 관한 체계적인 지식을 습득하게 한다.
    나. 문학작품을 즐겨 읽고 감상하게 함으로써 미적 감수성과 문학적 상상력을 기르게
        한다.
    다. 한국문학 속에 나타난 민족의 삶과 정서를 이해하며, 이를 토대로 세계문학 속에서
        의 한국문학의 바른 위상과 방향을 추구하는 데 이바지하는 태도를 가지게 한다.
    〈내용 체계〉(334쪽)

영역	내용
1) 문학의 본질과 기능	가) 문학의 성격 나) 문학의 갈래 다) 문학의 수용과 가치

울」[2])의 독해 지도 방법을 연구하고자 한다. 이는 실제 교육 현장에서 이 글이 작품의 해설과 지도에 도움이 되고자 하는 의도에서이다.

이를 위해 먼저 단원의 위치 설정과 학습 목표의 내용을 검토하여, 이것이 제6차 문학 과목 교육과정의 교육목표 및 내용 체계와 부합하고, 작품의 이해와 감상에 적합한지를 규명한다. 다음으로 이 소설의 제목과 시공간적 배경, 스토리와 플롯, 인물의 성격과 제시 방법, 시점·문체·어조 등을 고찰하여 작품의 의미를 밝히도록 한다. 여기서 제목과 시공간적 배경은 교재의 학습 목표에 포함되지 않는 것이지만 작품의 이해와 감상에 가장 기본적인 것이기에 분석 대상 항목에 포함된 것이다.

Ⅱ. 단원 설정과 학습 목표

현행 제6차 교육과정에서 사용되는 『문학』 교과서는 모두 18종으로 상·하 2권씩 36책이다. 이 중에서 김승옥의 「서울, 1964년 겨울」이 수록되어 있는 책은 〈도식 1〉과 같다.

영역	내용
2) 문학작품의 이해와 감상	가) 문학작품에 대한 접근 방법 나) 문학작품 구성 요소들의 기능 및 관계 다) 문학작품에 나타난 갈등과 삶의 양상 라) 문학작품의 현실 상황 마) 문학작품의 내면화
3) 한국문학과 세계문학	가) 한국문학의 흐름과 성격 나) 세계문학의 양상 다) 민족문학으로서의 한국문학

2) 작품 인용은 『김승옥 소설 전집』 1권(문학동네, 1996)으로 하고 관련 쪽수만 표기한다.

〈도식 1〉

교재	저자	출판사
(1)-하	최동호, 신재기, 고형진, 장장식	대한교과서
(2)-상	남미영, 김용숙, 조상기, 신희원, 김낙효	동아서적(주)
(3)-하	박갑수, 김진영, 이숭원	지학사

먼저 『문학』 교재에서 이 작품이 수록된 단원을 살펴보고 논의를 시작하기로 한다. 작품이 수록된 단원의 위치에 의해 그 작품의 성격과 특성을 알 수 있고, 또한 그 작품의 감상과 이해를 위한 방법이 달라질 수 있기 때문이다.

『문학』 교재에서 「서울, 1964년 겨울」이 수록되어 있는 단원의 위치를 살펴보면 〈도식 2〉와 같다.

〈도식 2〉

교재	대단원	중단원	소단원
(1)	Ⅲ. 서사문학의 이해와 만남	5. 현대인의 내면과 소외 의식	(1) 「서울, 1964년 겨울」
(2)	Ⅲ. 이야기와 소설	6. 문체와 어조	(2) 「서울, 1964년 겨울」
(3)	X. 문학 정신과 감수성의 심화	2. 분단 인식과 인간 탐구의 소설	(2) 「서울, 1964년 겨울」

〈도식 1〉에서 「서울, 1964년 겨울」의 단원 위치의 설정은 다음과 같은 특징을 가진다. (1)은 대단원의 설정 목적을 "소설의 다양한 주제에 대해 알아보는 데 있음"이라고 하고, 또한 "소설의 다양한 주제를 통해 인간과 사회에 대한 성숙한 안목과 미적 감수성을 기르고자" 하는 것이

라고 그 학습 목표를 밝히고 있다. 그리고 이 학습 목표를 달성하기 위해 단원의 설정을 '주제별'로 구성하였다. '1. 설화의 세계, 2. 인간의 존재에 대한 탐구, 3. 역사와 현실의 반영, 4. 현실 비판과 새 질서 지향, 5. 현대인의 내면과 소외 의식' 등 각각의 주제별로 다섯 개의 중단원을 설정하였는데, 「서울, 1964년 겨울」은 '5. 현대인의 내면과 소외 의식'의 제재 작품으로 「변신」과 함께 설정되어 있다.

이 작품을 '5. 현대인의 내면과 소외 의식'의 학습 제재로 설정한 것은 매우 타당하다. 왜냐하면 이 소설이야말로 현대인의 고독과 소외 현상을 잘 형상화한 작품이라 할 수 있기 때문이다. 문체적인 성과와 함께 김승옥 소설의 문학사적 의의는 '개인의 발견'에 있다. 1950대까지 한국 소설은 개인의 존재에 눈뜨지 못했다. 소설이 개인에 관해 말할 때조차 그 개인은 공동체와 역사와 현실의 잣대에 따라 절대적으로 규정되는 왜곡된 개인이었기 때문에 개인의 내부 심리와 의식 세계가 섬세하게 표현되지 않았다. 그러나 김승옥에 이르면 개인의 내면 세계가 작품의 표면으로 부각되게 되며, 이러한 특징을 가장 잘 보여 주는 작품이 「서울, 1964년 겨울」인 것이다.

또한 20세기 소설의 두드러진 경향의 하나를 인간의 내면을 탐구하는 모더니즘 소설의 등장이라고 하면서, 이 작품이 모더니즘 소설임을 분명히 밝히고 있는데, 이는 중요한 지적이라 할 수 있다.

(2)는 대단원의 설정 기준을 소설을 구성하는 여러 기본 요소들에 두고 있다. '문학작품의 이해와 감상'이라는 문학 교육의 궁극적인 목표를 달성하려면, 학습자들은 주제, 인물, 사건, 배경, 구성, 시점, 문체, 어조 등 소설을 구성하는 기본 요소들에 대해 학습해야만 한다.

소설의 여러 요소들 중에서도 「서울, 1964년 겨울」은 '6. 문체와 어조'를 설명하기 위한 제재 작품으로 황순원의 「별」과 함께 선정되어 있는데, 이는 작품 선정에 있어서 타당하다. 학습자들은 이 두 소설에 드러난 문체와 어조를 비교해 봄으로써 문체와 어조에 따라 작품의 전체적인 분위기가 얼마나 달라지며, 또 그것이 주제 형성에 있어서 얼마나 중요한가를 배우게 된다.

주지하다시피 김승옥 작품의 가장 큰 매력은 감각적이고 섬세한 문체적 특징에 있는데, 그의 문체적 매력이 잘 발산된 작품 중의 하나가 「서울, 1964년 겨울」이다. 이 작품에서 드러나는 감각적이고 유희적인 문체의 기법과 냉소적인 어조는 1960년대 현대사회에서의 인간의 고립과 소외라는 이 작품의 주제를 효과적으로 드러내는 데 기여하고 있다.

(3)은 대단원이 문학사적 관점에서 설정되어 있는데, 여기서는 1960년대 이후의 삶과 문학이 '문학 정신과 감수성의 심화'라는 특징을 드러낸다고 기술하고 있다. 단원의 길잡이에서 "1960년대 이후 발표된 문학 작품들을 공부하게 될 것이다. 이 작품들이 다루는 내용은 현대 우리의 삶과 연관되어 있기 때문에 더욱 친숙한 느낌을 가질 수 있을 것이다. 이 단원의 작품들을 통하여 우리가 처한 현대적 상황과 현실의 여러 문제들이 어떻게 형상화되어 있는지 공부해 보자. 그리고 문학적 기법이 심화되고 다양화되는 양상을 주의 깊게 살펴보기로 하자."고 밝히고 있다. 그리고 이를 '1. 현대적 감성과 현실 의식의 시, 2. 분단 인식과 인간 탐구의 소설, 3. 희곡 문학의 현대적 변모, 4. 수필 문학의 심화, 5. 세계 문학의 한 모습' 등으로 중단원을 설정하였는데, 「서울, 1964년 겨울」은 「광장」과 더불어 둘째 단원의 제재 작품으로 설정되어 있다. 즉 「광장」이 분단 인식의 문제를, 「서울, 1964년 겨울」이 인간 탐구의 문제를 다룬 제재 작품이란 것이다.

이처럼 「서울, 1964년 겨울」을 1960년대 이후의 '인간 탐구'의 학습 제재로 설정한 것은 매우 타당하다. 그 이유는 (1)의 경우와 마찬가지다.

이상을 통해 볼 때 단원 위치의 설정은 이 작품의 일반적 특징을 잘 반영한 타당한 설정이라 할 수 있다.

다음으로 각 교재에 수록된 학습 목표의 내용을 구체적으로 살펴보면 〈도식 3〉과 같다.

〈도식 3〉

교재	학습 목표의 내용
(1)	· 현대 소설이 인간의 내면 세계와 인간 소외에 많은 관심을 쏟는 이유에 대해 알고, 이러한 소설을 통해 삶을 총체적으로 이해하도록 한다. · 이 작품을 통해 현대인의 단절된 인간 관계와 소외 의식을 이해한다. · 이 작품의 대화가 지닌 특징을 이해한다.
(2)	· 문체의 의미와 특성을 안다. · 어조의 의미와 종류를 안다. · 작품의 문체와 어조를 파악한다.
(3)	· 현대사회에서 제기되는 인간의 고독과 소외의 문제를 독특한 서술 방법으로 형상화한 작품이다. · 화자의 시점과 서술 방법의 특징을 이해한다. · 인물의 심리와 작품의 주제와의 관계를 이해한다.

〈도식 3〉에서 이 작품의 학습 목표의 내용은 다음과 같은 특징을 가진다.

(1)은 이 작품이 현대 모더니즘 소설이고, 그 특징을 "인간의 내면 세계와 인간 소외"에 대한 탐구라고 분명히 밝히면서, 이것의 성격을 밝히고 아울러 이 작품이 지닌 대화의 특징을 이해한다고 하였다.

(2)는 문체와 어조의 개념을 설명하고, 이 작품이 이른바 한글 세대

요, 4 · 19세대인 김승옥의 문체적 특성을 잘 반영하고 있다고 하면서, 이 작품의 문체와 어조를 파악하는 것이라고 하였다.

(3)은 이 작품이 모더니즘 소설임을 밝히고 있지는 않지만 1960년대의 시대적 상황을 드러내면서, 아울러 현대사회에서의 "인간의 고독과 소외 문제를 독특한 서술 방법으로 형상화한 작품"이라고 하였다. 그리고 화자의 시점과 서술 방법, 인물의 심리와 작품 주제와의 관계를 이해하도록 한다고 하였다.

(1)과 (3)에서는 다소의 차이는 있으나, 이 작품이 지닌 현대 모더니즘 소설로서의 특징을 인물의 내면 의식과 소외 문제를 중심으로, (2)에서는 이 소설의 문체와 어조의 특성을 독해 지도의 핵심으로 파악하고 있음을 알 수 있다. 이러한 학습 목표는 이 작품을 감상하고 이해하는 데 크게 무리가 없는 내용이라고 할 수 있다.

그러나 이 작품이 모더니즘 계열의 소설임을 분명히 밝히고 있음에도 불구하고, 작품의 해설에서는 이러한 점이 다소 간과되어 있고 주제적인 측면만을 부각시켜 설명하고 있을 뿐이다. 모더니즘 소설은, 예전의 자연주의나 리얼리즘 소설이 객관적인 외부 현실을 충실하게 묘사하는 것과는 달리 인간의 내면 세계를 탐구하는 데 그 목적이 있다. 다시 말하면 모더니즘 소설은 인물과 외부 현실과의 단절로 서사성이 약화되고 이로 인해 해체된 플롯을 지니고 있으며, 현실로부터 소외된 인물의 내면 심리를 형상화하는 것이다.

그러므로 모더니즘 소설은 전통적인 리얼리즘 소설의 독해 지도 방법과는 다른 독해 방법으로 지도해야 학생들이 올바르게 작품을 이해할 수 있다. 그러나 이러한 중단원의 해설이, 소단원의 작품 해설에서는 인물이나 주제에 한정되어 있고 플롯의 차원에서는 전통적인 리얼리즘 소설의 지도 방법을 따르고 있는 등 다소의 문제점이 있다. 그러므로 교재에서 이 작품이 지닌 모더니즘 소설로서의 특성을 좀 더 구체적으로 설명할 필요가 있다고 하겠다.

Ⅲ. 제목과 시공간적 배경

학생들이 소설 작품을 대할 때 제일 먼저 눈에 띄는 것이 제목이다. 책을 읽은 지 오랜 세월이 지나 작중 인물의 이름이나 내용은 기억되지 않을지라도 비교적 우리의 머릿속에 남아 있는 것이 또한 제목이다. 그만큼 소설에서 제목이 차지하는 비중은 결코 가볍지 않다. 그것은 다음과 같은 이유에서 그렇다. 첫째, 제목은 독자의 흥미를 끌고 유인하는 기능을 가진다. 둘째, 제목은 작품의 내용을 압축하여 작품이 가지는 의미를 알리는 함축적 기능을 가진다. 셋째, 제목은 소설 내용을 환기시키는 환기적 기능을 가진다.[3]

이 소설의 '서울, 1964년 겨울'이란 제목은 단순히 작품의 시공간적 배경만을 드러내는 것이 아니라, 작품의 내용과 의미까지 함축하고 환기시키는 것으로 보여진다. '1964년'이란 일단 5·16 군사 쿠데타로 집권한 제3공화국의 군부 독재 정권 치하라는 정치적 배경과 우리나라의 자본주의적 근대화가 시작된 시기라는 경제적 배경을 드러낸다고 볼 수 있다. 또한 '겨울'은 춥고 어두운 계절이라는 시간적 배경을 드러낸다고 볼 수 있다. 그리고 '서울'은 자본주의화된 도시라는 공간적 배경을 드

---

3) 구인환, 『소설론』, 삼지원, 1996, 343~344쪽 참조.

러낸다.

제목을 통해 볼 때, 이 작품은 서울이라는 근대화된 도시에서 군부 통치하의 1964년 추운 겨울에 일어난 어떤 어둡고 암울한 사건과 내용을 함축하고 환기시키고 있다는 생각을 하게 된다.

다음으로 작품의 시공간적 배경을 살펴보자. 제목처럼 1964년 겨울 어느 날의 서울 밤거리가 시공간적 배경으로 나타난다.

(1) 1964년 겨울을 서울에서 지냈던 사람이라면 누구나 알 수 있겠지만, 밤이 되면 거리에 나타나는 선술집 ─ 오뎅과 군참새와 세 가지 종류의 술 등을 팔고 있고, 얼어붙은 거리를 휩쓸며 부는 차가운 바람이 펄럭거리게 하는 포장을 들치고 안으로 들어서게 되어 있고, 그 안에 들어서면 카바이트 불의 길쭉한 불꽃이 바람에 흔들리고 있고, 염색한 군용 잠바를 입고 있는 중년 사내가 술을 따르고 안주를 구워 주고 있는 그러한 선술집에서, 그날 밤, 우리 세 사람은 우연히 만났다(202쪽).

(2) 낮엔 이상스럽게도 날씨가 따뜻했기 때문에 길은 얼음이 녹아서 흙물로 가득했었는데 밤이 되면서부터 다시 기온이 내려가고 흙물은 우리의 발 밑에서 다시 얼어붙기 시작했다. 소가죽으로 지어진 내 검정 구두는 얼고 있는 땅바닥에서 올라오고 있는 찬 기운을 충분히 막아내지 못하고 있었다(203쪽).

(3) 우리는 갑자기 목적지를 잊은 사람들처럼 사방을 두리번거리면서 느릿느릿 걸어갔다. 전봇대에 붙은 약 광고판 속에서는 이쁜 여자가 '춥지만 할 수 있느냐'는 듯한 쓸쓸한 미소를 띠고 우리를 내려다보고 있었고, 어떤 빌딩의 옥상에서는 소주 광고의 네온사인이 열심히 명멸하고 있었고, 소주 광고 곁에서는 약 광고의 네온사인이 하마터면 잊어버릴 뻔했다는 듯이 황급히 꺼졌다간 다시 켜져서 오랫동안 빛나고 있

었고, 이젠 완전히 얼어붙은 길 위에는 거지가 돌덩이처럼 여기저기 엎드려 있었고, 그 돌덩이 앞을 사람들은 힘껏 웅크리고 빠르게 지나가고 있었다. 종이 한 장이 바람에 휙 날리어 거리의 저쪽에서 이쪽으로 날아오고 있었다. 그 종이조각은 내 발 밑에 떨어졌다. 나는 그 종이조각을 집어들었는데 그것은 '미희 서비스 특별 염가'라는 것을 강조한 어느 비어 홀의 광고지였다(212쪽).

(1)은 작품의 서두로서, 화자의 요약적 제시로 이 작품의 시공간적 배경을 드러내고 있다. 여기에서는 제목의 '서울, 1964년 겨울'에 '밤'이란 한정된 시간적 배경이 덧붙여져 있다. (1)을 제외하면 1964년이란 객관적인 사실로 시간적 배경을 제시하고 있는 부분은 없다. (2)는 겨울밤의 추운 날씨를, (3)은 자본주의화된 서울 거리의 풍경과 겨울밤의 추운 날씨를 드러낸다.

이처럼 1964년 겨울밤의 서울 거리의 풍경은 을씨년스러운 선술집의 풍경, 약과 술 광고의 네온사인, 언 길 위에 엎드려 있는 거지, 바람에 날아다니는 술집 광고 등으로 묘사되어 있는 것이다. 즉, 근대화된 자본주의 도회의 풍경이 어둡고 암울한 분위기로 묘사되고 있는 것이다. 이러한 시공간적 배경은 리얼리즘 소설처럼 구체적이고 객관적이며, 현실적인 배경으로 설정되어 있지 않다. 서울 거리는 등장 인물이 대화를 나누는 배경 정도로 후경화되어 있으며, 한편의 그림처럼 이미지화되어 있다. 이는 서울 거리의 풍경이 객관적인 현실적 대상이라기보다 화자의 서울 경험을 구체화하기 위한 이미지임을 의미하는 것으로 설명될 수 있다.[4]

---

4)   최인자, 「김승옥 소설 문체의 사회시학적 연구―「서울, 1964년 겨울」을 중심으로」,

모더니즘 소설이 인간의 내면 세계를 형상화한다는 점에서 볼 때, 이 작품에서 외부 현실은 그냥 풍경으로 존재할 뿐 그리 중요하지 않을 것이다.[5] 1964년 겨울 밤 서울 거리의 풍경이 자아내는 분위기가 중요한 것이다. 그러므로 이 작품을 5·16 군사 쿠데타로 정권을 잡은 제3공화국의 폭정에 대한 신랄한 비판 소설이자 강력한 체제 비판 소설로 볼 수는 없다.[6] 다시 말하면 자본주의적 근대화의 상징인 도회에서의 일상적인 삶을 봄이나 여름이 아닌 '겨울'로, 아침이나 낮이 아닌 '밤'으로 나타냄으로써 '1964년'이란 시간적 배경은 우리나라에서 자본주의적 근대화가 시작되어 그것의 병폐가 드러나기 시작한 시기를 나타낸다. 도시인 '서울'은 이를 뒷받침해 주는 공간으로 자본주의적 모순이 가장 잘 드러나는 곳으로, 다시 말하면 한편으로는 자본주의적 물질적 풍요나 삶의 환희가, 한편으로는 가난과 소외로 인한 좌절과 상실감을 보여 주는 것이다. 그리고 '겨울 밤'은 봄이나 여름, 아침이나 대낮처럼 밝음과 희망이 아닌 어둠과 절망과 좌절감이란 부정적 의미를 함축하고 있다고 하겠다.

『현대소설연구』 제10호, 한국현대소설학회, 1996. 6, 368~374쪽 참조.

5) 이 점에 대해 한 논문은 다음과 같이 설명한다. "김승옥 작품 세계의 인물들에게 외부 현실은 아무 것도 아니다. 특히 고뇌하는 자의식의 시선에 비친 사회적 가치나 질서는 무의미하기 그지없는 것으로 그 둘 사이에는 실제적인 상호 교류가 조금도 행해지지 않는다. 김승옥의 작품 세계 속에는 그래서 사회성이 배제된 미시적인 개인 단독만이 존재하거나, 아니면 그 개인성이 제거된 순수히 객체화된 물리적 현실만이 존재한다. 실상 이 두 가지 현상은 동전의 양면처럼 뗄래야 뗄 수 없는 상호 결부체로 이루어져 있거니와, 여기서 개인에 대한 내향적 관심이 높아지면 질수록 현실의 가치가 더욱더 하락하리라는 것은 자명하다." 한상규, 환멸의 낭만주의 – 김승옥론, 『1960년대 문학연구』, 예하, 1993, 59쪽.

6) 김성곤은 이 작품을 체제 비판 소설로 본다. 김성곤, 「빼앗긴 시대의 문학과 백 년 동안의 고독─현진건, 이상, 김승옥을 다시 읽으며」, 『뉴미디어 시대의 문학』, 민음사, 1996, 227~231쪽 참조.

Ⅳ. 스토리와 플롯

작품을 올바르게 이해하고 감상하기 위해서는 다음으로 그 작품의 플롯의 전개를 살펴보아야 한다. 일반적으로 플롯은 소설의 원재료에 속하는 스토리를 인과관계에 의해 재배열한 것이다.

『문학』 교재들에서는 이 작품의 스토리를 〈도식 4〉와 같이 기술하고 있다.

〈도식 4〉

교재	스토리
(1)	이 작품은 어느 날 밤 선술집에서 우연히 만난 세 사람이 하루 저녁을 같이 지내다가 아침에 일행인 '사내'의 죽음을 확인하게 되는 이야기로서, 사회적인 연대성과 동질성을 상실한 시대의 건조한 인간관계를 보여 주고 있다.
(2)	구청 병사계 직원인 '나'와 대학원생인 '안'과 서적 외판원인 '사내'가 1964년 겨울, 서울의 거리에 있는 선술집에서 우연히 만난다. 세 사람의 남자는 하나도 중요할 것이 없는 이야기들을 주고받으며, 부질없이 불구경을 하면서 의견의 대립으로 옥신각신한다. 밤거리를 배회하다가 여관방을 찾아들고, 서적 외판원인 사내가 외로운 것이 싫다며 한방에서 자자는 제의를 묵살하고 각방에서 잠들었는데 나중에 보니 서적 외판원이 자살했다.
(3)	1964년 추운 겨울 밤, 서울의 허름한 포장마차에서 '안'이라는 대학원 학생과 구청 직원인 화자 '나'가 만나 대화를 나눈다. 무의미한 대화를 나누는 두 사람 사이에 혼자 술을 마시던 30대의 월부 책 외판원이 끼어든다. 그는 아내가 죽은 다음 아내의 시신을 병원에 해부용으로 돈을 받고 팔아넘긴 데 대해 죄책감을 느끼고 괴로워하고 있었다. 세 사람은 밤거리를 배회하다가 여관에 드는데, 아침에 일어나 보니 외판원 아저씨는 자살한 것으로 알려진다. 두 사람은 도망치듯 급히 여관을 빠져나온다.

이상의 스토리는 분량의 차이는 있지만, 비교적 잘 기술되어 있다. 그리고 이 작품은 서두의 화자 보고문을 제외하고는 스토리의 전개와 플롯의 전개가 일치되는 순차적 진행의 소설이므로 스토리와 플롯을 따로 살펴볼 필요는 없다. 그런데 여기서 중요한 것은 플롯의 전개에서 이렇다할 중요한 사건이나 행위가 없다는 점이다. 이 점은 이 작품의 특성을 드러내는 중요한 것이기에, 구체적으로 살펴볼 필요가 있다.

먼저, 플롯의 전개를 요약하면 다음과 같다.

> 1) 구청 병사계 직원인 화자인 '나'는 선술집에서 대학원생인 '안'과 만나 파리, 꿈틀거리는 것, 자신만이 체험한 것 등에 대해 대화를 나누나 무의미한 이야기일 뿐이다.
> 2) 내가 안과 다른 곳에 가서 정식으로 한잔하고자 일어섰을 때, 서른대여섯 살의 서적 외판원을 하는 사내가 동행을 청한다.
> 3) 그 사내가 중국집에서 저녁을 내면서 자기 아내가 오늘 죽었고, 그 시체를 병원에 팔았다고 하면서 그 돈을 오늘 다 써야 한다고 말한다. 또한 그는 거리로 나와 넥타이와 귤을 사 주기도 한다. 갈 곳 없는 세 사람은 소방차를 따라 화재 현장에 간다.
> 4) 우리는 깡통을 깔고 앉아 불구경을 하며, 또 의미 없는 대화를 나누는데, 갑자기 사내가 남은 돈을 불 속으로 던진다. 그리고 헤어지려는 우리에게 혼자 있기 무섭다고 하며 같이 지내기를 간청한다. 또한 그는 여관비를 위해 한밤에 월부 책값을 받으러 간다.
> 5) 여관에 도착하여 세 사람은 실랑이를 하다가 각각 다른 방에 투숙한다.
> 6) 다음날 아침 사내는 죽어 있었고, 나와 안은 서둘러 여관을 빠져나오고 각자 헤어진다.

이상의 플롯과 같이, 이 소설은 1964년 서울의 겨울 어느 날 밤에 낯선 세 사람이 우연히 선술집에서 만나 대화를 나누다가 불구경을 하고 여관에 함께 투숙하여 다음날 아침 한 사람은 죽고 두 사람은 각자 헤어지는 단순한 이야기이다.

이 작품의 플롯에 대하여 교재 (3)의 경우는, 교과서의 수록 부분을 이 소설의 '발단'과 '전개'라고 설명하고 있다. 발단과 전개라는 용어는 발단·전개·위기·절정·결말이라는 플롯의 단계설 또는 단층설을 설명하는 것이다. 다른 두 교재는 이에 대한 언급은 없으나, 많은 해설서나 참고서들도 대개 이와 같은 플롯의 5단계설에 입각하여 이 작품의 플롯을 설명하고 있다. 한 참고서의 예를 들어 살펴보면 다음과 같다.[7]

· 발단 : '나'와 '안'이라는 대학원생이 포장마차에서 만나 무의미한 대화를
　　　 즐김
· 전개 : 낯선 사내가 말을 걸어오며 자신의 불행을 말하고 동행해도 좋으냐
　　　 고 간청함
· 위기 : 화재가 난 곳에서 사내는 아내의 시체를 판 돈을 불 속에 던지고는
　　　 불안에 빠짐
· 절정 : 여관에 도착한 셋은 각각 다른 방에 투숙함
· 결말 : 다음 날 아침, 사내의 자살 밝혀짐. '나'와 '안'은 무덤덤한 표정으로
　　　 그곳에서 헤어짐

이를 앞의 플롯 전개와 연관시켜 보면, 1)이 발단, 2), 3)이 전개, 4)가 위기, 5)가 절정, 6)이 결말이 된다. 일반적으로 플롯은 여러 가지의 사

---

7)　김태형·이병렬·한규영 엮음, 『글동산 국어 : 현대 소설의 이해와 감상 1』, (주)문원각, 1994, 132쪽.

건과 행동이 일정한 인과관계를 가지면서 짜여지는 것이다. 그런데 이 작품은 일관된 논리를 지닌 사건이나 행동이 없다. 겨울 밤 선술집에서 세 사람이 만나 무의미한 대화를 나누거나 공간의 이동에 따른 사소한 삽화들의 나열로 이루어져 있어 스토리의 응집력이 약화되어 있다. 다시 말하면, 인과관계에 의한 플롯이 아닌 해체된 플롯이요, 무의미한 삽화들의 병렬적 플롯이다. 한 연구자의 다음과 같은 설명은 이러한 점을 분명하게 드러낸다.

김승옥의 「서울, 1964년 겨울」 역시 단편화된 삽화들이 시간적으로 연결되는 대신 병치적으로 배열되는 구성을 지니고 있다. 먼저 이 소설에는 인물들의 대화가 부단히 단절되는 양상이 나타난다. 인물들의 대화(특히 '나'와 대학원생)는 통시적 인과율로 이어져서 사건의 진행으로 나아가는 것이 아니라 아무 연관 없는 단절된 단편들이 병치되는 식으로 제시된다. 그 대화들에 이어지는 '힘없는 아저씨'와의 동행 역시 두 인물들의 대화와 무관하며 어떤 통시적 인과율에 의해 짜여지지 않는다. 따라서 이 소설에서는 리얼리즘에서처럼 시간적 계기에 따라 사건이 어떻게 전개되었는가를 따지는 것은 별다른 의미를 지니지 않는다. 그 대신 우리는 파편화된 삽화들이 병치적으로 배열된 양상 자체를 주목하게 된다. 즉, 단편적인 삽화들 간의 시간적 인과율을 생각하는 대신 그 단절된 삶의 양상들의 병렬적인 배열의 논리를 의식하게 된다. 단절된 (삶의) 파편들의 병렬적 배열 논리를 생각한다는 것은 그 파편들을 응시하는 (화자나 인물의) 비동일성의 의식을 반성하는 것을 말한다. 이 소설에서는 형상화된 삽화들을 '시간적 인과율'에 따라 읽는 것보다는, 그 단편적 삽화들을 병렬적으로 연결하는 비동일성의 의식의 '내면적 논리'를 읽는 것이 중요한 셈이다.
단절된 삶의 파편들을 응시하는 (그리고 그것을 병렬적으로 배열하는) 비동일성의 의식이란 두 인물 ('나'와 대학원생)의 대화에서 나타난 것 같은 화해의 열망과 그것이 불가능하다는 사실에 대한 인식이다. 힘없는 아저씨와의 동행에서 역시 화해의 소망과 그 소망의 좌절이 나타나고 있다. 이 소설은 그 같은 화해의 열망과 그 열망의 좌절로 인한 부정적 인식, 즉 비동일성의 의식을 매개로 단편적인 삽화들을 병렬적으로 연결하고 있는 것이다.[8]

그러므로 플롯의 단계설을 이 작품에 적용시켜 설명하는 것은 다소 무리한 일이다. 플롯의 단층설은 일반적으로 리얼리즘 소설에, 엄밀하게는 극적 플롯을 가진 소설에만 적용되는 플롯의 유형이다.

「서울, 1964년 겨울」은 모더니즘 소설로서, 의미 없는 단절적인 삽화들이 병치적으로 배열되는 해체적 플롯을 가지고 있다. 이 삽화들은 "살풍경처럼 황량한 1960년대 서울의 밤거리에 대한 음울한 삽화"[9]로서 '선술집→중국집→거리(화재 현장)→여관'이라는 서사 공간 속에서 이루어진다. 그리고 이렇게 병렬적으로 배치된 삽화들 사이에 내면 의식을 채워 넣음으로써 소설의 전체적인 맥락을 파악하고, 소설의 의미를 추출할 수 있는 것이다. 아울러 내면 의식의 내용은 사소한 삽화들을 특별한 의미로 채색하면서 모더니즘 소설의 독특한 구성을 이룩한다.[10]

이상을 통해 볼 때, 이 소설은 모더니즘 소설로서 그 플롯은 5단계설로는 설명하기 곤란하며, 크게 '선술집→중국집→화재 현장→여관'의 서사 공간 속에 현실과 단절된 의미 없는 삽화들이 병렬적으로 배열되어 있는 해체된 플롯을 가지고 있다.

---

8) 나병철, 『모더니즘과 포스트 모더니즘을 넘어서』, 소망출판, 1999, 212쪽.
9) 공종구, 「김승옥 소설의 근대성」, 『현대소설연구』 9호, 한국현대소설학회, 1998. 12. 329~330쪽.
10) 나병철, 『문학의 이해』, 문예출판사, 1997, 350쪽.

V. 인물의 성격과 제시 방법

앞에서 살펴본 바와 같이 모더니즘 소설의 핵심은 삽화들 그 자체보다는 중간에 끼어드는 인물들의 내면 의식의 형상화에 있다. 이 작품은 일반적인 모더니즘 소설처럼 인물의 내적 독백이나 의식의 흐름 등의 기법을 사용하고 있지 않으므로, 내면 의식 파악이 어렵다. 그러므로 인물들의 대화와 행동을 통해서 인물의 내면 의식과 성격을 파악하여야 한다.

이 작품에는 세 사람의 인물이 등장한다. "나와 도수 높은 안경을 쓴 안이라는 대학원생과 정체는 알 수 없지만 요컨대 가난뱅이라는 것만은 분명하여 그의 정체를 꼭 알고 싶다는 생각은 조금도 나지 않는 서른대여섯 살짜리 사내"(202쪽)가 그들이다. 이들을 좀 구체적으로 살펴보면 다음과 같다. 화자인 '나'는 "스물다섯 살짜리 시골 출신, 고등학교는 나오고 육군사관학교를 지원했다가 실패하고 나서 군대에 갔다가 임질에 한 번 걸려 본 적이 있고 지금은 구청 병사계에서 일하고 있는" 인물이고, '안'은 "스물다섯 살짜리 대한민국 청년, 대학 구경을 해 보지 못한 '나'로서는 상상이 되지 않는 전공을 가진 대학원생, 부잣집 장남"(203쪽)이다. 그리고 '사내'는 가난한 서적 외판원이며, 죽은 아내의 시체를 병원에 팔고 그 죄책감으로 괴로워하다 '나'와 '안'을 만나 하룻밤을 지내고 자살하는 인물이다. 그러나 이러한 설명은 출신지, 직업, 성장 환경, 연령 등을 중심으로 화자인 내가 요약한 화자 보고문이거나(나, 안), 등장인물의 말이나 행동에서 필자가 요약한 내용(사내)에 지나지 않는다. 그러므로 이 작품에 등장하는 세 인물의 성격을 파악하기 위해서는 그들의 대화와 행동을 구체적으로 고찰하여 그들의 내면 의식을 밝혀야 한다. 특히 이 작품은 대화 소설이라고 할 만큼 앞부분의 화자 보고문을 제외하고는 대화가 많은 분량을 차지하고 있다. 그러므로 대화의 내용과 의미를 면밀하게 고찰해야만 인물들의 성격을 파악할 수 있다. 『문학』 교재는 이들의 성격을 〈도식 5〉와 같이 기술하고 있다.

〈도식 5〉

교재	내용
(1)	이 작품의 주인공들은 철저한 허무주의자들로, 자살한 사내가 극단적인 낙천주의적 성격이라면, 안은 극단적인 염세주의자, 나는 이 두 사람의 성격 중간에 끼어 있다.
(2)	이 작품에는 세 사람의 개성적인 인물이 등장한다. 극단적인 낙천주의적 성격의 외판원과 극단적인 염세주의적 성격의 대학원생 '안'과 두 사람의 극단적인 성격 사이에 끼어 있는 '나' 이렇게 세 사람이다. 그러나 이 세 사람은 개인적인 인물이 아니라, 1964년의 시대적 배경 속에서 살던 대표적 개인인 것이다. 즉 군사 정권하에서 우울하고 절망적인 젊은 시절을 보내는 '나'와 '안'은 당시를 살아가는 젊은이들의 대표적인 모습이며, 판매원은 당시의 중년의 대표적 모습이다. 이 소설의 세 인물은 그런 의미에서 1964년 한국 남성을 대표하는 인물들로 볼 수 있다.
(3)	이 작품에 등장하는 세 인물을 통해 우리는 뚜렷한 가치관을 갖지 못한 사람들의 심리적 방황과 인간적 연대감 상실을 읽을 수 있다. '나'는 육사 시험에 실패하고 구청 병사계에서 근무하는, 스물다섯 살난 시골 출신으로 소외감과 고독감을 느끼며 살아간다. '나'와 동갑내기로 부잣집 장남이며 대학원생인 '안'은 삶을 냉소하면서도 자기 구원을 시도하는 인물이다. 이 두 사람은 선술집에서 우연히 만나 대화를 나누는데, 결코 자신의 진심에 대하여 말하지 않는다. 현실과 내적 연관을 갖지 못한 사소한 대화만 있을 뿐, 두 사내는 마음의 교류를 보이지 못한다. 이에 비해서 서른대여섯 살의 가난한 사나이인 '서적 외판원'은 자신의 모든 것을 얘기하면서 자신의 고뇌와 비애를 함께할 것을 간청한다. 그러나 진정한 동정을 얻지 못한 사내는 마누라의 시체를 병원에 판 죄책감에 빠져 괴로워하다가 자살하고 만다.

〈도식 5〉를 정리하면 다음과 같다.

첫째, 세 인물은 뚜렷한 가치관을 갖지 못하고 심리적으로 방황하며 인간적 연대감을 상실한 인물이다(3). 즉, 그들은 생을 긍정하면서 활기차게 살아가는 인물이 아니라 사회 현실과 단절되고 소외된 개인적인 인물들이다.

둘째, 세 인물은 개성적인 인물로(1), '사내'는 극단적인 낙천주의적 성격이고, '안'은 극단적인 염세주의적 성격이고, '나'는 두 사람의 성격 중간에 속한다(1, 2).

셋째, 세 인물은 철저한 허무주의자들로서(1), 개인적인 인물이 아니고 1964년의 시대적 배경 속에서 살던 대표적 개인(남성)인 것이다. 즉, '나'와 '안'은 당시를 살아가는 젊은이들의 대표적 모습이며, '사내'는 당시의 중년의 대표적 모습이다(2).

여기서 첫째 내용은 인물들의 공통성을 드러내는 것으로 비교적 정확한 설명으로 여겨진다. 그러나 둘째와 셋째 내용은 다소 문제점이 있다.

먼저, 세 인물이 철저한 허무주의자란 지적은 무리가 있다. 허무주의는 사전적 정의에 의하면, 철학적으로는 모든 진리를 무시하고 보편적 표준을 부정하는 주의이며, 사회학적으로는 정치나 사회에서의 모든 제도를 깨뜨려서 개인의 속박을 해방하여 자유로운 새 사회를 조직하고자 하는 주의를 말한다. 여기에 해당되는 인물을 찾는다면 '안' 정도일 것이다. 여기서 허무의 개념을 매우 허전하고 쓸쓸하다거나 텅 비어 실상이 없다는 정도로 본다면, 세 인물은 다소 무리한 점이 있지만 여기에 속한다고 할 수 있을 것이다.

다음으로, '사내'를 극단적인 낙천주의적 성격에, '안'을 극단적인 염세주의적 성격에, '나'는 두 사람의 성격 중간에 속한다는 지적은 상당한 무리가 있다.

이러한 설명은 일찍이 김현이 그의 평문 「구원의 문학과 개인주의」에서 밝힌 바를 그대로 인용한 것이다. 김현이 쓴 평문의 일부를 인용하면 다음과 같다.

> 자살한 사내가 굉장한 옵티미스트이었고, 안이 극단적인 페시미스트이었다면, '나'는 그 중간이다. 발레리 식으로 말한다면 '나'는 "때때로 옵티미스트이고 때때로 페시미스트인" 셈이다.[18)]

『문학』 교재의 편찬자들은 평문의 앞부분 설명은 제외하고 이 부분만을 그대로 인용한 것이다. 평문 전체를 통해서 볼 때 필자는 김현이 '사내'와 '안'을 극단적인 낙천주의자, 염세주의자로 보지는 않았다고 생각된다. 그리고 이 문장의 문맥으로 보더라도, '…이었고, …이었다면'이란 가정법의 사용이 그것을 말해 준다. 다시 말하면 그렇게 본다면 '나'는 그 중간이다라는 설명이지, 그들의 성격이 완전히 그렇다고는 설명하지 않았다. 그런데 교재의 편찬자들은 이러한 점을 무시하고 그대로 인용하는 오류를 범한 것이다.

이러한 점은 낙천주의나 염세주의의 개념만 파악해도 쉽게 알 수 있는 것이다. 낙천주의는 세상과 현실이 가장 즐겁고 좋은 것으로 여기어 만족해하는 생각이나 태도를 말하는 것이고, 염세주의는 세상이 괴롭고 귀찮아서 싫어하는 것을 말한다. 이렇게 본다면 '사내'가 극단적인 낙천주의적 성격이란 설명은 잘못된 것이요, 오히려 염세주의적 성격을 드러낸다고 볼 수 있을 것이다. 그리고 '안'의 경우는 염세주의적이면서

---

11) 김현, 『사회와 윤리』, 일지사, 1978, 257~258쪽.

끝까지 개인주의적이지만 초월적인 구원을 버리지 않고 있는 인물이다 (이 점은 〈도식 4〉(3)에서 언급되고 있다). '나'는 김현의 설명처럼 일종의 기회주의자로서 그들의 중간적 성격을 지니고 있다는 지적은 크게 무리가 없다고 하겠다.

그리고 세 인물을 개성적인 인물로 설명한 것은 그들의 성격이 각기 다르고 독특하다는 점에서는 타당한 지적이지만, 서울이라는 도회의 대중이라는 점에서는 오히려 평균적인 인물이고, 평균적인 인물 중 세 가지의 인물 유형이라고 보는 것이 좋을 듯하다. 그런데 그들이 개인적인 인물이 아니고 1964년의 시대적 배경 속에서 살던 젊은이와 중년을 대표하는 인물, 즉 대표적 개인이란 견해는 약간의 설명이 필요하다. 여기서 개인적 인물이라는 것은 개성적인 인물인지 유형적인 인물인지 분명하지는 않지만 보편적 인물이 아닌 개성적 인물을 뜻하는 듯하다. 대표적 개인은 분명히 전형적 인물을 뜻하는 개념이다.[12] 일반적으로 전형은 개인적인 것 속에서 사회적인 것을, 특수한 것 속에서 보편적인 것을, 우연적인 것 속에서 합법칙적인 것을, 개별적인 것 속에서 전체적인 것을, 그리고 구체적인 현상들 속에서 본질적인 것을 감지하고 부각시키고, 예술적으로 설득력 있게 표현해 냄으로써 객관적 진리를 목표로 추구하는 예술적 일반화[13]라고 말한다. 요약하면 전형은 개성(개별성)과 보편성의 조화와 통일로 이루어지는 것이며, 보편성이 개성을 매개로 해서 제시되는 것이다. 이들 세 인물이 전형이 되기 위해서는 보편성

---

12) 루카치는 전형의 창조는 개별자와 보편자의 변증법적 조화와 통일을 통한 특수자의 매개 과정을 거쳐 객관적 현실의 총체적 과정을 정확하게 반영한다고 했다. B. 키랄리활비, 김태경 역, 『루카치 미학 비평』, 한밭출판사, 1984, 73~90쪽 참조.
13) 우한용 외, 『소설 교육론』, 평민사, 1993, 180쪽.

을 획득해야만 가능하다.

그런데 보통 전형의 개념은 리얼리즘 소설에서만 가능한 것으로 설명된다. 리얼리즘 소설의 전형적 인물은 현실의 모순에 직접적으로 대면한다든지 현실과 상호 반응하면서 총체성을 드러내는 데 반해, 모더니즘 소설의 주인공은 자본주의의 사물화가 심화되어 단절된 인간관계 속에서 사회 현실로부터 고립되고 소외된다. 다시 말하면 모더니즘 소설은 파편화된 현실에서 소외된 인물의 내면 세계를 그리는 소설이다. 그러므로 이들 세 인물을 1964년의 한국의 젊은이와 중년을 대표하는 대표적 개인이나 전형적 인물로 보기는 어렵다. 이 교재의 강의를 듣는 학생이 고등학교 학생임을 고려하여 전체적으로는 이들이 자본주의 현실로부터 소외된 개별적(개인적) 인물이라는 정도로 설명하는 것이 좋겠다.

그러면 이제 이들 세 인물의 성격을 구체적으로 살펴보자. 먼저 이들 세 사람의 공통적인 성격을 검토한다. 첫째, 이들의 익명성을 들 수 있다. 화자인 '나'와 대학원생인 '안'은 이름은 없이 성만으로 제시되고, 서적 외판원은 성조차 없이 '사내'로만 명명되고 있다. 이는 자본주의적 근대화와 산업화의 산물인 도시, 서울에서 우연히 만난 지극히 개인화된 존재란 점을 드러낸다고 볼 수 있고, 또한 이들의 만남이 서로의 이름으로 대표되는 인격적 만남이나 의미있는 경험의 의사 소통이 가능한 만남이 아니라는 것을 드러낸다고 볼 수 있다.

둘째, 이들이 모두 자본주의적 현실에서 소외되고 단절된 인물들이란 점이다. 자본주의적 현실 세계에서 가치 있는 삶을 영위하는 사회의 주도적 인물이 아니라는 점에서 사회적으로 소외되어 있고, 이들이 주고받는 대화가 무의미하고 무가치한 유희적 언어로 이루어져 있다는 점

에서 서로들 사이에서도 단절되어 있다.[14]

셋째, 이들 모두가 배금주의 사상에 물들어 있다는 점이다. 이들의 만남은 돈으로 맺어진 우연한 인연이다. '나'와 '안'이 그들 사이에 끼어든 '사내'의 정체를 알려하지 않는 것도 그가 가난뱅이인 것이 분명하기 때문이라고 한 것이나, 선술집의 술값을 각자 계산한 것이나, '사내'가 돈이 있기 때문에 같이 가는 것에 동의하고, 돈을 다 써 버렸을 때 헤어지고자 한 것이나, 그리고 내용은 약간 다르지만 '사내'가 아내의 시신을 의과대학 해부용으로 팔아 버린 것들이 이러한 근대 자본주의 사회의 물신주의를 잘 드러내는 것이다.[15]

넷째, 이들에게는 그들이 지향하는 목표나 가치 체계가 없다. 이것은 그들의 행위나 대화에서 분명히 파악할 수 있다. 특히 다음의 장면은 이를 잘 보여준다.

> (1) "이제 어디로 갈까?" 하고 아저씨가 말했다.
> "어디로 갈까?" 안이 말하고
> "어디로 갈까?"라고 나도 그들의 말을 흉내냈다.
> 아무 데도 갈 데가 없었다(215쪽).
> (2) "택시!" 사내가 고함쳤다.
> 택시가 우리 앞에 멎었다. 우리가 차에 오르자마자 사내는 "세브란스로!"라고 말했다.
> "안 됩니다. 소용 없습니다." 안이 재빠르게 외쳤다.

---

14) 세 인물 중 가장 소외되고 있는 사람은 서적 외판원 '사내'다. 그날 아내와 사별한 그는 슬픔과 외로움을 견뎌내기 어려워한다. 그래서 그는 '나'와 '안'에게 같이 있어 주기를 애걸하지만 거절당하고, 여관방에서 자살해 버린다. 장양수, 「서울의 새 중환 이기적 현실 외면」, 『한국 패러디 소설 연구』, 이회, 1997, 94~95쪽 참조.

15) 장양수, 위의 책, 88~89쪽 참조.

"안 될까?" 사내가 중얼거렸다. "그럼 어디로?"

아무도 대답하지 않았다.

"어디로 가시는 겁니까?"라고 운전사가 짜증난 음성으로 말했다. "갈 데가 없으면 빨리 내리쇼."

우리는 차에서 내렸다. 결국 우리는 중국집에서 스무 발자국도 더 벗어나지 못하고 있었다(216쪽).

(1)은 그들이 중국집에서 나와 거리에서 하는 대화이며, (2)는 역시 거리에서 양품점에 들렀다가 귤을 사 먹고, 그 근처에서 서성이다가 택시를 타는 장면이다.

(2)에서 '사내'가 '세브란스'라고 갈 곳을 말하지만, 그것 역시 의미 있는 것은 아니다. 그의 아내는 죽었고, '세브란스'에 가서도 거기서 아내를 만날 수도 없기 때문이다. 그들은 중국집을 나와 양품점, 귤 가게, 화재 현장, 여관 등으로 쏘다니지만, 실제로는 아무 데도 갈 곳이 없다. 그들은 자기 행위의 목적과 동기 혹은 명분 따위를 지니고 살아가지 않는다. 현실의 삶이 그러한 것들을 작중인물들에게 제공해 주지 않기 때문이다. 그래서 그들은 일정한 지향점도 없이 현실 속에서 방향을 잃고 표류한다. 실상 그들은 아무 데도 갈 곳이 없기 때문에 오히려 아무 데나 가려 하는 것이다.[16] 말하자면 이들의 행위는 자본주의화된 도시적 현실 속에서 아무런 삶의 목표 없이 살아가는 일상적 삶의 무상성을 드러낸다.

다음으로, 세 인물의 차이점을 정리해 보기로 한다. '안'의 경우부터 살펴보자. '안'은 화자 보고문에 의하면 스물다섯 살의 서울 사람('대한민국 청년')으로 대학원생이다. 이러한 정보만으로는 그의 성격을 완전

---

16) 한상규, 앞의 논문, 63쪽.

히 파악할 수 없다. '나'와 '사내'와의 관계 속에서 살펴보아야 한다. '나'와 '안'의 대화를 먼저 살펴보자. '나'와 '안'의 대화는 ① 파리와 꿈틀거리는 것, ② 나와 안만이 경험한 것, ③ 밤거리의 느낌 등의 셋으로 크게 나눌 수 있는데, 거꾸로 ③ 부터 살펴보는 것이 내용을 이해하는 데 훨씬 쉽다. 그는 밤이 되면 집에서 거리로 나오는데, 이 이유가 밤거리는 '뭔가 좀 풍부해지는 느낌'을 주며, '모든 것에서 해방된 것'을 느끼게 하기 때문이라고 한다. 그리고 낮에는 '사물의 틈에 끼어서 사물을 올바르고 자유롭게 바라보기 어렵기 때문'이라고 하면서, '낮엔 자신을 그저 스쳐 지나가던 모든 것들이 밤이 되면 내 시선 앞에서 자기들의 벌거벗은 몸을 송두리째 드러내 놓고 쩔쩔맨다'고 한다.

여기서 '낮과 집', '밤과 거리'는 대조적 의미를 띤다. 낮과 집은 자신을 왜소하게 하고, 억압하는 의미를 지니지만, 밤과 거리는 자신을 풍요하게 하고 해방감을 느끼게 하고 사물을 자유롭고 올바르게 바라볼 수 있는 자신만의 열린 공간이다. 밤의 거리에서 해방감을 느끼는 그는, 자신의 현실 세계에서 경험한 모든 것을 거짓으로 생각한다.

"우리가 거짓말을 하고 있었다고 생각하지 않으십니까?"
"아니오." 나는 좀 귀찮은 생각이 들었다. "안형은 거짓말을 했는지 모르지만 내가 한 얘기는 정말이었습니다."
"난 우리가 거짓말을 하고 있었던 것 같은 느낌이 듭니다." 그는 붉어진 눈두덩을 안경 속에서 두어 번 꿈벅거리고 나서 말했다. "난 우리 또래의 친구를 새로 알게 되면 꼭 꿈틀거림에 대한 얘기를 하고 싶어집니다. 그래서 얘기를 합니다. 그렇지만 얘기는 오 분도 안 돼서 끝나 버립니다."(206~207쪽)

그는 새로 만난 친구들과 '꿈틀거림'에 대해 이야기하지만 '오 분'도 안 되어 끝내 버릴 정도로, 모든 것을 거짓으로 받아들인다. 그는 그 자신이 확인 가능한 것만을 의미 있는 것으로 받아들이며, 불분명하고 모호한 것은 모두가 거짓으로 여긴다. 그에게 세계는 거짓으로 가득 차 있는 것이다.

> "아니, 음탕한 얘기가 아닙니다." 나는 강경한 태도로 말했다. "그 얘기는 정말입니다."
> "음탕하지 않다는 것과 정말이라는 것 사이엔 어떤 관계가 있죠?"
> "모르겠습니다. 관계 같은 것은 난 모릅니다. 요컨대……."
> "그렇지만 그 동작은 '오르내린다'는 것이지 꿈틀거린다는 것은 아니군요. 김형은 아직 꿈틀거리는 것을 사랑하지 않으시구먼."(205쪽)

여기서 보는 것처럼 '음탕하지 않다는 것'과 '정말이라는 것' 사이의 관계를 따지고, '오르내린다'와 '꿈틀거린다'는 다르다는 것을 분명하게 지적한다. 그리고 두 번째의 대화 내용에서 자신만이 어떤 것을 소유하기 위해서는 타인이 소유하지 않은 어떤 것을 소유하지 않으면 안 된다는 것에 대한 견해 표명도 자신의 세계에 대한 견고성을 드러낸다 하겠다. 이러한 그의 성격은 사내의 자살을 예견하면서도 같은 방에 자는 것을 단호히 거부하는 것에서 분명하게 드러난다. 그는 자신만의 성벽 속에 살면서 자신이 확인하지 않은 모든 것은 거짓으로 여기는 염세적인 허무주의자이다.[17] 그러나 마지막의 나와의 대화 부분에서 견고한 자신

---

17) 김현은 '안'의 성격을 다음과 같이 설명한다. "안이라는 이 니힐리스트는 처음부터 모든 것이 자기 기만이라는 것을 알고 그것을 수락하고 살아 나가는 경우이다. 모든 것은 순간순간 〈거짓〉이 아닌가 하는 의심을 유발시키며, 그것은 순간적인 확인을 통해 그 정당한 가치를 얻는다. 그가 밤마다 시내를 나돌아다니며 하찮은 짓을 하는 것 역

의 내면 세계에서 무엇인가 불안감을 느낀다.

> "김형, 우리는 분명히 스물다섯 살짜리죠?"
> "난 분명히 그렇습니다."
> "나두 그건 분명합니다." 그는 고개를 한 번 갸웃했다.
> "두려워집니다."
> "뭐가요?" 내가 물었다.
> "그 뭔가가, 그러니까…" 그가 한숨 같은 음성으로 말했다. "우리가 너무 늙어 버린 것 같지 않습니까?"
> "우린 이제 겨우 스물다섯 살입니다." 나는 말했다.
> "하여튼……." 하고 그가 내게 손을 내밀며 말했다.
> "자, 여기서 헤어집시다. 재미 많이 보세요" 하고 나도 그의 손을 잡으며 말했다.
> 우리는 헤어졌다. 나는 마침 버스가 막 도착한 길 건너편의 버스 정류장으로 달려갔다. 버스에 올라서 창으로 내다보니 안은 앙상한 나뭇가지 사이로 내리는 눈을 맞으며 무언지 곰곰이 생각하고 서 있었다(224쪽).

이 부분은 아마도 김현의 지적대로 타인의 구원을 생각하지 않는 자신만의 초월적인 구원이 두려운 것인지는 그 내용이 분명히 밝혀져 있

시 이러한 순간적인 확인 때문이다. 그는 말하자면, 초현실주의적인 삶을 산다. 그에게 확실하고 정당한 것은 존재하지 않는다. 존재하는 것은 살고 있는 자기뿐이다. 그 자기를 자기로서 확인할 수 있는 경우란 순간적으로 자기만이 본 것을 자기만이 소유할 수 있을 때이다. 그것만이 자기 기만을 피하는 일이다. 이러한 그의 태도는 지극히 개인주의적이며 허무주의적이다. 그는 타인을 믿지 않으며, 모든 것의 배후에는 무(無)만이 있다는 것을 믿고 있기 때문이다. 이러한 인간형은 의식의 조작을 통한 자기기만에 빠진 인물들에게는 이해하기 곤란한 인간형이다. 그는 상투형에 반발하고, 상식적인 것을 거부하기 때문이다."(김현, 앞의 책, 244~245쪽)

지 않지만, 무엇인가 안의 내면 의식에 어떤 변화가 일어나고 있음을 드러내는 것이다.[18]

이상을 통해 볼 때, 안은 현실의 삶에서 벗어나 자신만의 삶을 추구하는 지극히 개인적이고 염세적인 허무주의자이지만, 끝부분에서 무언가 내적인 변화가 일기 시작하는 인물이다.

다음으로 '사내'의 경우를 살펴보자.

그는 고등학교나 대학을 나온 사람은 아닌 듯하고, '나'와 '안'과는 달리 30대 중반으로 아내와 직업이 있는 소시민적 생활인이다.

> "아내와 나는 참 재미있게 살았습니다. 아내가 어린애를 낳지 못하기 때문에 시간은 몽땅 우리 두 사람의 것이었습니다. 돈은 넉넉하진 못했습니다만 그래도 돈이 생기면 우리는 어디든지 같이 다니면서 재미있게 지냈습니다. 딸기철엔 수원에도 가고 포도철엔 안양에도 가고, 여름이면 대천에도 가고, 가을엔 경주에도 가보고, 밤엔 함께 영화 구경, 쇼 구경하러 열심히 극장에 쫓아다니기도 했습니다.…"(214쪽)

이처럼 그는 비록 가난하지만 재작년에 결혼한 아내와 더불어 소시민적 안락함 속에 일상을 살아가는 중년의 생활인이다. 그러나 그는 아내의 친정과는 내왕이 없는, 처갓집이 어딘지 모르는 외로운 인물이다. 소설 속에는 드러나 있지 않지만 그는 그의 친가와도 내왕이 없는 인물인 듯하다. 그는 선술집에서 '나'와 '안'에게 동행을 간절히 요청하고 이

---

18) 이 장면에 대하여 서종택은 "고립적이고 이기적인 원자적 개인으로서 자신들의 존재 양상에 대한 '나'와 '안'의 자기 발견(성찰)의 순간"이라고 설명하지만, 명료하게 설명될 수 있는 부분은 아닌 듯하다. 「해방 이후의 소설과 개인의 의식─서기원, 김승옥, 최인호를 중심으로」, 『한국학 연구』 제1집, 고려대학교 한국학연구소, 1988, 105쪽.

에 동의하자 그들을 중국집으로 데리고 가서 자신이 가지고 있는 돈을 다 써 버리려고 한다. 그는 아내가 급성 뇌막염으로 죽고, 시체를 병원에 해부용으로 팔았다고 말한다.

> "아내의 시체를 병원에 팔았습니다. 할 수 없었습니다. 난 서적 월부 판매 외교원에 지나지 않습니다. 할 수 없었습니다. 돈 사천 원을 주더군요. 난 두 분을 만나기 얼마 전까지도 세브란스 병원 울타리 곁에 서 있었습니다. 아내가 누워 있을 시체실이 있는 건물을 알아보려고 했습니다만 어딘지 알 수 없었습니다. 그냥 울타리 곁에 앉아서 병원의 큰 굴뚝에서 나오는 희끄무레한 연기만 바라보고 있었습니다. 아내는 어떻게 될까요. 학생들이 해부 실습하느라고 톱으로 머리를 가르고 칼로 배를 찢고 한다는데 그러겠지요?"(214~215쪽)

그가 시체를 팔 수밖에 없었던 이유는 처가와 왕래가 없고 가난한 서적 외판원이었기 때문이다. 그는 현실을 그대로 수용할 수밖에 없다는 자포자기의 모습을 보여 준다. 결국 그는 중국집의 음식값으로, 넥타이 값으로, 귤 값으로, 택시비로, 그리고 남은 돈은 불 속에 던져 버린다. 그리고 혼자 있기가 무섭다고 하며, 여관방에서 오늘밤에 같이 지내 줄 것을 간청한다. 그러나 이러한 그의 말을 '안'은 냉정하게 거절한다. 다음은 그의 태도의 일단을 극명하게 보여 주는 부분이다.

> "모두 한방에 드는 게 좋겠지요."라고 나는 아저씨를 생각해서 말했다.
> 아저씨는 그저 우리 처분만 바란다는 듯한 태도로 또는 지금 자기가 서 있는 곳이 어딘지도 모른다는 태도로 멍하니 서 있었다. 여관에 들어서자 우리는 모든 프로가 끝나 버린 극장에서 나오는 때처럼 어찌할

바를 모르고 거북스럽기만 했다. 여관에 비한다면 거리가 우리에게는 더 좁았던 셈이었다. 벽으로 나누어진 방들, 그것이 우리가 들어가야 할 곳이었다.

"모두 같은 방에 들기로 하는 것이 어떻겠어요?" 내가 다시 말했다.

"난 지금 아주 피곤합니다." 안이 말했다. "방은 각각 하나씩 차지하고 자기로 하지요."

"혼자 있기가 싫습니다."라고 아저씨가 중얼거렸다.

"혼자 주무시는 게 편하실 거예요." 안이 말했다(222쪽).

그가 "그저 우리 처분만 바란다는 태도로, 또는 지금 자기가 서 있는 곳이 어딘지도 모른다는 태도로 멍하니 서 있었다."는 것은 아내의 죽음을 극복할 의지도 그리고 세계를 향한 자신의 태도도 설정하지 못하는 초라한 인간임을 보여 주는 것이다. 아내의 죽음 후에야 비로소 세상 속에 던져진 개인으로서의 자아를 인식하게 되었고, 그것의 인식은 그를 두려움과 극단으로 몰고 간 것이다.[19] 그런데 '사내'의 죽음은 자살이지만 이를 방조한 '나'와 '안'의, 특히 '안'의 냉혹한 개인주의에도 그 원인이 있을 것이다. 근대 산업사회의 팽배한 개인주의가 그를 자살로까지 이르게 한 것이다.

이상을 통해 볼 때, 그는 가난한 소시민적 생활인으로 극단적인 소외감으로 자살하는 인물이다.

마지막으로 '나'의 경우를 살펴보자.

'나'는 '안'처럼 밤의 거리를 무슨 특별한 의미를 가지고 돌아다니지도 않고, 사내처럼 자살을 생각하지도 않는다. 자신의 말처럼 그렇고 그

---

19) 김혜연, 「「서울, 1964년 겨울」의 문체론적 분석」, 『동악어문논집』 제30집, 동악어문학회, 1995, 403쪽.

렇게 살아가는 것이다. 호주머니에 돈이 생기면 밤거리에 나와 선술집에서 술 한잔을 하는데, 그 이유는 하숙방에서 벽이나 쳐다보고 있는 것보다 낫기 때문이다. 그리고 이러한 자신의 행위에 아무런 의미를 부여하지 않는 인물이다. 안과의 다음과 같은 대화는 '나'의 성격을 잘 드러낸다.

"밤거리에 나오면 뭔가가 좀 풍부해지는 느낌이 들지 않습니까?"

"뭐가요?"

"그 뭔가. 그러니까 생(生)이라고 해도 좋겠지요. 난 김형이 왜 그런 질문을 하는지 그 이유를 조금은 알 것 같습니다. 내 대답은 이렇습니다. 밤이 됩니다. 난 집에서 거리로 나옵니다. 난 모든 것에서 해방된 것을 느낍니다. 아니, 실제로는 그렇지 않을는지 모르지만 그렇게 느낀다는 말입니다. 김형은 그렇게 안 느낍니까?"

"글쎄요."

"나는 사물의 틈에 끼어서가 아니라 사물을 멀리 두고 바라보게 됩니다. 안 그렇습니까?"

"글쎄요. 좀……"

"아니, 어렵다고 말하지 마세요. 이를테면 낮엔 그저 스쳐 지나가던 모든 것이 밤이 되면 내 시선 앞에서 자기들의 벌거벗은 몸을 송두리째 드러내 놓고 쩔쩔맨단 말입니다. 그런데 그게 의미가 없는 일일까요? 그런, 사물을 바라보며 즐거워한다는 일이 말입니다."

"의미요? 그게 무슨 의미가 있습니까? 난 무슨 의미가 있기 때문에 종로 이가에 있는 빌딩들의 벽돌 수를 헤아리는 일을 하는 게 아닙니다. 그냥……"

"그렇죠? 무의미한 겁니다. 아니 사실은 의미가 있는지도 모르지만 난 아직 그걸 모릅니다. 김형도 아직 모르는 모양인데 우리 한번 함께 그거나 찾아볼까요. 일부러 만들어 붙이지는 말고요."

"좀 어리둥절하군요. 그게 안형의 대답입니까? 난 좀 어리둥절한데요. 갑자기 의미라는 말이 나오니까."(210~211쪽)

'안'의 말에 '나'는 '뭐가요?, 글쎄요, 글쎄요, 좀……, 그냥……' 등으로 불분명하게 대답한다. '안'의 말들은 '나'로서는 어리둥절하고, 이해할 수 없는 것들이다. '나'는 별다른 생각 없이 돈이 생기면 밤거리에 나와 술 한잔 하는 사람일 뿐이다. 자신이 있는 이야기에는 우쭐거리고 목소리를 높이지만, 그렇지 않은 부분에는 쉽게 움츠러든다. 자신만의 경험을 이야기하는 다음 부분에서 분명히 드러난다.

> 나는 심각한 얘기를 좋아하는 이 친구를 골려 주기 위해서 그리고 한편으로는 자기의 음성을 자기가 들을 수 있는 취한 사람의 특권을 맛보고 싶어서 얘기를 시작했다.
> "평화시장 앞에 줄지어 선 가로등들 중에서 동쪽으로부터 여덟 번째 등은 불이 켜 있지 않습니다." 나는 그가 좀 어리둥절해하는 것을 보자 더욱 신이 나서 얘기를 계속했다.
> "……그리고 화신백화점 육 층의 창틀 중에서는 그중 세 개에서만 불빛이 나오고 있었습니다……"
> 그러자 이번엔 내가 어리둥절해질 사태가 벌어졌다. 안의 얼굴에 놀라운 기쁨이 빛나기 시작했기 때문이다(207쪽).

또한 '나'는 '사내'와 중국집에 가서도 통닭과 술을 직접 시키기도 하고, '사내'가 아내의 시체를 팔았다는 말에는 입을 다물고, '사내'가 돈을 다 썼다는 말에 미련 없이 집으로 가고자 한다. 그러나 '사내'의 간청에 여관으로 같이 가고, 방을 따로 잡자는 '안'과는 달리 모두 한방에서 지내자고 하고, 화투라도 치고 놀자고 한다. 그리고 그가 죽었다는 '안'의 말에 급하게 옷을 입고 여관을 떠나면서 그의 자살을 짐작도 못했다고 말한다.

이상을 볼 때, '나'는 확실한 주관이 없이 그저 그렇게 살아가는 어중간한 다소 회색적인 인물이다. 그리고 '나'는 '안'이나 사내에 비해 현실이나 타인에 대해 단절이나 소외감을 덜 느끼는 인물이지만 이해관계에 있어서는 두 인물보다 훨씬 기회주의적이다.[20]

지금까지 살펴본 세 인물의 성격의 차이점을 요약하면 다음과 같다.

'안'은 지극히 개인적이고 염세적인 허무주의자이며, '사내'는 소시민적 생활인으로 극단적인 소외와 고독감을 지닌 인물이며, '나'는 확실한 주관이 없이 어중간하게 살아가는 다소 회색적인 인물로서, 두 인물보다 훨씬 기회주의적인 인물이다.

다음으로, 인물의 제시 방법을 살펴보기로 한다. 보통 인물의 제시 방법은 직접 서술, 간접 제시, 유비 등이 있다. 직접 서술은 주석, 일반화, 개념화 등을 사용하여 화자가 직접 인물을 설명하는 방식이며, 간접 제시는 인물의 행동, 심리, 대화, 외모, 배경 등을 통해 간접적으로 성격

---

20) 김현은 '나'의 성격을 다음과 같이 설명한다. "이 두 사람의 극단적인 성격 중간에 '나'는 끼어 있다. 그는 직업을 가지고 있고, 따분한 생활을 보내지만 그 사내처럼 자살은 생각하지도 않으며, 안과 같이 철저하게 방의 심연으로 들어가지도 못한다. 적절하게 환상과 가상에 타협하면서, 자신의 내부의 공동(空洞)도 계속하여 바라보면서 '나'는 생을 이어 나간다. 술좌석에는 '즐거움이 넘치고 넘친다는 얼굴로 요란스럽게 끼어'들어야 하며, 거지 앞은 '힘껏 웅크리고 빠르게 지나가야 한다는 것을 '나'는 알고 있다. 중국집에 들어가면 '옆방에서 들려오고 있는 여자의 불그레한 신음 소리를 들'을 줄도 알고 있고, 여관 같은 곳에서는 화투를 치며 놀아야 한다는 것도 알고 있다. 그러면서도 '의미가 있지' 않다는 것을 알면서도 '영보 빌딩 안에 있는 변소 문의 손잡이 조금 밑에 약 이 센티미터가량의 손톱 자국'을 만들어 놓기도 하고, 평화시장 앞의 가로등을 헤아리기도 하고, '종로 이가에 있는 빌딩들의 벽돌 수를 헤아'리기도 한다. 그는 말하자면 기회주의자이다."(앞의 책, 257쪽).

을 드러내는 방법이다. 그리고 유비는 이름, 풍경(분위기), 인물 차이의 대조 및 유사성 등으로서 인물의 형상성을 보충하는 방식이다.[21]

교재에서는 〈도식 6〉과 같이 인물의 제시 방법을 설명하고 있다.

〈도식 6〉

교재	내 용
(3)	구청 병사계 직원인 '나'가 서술하는 형식으로 짜여져 있는 이 소설은 각각 다른 방식으로 인물을 내세워 그 성격을 제시하고 있다. 우선 전반부에서는 서술자의 직접 서술을 통하여, 이 세 인물의 직업, 외모, 습관, 성장 환경 등에 대해 설명하고 있다. 중반부에서는 인물들 간의 대화를 통해 간접적인 방식으로 인물의 특징이 제시되고 있으며, 사내의 등장 이후인 후반부에서는 인물들의 행동을 통해서 성격을 제시하고 있다.

〈도식 6〉과 같이 전반부는 직접 서술의 방법을, 중반부와 후반부는 대화와 행동을 통해 간접 제시의 방법을 사용하고 있다. 교재에는 설명이 없지만 유비의 방법을 살펴보자. 먼저 인물의 유비에는 등장인물의 익명성, 둘째, 풍경의 유비로, 서두와 중간중간의 선술집과 거리의 풍경이 자아내는 분위기, 셋째, 인물 사이의 유비로, 세 인물의 개별성과 보편성 등이 있다.

VI. 시점, 문체, 어조

(1) 시점 : 이 소설은 화자인 '나'가 작중의 등장인물로 나오는 일인칭

---

21) 리몬-케넌, 최상규 역, 『소설의 시학』, 문학과 지성사, 1985, 92~108쪽 참조.

서술 상황의 소설이다.

화자인 '나'는 1964년이 지난 후(소설이 발표된 것은 1965년이다) 1964년 겨울이라는 과거를 회상하는 존재이다. 이것은 소설 서두의 '1964년 겨울을 서울에서 지냈던 사람이라면'(202쪽)으로 시작되는 화자 보고문에서 쉽게 알 수 있다.

화자인 '나'가 1964년 겨울 어느 날 밤, 어떤 선술집에서 '안'과 '사내'를 우연히 만나 자신이 경험한 것을 회상하는 일인칭 소설이다. 작중인물인 '나'는 스물다섯의 나이에 안과 사내와 함께 서울 거리를 헤매는 존재로서, 초점 화자이다.

이 소설에서 화자인 '나'는 초점 화자인 '나'와 최대한 거리를 두고자 애쓴다. '서술된 대화' 대신에 '인용된 대화'를 주로 활용하고, 과거 자아의 내적 독백을 현대 자아의 서술과 병치시켜 과거 '나'의 목소리를 그대로 전달하려는 서술 방식을 선택하고 있는 것이다.[22]

이 소설의 시점에 대해 교재 (2)의 '학습 활동'에서 '이 소설은 전형적인 일인칭 관찰자 시점'(185쪽)이라고, 교재 (3)의 '이해와 감상의 길잡이'에서는 '구청 병사계 직원인 '나'가 서술하는 형식으로 짜여져 있다'고 설명하고 있다. 그런데 필자가 살펴본 몇몇 참고서에는 대개 일인칭 주인공 시점으로 설명하고 있다. 그러므로 학생들에게 상당한 혼란감을 줄 수 있다.

일인칭 주인공 시점이나 일인칭 관찰자 시점이란 용어는 브룩스와 워런의 시점 이론에 의거하여 시점을 분류한 것이다. 브룩스와 웨렌의 견해는 화자의 전지성 여부를 수직축으로, 화자가 소설의 등장인물인가

---

22) 최인자, 앞의 논문, 370~372쪽 참조.

의 여부 즉, 일인칭 소설인가 삼인칭 소설인가 하는 문제를 수평축으로 하여 시점을 분류한 방식으로, 중·고등학교의 시점 교육은 주로 이들의 견해를 따르고 있다.[23] 일인칭 주인공 시점은 주인공이 이야기를 주도하는데, 이때는 내면적인 분석까지를 겸하기 때문에 심리·감정 따위가 직접적으로 나타날 수 있다. 일인칭 관찰자 시점은 소설 속의 다른 인물에 의해서 주인공이 관찰 기록되는 형태다.

이 소설을 일인칭 주인공 시점으로 보는 경우는 화자인 '나'가 주인공이고, 일인칭 관찰자 시점으로 보는 경우는 화자인 '나'가 관찰자인 부인물이다. 그런데 이 소설에 등장하는 세 인물은 거의 비슷한 비중을 지닌 인물이며, 서두의 화자 보고문을 제외하고는 거의 대화를 통해 자신을 드러내고 있다. 그러므로 주인공과 시점에 대해 설명하기는 쉽지 않다. 실질적으로 둘 다가 틀렸다고 할 수 없다. 이는 브룩스와 워런의 시점에 대한 분류에 의하면 화자가 작중인물인 일인칭의 경우, 화자는 그가 주인물이든 부인물이든 자신에 대해서는 전지적이면서 작중의 여타 인물에 대해서는 제한적인 위치에 설 수밖에 없기 때문이다.[24]

이렇게 본다면 이 둘의 구분은 무의미할지 모른다. 이를 규명하기 위해서 고등학교 학생들에게는 다소 어렵겠지만 다음의 설명을 참고할 만하다.

소설의 서술 상황에 따라 셋으로 그 유형을 구분한 프란쯔 슈탄첼에 의하면, 일인칭 서술 상황에서 화자는 등장 인물들의 세계에 속하며, 이러한 서술 상황에서는 일반적으로 보고적 서술 방식이 장면적 묘사

---

23) 이 점은 소설교육에 있어서 상당한 문제점을 야기시킨다. 분류 자체의 문제점 못지 않게 소설 담론의 특성을 시점에만 국한시키는 한계를 지닌다. 적어도 시점과 서술의 문제는 구분하여 설명되어야 한다.

24) 최병우, 『한국 현대 소설의 미적 구조』, 민지사, 1997, 172쪽 참조.

에 대해 우위를 점한다. 적어도 이 측면에서 바라본다면, 「서울, 1964
년 겨울」은 슈탄첼의 일인칭 서술 상황에서는 벗어나 있다. 그것은 분
명 '나'에 의해 진행되는 일인칭 서술 상황에 속하지만, '나'가 취한 담
론 방식은 요약과 서술 형태의 말하기(telling)라기보다는 직접 대화를
위주로 하는 보여 주기(showing)가 지배적이기 때문이다. 그러나 장면
과 요약 사이, 제시와 설명 사이의 대조는 그 장면이나 요약을 제공하
는 화자의 종류를 밝히기 전에는 별로 쓸모가 없다는 웨인 부드의 지적
은 숙고할 만하다. 그의 견해를 환원할 경우, 화자의 성격을 분명히 한
다면 그가 취한 장면이나 요약은 바로 화자의 전략적 의도의 산물인 것
이다. 성급하나마 「서울, 1964년 겨울」의 화자의 의도에 대한 결론적
진술을 내비치면 다음과 같다. "일인칭 소설이 한 인간이 자신을 이해
하고자, 정의하고자 하며, 주위 세계로부터 자신을 구분짓고자 하는"
것이라면, 「서울, 1964년 겨울」의 화자는 적어도 자신 이외의 사람들에
게 자신을 이해시키고자 하는 데 서술 의도가 있다고 하겠다.

　여기서 간과해서는 안 될 것은, 이 텍스트의 화자가 스토리 세계의 등
장인물이면서 스토리의 서술자이기도 하므로 초점 화자의 역할까지 동
시에 수행하고 있다는 점이다. '나'는 스토리의 서술 주체이면서 스토리
의 인식 주체인 것이다. 초점 화자로서 '나'는 스토리의 세계를 지각할
뿐 아니라 자아를 지각할 수도 있으며 더구나 반영 면에 있어서 무엇이
보이는가를 생각하거나 행동의 진행을 결정하기도 한다. "초점 화자는
인지자, 자아 인지자, 자아 반영자로서의 이 모든 세 가지 능력 속에서 의
식의 내용을 감출 것인가 드러낼 것인가의 선택권을 갖는다"는 월리스
마틴의 견해는 이 텍스트에서 '나'의 경우에 더욱 분명하게 해당된다.[25]

　이를 통해 볼 때, 화자인 '나'는 스토리의 서술 주체이면서 스토리의
인식 주체란 점에서, 이 작품이 지닌 복잡한 서술 구조에도 불구하고,
고등학교 교재에서는 포괄적인 의미에서 일인칭 주인공 시점으로 보는

---

25) 김혜연, 앞의 논문, 390~392쪽.(뒤의 부분은 각주의 내용임)

것이 타당할 듯하다.

(2) 문체 : 김승옥의 문체는 전후의 소설과는 달리 신선하고 발랄한
감각적인 언어로 그의 소설의 주제에 잘 부합하면서 주제를 더욱 돋보
이게 하는 기능을 하고 있다. 일명 4 · 19 세대에 속하는 그는 한국어로
사고하고, 느끼고, 책을 읽고, 한국어로 글을 쓴 작가로 많은 사람의 찬
사의 대상이 되었다. 그랬기 때문에 그의 문체적 특성을 학생들에게 학
습하는 것은 매우 타당하다고 여겨진다.

일반적으로 문체는 교재의 설명처럼 작가의 독특한 언어의 짜임새가
창조해 놓은 개성이다. "문체는 그 사람이다."라는 말이 있듯이 작가마
다 개성적인 문체를 가지며, 개개의 작품도 그 나름의 문체를 지닌다.
교재에는 이 소설의 문체를 〈도식 7〉과 같이 설명하고 있다.

〈도식 7〉

교재	내용
(1)	이 작품에서 가장 주목되는 부분은, 작품의 전체적인 흐름이 작가의 서술이나 묘사보다는 대화에 의해 주도되고 있다는 점이다. 대화는 인물들의 내면을 드러내 주는 동시에 작품의 의미를 완성시켜 주고, 인물들의 관계를 파악할 수 있는 근거를 제공해 준다. 이 작품에 나오는 많은 대화들은 일상적인 효용성을 떠난, 일종의 작위적인 언어들로 이루어지고 있다. 의사 전달이라는 대화의 본질적인 기능은 사라지고 언어의 무상성이 크게 부각되고 있다. 이때의 언어는 타자 속에 침투하여 들어가기를 포기한, 자기 혼자만의 소유로 남는다. 그 것은 고독한 메아리일 뿐이다. 대화의 이 같은 특징은 주제와 연결된다. 동질성을 상실하고 개인의 폐쇄성에 갇혀 있는, 인간 존재의 고독함이 잘 드러나고 있다.
(2)	1964년대 초에 뛰어난 감수성과 입체적인 테크닉으로 관습적이고 타성적인 언어에 젖어 있던 한국 문단에 새로운 충격을 가한 김승옥

교재	내용
(2)	의 문체는 다음과 같은 특징을 갖는다. 　① 인상주의적(印象主義的)인 언어 : 모든 사람이 쓰는 상투어를 쓰지 않고 참신하고 인상적인 언어를 사용하여 비관습적인 문체를 만든다. 이러한 비관습적인 문체는 독자의 의식 세계를 확산시켜 준다. 　② 상징적인 언어 : 설명적인 언어가 아닌 상징적, 비유적 언어를 사용하여 입체적인 문장을 만든다. 이러한 그의 문체는 독자가 책을 읽으며 상상력을 발휘하고 사고력을 동원하여 생각하는 과정을 준다. 　③ 홑문장과 겹문장의 교차 : 이 소설의 첫 문장은 7개의 구절이 중첩된 겹문장이다. 그러나 모든 문장이 긴 것은 아니다. 극히 짧은 문장도 나온다. 홑문장과 겹문장의 교차는 이 소설의 비판적 어조에 기여한다.

　현대의 문체론에서 다루는 범주는 작품에 드러난 언어 현상뿐만 아니라 그 구성의 기법적 특이성, 수사학적 기법의 특이성, 심리학적 측면으로 본 작중인물의 기법적 특이성, 서술의 기법 등의 문제에까지 그 표현의 기법적인 특이성을 검토하고 분석하면서 그것을 역사주의적 또는 사회학적 분석과 비평으로 해명하는 것으로 정리될 수 있다.[26]

　그런데 〈도식 7〉의 설명은 문체를 언어 현상의 측면에서만 다루고 있다. 이러한 점은 분명히 잘못된 것이지만, 고등학교 과정의 학생을 대상으로 설명한다는 점에서 크게는 문제가 없다고 하겠다.[27] 여기서도 이

---

26) 김정자, 『한국 근대소설의 문체론적 연구』, 삼지원, 1995, 21쪽.

27) 김승옥 소설의 문체적 특성에 대해 한 논문은 다음과 같이 다섯 가지를 들고 있다. ① 이미지 제시의 구문, ② 가치관 부재의 캐릭터, ③ 감각적 형상화의 이미저리, ④ 부조리한 현실 포착의 에피퍼니, ⑤ 허무적 삶의 반영으로서의 시간 조성. 그리고 그 의미에 대해 ① 분방한 상상력과 유희적 미의식, ② 양면성의 갈등과 소외의 인식 등으로 설명한다. 배성희, 「김승옥 소설의 문체론적 연구」, 경북대학교 대학원 석사학위 논문, 1993.

러한 언어 현상의 측면만을 다루기로 한다. 〈도식 7〉을 정리하면 다음과
같다.

첫째, 작가의 서술이나 묘사보다는 대화를 주로 사용한다. 대화는 의
사 소통의 매체로서가 아니라, 자기 혼자만의 독백에 지나지 않는다.

둘째, 인상주의적인 언어 : 상투어를 쓰지 않고 참신하고 인상적인
언어를 사용하여 비관습적인 문체를 만든다. 이는 독자의 의식 세계를
확산시켜 준다.

셋째, 상징적인 언어 : 설명적인 언어가 아닌 상징적·비유적 언어를
사용하여 입체적인 문장을 만든다. 이는 독자에게 상상력을 발휘하고
사고력을 동원하여 생각하는 과정을 준다.

넷째, 홑문장과 겹문장의 교체 : 소설의 첫 문장은 7개의 구절이 중
첩된 겹문장이다. 그러나 모두 긴 문장이 아니고 극히 짧은 문장도 나온
다. 홑문장과 겹문장도 이 소설의 비판적 어조에 기여한다.

여기에서 첫째와 넷째를 제외하고는 다소의 설명이 필요하다. 그리
고 첫 번째의 경우는 다음의 설명을 덧붙이는 것이 좋겠다. 김승옥은 산
업화, 도시화가 만들어 낸 대중의 존재들을 부각시켜 그들의 언어를 발
견하고 소설 문체로 수용하고 있다는 점에서 특기할 만하다. 이는 도시
화가 지역과 대중(mass)이라는 사회 집단의 결합에 의해 분화된 언어,
곧 문화적 방언으로서 '도시 대중'의 언어가 특히 소설 문체사에 본격적
으로 대두됨을 의미한다.[28]

둘째와 셋째는 김승옥 소설의 문체적 특성을 드러내는 것으로 이 작
품에만 국한되는 것이 아니다. 일찍이 유종호는 '감수성의 혁명'이라는

---

28) 최인자, 앞의 논문 참조.

용어로 김승옥 문학의 특징을 설명하면서 새로운 감수성이란 그의 언어 재능이 성취한 혁신이라고 하였다. 즉 "평범한 일상의 저변에서 경이를 조성하면서 환상과 현실을 희한하게 조화시키는 허구 조성 능력, 기지가 번뜩이는 분석력, 만화경같이 다채로운 의식의 요술"이 그의 참신한 언어 재능에 의존하고 있다고 하였다. 그리고 이를 통해 "우리의 모국어에 새로운 활기와 가능성에의 신뢰"를 불어넣었다고 하였다.[29]

그런데 둘째에서 인상주의적 언어라는 용어뿐 아니라 '모든 사람이 쓰는 관습적이고 타성적인 상투어'와 '참신하고 인상적인 언어를 사용한 비관습적인 문체'가 뜻하는 바의 설명이 다소 불분명하다. 인상주의적 언어는 사실주의적 언어가 대상이나 사물의 객관적인 표현이라면, 이와는 반대로 대상이나 사물에서 받는 작가의 주관적인 순수한 인상을 작품에 나타내어 사용하는 것이다. 그러므로 모든 사람이 쓰는 관습적이고 타성적인 상투어는 사실주의적 언어가 가지는 재현적이고 현실 반영적인 성격에서 벗어나지 못하는 언어를 뜻하는 듯하다. 또한 1950년대의 전후 소설이 지닌 반공 이데올로기의 거대 담론에서 벗어나서 개인의 독특한 주관적이고 인상적인 언어를 사용한다는 뜻인 듯하다.

셋째의 비유적이고 상징적인 언어라는 용어는 어떤 대상이나 사물을 직접적으로 설명하는 것이 아닌 다른 것에 빗대어 드러내는 것을 말한다. 말하자면 감각적이고 회화적인 이미지를 사용하여 외부 현실을 단지 그대로의 외연으로 받아들이지 않고 내포를 확대시켜 인간의 의식과 결합시켰다는 사실이다. 특히 시각적 이미지와 청각적 이미지의 결합은

---

29) 유종호, 「감수성의 혁명」, 『문학과 현실』, 민음사, 1975, 139~148쪽 참조(이 평문은 1966년에 쓴 것이다).

아주 뛰어나다.[30]

이 외에 김승옥의 소설 문체에 대해 한 가지를 덧붙이는 것이 좋겠다. 이는 앞의 유종호가 말한바 그의 문체적 특성을 한글 소설 문체의 '본때 있는 위엄의 모범 사례'로 여기는 태도에 대한 진위 여부의 문제이다. 유종호의 이러한 견해는 지금까지 일반적으로 통용되는 것이나, 여기에 대한 새로운 반론이 제기되고 있다. 즉, 그의 문체는 우리 문장이라기보다는 서구어 문장 체계에 많이 의존하고 있다는 점이다. 즉 피동문을 많이 쓰는 것, 서구(영어)의 피동문을 그대로 번역해 놓은 것 같은 문장, 주어와 서술어의 호응 관계가 이루어지지 않는 비문, 우리말 문법에 없는 과거완료 시제의 사용, 주어와 대명사가 문장에서 거의 생략되는 법이 없는 점 등의 우리 문장이 아닌 어색한 서구 문장의 번역체에 가까운 문장을 사용한다는 점이다.[31] 이 점은 김승옥 소설의 감각적인 문체가 지니는 특성과는 다른 관점에서 그의 소설 문장이 서구 문장의 번역체에 가까워 우리 문장과는 다르다는 점을 학생들에게 설명해 주는 것이 좋겠다.

(3) 어조 : 어조는 흔히 소리말(구어)에서 말하는 이의 태도를 드러내는 억양이나 어세를 뜻하는 것이었으나, 문자로 기록되는 문학에서도

---

30) 김승옥의 소설 문체에 대해 김현은 다음과 같이 말한 바 있다. "그의 소설은 중문과 복문의 교묘한 배합, 청각적 이미지와 시각적 이미지의 교합 등으로 서구적인 냄새를 풍기면서도 번역투 같지 아니한 교묘한 문체를 내보인다. 중문과 복문의 알맞은 배합은 관계대명사의 부재로 우리 글에서는 상당히 힘든 부분에 속하는데도 그는 교묘하게 그것을 행하고 있다. 청각적 이미지와 시각적 이미지의 결합은 거의 독보적이다."(앞의 책, 246쪽)

31) 장영우, 「4·19 세대의 문체 의식—김승옥의 「무진기행」을 중심으로」, 『작가연구』 제6호, 새미, 1998, 33~58쪽 참조.

작품의 구조 요소로서 그 기능을 인정받고 있다. 소리말이나 문학작품에서나 어조는 발화자, 또는 필자의 태도를 나타낸 것이지만, 소설에서는 언어적 고안(devices)을 통해 숨겨져 있어서 발견이 비교적 어렵기 때문에 분명하게 특징지을 수 있도록 사용되어야 한다. 이러한 언어적 고안은 어조를 언어 자체에 한정시켜 드러내는 비교적 직접적인 방법에 해당된다. 여기서 한걸음 나아가면 언어적 고안 이외의 것들, 즉 소설의 여러 구조 요소들도 어조를 결정짓거나 표현하는데 도움을 줄 수 있을 뿐 아니라 상호 의존·보완 작용까지도 한다. 이러한 것들의 대표적인 것이 '거리(distance)'와 '관점(point of view)'이 있다.

거리는 작가의 태도를 결정짓는 것이며, 그것은 곧 어조를 발생시키는 원인 작용을 하게 된다. 가깝고 친근한 거리가 부드럽고 친숙한 어조를 낳게 만들며, 냉담하고 비판적 거리는 풍자적 어조를 만든다. 관점 또한 어조를 돕는 요소이다. 관점은 대상에 대한 공간적 각도로 설명하고 있는데, 넓게 생각한다면 누구 편에 서 있느냐, 어떻게 보고 있느냐 하는 것이기 때문에 어조를 결정짓는 데 중요한 기능을 한다. 뿐만 아니라 성격 설정도 어조에 무연하지만은 않다.

요약하면 어조는 소설의 여러 구조 요소들 간의 관계치에 의해 드러나는 작가의 소재나 독자들에 대한 태도의 반영이다.[32] 그리고 실제 소설에서는 작품 자체를 지배하는 분위기의 형태로 나타난다.

「서울, 1964년 겨울」의 어조 분석은 김유정이나 채만식의 소설에 나타나는 어조처럼 명료한 것이 아니기 때문에 다소 어려운 작업이다. 또

---

32) 김중하, 「소설의 어조 분석 시고」, 『근대 소설의 이론과 작품세계』, 세종출판사, 1997, 42~58쪽 참조.

한 이 글의 목적이 고등학교 학생을 위한 독해지도이기 때문에 구체적인 분석이 반드시 필요한 것도 아니다. 그러므로 교재에 수록된 내용을 중심으로 간략히 설명하기로 한다.

교재에서는 이 작품의 어조에 대해 〈도식 8〉과 같이 설명하고 있다.

〈도식 8〉

교재	내용
(2)	이 소설의 첫 문장은 7개의 구절이 중첩된 겹문장이다. 그러나 모든 문장이 긴 것은 아니다. 극히 짧은 문장도 나온다. 홑문장과 겹문장의 교차는 이 소설의 비판적 어조에 기여한다.
	「서울, 1964년 겨울」은 거리의 선술집에서 우연히 만난 세 사람이 나누는 대화와 그들이 벌이는 하룻밤 동안의 행각을 내용으로 하고 있다. 학력도 다르고, 집안도 다르고, 살아온 내력도 다른 세 사람이 등장하여 당시 사회의 분위기를 보여 준다. 이러한 분위기의 표현을 이 작가는 설명하지 않고 보여 줄 뿐이다. 특히 감정이 실리지 않은 냉소적인 어조가 소설의 분위기를 만들어 나간다.

〈도식 8〉을 요약하면, 이 작품은 '감정이 실리지 않은 냉소적 어조'와 '비판적 어조'를 지닌다. 그런데, 비판적 어조와 냉소적 어조는 일반적으로 내포적 의미가 다르다. 보통 비판적 어조라고 하면 부조리한 현실에 대한 작가의 비판적 태도를 드러내는 것이다. 이 작품이 서울로 대표되는 근대 자본주의 도시와 소외된 인간관계를 비판하고 있다고 볼 수 있으나, 사회의 부조리에 대한 현실 비판적 태도와는 다르다고 할 수 있다. 그리고 비판적 어조의 범주 속에 냉소적 어조가 포함될 수도 있다. 그러나 냉소적 어조의 의미는 사회적 관습이나 도덕, 사상 따위를 경멸하고 무시하는 태도를 말하는 것이므로, 양자는 서로 결합될 수 없는 어

조로 보는 것이 타당하다고 하겠다. 이 작품의 어조는 교재의 지적처럼 냉소적 어조의 성격이 강하다. 현실의 의사소통 구조를 완전히 무시하는 무의미한 대화의 어조에서, 특히 다음의 '안'의 말에서 냉소적 어조가 잘 드러난다.

> ① "이 양반, 우릴 웃기는데요."(218쪽)
> ② "방은 각각 하나씩 차지하고 자기로 하지요."(222쪽)
> ③ "난 아주 피곤합니다. 하시고 싶으면 두 분이나 하세요."(223쪽)
> ④ "난 그 사람이 죽으리라는 걸 알고 있었습니다."(223쪽)

①은 세 사람이 불구경을 하면서 '사내'가 불길 속을 손가락질하며 '내 아내'라고 소리치는 것을 진정시키면서 '안'이 '나'에게 하는 말이며, ②③은 여관방에서 셋이 같이 자자는 '사내'에 대해 '안'이 하는 말이며, ④는 다음날 아침 '사내'가 자살한 것을 알고 난 뒤, '안'이 '나'에게 한 말이다. 이와 같은 '안'의 냉소적인 어조에서 단절과 소외에 따른 현대인의 개인주의적 면모를 살펴볼 수 있다.

Ⅶ. 작품의 의미

지금까지 제목과 시공간적 배경, 스토리와 플롯, 인물의 성격과 제시방법, 시점 · 문체 · 어조 등의 분석하였다. 이제 작품의 의미를 살펴보기로 한다. 먼저 교재에 수록된 학습 안내, 작품 해제, 감상의 길잡이, 이해와 감상의 길잡이 등을 모두 검토하기로 한다. 이를 정리하면 〈도식 9〉와 같다.

〈도식 9〉

교재	내용
	이 작품은 어느 날 밤 선술집에서 우연히 만난 세 사람이 하루 저녁을 같이 지내다가 아침에 일행인 '사내'의 죽음을 확인하게 되는 이야기로서, 사회적인 연대성과 동질성을 상실한 시대의 건조한 인간관계를 보여주고 있다.
(1)	이 작품에는 구청 병사계에 근무하는 '나'와 대학원생인 '안', 그리고 월부책 판매원인 30대의 '사내'가 등장한다. '날 수 있는 것으로서 손안에 잡아 본 것'은 파리밖에 없다는 점에서 공통점을 가지고 있는 '안'과 '나'는 상실과 좌절을 경험한 인물이고, 장례 비용이 없어 급성 뇌막염으로 죽은 아내의 시체를 병원에 팔고 사천 원을 받은 '사내'는 일상적인 삶에 상실감을 느끼는 인물이다. 이 작품은 세 사람의 우연한 만남과 헤어짐을 통해 열려 있는 공통의 광장으로 나아가지 못하고 개인의 폐쇄적인 회로 속에 갇혀 있는, 단절된 인간관계를 보여준다.
(2)	1960년대 초 군정 치하의 젊은이들이 겪은 삶을 이야기한 소설이다.
(3)	이 작품에 등장하는 세 인물을 통해 우리는 뚜렷한 가치관을 갖지 못한 사람들의 심리적 방황과 인간적 연대감 상실을 읽을 수 있다. 이 작품은 서로 알지 못하던 세 인물이 포장마차에서 우연히 만나 하룻밤을 지새는 사이에 벌어지는 일들을 통해 현대인의 공동체 의식의 상실과 소외감을 그린 소설이다. …(중략)… 서술자인 '나'를 통해 허무주의자이자 이기주의자인 대학원생과 가난 때문에 아내의 시체를 팔아야 했던 서적 외판원의 소외된 삶을 객관적으로 보여 준다. 결국, 이 작품은 인간이 서로 간의 관계를 맺고 술을 마시고 대화를 나누어도 끝내 인간 사이의 벽을 허물 수 없고 모든 존재는 섬처럼 단절되어 있다는 것을 나타내고 있다. 이런 점에서 이 소설의 분위기는 허무주의적이고 절망적이다. 그러한 부정적 분위기를 돌파할 수 있는 대안은 제시하지 못하였지만 인간의 근원적 고독이라는 존재론적 문제를 소설로 보여 준 데 그 특징이 있다.

〈도식 9〉를 작품의 의미와 관계있는 것만 다시 정리하면 다음과 같다.

첫째, 사회적인 연대성과 동질성을 상실한 시대의 건조한 인간관계를 보여준다.

둘째, 열려 있는 공동의 광장으로 나아가지 못하고 개인의 폐쇄적인 회로 속에 갇혀 있는, 단절된 인간관계를 보여준다.

셋째, 1960년대 초 군정 치하의 젊은이들의 삶을 이야기한다.

넷째, 현대인의 공동체 의식의 상실과 소외감을 그렸다.

다섯째, 인간의 근원적 고독이라는 존재론적 문제를 보여 준다.

여섯째, 뚜렷한 가치관을 갖지 못한 사람들의 심리적 방황과 인간적 연대감의 상실을 드러낸다.

이상을 통해 볼 때, 작품의 의미에 대한 교재의 설명은 거의 비슷하다. 그리고 설명된 내용 또한 잘못된 것은 없다. 그러나 셋째는 너무 피상적인 설명으로 작품의 의미를 드러내는 것으로 보기는 곤란하며, 다섯째의 '인간의 근원적 고독이라는 존재론적 문제'를 드러낸다는 것은 다소 비약적인 설명으로 여겨진다. 이 작품이 근대화된 자본주의 사회의 도회인의 소외의 문제를 다루고 있지만, 그것이 존재론적 고독으로까지 확장시키기는 무리한 점이 없지 않다. 다섯째의 설명은 일찍이 천이두가 「존재로서의 고독」이라는 평문에서 이 작품을 해설한 것을 그대로 옮긴 것으로 여겨진다. 천이두의 평문을 인용하면 다음과 같다.

> 더욱 중요한 것은 인간의 숙명적 조건으로서의 고독을, 추상적 서술이나 직선적 호소의 방식을 통해서가 아니라 존재 그 자체의 생생한 모습으로 포착하고 있다는 사실이다. 말하자면 인간의 소외 의식 및 숙명적 조건으로서의 고독을 추상적 서술을 통해서가 아니라 존재 현장의 재현을 통해서 제시해 주고 있다는 사실이다. 종래의 문학에서 볼 수

있는 바 호소로서의 고독이 이제 비로소 존재로서의 고독으로 부각되기에 이른 것이다.[40]

이러한 설명은 장용학과 손창섭으로 대표되는 1950년대적 존재 양상이 호소로서의 고독이었다면, 이 작품에서 '나'와 '안'으로 대표되는 1960년대적 존재 양상이란 존재로서의 고독이라는 것이다.[33]

고독이 추상적 서술이 아니고 존재 현상의 재현을 통해 제시해 준다는 것은 틀린 설명은 아니다. 그러나 필자의 소견으로는 이 작품은 1960년대 서울이라는 자본주의화된 도시에서 일상적 삶을 영위하는 도시민의 사물화된 인간관계의 묘사에 치중한 것이지, 이를 숙명적 조건으로서의 고독을 드러내려고 한 것이라는 해석은 다소 비약적인 설명으로 여겨진다. 이러한 점을 드러내고자 한다면, 다소 중화된 표현으로 "산업사회 도시인의 특징을 그리면서 동시에 그것을 단절과 소외라는 인간의 숙명적 한계로 확장시킨다."[34]고 설명하는 것이 좋겠다.

그러므로 작품의 의미는 앞장에서 살펴본 내용들과 〈도식 7〉을 참고하여 다음과 같이 설명하는 것이 좋겠다. 이 작품은 1960년대 자본주의적 근대화가 시작된 서울이라는 도시에서 삶의 목표를 상실하고 일상적 삶을 영위하는 인물들의 단절되고 소외된 인간관계를 보여 준다.

---

33) 천이두, 「존재로서의 고독」, 『김승옥 문학상 수상 작품집』, 훈민정음, 1995, 214~215쪽.
　　천이두는 이전에 불안 문학의 계보와 관련하여 장용학·손창섭·김승옥의 경우를 분석하면서 '피해 의식으로서의 불안'이라고 명명하고, 김승옥의 소설에서는, 손창섭이나 장용학의 소설에서 보이는 호소로서의 고독이 아니라, 존재로서의 고독의 구체적인 표상을 보게 된다고 설명한 바 있다. 위의 평문은 김승옥에 대해 분석한 부분을 확대하여 쓰여진 것이다. 천이두, 『한국현대소설론』, 형설출판사, 1985, 217~239쪽 참조.

34) 권택영, 「역사의식을 응집하는 미학적 전략」, 『김승옥 문학상 수상작품집』, 90쪽.

VIII. 결론

이 글은 고등학교『문학』교재에 수록된 「서울, 1964년 겨울」의 독해
지도 방법을 연구하여, 실제 교육 현장에서 작품의 해설과 지도에 도움
이 되도록 하기 위해 쓰여진 것이다. 이를 위해 단위의 설정과 교육목
표, 제목과 시공간의 배경, 스토리와 플롯, 인물의 성격과 제시 방법, 시
점·문체·어조 등을 분석하고, 아울러 작품의 의미를 살펴보았다. 이
를 요약하여 결론으로 삼는다.

첫째, 이 작품의 단원 위치는 이 소설의 일반적 특성을 잘 반영한 타
당한 설정이다. 또한, 학습 목표는 이 작품의 주제, 인물, 시점, 문체,
어조 등에 대해 이해하는 것인데, 그 내용은 타당하지만 모더니즘 소설
로서의 이 작품의 특징들이 좀 더 구체적으로 설명되었으면 좋았을 것
이다.

둘째, 제목을 통해 볼 때, 이 작품은 서울이라는 근대화된 도시에서
군부 통치하의 1964년 추운 겨울에 일어난 어떤 어둡고 암울한 사건과
내용을 환기시키고 있다는 생각을 하게 된다.

그리고 실제 작품 속에서도 자본주의적 근대화의 상징인 도시, 서울
이라는 공간과, 1964년 겨울 밤이라는 시간으로 시공간적 배경이 설정
되어 있다. '1964년'은 5·16 군부 쿠데타로 집권한 제3공화국의 통치
시기라는 정치적 의미보다는 우리나라에서 자본주의적 근대화와 산업
화가 시작된 시기라는 경제·사회적 의미가 더 함축되어 있으며, '겨울
밤'은 암울하고 절망적인 분위기를 드러내고 있다. 그리고 '서울'은 바로
근대화된 자본주의를 상징적으로 드러내는 도시로 설정되어 있다.

그러나 이러한 시공간적 배경은 단지 1964년의 서울 밤거리의 음울하고 절망적인 분위기를 자아내는 이미지로 드러나 있을 뿐 객관적이고 구체적인 현실 세계를 표상하는 것은 아니다. 즉 배경은 등장인물이 대화를 나누는 배경 정도로 후경화되어 있다.

셋째, 플롯의 전개는 일반적인 모더니즘 소설처럼 이렇다 할 중요한 사건이나 행위가 없다. 그러므로 플롯의 5단계설로는 설명하기 곤란하며 '선술집→중국집→화재 현장→여관'의 서사 공간 속에 단절된 의미 없는 삽화들이 병렬적으로 배열된 해체된 플롯이다.

넷째, 등장인물의 성격은 대화와 행동을 통해 그들의 내면 세계를 고찰해야만 올바르게 파악할 수 있다. 등장인물은 화자인 '나(김)'와 '안', 사내 세 사람인데, 이들의 공통점은 자본주의적 현실로부터 소외되고 단절된 개별적 인물이라는 점이다. 이는 익명성, 물신주의, 무정향성 또는 무상성 등으로 드러난다.

다음으로 세 인물의 개별성을 살펴보면 다음과 같다. '안'은 현실의 삶에서 벗어나 자신만의 삶을 추구하는 지극히 개인적이고 염세적인 허무주의자이다. 사내는 가난한 소시민적 생활인으로 극단적인 소외감으로 자살하는 인물이다. '나'는 확실한 주관도 없이 어중간하게 살아가는 회색적인 인물로서, 두 인물보다 훨씬 기회주의적인 인물이다.

또한 교재의 인물에 대한 설명 중에는 다소의 문제점이 있었기에, 본문 속에서 구체적으로 살펴보았다.

그리고 인물의 제시 방법에 있어, 전반부는 직접 서술의 방법을 후반부는 대화와 행동을 통한 간접 제시의 방법을 사용하고 있다.

다섯째, 시점은 일인칭 주인공 시점으로 보는 것이 좋을 듯하다. 문체는 서술이나 묘사보다도 대화를 주로 사용하며, 참신하고 일상적인 언어와 비유적이고 상징적인 언어를 사용한다. 그리고 홑문장과 겹문장의 교체가 나타나 있다. 그러나 그의 문체가 우리 문장과는 달리 서구 문장의 번역체에 가깝다는 사실을 지적해 두었다. 어조는 냉소적인 어조가 주조를 이루고 있다.

여섯째, 이 작품의 의미는 1960년대 자본주의적 근대화가 시작된 서울이라는 도시에서 삶의 목표를 상실하고 일상적 삶을 영위하는 인물들의 단절되고 소외된 인간관계를 보여주는 것이다.

(2001)

고등학교 문학 교육에 있어
'보편성과 고유성'의 문제
― 전후 소설을 중심으로

Ⅰ. 서론

7차 교육과정의 문학은 6차 교육과정의 문학과 비교해 그 목표에서 몇 가지 차이를 보인다. 그중 한 가지는, 한국문학과 함께 세계문학을 폭넓게 다룸으로써 한국문학의 보편성과 고유성을 확인하고, 세계문학을 다수 접하는 문학 생활의 실제를 반영하려 했다는 점이다.[1] 한국이 다문화 국가로 급박하게 변화하고 있고 세계와의 교류가 급속도로 진척되었다는 점을 감안할 때, 이 같은 변화는 시의적절하고 바람직한 것으로 보인다. 이에 호응하여 상당수의 『문학』교과서는 세계문학이란 장을 따로 마련하여 제법 많은 작품을 다루고 있다.

---

1) 박기범, 「제7차 교육과정에 따른 문학 교과서의 내용 분석 연구」, 『문학교육학』11호, 한국문학교육학회, 2003년 여름, 87쪽.

그러나 여전히 한국문학과 세계문학의 상관성과 변별성을 깊이 이해하기에는 미흡한 것 또한 사실이다. 『문학』 교과서의 대부분을 차지하는 한국문학과 세계문학은 유기적으로 연결되어 있지 못할 뿐만 아니라, 세계문학 속에서 한국문학이 갖는 위상 혹은 특성을 이해하기에는 부족한 내용들이 수록되어 있다. 서구의 문학 일반론에 의존한 설명 방식으로 인해 한국 특정 시대의 장르적 특성 혹은 세계 인식 태도는 제대로 드러나지 않고 있다. 즉, 한국문학의 고유성에 대해서는 거의 설명하지 못하고 보편성마저도 세계문학의 관점에서 일방적으로 해석하고 있는 경향마저 보이고 있는 것이다. 이런 현상은 7차 교육과정의 목표를 성취하는 데 비효율적일 수밖에 없다. 더구나, 현대는 중심의 일방적이고 획일적인 시각만을 존중하는 태도에서 벗어나 로컬의 독자성과 다양성을 인정하고 재평가하는 경향으로 변하고 있다. 따라서 세계문학의 흐름이나 성격과 한국문학의 흐름이나 성격이 갖는 보편성과 고유성을 균형감 있게 이해하기 위한 구체적 방안을 강구해 볼 필요가 있다.

이에 본고에서는 이 같은 문제를 해결하기 위한 일환으로, 『문학』 교과서가 한국의 전후 소설을 설명, 교육하는 방식의 문제점을 알아보고 해결 방안을 제시하고자 한다. 전후 소설이라는 개별 유형으로 텍스트를 한정하는 이유는 다음 두 가지 때문이다. 하나는, 한국 문학사와 세계 문학사 전체를 비교한다는 것은 불가능할 뿐만 아니라 무의미하기까지 하다는 점이다. 따라서 한국문학과 세계문학의 공통점과 개별 특성을 올바로 이해하기 위해서는, 문학사 전체가 아니라 한국문학과 세계문학에 공통적으로 등장하는 특정 유형의 텍스트들을 선정하여 비교 대조하는 것에서 시작하는 것이 효율적일 것이다. 둘째, 전후 소설이라는 유형이 위의 요구 사항을 충족시키고 있다는 점이다. 전후 소설은 한국과 서구에서 공통적으로 나타나고 있는 유형이며 그 영향 관계나 특성이 비교적 뚜렷하게 드러나고 있다. 현재 고등학교 문학 교육에서 전후 소설은 적지 않은 비중을 차지하고 있기도 하다.

세계의 전후 소설과 한국의 전후 소설이 갖는 공통점에 주목하는 태도는 세계문학 속에서 한국문학의 위상을 점검한다는 측면에서 의미 있는 접근 방법이다. 그러나 이 같은 태도가 서구의 전후 소설이 갖는 특성을 한국의 전후 소설에서 찾는 선에서 만족하여 한국의 전후 소설이 지니고 있는 고유성을 도외시하는 태도로 이어진다면, 그것은 한국문학이 지니는 가치를 반감하는 결과를 낳을 수도 있을 것이며 세계문학을 더 풍부하게 만드는 데 방해 요소가 될 것이다.

이 연구의 궁극적인 목적은, 현재 고등학교 문학 교육에서 문학의 보편성과 한국문학의 고유성이 얼마나 균형 감각 있게 교육되고 있는지를 알아보고 그 개선 방안을 마련하는 데 있다.

본고는 이 목적을 달성하기 위한 시도의 일환으로 손창섭의 「비 오는 날」, 이범선의 「오발탄」, 장용학의 「요한 시집」을 텍스트로 삼아, 서구의 전후 소설에 나타난 특성을 한국의 전후 소설에서 발견해 내려는 일방적이고 폭력적인 시선이 존재하지는 않는지, 그 시선에서 벗어날 경우 비로소 의의를 획득하는 한국 전후 소설의 고유성은 무엇인지 알아보고자 한다.

이 작업이 시론적 성격을 띨 수밖에 없는 이유는, 서구의 전후 소설과 한국의 전후 소설 사이의 영향 관계 그리고 한국의 전후 소설이 갖는 특성을 균형감 있게 이해하는 데 현 문학 교육이 제대로 기여하고 있는지를 점검하고 그 문제점을 개선할 수 있는 가능성을 검토해 보는 데 의의가 있기 때문이다.

Ⅱ. 전후 소설에 대한 기존 설명 방식의 문제점

전후 소설 연구나 교육이 지니는 문제점 중 하나는, 전쟁 일반론만으로 한국의 전후 소설을 설명하고 있다는 것이다. 고등학교『문학』교과서는 서구 문예사조의 영향에 더 치중함으로써, 한국전쟁의 특수한 성격보다는 서구인의 시각에서 본 전쟁의 결과나 후유증만을 강조한다. 제2차 세계대전 직후 서구 사회를 장악한 실존주의가 한국의 전후 소설에도 깊은 영향을 끼쳤다는 식의 설명이 바로 그 예가 될 것이다. 물론 장용학, 고은 등 많은 문인들이 실존주의의 영향을 직접 언급하기도 하였고, 그들의 작품에는 실존주의적 성향이 짙게 배어 있다. 따라서, 실존주의에 대한 설명과 그 영향력을 언급하는 것은 당연하다. 그러나 실존주의에 대한 설명 혹은 질문은 한국의 전후문학이나 개별 텍스트 이해에 큰 도움이 되지 못한 채 괴리되어 있다.

> 1950년대 우리 소설에서 전쟁을 소재로 한 작품들에는 어떤 것들이 있는지 알아보고, 그 작품들이 실존주의 사상과 어떤 관련이 있는지 알아보자.
> 예시답안 : …(전략)… 실존주의는 1950년을 전후하여 한국에 도입되어 문학 창작과 비평에 커다란 영향을 끼쳤다. 그러나 기성 사회 계급에 대한 저항이나 기계 문명에 대한 엄숙한 인간 선언으로 자리매김되는 서구의 실존주의는, 전쟁 상황과 전후의 황폐한 세태를 반영하고 있는 한국문학에서는 약간의 변형을 겪는다. 주로 의지와 희망을 상실한 절망적 조건 속에서 살아가는 인간의 생을 그려 내는 일련의 한국 실존주의 문학은 삶의 원형적인 모습을 탐색하거나 단절된 인간관계에서 절망하는 인간을 그려 내는 데 집중하게 된다. 위의 세 경향을 모두 직

간접적으로 이러한 실존주의 문학의 자장 안에 놓여 있다.[2]

위와 같은 설명은 한국의 전후 소설만이 아니라 여타 국가의 전후 소설에서도 보편적으로 통용되는 것이기도 하다. 한국의 전후 소설을 제대로 이해하기 위해서는, 전쟁이 인간에게 끼칠 수 있는 보편적인 외상과 내상이 무엇인지를 파악하는 동시에, 수많은 외상과 내상 중 한국의 전후 소설이 특별히 주목하고 관심 갖는 것은 무엇인지 그리고 그런 특별한 관심의 원인은 무엇인지를 이해하는 작업을 병행해야 한다.

그런데, 위의 설명은 서구 실존주의의 단순한 영향 관계와 변형을 지적하였을 뿐이다. 현재의 『문학』교과서와 지도서에서 영향과 변형의 조건 즉 한국전쟁 직후라는 특수한 상황에 대한 인식을 발견하기는 쉽지 않다. 한국의 전후 사회에 변형되어 적용되었다는 실존주의도 전쟁의 각종 폐해에 대한 서구인의 인식이란 점에서 그리고 한국의 전후 소설은 일방적인 수혜자라는 인식을 바탕으로 하고 있다는 점에서 한국전쟁의 특수성을 이해하는 데에는 한계가 있다. 한국의 전후 문학이 반영하는 당대 현실은 전쟁 일반의 모습과 함께 한국전쟁의 특수성이 교차하고 있는 장일 터이다. 그런데도, 변형된 상태로 유입될 수밖에 없었던 실존주의를 설명하는 방식이 인간 보편의 전후 상황을 설명하는 것과 별반 차이를 보이지 않는다면, 한국전쟁의 특수성을 고스란히 담고 있는 한국 전후 소설을 균형감 있게 이해하기는 힘들어질 것이다. 실존주의의 영향을 강조하면서도 실제 텍스트 이해에서 실존주의적 성격을 명쾌하게 설명하지 못하는 이유도 이 때문으로 보인다. 실존주의의 영향

---

[2]   한계전 · 신범순 · 박윤우 · 김송환 · 노진한, 『문학(하) 교사용 지도서』, 블랙박스, 2002, 261~262쪽.

을 가장 강하게 받은 것으로 평가받는 장용학의 「요한 시집」 등을 설명
할 때에도 이 같은 사정은 별반 다르지 않다.

둘째, 이로 인해 한국전쟁이 남긴 폐해는 원경으로 밀려나 버리거나
작품 분위기 전체를 막연하게 장악하고 있다는 선에서 만족할 수밖에
없게 된다. 전후는, 한국전쟁이 남긴 외상 못지않게 내상이 크게 부각되
는 시기이다. 전쟁 중엔 육체의 보존이 최대 과제였다면, 전쟁 후의 시
기엔 육체의 보존과 함께 전쟁 체험자 개별에게 가해진 정신적 충격, 전
쟁 체험 집단 전체가 겪는 정신적 공황의 표출과 치유가 문제 된다고 할
수 있다. 전후 소설 작가들은 추상적인 전쟁 일반론이 아니라 한국전쟁
이라는 구체적인 상황을 직간접적으로 체험했던 이들이며, 그들의 전후
소설 또한 한국전쟁이 남긴 폐해에 민감하게 반응하고 있다. 하지만, 한
국전쟁이라는 특수한 전쟁이 남긴 유무형의 정신적 충격에『문학』교과
서가 주목하는 정도는 미흡해 보인다. 다시 말해, 일반적인 전쟁이 아
니라 한국전쟁이 한국인의 의식에 어떤 상처를 남겼는가에 대한 관심은
당대 전후 소설가들의 그것에 비해 소홀한 감이 없지 않다.

> 이 작품(장용학의 「요한 시집」–인용자 주)에서는 토끼의 우화, 동호
> 의 눈을 통해 본 누혜의 비극적 삶 및 누혜의 유서, 동호의 세계 인식
> 등을 통하여 1950년대의 본질적 모순 중의 하나인 이데올로기의 문제
> 를 탐구하고 그것의 기만성을 폭로한다. 또한 역사적 허무주의를 보
> 여 주기도 하는데, 그것은 누혜의 자살을 통하여 극단적으로 나타난다.
> 즉, 누혜에게 역사는 무의미한 것이며, 그가 자살을 택하는 것은 그러
> 한 역사적 허무주의의 필연적 결과이다. 그러한 역사적 허무주의는 즉
> 자적 총체성에 대한 갈망을 수반하고 있다.[3]

---

3) 김대행·김중신·김동환,『문학(하) 교사용 지도서』, 교학사, 2003, 381쪽.

비 오는 날과 다 쓰러져 가는 목조 건물의 우울하고 불안한 배경을 통해 인물들의 비뚤어진 감정을 부각시키며, 전후 인간의 기본적인 삶의 조건마저 침해당하는 비참한 사회상을 간접적으로 느낄 수 있게 한다. 또한 특별한 갈등이 없는 이 소설에서 사건을 전개해 나가는 계기를 마련해 주는 역할도 하고 있다. …(중략)… '폐가와 장마'라는 배경 또한 주제 의식과 밀접한 관련을 가지고 있다.

부산은 6·25 전쟁 중에 고향을 떠나 남으로 내려온 사람들이 모여 살던 곳으로 절망적인 삶을 살아가는 비극적인 장소이다. 전쟁 상황의 한가운데에서 이루어지는 삶이기에 그 분위기가 더욱 어두울 수밖에 없고, 이를 짙게 물들이는 것이 '비가 온다'는 눅눅한 배경 설정이다.[4]

장용학의 「요한 시집」과 손창섭의 「비 오는 날」에 대한 설명은 한국 전쟁의 폐해가 얼마나 원경으로 밀려나 있는지를 잘 보여 준다.

「요한 시집」의 누혜가 자살한 것을 두고 "역사적 허무주의의 필연적 결과"라고 설명하는 것은, 당대 한국 사회의 특수성은 조금도 감안하지 않은 결과이다. 이런 설명은 단지, 전쟁이라는 무자비한 폭력 앞에 무기력할 수밖에 없는 개인의 모습, 즉 전쟁과 개인의 관계라는 일반적 상황에 대한 진술일 뿐이다. 한국전쟁만이 아닌 모든 전쟁에 무난하게 적용할 수 있는 보편적인 설명에 불과하다. 위와 같은 일반론도 중요하기는 하지만, 문제는 누혜가 한국전쟁을 통해 느낄 수밖에 없었던 "역사적 허무주의의 필연적 결과"가 구체적으로 무엇이며 그런 결과를 배태하게 된 정신적 타격은 어떤 것인지를 알아보려는 태도가 미흡하다는 점에 있다. 이런 태도가 배제된다면, 한국의 전후 소설에 대한 총체적인 이해는 무리일 수밖에 없다.

---

4) 한철우 외 7인, 『문학(상) 교사용 지도서』, 문원각, 2008, 253쪽.

「비 오는 날」의 경우도 사정은 이와 비슷하다. 전후 소설이기에 전쟁의 직접적인 영향에서는 다소 거리가 있다 하더라도, 그리고 주제 형성에 미치는 배경의 중요성 강조를 감안하더라도, 한국전쟁의 폐해는 '비'라는 배경으로만 제시되고 있다는 설명은 막연하고 왜소해 보인다. 어느 측면으로는 배경을 지나치게 강조하면 작품의 의미가 축소되는 결과가 발생할 수도 있는 것이다.[5] 따라서, 오히려 전후 소설이기에 한국전쟁의 정신적 폐해가 본격적으로 제기될 수 있다는 점, 배경이 주제 형성과 관계 맺는 구체적이고 정신적인 연결 고리 등을 찾아야만 한다는 점을 강조할 필요가 있다. 그러나, 전쟁 일반론에 의존한 설명에 만족하면서 『문학』교과서 대부분은 한국전쟁이 파괴한 전통적 사고에 대해 지나치게 둔감하다.

결과적으로, 「요한 시집」의 누혜에게 직접적인 영향을 끼친 한국전쟁은 한국전쟁이라는 현실적이고 직접적인 위협이 아니라 전쟁 일반론으로 추상화되어 누혜의 삶과 괴리되었으며, 「비 오는 날」의 피난민에게 막대한 정신적 피해를 남긴 한국전쟁은 광범위하기는 하지만 먼 배경으로 물러나 버렸다. 이처럼 한국의 전후 소설에 대한 설명은, 한국전쟁이 한국인의 의식에 남긴 구체적인 상처의 형태에 대해 충분한 주의를 기울이지 못한 채 전쟁 일반론에 입각한 설명에 만족하고 있다. 한국전쟁의 특수한 성격에 대해서는 둔감한 채 전쟁의 일반적인 결과나 후유증, 그것도 서구인의 시각에서 해석한 결과와 후유증에만 주목하여 서구 문예사조의 영향과 그 공통점을 강조하고 있는 것이다. 결국 현재의 문학

---

5) 김동환, 「문학교육의 관점에서 본 소설 읽기 방법의 재검토—교과서 속의 「메밀꽃 필 무렵」」, 『문학교육학』 22호, 한국문학교육학회, 2007, 23쪽 참조.

교육은 서구=시혜자, 한국=수혜자라는 폭력적인 시각에서 거의 벗어나지 못한 채, 소설 외적 현실과 작가의 의식·텍스트의 구조를 연결하는 데 있어 피상적인 수준에 머물고 만다.

Ⅲ. 한국 전후 소설의 '고유성'을 이해하는 방법의 일례

고등학교 『문학』 교과서에서 손창섭의 「비 오는 날」은 전후 소설을 이해하기 위해서뿐만 아니라, 소설에서 배경이 주제 형성에 미치는 영향을 이해하기 위한 텍스트로 이용되고 있다. 「비 오는 날」을 수록한 『문학』 교과서 대부분은 배경에 대한 설명과 강조로 시작한다. 비가 이 텍스트 전체의 분위기를 장악하고 있으며 주제 형성에 막대한 영향을 끼치고 있다는 설명이 그것이다.

> '비'의 상징성 / 「비 오는 날」에서 '비'는 단순한 비가 아니라, 이 소설의 분위기 전체를 지배하고 있다. 이 비는 등장인물이 처해 있는 전후 시대의 상황을 상징적으로 그린 것이다. 질척거리는 거리에 내리는 비는 그대로 시대적 부정성을 뜻한다. 청명한 날이 없는 시대, 그들을 계속 무겁게 누르는 불운을 비의 이미지를 통해 드러내는 것이다. 작가는 절망의 시대를 껴안은 채 고통받는 존재들을 질척거리는 비를 맞고 사는 것으로 극화하고 있다.[6]

---

6) 한계전·신범순·박윤우·김송환·노진한, 앞의 책, 256쪽.

비 오는 날과 다 쓰러져 가는 목조 건물의 우울하고 불안한 배경을
통해 인물들의 비뚤어진 감정을 부각시키며, 전후 인간의 기본적인 삶
의 조건마저 침해당하는 비참한 사회상을 간접적으로 느낄 수 있게 한
다. 또한 특별한 갈등이 없는 이 소설에서 사건을 전개해 나가는 계기
를 마련해 주는 역할도 하고 있다. …(중략)… '폐가와 장마'라는 배경
또한 주제 의식과 밀접한 관련을 가지고 있다.[7]

위 두 인용문은 「비 오는 날」에서 비가 지니는 의미를 잘 지적하고 있
다. 전후의 피난 생활은 두말할 필요도 없이 참혹한 것이었으며 희망을
갖기도 어려운 것이었다. 많은 연구자들이 동의하고 있듯, 끊임없이 내
리는 비는 이런 암울한 상황을 상징적으로 표현하는 역할을 수행하고
있다. 그러나, 『문학』 교과서는 이 텍스트는 "특별한 갈등이 없"다고 설
명하기까지 하는데, 이는 장마라는 배경 속에 이 텍스트의 서사 혹은 서
사 구조를 묻어 버리는 결과를 도출해 낼 수도 있다. 즉 『문학』 교과서의
설명은, 이 텍스트의 서사는 배경의 암울한 분위기를 구체화하고 형상
화하는 역할을 담당하지 못하는 것으로 이해하게끔 유도한다. 이 텍스
트의 서사는 전후 피난지의 장마가 빚어내는 우울과 불안, 시대적 부정
성을 가중하는 누적 효과 이외에는 별다른 역할을 하지 못하는 것으로
이해할 수도 있는 것이다.

장마와 폐가라는 배경이 이 텍스트에서 큰 역할을 하는 것은 분명하
지만, 배경의 막연한 분위기를 서사나 서사 구조가 정교하게 분석해 내
고 형상화한다는 점 또한 간과해서는 안 될 것이다. 한국전쟁으로 인한
후유증이 가감없이 전개되는 공간이 피난지라는 점을 감안할 때, 전쟁

---

7) 한철우 외 7인, 앞의 책, 253쪽.

일반이 공통적으로 만들어 내는 후유증, 즉 우울과 불안뿐만 아니라 한국전쟁이 만들어내는 우울과 불안, 시대적 부정성의 구체적인 정체에 대한 탐색 또한 게을리해서는 안 된다. 이런 점에서 이 텍스트의 서사는 배경의 막연한 분위기인 우울과 불안, 시대적 부정성이 어떤 성격의 것인지를 구체적으로 그려 낸 것이라고 이해할 필요가 있다. 그래야만 배경과 밀접한 관련을 지닌 서사, 배경의 막연한 인상, 한국전쟁에 대한 막연한 추측을 넘어 전후의 구체적인 시대 인식과 만나게 되며, 전후 소설에 대한 심도 깊은 이해가 가능해질 것이다.

> 이 작품의 주인공들은 6 · 25 전쟁으로 인해 정신적 · 육체적 불구가 된 인물들로, 삶의 가치와 의욕을 상실한 상태라는 공통점을 지니고 있다. …(중략)… 이 작품에는 6 · 25 전쟁으로 인하여 정신적으로나 육체적으로 불구가 되어 삶의 의미를 찾지 못하고 있는 인간들이 등장하고 있다. 이처럼 작가는 동욱, 동옥, 원구로 대표되는 불구의 인물들을 통하여 전쟁 직후 사회에 만연한 허무와 절망을 말하고자 하였다.[8]

등장인물들의 성격과 작가의 주제 의식에 대한 『문학』 교과서의 설명도 배경 설명과 그다지 다르지 않다. 결국 등장인물들은 구체적이고 개성적인 성격을 지니지 못한 채, 비의 막연한 분위기를 반복하고 있을 뿐이다. 그러나 「수난이대」의 등장인물이 지닌 성격을 설명해야만 전쟁의 잔혹성과 부당성을 강조할 수 있고 텍스트 결말의 개연성을 설명해 낼 수 있듯이,[9] 한국전쟁의 특성을 설명할 수 있어야만 한국의 전후문학이

---

8) 오세영 외 7인, 『문학(하) 교사용 지도서』, 대한교과서, 2003, 315쪽.
9) 이남호에 따르면, 『문학』 교과서는 「수난이대」를 다루면서도 등장인물의 성격에 대해서는 크게 주목하지 않았다. 이남호, 『교과서에 실린 문학작품을 어떻게 가르칠 것인

지닌 성격을 이해할 수 있을 것이다.

해방기에도 한반도는 좌우, 남북으로 분리되어 있었다. 그러나 사람들은 대립의 세계에 살면서도 통일의 희망을 지니고 있었다. 남과 북은 정치적 군사적으로 분단되어 있었지만, 사람들은 두 개의 국가를 일시적이고 과도기적인 형태로 받아들였다. 한반도에 사는 사람들은 하나의 국가를 당연한 것으로 받아들이고 있었다. 그들은 자신들의 희망이 전쟁을 통해 성취되리라 믿었다. 즉 오랜 세월 동안 하나의 국가로 있었던 한반도가 전쟁을 통해 회복되리라 믿었던 것이다.

그러나 해방기의 이데올로기는 다른 이데올로기와의 대립 속에서 자신의 논리를 발전시켜 나갔고, 현실 정치의 권력 투쟁 양상과 맞물려 두 이데올로기의 중간은 있을 수 없는 극단적인 형태로 발전되어 갔다.[10] 더구나 한국전쟁은 사람들의 당위적인 기원과는 달리 통일된 국가의 회복은커녕 남북의 적대적 체제를 더욱 공고히 하였을 뿐이었다.[11] 한반도의 사람들은 한국전쟁을 겪으면서 생존의 위기 앞에 봉착하게 되었다. 두 체제의 충돌에서 패배는 죽음을 의미하였고, 나/너, 아군/적의 대립의식은 삶/죽음과 동일시되었다. 이런 극단적 대립에서는 중도적 입장이나 초월적 입장이 허용될 수 없다. 이분법이 가장 정확한 판단 원리가 되는 대립에서는 중도 노선이 들어설 자리는 없다.[12] 이런 이분화 자체는 많은 사람들에게 엄청난 고통의 원인을 제공한다.[13] 전쟁은 '엄청

가」, 현대문학, 2007, 389~390쪽 참조.

10) 이재봉, 「해방기 이태준 소설 연구」, 부산대학교 대학원 석사학위 논문, 1990, 25~26쪽 참조.

11) 고은, 『1950년대』, 청하, 1989, 13~14쪽 참조.

12) 박재환, 『사회갈등과 이데올로기』, 나남, 1992, 390쪽 참조.

13) J. E.Cirlot, *A Dictionary of Symbols*, Routledge & Kegan Paul, 1981, 25쪽.

난 고통'을 '삶과 죽음의 문제'로 극단화하고 '많은 사람'을 '모든 사람'으로 확대한다. 양분된 세계의 충돌에서 사람들은 이원적 세계관[14]을 내면화했다. 이 세계관은 당대인들에게 편재화, 내재화되어 삶의 유일한 기준이 되었고, 좌우의 이데올로기뿐만 아니라 모든 상황의 판단에 작용하였다.[15] 이런 이원적 세계관은 단일민족과 통일국가를 유지했던 한반도에서는 더욱 충격적인 것으로 체험되었을 것이다. 더구나 전쟁의 당사자가 타민족 혹은 타국가가 아니라 동일 민족이었다는 점을 감안할 때, 당시 한국인이 한국전쟁으로 인해 체감했을 이원적 세계관은 더욱 강렬한 것이었다. 어느 전쟁이나 이원적 세계관의 내면화를 강압적으로 요구하지만 한국전쟁에서 이원적 세계관이 더욱 문제시될 수밖에 없는 이유를 '동족상잔의 6 · 25'라는 말이 잘 설명해 준다. 오랜 시간 동안 하나의 존재로 인식되어 오던 것이 양분되어 생사의 대립 관계로 변화할 때, 전쟁은 하나의 국가를 회복하기 위한 방법이 아니라 두 개의 대립적인 국가 체제를 극단적인 방식으로 재확인하는 폭력뿐이라는 점을 확인했을 때, 그 충격이 훨씬 더 격렬했을 것은 자명하다.[16]

---

14) 갈등은, 둘이나 둘보다 많은 실체가 적대적인 심리적 관계를 가지거나 적대적인 상호 작용을 하는 상황이나 과정을 가리키고(터너. J. H, 김진균 외 역,『사회학 이론의 구조』, 한길사, 1987, 154~176쪽 참조), 어디까지나 개인의 심리적 공간에서 만들어지는 것이지 객관적이고 가시적인 현상은 아니며(조남현,『한국소설과 갈등』, 문학과 비평사, 1988, 31쪽 참조), 갈등은 화해를 전제하고 상호작용의 관계를 변화시킨다(루이스 A 코저, 박재환 역,『갈등의 사회적 기능』, 한길사, 1980, 22쪽 참조). 반면 이원적 세계관은, 투쟁과 갈등의 인자로 작동하면서(조동일,『한국소설의 이론』, 지식산업사, 1993, 96쪽 참조), 대립항을 항상 둘로 상정하며 적대적인 심리적 관계나 적대적인 상호작용의 과정을 거치지 않더라도 성립할 수 있으며, 대립의 발생 원인을 주로 외부에서 찾고, 화해의 가능성을 지니지 못한 채 상호 관계를 변화시키지 못한다.

15) 김승환,「분단문학과 분단시대」, 김승환 · 신범순 편,『분단문학비평』, 청하, 1987, 46쪽.

16) 한국전쟁의 성격에 대한 설명은 다양한 각도에서 시도할 수 있지만, 본고에서는 이와 같은 시각에서 한국전쟁에 접근함으로써 「비 오는 날」의 서사에 대한 이해, 즉 비

전쟁 일반이 아니라 한국전쟁의 특성을 이와 같이 이해할 때, 「비 오는 날」의 서사를 막연한 '모멸과 일종의 반항적 태도'[17]로만 이해하는 데서 벗어날 수 있게 된다.

「비 오는 날」은 동욱과 동옥이 전쟁으로 인해 어떠한 피해를 직접적으로 입었는지 분명하게 밝히지는 않고 있다. 그래서 『문학』교과서는, 그들을 '정신적 육체적 불구자'로 설명하면서도, 그들이 한국전쟁으로 인해 어떠한 피해를 받았는지에 대해서는 구체적인 설명을 하지 못하고 있다. 이를 설명하기 위해서는, 동욱과 동옥이 남매라는 점, 공생 관계에 있다는 점에 주목할 필요가 있다. 그들은 한 핏줄을 이어받은 남매라는 가족이며, 그림 주문을 받고 그림을 제작하는 작업을 각각 분담하고 있다. 동욱과 동옥은 서로에게 의지해야만 생존할 수 있는 관계에 있으며, 또 의심 없이 의지할 수 있는 동기이다. 즉, 그들의 관계는 적대적 관계가 아니라 일원적 세계에서 출발하고 있는 것이다.

> 그동안 무얼 하며 지냈느냐는 원구(元求)의 물음에, 동욱(東旭)은 끼고 온 보자기를 끄르고 스크랩북을 펴 보이는 것이었다. 몇 장 벌컥벌컥 뒤지는데 보니, 서양 여자랑 아이들의 초상화가 드문드문 붙어 있었다. 그 견본을 가지고 미군 부대를 찾아다니며, 초상화의 주문을 맡는다는 것이었다. …(중략)… 상대방을 조롱하는 것 같은, 그러면서도 자

의 분위기를 구체화하고 정교하게 분석해 낸 서사에 대한 이해의 한 예를 제시하고자 한다.

17) 한계전 · 신범순 · 박윤우 · 김송환 · 노진한, 앞의 책, 258쪽. 이와 같은 설명은, 손창섭의 거의 모든 소설에서 쉽게 발견할 수 있는 태도를 적용한 결과로 보인다. 물론 이 텍스트에서도 이와 같은 태도가 드러나는 것은 분명하지만, 『문학』교과서는 손창섭이라는 작가의 특성을 이해하기 위해서라기보다는 전후 소설의 특성을 이해하기 위해 이 텍스트를 다루고 있다. 따라서 표현론적 접근법은 이 텍스트의 수록 의의와는 다소 거리가 먼 접근법일 수밖에 없다.

조적이요, 어쩐지 친애감조차 느껴지는 그 닝글닝글한 웃음은, 원구(元求)에게 어떤 운명적인 중압을 암시하여 감당할 수 없이 마음이 무거워지는 것이었다. 대체 그림은 누가 그리느냐니까, 지금 여동생 동옥(東玉)이와 둘이 지내는데, 동옥(東玉)은 어려서부터 그림을 좋아하더니 초상화를 곧잘 그린다는 것이다. 동옥(東玉)이란 원구(元求)의 귀에도 익은 이름이었다. 소학교 시절에 동욱(東旭)이네 집에 놀러 가면 그때 대여섯 살밖에 안 되는 동옥(東玉)이가 귀찮게 졸졸 따라다니던 기억이 새로웠다. …(중략)… 그사이 이십 년이라는 세월이 흐르고 보니 동옥(東玉)의 모습은 전연 기억도 남지 않았다. 동욱(東旭)의 말에 의하면 지난번 1·4 후퇴 당시 데리고 왔는데, 요새 와서는 짐스러워 후회될 때가 있다는 것이었다.[18]

동옥과 동욱은 친동기 사이이며, 둘 이외에는 의지할 곳이 없는 처지에 있다. 둘은 북쪽에서 같이 피난 내려와서, 초상화 주문을 맡거나 초상화를 제작하면서 공생하고 있다. 공생이 아니라면 둘 모두 생존에 위협을 느낄 수밖에 없는 상황이다. 그러나 1·4 후퇴 이후 동욱은 동옥을 "짐스러워 후회"한다. 동옥은 동욱에게 있어 더 이상 공생의 대상이 아니라 제거하고 떨쳐 내야 할 대상으로 느껴진다. 동욱이 원구에게 동옥과 결혼하기를 종용하는 것도 이 목적을 이루기 위한 방편으로 해석할 수 있다. 다시 말해, 동욱과 동옥의 일원적이고 우호적인 관계를 파괴하고 이 둘을 분편화·파편화되게 된 직접적인 계기는 한국전쟁에 있다고 하겠다. 한국전쟁은 한국인들을 막연히 불안하고 우울하게 만드는 것에 그친 것이 아니라 일원적 세계를 적대적으로 양분된 세계로 변질시켰는데, 동욱과 동옥의 관계 변화는 이런 세계관 변화를 내면화함으로써 빚

---

18) 손창섭,『손창섭 단편선 비오는 날』, 문학과지성사, 2007, 52~53쪽.

어진 비극의 구체적이고도 상징적인 형상화라고 할 수 있다. '비'라는 배경으로 상징되면서 저 뒤로 밀려나 있던 한국전쟁의 폐해는, 한국전쟁으로 인한 세계관의 변화라는 매개체를 통해 등장인물에 직접적인 영향력을 행사하는 것으로 전면에 등장하게 되는 것이다.[19]

이런 태도로 접근하면 텍스트의 결말에 대한 해석도 조금은 더 구체적일 수 있다.

> 얼굴이 고만큼 뱅뱅하고서야, 어디 가 몸을 판들 굶어 죽기야 하겠느냐는 말에, 이상하게 원구(元求)는 정신이 펄쩍 들어 이놈, 네가 동옥(東玉)을 팔아먹었구나, 하고 대들 듯한 격분을 마음속 한구석에 의식하면서도, 천근의 무게로 내리누르는 듯한 육체의 중량을 감당할 수 없이 그는 말없이 발길을 돌리켰다. 이놈, 네가 동옥(東玉)을 팔아먹었구나, 하는 흥분한 소리가 까마득히 먼 곳에서 자기를 향하고 날아오는 것 같은 착각에 오한을 느끼며, 원구(元求)는 호박 덩굴 우거진 밭두둑 길을 앓고 난 사람 모양 허전거리는 다리로 걸어 나가는 것이었다.[20]

"네가 동옥을 팔아먹었구나."는 두 번 발화되는데, "네"가 가리키는 대상은 한 번은 "탐욕스러운 새 주인"이며 또 한 번은 원구 자신이다. 이와 관련해 한 『문학』 교과서 교사용 지도서는 "자신이 좀전에 탐욕스러운 새 주인을 대상으로 곱씹었던 말이 곧 자신에게로 되돌아오는 것은, 동옥과 결혼해 줄 용기가 있느냐는 동욱의 질문에 선뜻 대답하지 못

---

19) 동욱과 동옥이 서로 감싸 주지 못하고 날카로운 감정 대립을 하게 된 이유를 허무와 절망의 자의식, 내일이 없는 사회적 무력감, 극도의 경제적 궁핍에서 찾는 태도(한계전 · 신범순 · 박윤우 · 김송환 · 노진한, 앞의 책, 259쪽)는 전후만의 특별한 태도가 아니라는 점에서 충분한 설명이 아닐 수 있다.

20) 손창섭, 앞의 책, 70쪽.

했던 자신을 꾸짖는 동욱의 환청과, 나약하기 이를 데 없는 원구 자신에 대한 반성 및 회한의 질책이라는 의미를 동시에 내포하는 것이다"[21]고 설명한다. 이 설명은 그다지 잘못된 곳이 없어 보인다. 그러나 원구라는 한 등장인물의 성격적 결함(나약함)만으로 결말을 해석하고 있기에, 전후라는 시대적 상황은 더욱 먼 배경으로 밀려나 버린다. 즉, 고등학교 문학 교과는 텍스트에 대한 창의적인 이해를 도모해야 하기에 한 가지의 관점만으로 일관할 필요는 없지만, 등장인물의 성격만으로 결말을 설명하는 방법은 "소설에서 배경의 중요성과 역할을 알고", "구체적인 작품에서 배경과 문체의 특징"[22]을 찾자는 교수·학습 목표에도 부합하지 않는다. 이같은 상황이 발생한 이유는, 한국전쟁의 영향을 우울과 불안이란 감정을 야기하는 "비"라는 먼 배경으로만 이해하고 있기 때문이다. 그러다 보니, 등장인물의 행동이나 관계, 텍스트의 결말은 한국전쟁의 영향과는 거리가 먼, 등장인물 개인의 성격적 결함에서 설명할 수밖에 없는 것이다.

두 번 발화되는 "네가 동옥을 팔아먹었구나."의 취지는 불행한 상황이 발생하게 된 책임이 어디에 있는지를 확인하는 데 있으며, 발화의 내용은 집주인과 원구 자신의 책임을 지적하는 것이다. 집주인과 원구는 동욱과 동옥 이외의 인물이라는 점에서 공통점을 갖는다. 즉, 일원적 세계가 이원적 세계로 분리·대립되는 데 결정적인 역할을 한 것은 그들 스스로가 아니라 그들 이외의 인물들이라는 것이다. 동욱과 동옥이 분리·단절되게 된 데는 그들 스스로에게 근원적인 원인이 있지만, 악의

---

21) 홍신선·박종성·김강태,『문학(상) 교사용 지도서』, 천재교육, 2007, 245쪽.
22) 위의 책, 232쪽.

에서 시작됐든 동정심에서 시작됐든 원구나 집주인 같은 외부인의 개입에도 그 책임이 있다는 것이다. 한국전쟁으로 인해 내면화하게 된 이원적 세계관은 동욱과 동옥을 분리·단절하게 만들었지만, 그 단절을 공고화한 것은 외부 요인에 있다. 한국전쟁은 순수한 내전도 국제적 대리전도 아니다. 국내적 요인과 국제적 요인이 복합적으로 작용하여 일어난 매우 복잡한 전쟁이라는 점에서 당사자들이 제공한 원인과 외부인들이 제공한 원인 둘 모두를 인식할 필요가 있다.[23] 동옥과 공생 관계에 있으면서도 동옥을 귀찮아하는 동욱에게 분리·단절의 일차적 원인이 있기도 하지만, 외부 요인들 또한 그들의 관계가 변화하게 된 책임에서 자유로울 수 없는 것이다. 결국, 비극적 상황이 발생하게 된 책임을 묻기 위한 발화인 "네가 동옥을 팔아먹었구나."는, "동욱(東旭)의 그 닝글닝글한 웃음을 원구(元求)는 이전부터 몹시 꺼렸다"[24]는 문장이 잘 보여주듯 동욱에 대한 비판을 전제로, 불행의 외부적 요인에 대한 지적으로 설명할 수도 있는 셈이다.

인간 존재가 느낄 수밖에 없는 막연한 소외감이 아니라, 일원적 세계였던 한 가족의 구성원들이 분편화, 파편화되는 모습은 한국의 많은 전후 소설에서 확인할 수 있다. 이범선의 「오발탄」은 월남한 한 가족을 다루고 있는데, 이 소설의 등장인물로는, 남북으로 분단되기 이전의 한반도로 복원할 것을 주장하는 그래서 올바른 정신을 유지하지 못한 인물로 제시되는 어머니, 양공주로 활동하면서 가족 구성원에서 스스로를 제외시키는 여동생, 생존 방식에서 대립적인 태도를 보이는 영호와 철호가

---

23) 윤태룡, 「제주도의 대북지원사업 : 회의론 및 남북화해전략상의 의미 분석」, 『JPI WORKING PAPER』 4호, 제주평화연구원, 2007, 8쪽.

24) 손창섭, 앞의 책, 42쪽.

등장한다. 이들은 하나의 가족을 구성하는 인물들이지만, 이들이 구성한 가족 공동체는 철저히 파괴된 상태이다. 이들 사이에는 화합이나 조화가 성립하지 않으며 분편화·파편화 나아가 극단적인 대립·갈등만이 존재할 뿐이다. 영호와 철호의 갈등은 이 텍스트의 중심축을 이루다가, 마침내는 철호로 하여금 무목적성의 "가자"를 외치게끔 만든다.

　어머니의 "가자"라는 외침은 실현 불가능한 것이기는 하지만 확실한 목적성을 구비한 반면, 철호가 텍스트 결말에서 외치는 "가자"는 실현 가능 여부를 탐색할 수조차 없을 만큼 목적 없는 외침이다. 어머니의 투철한 목적성 발언 "가자"와 대립되면서 철호의 "가자"라는 외침이 무목적적이라는 점이 여실히 드러나게 되고, 그로 인해 철호와 영호의 날카로운 대립은 텍스트의 중심축을 이루면서도 무가치한 것으로 판명되어 버린다. 어머니의 "가자"라는 외침과 마찬가지로, 두 인물의 현실 대응 방법 모두 부조리한 현실을 타개할 수 없기에 무력한 주장이기는 매한가지이다. 철호의 "가자"는, 어머니의 "가자"가 구비하고 있던 투철한 목적성(화해, 조화로운 과거로 복귀)마저 제거된 상태에서 의미 없는 날카로운 대립만이 남아 있음을 고백하는 것과 마찬가지다. 결국 이 텍스트의 등장인물들은 서로 전혀 소통하지 못한 채 더욱더 무의미하고 극단적인 소외와 대립·갈등을 겪고 있을 뿐이다. 가족이라는 최소 공동체는 교류의 차단, 소통의 봉쇄, 일방적이고 대립적인 주장 등으로 인해 철저히 붕괴된 상태이다. 「비 오는 날」이 극단적인 형태의 대립·갈등 즉 이원적 대립의 모습을 전경화하고 있다면, 「오발탄」은 전후 사회를 살아가는 비교적 다양한 인물군을 통해 무의미한 대립·갈등의 다양한 양상들을 보여 주고 있는 셈이다. 「비 오는 날」은 다수의 구성원이 아니라 단 두 구성원으로 이루어진 가족이 조화·공생의 관계를 유지하지 못하고 극단적인 의심과 대립의 관계로 변화되는 과정과 그 결과를 보여 주고 있는 것이다. 그러나, 이 두 텍스트는, 일원적 세계의 붕괴 과정, 이원적 대립 구조의 엄청난 파괴력과 무목적성(무의미성)을 다루고 있다는 점에서 공통점이 있다.

한국전쟁이 남겨 준 이원적 대립 의식의 영향력은 장용학의 「요한 시집」[25]에서도 엿볼 수 있다. 「요한 시집」에서는 공간의 양분화와 문체상의 이원 대립이 나타나고 있다. 이 텍스트는 우화로 시작하는데, 우화는 동굴 안과 밖이라는 양분된 공간을 기초로 하며, 이 양분화 현상은 본문의 수평선 이쪽과 저쪽, 철조망 안과 밖의 양분화로 이어진다.[26] 동굴 안과 밖은, 하나의 공간이 아니라 엄격히 구분된 두 공간이다. "아무리 찾아보아도 바깥 세계로 나갈 구멍이 없는"[27] 동굴 안은 동굴 밖과 철저히 차단된 공간이다. 동굴 안은 "차디찬 감옥"으로, 동굴 밖은 "아름다운 곳"으로 인식되고 있다. 그러나 서술자는 "바깥 세계는 이때까지 생각한 것처럼 그저 좋기만 한 곳 같지 않아지게도 생각되는 것이었습니다. 뒷날 그때 도로 돌아갔더라면 알마나 좋았을까 하고 얼마나 후회를 했는지 모"[28]른다고 설명하여 두 대립항 중 어느 한쪽의 일방적인 우위가 불가능하다는 점을 부각시킨다. 결국 두 공간은 우열을 겨룰 수 없는 대립항에 불과한 것이다.

수평선(水平線)은 늘 그 저쪽이 그리워지는 무(無)를 반주하고 있

---

25) 장용학의 「요한 시집」을 수록한 교과서로는 교학사의 『문학』 교과서가 있다.
26) 조명기, 「장용학 소설의 서사구조 연구」, 부산대학교 대학원 석사학위논문, 1994, 8쪽.
27) 장용학, 『현대한국문학전집 4』, 신구문화사, 1981, 303쪽.
28) 위의 책, 305쪽.

었다.

　그 저쪽에 뭐가 있다는 말인가. 여기와 같은 언덕이 질펀하게 경사를 이루고 있을 뿐이 아니겠는가? 거기서는 또 누가 이리를 그리워하고 있을 것이 아닌가. 같은 하늘 아래에서 이 무슨 시늉인가.[29]

　그때까지도 내 눈에 보인 것은 내가 눈알을 들고 서 있어야 했던 안 세계와 감시병이 향수(鄕愁)를 노래하고 있었던, 밖세계 이 두 개의 세계뿐이었다.[30]

　수평선 이쪽과 저쪽, 철조망 안과 밖은 철저히 양분되어 있고, 두 대립 공간 외의 공간은 존재하지 않는다. 더구나 양단된 두 공간의 차이점보다는 공통점이 더욱 부각되어 있다. 수평선 저쪽과 이쪽은 "질펀하게 경사를 이루고 있"다는 점에서 동질의 공간이지만, "같은 하늘 아래"에서 철저히 두 공간으로 분리·대립된 공간이다. 또한 동호가 인식할 수 있는 세계는 철조망 안과 밖이라는 대립적 관계의 두 공간뿐이며, 그 외의 공간은 없다.

　이원적 대립 의식은 이 텍스트의 문체에도 막대한 영향을 끼친 것으로 보인다. 「요한 시집」은 두 대립항을 병치적으로 배치하는 형태의 문장을 연속적으로 나열하고 있다.

　어느 생성(生成)이 여물어 가는 열매인가?
　쌀이 밥이 되는 변화(變化)와 밥이 쌀이 되는 변화(變化)와……
　어느 세계(世界)가 생산(生産)의 땅인가? 밤이 낮이 되는 박명(薄明)

---

29)　위의 책, 308쪽.
30)　위의 책, 322~323쪽.

과 낮이 밤이 되는 박명(薄明)과……

　어느 역사(歷史)가 창조(創造)의 길이고, 어느 역사(歷史)가 멸망(滅亡)의 길인가?

　어떻게 되는 것이 창조(創造)이고, 어떻게 되는 것이 멸망(滅亡)인가?[31]

　이 텍스트 서두의 '나'는 두 대립항의 대립이 편재화된 공간에 살고 있으며, 이원 대립적 구조에서의 탈출은 거의 불가능한 사고 구조를 지니고 있다. 위 인용문은 이원적 대립 의식이 한 문장 안에서 문체적 특징으로 어떻게 표면화되고 있는지를 명징하게 보여 준다. 두 대립항이 한 문장 안에서 "와(과)"와 쉼표를 사이에 두고 병치적으로 계속 연결되고 있다. 이 대립 양상에서 어느 한쪽은 절대적 선이 되어 일방적인 승리를 거두는 것이 아니라 다른 쪽과의 대립항으로 기능할 뿐이다. 두 대립항은 대립적 구조의 한 축이라는 점에서 결국 동일한 성격을 구비하고 있는 셈이다. 이 텍스트는 양분화된 세계의 구조를 주체화한 동시에 양분된 세계를 직접적인 서술의 대상으로 삼고 있는 셈이다.[32] 즉, 「요한 시집」은 「비 오는 날」과 「오발탄」에 비해, 현실적이고 구체적인 역사적 상황을 좀 더 탈각시킴으로써, 이원적 구조 자체를 본격적이고 주된 대상으로 삼고 있다고 할 수 있다.

　그러나 『문학』 교과서가 이 텍스트를 다루는 방식은 이런 특성을 도외시하고, 실존주의적 시각에 전적으로 의존하고 있다.

---

31)　위의 책, 307쪽.

32)　조명기, 앞의 논문, 67쪽 참조.

이 작품에서는 토끼의 우화, 동호의 눈을 통해 본 누혜의 비극적 삶 및 누혜의 유서, 동호의 세계 인식 등을 통하여 1950년대의 본질적 모순 중의 하나인 이데올로기의 문제를 탐구하고 그것의 기만성을 폭로한다. 또한 역사적 허무주의를 보여 주기도 하는데, 그것은 누혜의 자살을 통하여 극단적으로 나타난다. 즉, 누혜에게 역사는 무의미한 것이며, 그가 자살을 택하는 것은 그러한 역사적 허무주의의 필연적 결과이다. 그러한 역사적 허무주의는 즉자적 총체성에 대한 갈망을 수반하고 있다. …(중략)…

'동굴' 하면 떠오르는 생각들을 정리해서 그 속성을 규정해 보자.

어둠, 죽음, 갇힘, 역경, 고난

굴은 밝음과 어둠, 현실과 꿈 사이의 매개체이며, 양자 사이의 변신 가능성을 상징한다고 볼 수 있다.

…(중략)…

바깥 세계에 대한 동경을 존재의 본질이라고 볼 수 있는가?

토끼는 자유에 대한 갈구, 새로운 세계에 대한 새로운 인식, 타자와 구분되는 자아 발견을 위해 자신의 목숨마저 던지는 필사적인 자기 발견의 과정을 거치고 있다는 점에서 자유를 위해 자기를 투사하는 실존 철학의 명제를 상기시키고 있다.[33]

이 같은 설명은 전적으로 실존주의에 기댄 것이다. 많은 연구들이 밝힌 것처럼 「요한 시집」이 실존주의의 세례를 받았기에, 위의 설명은 적절한 것이기도 하다. 그러나 실존주의에 지나치게 의존한 탓에 이 텍스트가 말하고 있는 바와는 상반되는 설명을 하기도 한다. 위의 설명 또한 「요한 시집」의 공간을 두 부분으로 나누고 있다. 그러나 두 공간의 성격을 설명하는 단어들에는 가치 판단의 요소가 상당히 개입되어 있다. 두

---

33) 김대행 · 김중신 · 김동환, 앞의 책, 381~383쪽.

공간은 "어둠, 현실, 죽음, 갇힘, 역경, 고난"과 "밝음, 꿈, 자유" 등의 단어들을 통해 부정적 가치와 긍정적 가치를 각각 지닌 것으로 규정되고 있다. 즉, 공간은 양분될 뿐만 아니라 양분된 공간은 긍정적 공간과 부정적 공간으로 설명할 수 있다는 것이다.

실존주의의 영향력을 강조할 때 이와 같은 설명은 가능해지지만, 그 설명은 한국전쟁의 정신적 충격에 대한 이 텍스트의 시각을 왜곡시키는 결과를 빚을 수도 있다. 앞에서 살펴보았듯이, 이 텍스트는 두 공간의 질적·성격적 차이에 대해서는 관심이 없다. 오히려 "수평선(水平線)은 늘 그 저쪽이 그리워지는 무(無)를 반주하고 있었다. / 그 저쪽에 뭐가 있다는 말인가. 여기와 같은 언덕이 질펀하게 경사를 이루고 있을 뿐이 아니겠는가?"에서 알 수 있듯, 두 공간의 대립 현상 자체에 주목하고 있으며, 고통을 빚어낼 뿐인 세계의 양분화 자체에 저항하고 있다. 문체상의 양분화 현상에서도 확인할 수 있듯이, 극단적인 양분화만이 세계를 제어하고 있으며 주체는 중간에서 어떠한 판단도 어떠한 선택도 할 수 없는 상황에 놓여 있는 것이다. 일원적 세계가 격렬한 과정을 통해 이원적 세계로 분열·대립되었을 때, 일원적 세계를 회복하고자 하는 욕망은 실현 가능성 여부와는 상관없이 대립 의식보다 더 강하게 작용할 수 있다. 다시 말해, 대립이 극단적이 될수록 생존은 더욱 자신할 수 없는 것이 되며, 대립이 없던 일원적 세계로 복귀하고자 하는 욕망이 강해지며, 선악에 대한 가치 판단 이전에 대립 자체에 대한 환멸이 우선시된다. 「요한 시집」은 두 대립항에 대한 가치 판단을 위한 것이 아니라 대립 자체에 대한 환멸과 대립 구도에서의 탈피에 집중하고 있는 것이다. 이와 같은 설명은 실존주의의 영향력을 감안하는 동시에 한국전쟁의 정신적 폐해에 대한 작가의 반응을 충실히 이해하는 것일 수 있다.

Ⅳ. 결론

7차 교육과정의『문학』교과서는 세계화 시대에 적극적으로 대응하면서도 지역성을 놓치지 않기 위해, 한국문학이 지닌 고유성과 보편성을 동시에 이해하는 데 적지 않은 관심을 기울이고 있다. 그러나 교과서에 수록된 세계문학의 양이 증가되었다고 해서 한국문학의 보편성과 고유성이 담보되는 것은 아니며, 영향 관계를 강조했다고 해서 보편성이 증명되는 것도 아니다. 문제는, 시대와 장소, 문화, 세계관의 차이로 인해 어떠한 고유성이 유발되었는지를 탐구하는 작업과 문학 원론적인 접근이 병행하는 것이다.

고유성과 보편성을 얼마나 균형감 있게 다루고 있는지를 알아보기 위한 하나의 실례로, 본고는『문학』교과서에서 한국의 전후 소설을 설명, 교육하는 방식의 문제점을 찾아보고 해결 방안의 한 예를 제시해 보고자 했다. 본고가 전후 소설을 택한 이유는, 이 유형이 한국과 서구에서 공통적으로 나타나고 있을 뿐만 아니라 영향 관계나 특성이 비교적 뚜렷하기 때문이다.

1. 전후 소설 교육에 있어 고등학교『문학』교과서 대부분은 다음 두 가지 문제점을 지니고 있다. 첫째, 한국전쟁의 특성은 거의 감안하지 않은 채 전쟁 일반론만으로 한국의 전후 소설을 설명하고 있다. 한국전쟁이라는 특수하고 구체적인 전쟁의 특성, 더욱 근본적으로는 한국의 전후 소설이 담고자 했던 한국전쟁의 후유증에 대해서는 거의 침묵한다. 결국 한국 전후 소설의 고유성에 대해서는 무감각하게 되고 보편성 확인이라는 제한된 성과를 거두고 있다. 둘째, 한국의 전후 소설이 서구의

실존주의에 크게 영향받았다는 점은 주지의 사실이지만, 서구의 실존주의가 한국에서는 변형되었다는 식의 설명만이 있을 뿐 변형의 원인에 대해서는 거의 설명을 하지 못한다. 이에 따라 한국 전후 소설의 고유성이 어디서 비롯되었는지에 대해 학생들이 이해할 기회는 거의 없다. 이상의 두 문제로 볼 때, 현재의 『문학』 교과서는 전후 문학의 보편성 이해라는 측면에서는 상당한 성과를 거두었지만, 고유성에 대한 설명에서는 일정한 한계를 지니고 있다.

2. 기존의 『문학』 교과서는 손창섭의 「비 오는 날」에서 배경의 중요성을 강조한다. 물론 비와 폐가라는 배경을 중요하게 다루면서 우울, 불안, 시대적 부정성의 상징으로 설명하는 방식은, 이 텍스트를 이해하는 데나 전후 소설의 보편성을 이해하는 데는 적절한 것이다. 그러나 우울 등의 구체적 성격과 원인을 탐색해야만 전후의 구체적인 시대 인식과 만나게 될 것이다.

한국전쟁에 대한 관점은 다양하지만 본고에서는 한국전쟁이 가장 폭력적인 방법으로 일원적 세계를 이원적인 대립의 세계로 분열시켰다는 점을 강조했다. 일원적 세계의 해체라는 충격 위에 생존의 문제라는 극단적인 상황의 충격까지 가해져, 이원적 세계관은 당시 한국인에게 상당한 위력을 발휘했던 것으로 보인다.

「비 오는 날」은 이런 이원적 세계에 대해 어느 정도 성실하게 반응하고 있는 것으로 이해할 수 있다. 동옥과 동욱은 서로 이외에는 의지할 곳이 없는 처지의 친동기 사이이며, 초상화 주문 수령과 제작이라는 각자의 역할을 통해 공생 관계를 이어 가고 있다. 그러나 이런 관계는, 공생을 유지하려는 의지를 상실하고 서로를 불신하면서 붕괴되기 시작한다. 기존의 『문학』 교과서가 한국전쟁의 특성을 도외시함으로써 배경을 지나치게 강조하고 서사의 의미를 위축시켰다면, 본고의 설명 방식은 서사의 의미를 회복함과 동시에 한국의 전후 소설이 지닌 고유성을 이해하는 방법일 것이다.

이범선의 「오발탄」 또한 가족이라는 일원적 세계가 붕괴된 상황을 그리고 있다. 가족 구성원은 서로를 이해하지 못할 뿐만 아니라 대립적인 관계를 형성하기까지 한다. 그 결과 각자의 주장은 강하지만 주장의 목적은 상실된 상태에 봉착하고 만다. 일원적 세계가 철저히 붕괴된 상황을 다양하게 보여 주고 있다.

장용학의 「요한 시집」은 공간의 분할·대립과 문체의 분할·대립을 통해, 이원 대립적인 세계 자체를 본격적인 서술의 대상으로 삼고 있다. 두 공간 혹은 문체 중 어느 한쪽의 일방적인 선을 지적하면서 그것을 추구하는 과정을 보여 주는 것이 아니라, 분할·대립이라는 상황 자체에 대해 환멸감을 보이고 있다.

『문학』 교과서는 보편성과 고유성 사이에서 균형 감각을 유지하려는 태도를 취하고 있지만, 전후 소설에서 이 같은 목적을 달성하기 위해서는 한국전쟁이라는 구체적인 상황의 특수성에 대해 더욱 세심한 주의를 기울일 필요가 있다. 덧붙여, 본고가 고유성을 확보하기 위해 제시한 시각은 한국의 전후 소설 전체에 적용할 수 있는 보편적이고 절대적인 것이 아니라는 점을 다시 한번 밝혀 둔다. 한 편의 짧은 논문으로 한국 전후 소설 전체의 고유성을 설명하려는 시도는 불가능한 일일 뿐만 아니라 바람직하지도 않기 때문이다.

(2008)

참고문헌

국내 저서, 논문

강영주, 『한국 역사소설의 재인식』, 창작과비평사, 1991.

강재언, 「활빈당 투쟁과 그 사상」, 『한국근대사상사 연구』, 한울, 1983.

『경향신문』 영인본, 한국교회사연구소, 1978.

고　은, 『1950년대』, 청하, 1989.

공종구, 「김승옥 소설의 근대성」, 『현대소설연구』 9호, 한국현대소설학회, 1998.

교육부, 『고등학교 국어과 교육과정 해설』, 1995.

구인환, 『소설론』, 삼지원, 1996.

권봉영, 「개작된 작품의 주제 변천 연구」, 『어문교육논집』 제2집, 부산대학교 국
　　　어교육과, 1977.

권영민 편, 『한국현대문학비평사』(자료), 단국대학교 출판부, 1981.

_____, 「개화기의 소설관과 신소설의 변모양상」, 『한국근대문학과 시대정신』,
　　　문예출판사, 1983.

_____, 『서사양식과 담론의 근대성』, 서울대학교 출판부, 1999.

_____, 『한국현대문학사』 2(1945~2000), 민음사, 2002.

권택영, 「역사의식을 응집하는 미학적 전략」, 『김승옥 문학상 수상작품집』, 훈민
　　　정음, 1995.

김교봉 · 설성경, 『근대전환기 소설 연구』, 국학자료원, 1991.

김남천, 「모던 문예사전」, 『인문평론』, 1939. 10.

김대행 · 김중신 · 김동환, 『문학(하) 교사용 지도서』, 교학사, 2003.

김동리, 「신세대의 정신」, 『문장』 2권 5호, 1940.

_____, 『문학과 인간』, 청춘사, 1952.

김동환, 「문학 교육의 관점에서 본 소설 읽기 방법의 재검토—교과서 속의 「메밀꽃 필 무렵」」, 『문학교육학』 22호, 한국문학교육학회, 2007.

김병익, 「노년 소설 침묵 끝의 소설—노년과 중년기 작가의 변모와 기대」, 『한국문학』, 한국문학사, 1974. 4.

김성곤, 「빼앗긴 시대의 문학과 백년 동안의 고독—현진건, 이상, 김승옥을 다시 읽으며」, 『뉴미디어 시대의 문학』, 민음사, 1996.

김승옥, 「빛바랜 삶들」, 『문학사상』 1983년 6월호.

_____, 『김승옥 소설 전집』 1, 문학동네, 1996.

김승환, 「분단문학과 분단시대」, 김승환 · 신범순 편, 『분단문학비평』, 청하, 1987.

김열규, 「이광수 문학론의 전개」, 『한국근대문학연구』, 서강대학교 인문과학연구소, 1979.

김영민, 『한국근대소설사』, 솔, 1997.

_____, 『한국근대소설의 형성과정』, 소명출판, 2005.

_____, 「근대 계몽기의 서사문학」, 민족문학사연구소 편, 『새민족문학사 강좌』 2, 창비, 2009.

김우종, 『한국현대소설사』, 성문각, 1987.

김윤식, 「초창기의 문학론과 비평의 양상」, 『근대한국문학연구』, 일지사, 1973.

_____, 「원작과 개작의 거리」, 『월간 독서생활』, 1976.1.

_____, 『근대 문학 양식 논고』, 아세아문화사, 1980.

_____, 「노인성의 문학적 처리 방식—박완서 · 윤정선」, 『90년대 한국 소설의 표정』, 서울대학교 출판부, 1994.

_____, 「2001년도 중 · 단편 읽기」, 『2001(제1회) 황순원문학상 수상작품집』, 중앙일보 · 문예중앙, 2001.

김윤식 · 김미현 편, 『소설, 노년을 말하다』, 황금가지, 2004.

김윤식 · 정호웅, 『개정증보판 한국소설사』, 문학동네, 2000.

김재용 · 이상경 · 오성호 · 하정일, 『한국근대민족문학사』, 한길사, 1993.

김정자,『한국 근대소설의 문체론적 연구』, 삼지원, 1995.

김준오,『한국 현대 장르 비평론』, 문학과지성사, 1990.

김중하,「작가 연구방법론 서설」,『한국문학 주류작가론 시리즈』유인본, 부산대
　　　학교, 1980.

_____,「현대소설의 공간성 연구」,『우해 이병선 박사 회갑 기념 논총』, 간행위
　　　원회, 1987. 8.

_____,「〈개화기의 소설〉 연구의 몇 가설」,『한국문학논총』5집, 한국문학회,
　　　1982.

_____,「소설의 어조 분석 시고」,『근대 소설의 이론과 작품세계』, 세종출판사,
　　　1997.

_____ 편,『소설의 이해』, 세종출판사, 1997.

_____,『개화기 소설 연구』, 국학자료원, 2005.

김치수,「김동리의 무녀도」,『한국 현대 소설 작품론』, 문장사, 1981.

김태준,『조선소설사』, 학예사, 1939.

김태형 · 이병렬 · 한규영 편,『글동산 국어 : 현대 소설의 이해와 감상 1』, (주)문
　　　원각, 1994.

김학동,『한국개화기 시가연구』, 시문학사, 1981.

김현,『사회와 윤리』, 일지사, 1978.

김혜연,「「서울, 1964년 겨울」의 문체론적 분석」,『동악어문논집』제30집, 동악
　　　어문학회, 1995.

김흥규,『조선 후기의 시경론과 시의식』, 고려대학교 민족문화연구소, 1982.

나병철,『문학의 이해』, 문예출판사, 1997.

_____,『모더니즘과 포스트 모더니즘을 넘어서』, 소망출판, 1999.

단재신채호전집편찬위원회,『단재 신채호 전집』제4권, 독립기념관 한국독립운
　　　동사연구소, 2007.

류종렬,「김동리 소설의 개작고」,『국어국문학』제18 · 19집, 부산대학교 국어국
　　　문학과, 1982.

_____,「개화기『경향신문』에 실린 '쇼셜(小說)' 연구」,『태야 최동원 선생 회갑
　　　기념 국문학 논총』, 간행위원회, 1983.

_____,「채만식의 소설『여자의 일생』연구」,『국어국문학』제23집, 부산대학교

국어국문학과, 1986.

_____, 「위식된 삶의 풍자―이주홍의 소설세계」,『부산문화』제13호, 1987.

_____, 「채만식의 역사소설『옥랑사』연구」,『국어국문학』제25집, 부산대학교 국어국문학과, 1988.

_____, 「1910년대 전반의 문학론의 성격과 그 의미」,『외대논총』제4집, 부산외 국어대학교, 1986.

_____, 「김동리 소설과 죽음의 모티프」, 류기룡 편,『김동리』, 살림, 1996.

_____, 「『문학』교재에 수록된「무녀도」의 단원 설정과 독해의 문제점」,『교육논 총』창간호, 부산외국어대학교 교육대학원, 1999.

_____, 「『문학』교재 플롯이론을 통한 소설의 독해 지도 연구」,『외대어문논집』 제14집, 부산외국어대학교 어문학연구소, 1999.

_____, 「『문학』교재에 수록된「서울, 1964년 겨울」의 독해 지도 연구」,『외대어 문논집』제16집, 부산외국어대학교 어문학연구소, 2001.

_____, 『가족사 · 연대기 소설 연구』, 국학자료원, 2002.

_____, 「이주홍과 부산지역문학」,『현대소설연구』제19호, 한국현대소설학회, 2003.

_____, 『이주홍과 근대문학』, 부산외국어대학교 출판부, 2004.

_____, 「고등학교 문학 교육에 있어 '보편성과 고유성'의 문제―전후 소설을 중심으로」,『문학교육학』제27호, 한국문학교육학회, 2008.

_____, 「한국 현대 노년 소설 연구사」,『한국문학논총』제50집, 한국문학회, 2008.

_____, 「근대 계몽기 소설」, 이헌홍 외,『한국 고전문학 강의』, 박이정, 2012.

문학을 생각하는 모임,『한국문학에 나타난 노인의식』, 백남문화사, 1996. 10.

_____,『한국노년문학연구』Ⅱ, 국학자료원, 1998. 4.

_____,『한국노년문학연구』Ⅲ, 푸른사상, 2002. 2.

_____, 『한국노년문학연구』Ⅳ, 이회, 2004. 3.

『매일신보』학예면 영인본, 삼문사, 1985.

박기범, 「제7차 교육과정에 따른 문학 교과서의 내용 분석 연구」,『문학교육학』 11호, 한국문학교육학회, 2003.

박재환,『사회갈등과 이데올로기』, 나남, 1992.

박철희 · 김시태,『문학의 이론과 방법』, 이우출판사, 1984.

반성완, 「루카치의 역사소설 이론과 우리의 역사소설」, 『외국문학』 1984년 겨울호.

배성희, 「김승옥 소설의 문체론적 연구」, 경북대학교 대학원 석사학위 논문, 1993.

서병숙, 『노인 연구』, 교문사, 1994.

서정자, 「노년, 성, 그리고 창조성」, 『한국 여성소설과 비평』, 푸른사상, 2001.

서종택, 『한국근대소설의 구조』, 시문학사, 1982.

_____, 「해방 이후의 소설과 개인의 의식—서기원, 김승옥, 최인호를 중심으로」, 『한국학연구』 제1집, 고려대학교 한국학연구소, 1988.

설성경, 「최초의 신소설에 대한 새로운 접근」, 『문학과의식』 27호, 문학과의식사, 1995.

손창섭, 『손창섭 단편선—비오는 날』, 문학과지성사, 2007

송명희, 「이광수의 문학비평연구」, 고려대학교 대학원 박사학위논문, 1985.

송민호, 『한국 개화기 소설의 사적 연구』, 일지사, 1975.

송민호 · 김춘섭, 『개화기 문학론』, 한국방송통신대학교, 1991.

송하춘, 「채만식론」, 고려대학교 대학원 석사학위 논문, 1974.

신동욱, 「고전문학의 비판과 근대문학의 성격제시」, 『한국현대비평사』, 한국일보사, 1975.

신동환, 「채만식론」, 『창조』, 1972, 7.

심재근, 「천주교 가사 연구」, 『국어국문학 연구』 제8집, 원광대학교 국어국문학과, 1982.

안확, 『조선문학사』, 한일서점, 1922.

오세영 외, 『문학(하) 교사용 지도서』, 대한교과서, 2003.

우영미, 「채만식론」, 서울대학교 대학원 석사학위 논문, 1977.

우한용 외, 『소설 교육론』, 평민사, 1993.

유종호, 「감수성의 혁명」, 『문학과현실』, 민음사, 1975.

_____, 「현실주의의 승리—다시 읽는 김동리 초기 단편」, 『김동리 전집』 1권, 민음사, 1995.

윤명구, 『개화기 소설의 이해』, 인하대학교 출판부, 1986.

윤태룡, 「제주도의 대북지원사업 : 회의론 및 남북화해전략상의 의미 분석」, 『JPI WORKING PAPER』 4호, 제주평화연구원, 2007.

이남호, 『교과서에 실린 문학작품을 어떻게 가르칠 것인가』, 현대문학, 2007.

이보영, 『식민지시대 문학론』, 도서출판 필그림, 1984.

이선영, 「1910년대의 한국문학 비평론」, 『현상과 인식』 제5권 4~5호, 1981~1982.

이인직, 『혈의 누』, 광학서포, 1907.

이재봉, 「해방기 이태준 소설 연구」, 부산대학교 대학원 석사학위 논문, 1990.

이재선, 『한국 개화기 소설 연구』, 일조각, 1972.

_____, 『한말의 신문 소설』, 춘추문고, 한국일보사, 1975.

_____, 「개화기 서사문학의 세 유형」, 『우촌 강복수 박사 회갑 기념 논문집』, 형설출판사, 1976.

_____, 『한국문학의 해석』, 새문사, 1981.

_____, 『현대한국소설사』(1945~1990), 민음사, 1991. 3.

이해창, 『한국신문사연구』, 성문각, 1977.

이훈, 「채만식 소설 연구」, 서울대학교 대학원 석사학위 논문, 1981.

임규찬 · 한진일 편, 『임화 신문학사』, 한길사, 1993.

임춘식, 『현대사회와 노인문제』, 유풍출판사, 1991.

장성수, 「채만식 소설 연구」, 고려대학교 대학원 석사학위 논문, 1980.

장양수, 「서울의 새 중환 이기적 현실 외면」, 『한국 패러디 소설 연구』, 이회, 1997.

장영우, 「4 · 19 세대의 문체 의식―김승옥의 「무진기행」을 중심으로」, 『작가연구』 제6호, 새미, 1998.

장영창, 「채만식의 인간과 사상과 문학(上)」, 『한국문학』, 1974. 6.

장용학, 「요한 시집」, 『현대한국문학전집 4』, 신구문화사, 1981.

장지연, 『애국부인전』, 광학서포, 1907.

전흥남, 「박완서 노년 소설의 담론 특성과 문학적 함의」, 『국어국문학』 제42집, 국어문학회, 2007.

_____, 「노년 소설의 초기적 양상과 그 가능성 모색」, 『현대문학이론연구』 제34집, 현대문학이론학회, 2008.

정방조, 「신분제의 동요」, 한국사연구회 편, 『한국사 연구입문』, 지식산업사, 1981.

조남현, 『소설원론』, 고려원, 1982.

_____, 「개화기 소설양식의 변이양상」, 이용남 외, 『한국 개화기 소설 연구』, 태학사, 2000.

_____, 『소설신론』, 서울대학교 출판부, 2004.

조동일, 「소설사의 전체적 전개에서 본 신소설」, 『신문학과 시대인식』, 새문사, 1981.

_____, 「채만식의 『탁류』」, 『한국현대소설작품론』, 문장사, 1981.

_____, 『한국문학통사』 4권, 지식산업사, 1986.

조명기, 「장용학 소설의 서사구조 연구」, 부산대학교 대학원 석사학위 논문, 1994.

조연현, 『한국 신문학고』, 문화당, 1966.

채만식, 「자작안내」, 『청색지』, 1935. 5.

_____, 「여자의 일생」, 『조선대표 작가전집』 제8권, 서울 타임즈사, 1947.

천이두, 「원숙과 패기」, 『문학과 지성』, 24호, 1976년 여름호, 제7권 제2호, 1976. 5.

_____, 『한국 현대소설론』, 형설출판사, 1985.

_____, 「존재로서의 고독」, 『김승옥 문학상 수상 작품집』, 훈민정음, 1995.

최명숙, 「한국 현대 노년 소설 연구」, 경원대학교 대학원 박사학위 논문, 2006.

최병우, 『한국 현대 소설의 미적 구조』, 민지사, 1997.

최원식, 「채만식의 역사소설에 대하여」, 『민족 문학의 논리』, 창작과비평사, 1982.

최인자, 「김승옥 소설 문체의 사회시학적 연구─「서울, 1964년 겨울」을 중심으로」, 『현대소설연구』 제10호, 한국현대소설학회, 1996.

한계전·신범순·박윤우·김송환·노진한, 『문학(하) 교사용 지도서』, 블랙박스, 2002.

한상규, 「환멸의 낭만주의─김승옥론」, 『1960년대 문학연구』, 예하, 1993.

한철우 외, 『문학(상) 교사용 지도서』, 문원각, 2008.

황국명, 「한국소설의 말년에 관한 사유」, 『오늘의 문예비평』 2008년 가을호, 산지니, 2008.

홍기삼, 「채만식 연구」, 동국대학교 부설 한국문학연구소 편, 『한국소설연구』 2, 태학사, 1983.

홍신선·박종성·김강태, 『문학(상) 교사용 지도서』, 천재교육, 2007

번역서 및 외국서

게오르그 루카치, 이영욱 옮김, 『역사소설론』, 거름, 1987.

리몬-케넌, 최상규 역, 『소설의 시학』, 문학과지성사, 1985.

박덕은 편역, 『소설의 이론』, 새문사, 1984.

에드워드 데이븐 포오트, 「왜 문학 이론이 필요한가」, P. 헤르나디 편, 최상규
　　　역, 『문학이란 무엇인가』, 창학사, 1983.

Aristoteles, 천병희 역, 『시학』, 문예출판사, 1987.

B. 키랄리활비, 김태경 역, 『루카치 미학 비평』, 한밭출판사, 1984.

E. M. Forster, *Aspects of the Novel*, A Harvest/HBJ Book, 1955.

F. Jameson, *The political Unconscious*, Cornell Univ. Press, 1981.

G. Goodman, *The Structure of Literature*, the Univ. of Chicago press, 1968,

G.B. Tennyson, 오인철 역, 『희곡원론』, 동아학연사, 1982.

J.A. Kestner, *The Spatiality of the Novel*, Wayne State Univ. Press, 1978.

J.Culler, *Structuralist Poetics*, Routledge & kegan Paul Ltd., 1975.

J.E.Cirlot, *A Dictionary of symbols*, Routledge & Kegan Paul, 1981.

M.H. Abrams, *The mirror and the lamp*, Oxford university press, 1953.

N. Rance, *The Historical Novel and Popular Politics in Nineteenth Century England*,
　　　Vision Press, 1975.

P. Brooks, *The Melodramatic Imagination*, Yale Univ. Press, 1976.

Stuart Miller, *The Picaresque Novel*, The Press of Case Western Reserve University,
　　　1969.

V. 쉬클로프스키 외, 한기찬 역, 『러시아 형식주의 문학이론』, 월인제, 1980.

W. 카이저, 김윤섭 역, 『언어예술작품론』, 대방출판사, 1982.

Walter Allen, *The English Novel*, Penguin Book, 1979.

찾아보기

인명

작품, 자료

ㅈ

용어